WATCHING YOU

엿보는 마을

리사 주얼 장편소설 ― 안은주 옮김

한스미디어

WATCHING YOU

차 례

셀리나와 조니에게
사랑을 담아

나의 일기

1996년 9월 20일

어떻게 생각해야 할까. 무슨 감정을 가져야 할까.

이래도 되나?

그 사람은 성인이잖아. 나이가 나보다 두 배나 많은데.

도리가 없어……. 없어. 뾰족한 수가 없다고. 하지만 오, 제발!

무슨 수가 있었으면 좋겠다.

일기장에게,

나 아무래도 영어 선생님을 사랑하게 된 거 같아.

프롤로그

3월 24일

로즈 펠럼 경장은 무릎을 꿇는다. 주방 문 안 쓰레기통 앞에 무언가 있다. 얼핏 피 묻은 휴지나 오래된 붕대처럼 보인다. 어쩌면 시든 꽃일 수도. 자세히 보니 장식으로 다는 술이다. 가방이나 부츠에 달려 있다가 떨어져 나온 것 같다.

작은 피 웅덩이 위에 있는 것으로 보아 살인이 일어난 후에 떨어진 것이다. 로즈 경장은 여러 각도로 사진을 찍고, 장갑 낀 손으로 술을 집어 들어 증거물 채취봉투에 담는다.

몸을 일으켜 사건 현장을 둘러본다. 꾀죄죄한 주방, 옛날식 나무 싱크대, 냄비와 솥이 있는 초록색 아가˚ 레인지, 식탁용 깔개와 공책, 신문과 개킨 빨랫감이 가득 쌓인 커다란 나무 식탁, 그리고 뒤쪽으로 증축해 만든 서재 공간. 싸구려 나무틀과 유리로 지붕을 덮은 그곳에 노트북과 프린터, 파쇄기, 탁자용 램프가 있고, 정원으로 통하는 쌍여닫이문이 보인다.

˚ Aga, 영국산 레인지 겸 히터의 상표명.

거슬리는 게 없는 곳. 밋밋하다고까지 할 수 있다. 전국에 있는 백만 개의 다른 주방과 똑같은 공간. 커피를 마시고, 숙제를 하고, 아침을 먹고, 뉴스를 보는 공간. 어두운 비밀이나 치정 범죄가 일어날 만한 곳이 아닌 공간. 살해가 일어나지 않는 공간.

그렇지만 약간 강낭콩 모양처럼 보이는 커다란 피 웅덩이에 사지를 뻗고 엎드려 있는 건 시체가 맞다. 범인은 범행에 사용한 칼을 비눗기 있는 스펀지로 대충 닦아 싱크대 안에 놓았다. 피해자를 향한 공격은 격렬했다. 목과 등, 어깨에만 적어도 스무 군데의 자상이 있었다. 그런 상황에서도 주방 다른 곳까지 피가 튀지는 않았다. 손바닥 자국도, 얼룩도, 핏방울이 튄 흔적도 없다. 그리하여 로즈 경장은 피해자가 방어할 틈도 없을 만큼 급격하고 효율적으로 공격이 이뤄졌다고 결론 내렸다.

로즈는 재킷 주머니에서 매직펜을 꺼내 빨간 스웨이드 술이 담긴 증거물 봉투에 기록을 시작했다.

종류 : 빨간색 (모초) 스웨이드 재질의 장식 술
수집 장소 : 복도에서 주방으로 들어가자마자 있는 냉장고 앞
수집 날짜, 시간 : 2017년 3월 24일 금요일 밤 11시 48분

아마 아무것도 아닐 거라고, 그냥 화려한 가방에서 떨어진 거라는 생각이 들었다. 그렇지만 범죄과학수사에서는 아무것도 아닌 게 모든 것을 뒤바꾸는 일이 흔했다.

이 모든 잔혹함에 해답을 제시하는 건 보통은 아무것도 아닌 것들이다.

1부

01

1월 2일

조이 멀런은 묘비에 꽃다발을 놓고 분홍빛 줄무늬 화강암에 새겨진 문구를 따라 손가락을 훑었다.

사라 제인 멀런

1962~2016

잭과 조지핀이 사랑하는 엄마

"새해 복 많이 받아, 엄마." 조이가 말했다. "어제 못 와서 미안해. 나랑 앨피랑 숙취로 엉망이었어. 프렌체이에 있는 캔디네 아파트에서 집들이 파티를 했거든. 캔디 기억하지? 캔디 보이드? 나랑 학교 같이 다닌 금발머리, 머리카락이 깔고 앉을 수 있을 정도로 길었던 애 있잖아. 지나가다 눈만 마주쳐도 꼭 인사한다고 엄마가 걜 좋아했지. 어쨌든 걘 아주 잘 지내. 지금은 물리치료사야. 아니…… 척추교정사라고 하나? 뭐 그런 일을 해. 엄마가 세상을 떠났다는 소식 듣고 울더라고. 그 얘기를 하면 다들 울어. 모두가 엄마를 사랑했어, 엄마. 모두가 엄마가 자기네 엄마였으면 좋겠다고 했지. 엄마가 내 엄마라니, 나는 정말 운이 좋았어. 그렇게 오랫동안 떠나 있지 말았어야 했는데. 무슨 일이 일어날 줄 알았더라면 떠날 생각을 아예 안 했을 거야. 엄마가 앨피를 못 만난 건 너무 아쉬워. 사랑스러운 사람이야. 지금은 시내 와인 바에서 일하는데, 미장일을 하고 싶어 해. 사실 지금 어머님 주방을 칠하는 중이야. 아니, 말은 그렇게 했지만 아마 어머님은 아들을 억지로 앉혀놓고 같이 TV 보며 얘기 나누려고 하겠지. 그 사람은 약간 미루는 걸 좋아해. 뭐든 시작하기 전에 뜸을 들이거든. 하지만 엄마, 엄마도 그 사람 좋아했을 거야. 너무 귀엽고 다정하고 괜찮은 사람인데다 날 너무 사랑하고 아껴주거든. 나 어렸을 때 골칫덩어리였잖아. 나 때문에 많은 일 겪게 한 거, 정말 정말 미안해. 엄마가 지금의 날 볼 수 있다면 얼마나 좋을까. 나 이제 다 자랐어, 엄마. 드디어 다 컸다고!"

조이가 한숨을 내쉬었다.

"어쨌든 이제 가야겠다. 곧 어두워질 텐데, 그러면 많이 무서울 거 같아. 엄마, 사랑해. 진짜 보고 싶다. 엄마가 살아 있었다면, 그러면 엄마네 집에 가서 같이 차 마시고 얘기 나누고, 잭 오빠랑 리베카 언니 흉뜯으며 수다를 떨었을 텐데. 금색 수전水栓에 대해서도 얘기해주고 말이야. 그 얘기는 지금 해줄까? 아니다, 다음에 할게. 다음 만남을 기대하라는 의미야. 잘 자, 엄마. 사랑해."

로어 멜빌을 출발한 조이는 위쪽에 나란히 늘어선 집으로 이어진 가파른 길을 따라 올라갔다. 1월 오후 나트륨등의 불빛 속에서

　　　　　　　　　　　　　　　엿보는 마을

도 멜빌 하이츠의 집들은 장난감 집짓기 블록처럼 눈에 확 띄었다. 빨간색, 노란색, 청록색, 자주색, 라임색, 회녹색, 자홍색, 그리고 다시 빨간색. 그것들은 계단식 축대 꼭대기에 앉아 아무나 초대받지 못하는 비공개 파티 손님들처럼 로어 멜빌의 작은 골목을 내려다보고 있었다.

이곳 스물일곱 채의 빅토리아풍 저택을 묘사할 때 늘 따라붙는 말이 있는데 바로 '상징'이었다. 멜빌 하이츠의 알록달록 집들은 이곳의 상징과도 같았다. 조이는 인생 대부분 멀리서만 이 집을 봤다. 어린 시절 멀리 자동차 여행을 떠날 때 이곳이 보이면 집을 출발한 지 20분이 안 됐다는 의미였다. 직장에 갈 때도 보였고, 집에 돌아올 때도 보였다. 학생 때 딱 한 번 파티에 초대받아 분홍색 집에 가본 적이 있었다. 내부는 세대가 분리된 원룸과 방으로 나뉘어 있었고, 다진 고기를 요리한 냄새와 눅눅한 냄새가 섞여 반짝이는 분홍색의 느낌 따위는 없는 공간이었다. 그렇지만 그곳에서 내려다본 경관은 숨이 막힐 만큼 멋있었다. 도시로 가는 1600미터 여정에서 그림처럼 호를 그리며 멈추는 에이번강, 그 너머 조각조각 이어진 밭, 매년 봄이면 희망찬 초록으로 몽글몽글 피어나는 나무가 수평선 위 볼록한 구릉을 덮은 풍경까지.

어린 시절엔 이곳에서 사는 걸 꿈꾸며 어느 집이 좋을까 고민하기도 했다. 라일락색 집이 좋을까, 분홍색 집이 좋을까 하며. 조금 크자 하늘색 집이나 회녹색 집이 마음에 들어왔다. 그리고 스물여섯이 된 지금은 암청색 집에 살고 있다. 14번지. 자신의 노동에 따른 보상이 아닌, 오빠의 평생에 걸친 고된 일과 넉넉한 보상 덕에 덤으로 받은 혜택.

조이보다 열 살이 많은 잭 오빠는 브리스톨 종합병원 심장외과 담당의로, 카운티 역사상 최연소 의사다. 오빠는 2년 전 리베카 언니와 결혼했다. 새언니는 괜찮은 사람이지만 불안정한 성격에 유머 감각이 없는 편이다. 조이는 자신의 사랑스러운 오빠라면 재밌고 사리분별 잘하는 간호사나 쾌활한 소아과 의사와 결혼할 거라고 늘 생각했다. 그런데 무슨 이유에선지 오빠는 스태퍼드셔주 출신의 고지식한 시스템 분석가를 선택했다.

오빠네가 암청색 집을 산 것은 열 달 전으로, 그때까지 조이는 발레아레스 제도에서 거품 파티를 열며 허송세월 중이었다. 세 달 전 브리스톨로 돌아와 잭 오빠를 따라 집으로 올 때까지도 오빠네 집이 알록달록 집 중 하나일 거라고는 상상도 못 했다.

"알록달록 집을 샀다니! 그런데 나한테 말도 안 해줬어." 조이가 한 손을 가슴에 대고 말했다.

"네가 안 물어봤잖아." 잭이 대답했다. "어쨌거나 내 생각은 아니었어. 리베카 생각이지. 집 좀 팔라며 주인 할머니를 구워삶더라고. 브리스톨에서 살고 싶은 집은 여기밖에 없다는 듯이 말이야."

"너무 예쁘다. 태어나서 이렇게 예쁜 집은 처음 봐." 조이는 회갈색, 청록색, 적갈색, 회색으로 우아하게 장식된 실내를 천천히 훑어보았다.

"마음에 들다니 기쁘네. 리베카랑 난 너희 둘이 당분간 여기서 지내는 게 어떨까 싶거든. 상황이 정리될 때까지 말이야."

"오, 맙소사!" 조이가 손으로 입을 가리며 말했다. "정말이야? 진심으로 하는 얘기야?"

"당연히 진심이지." 잭이 조이의 손을 잡으며 말했다. "다락방 보여줄게. 거긴 완전히 분리됐어. 한 쌍의 신혼부부에게 안성맞춤 이지." 잭이 조이의 옆구리를 쿡 찌르며 활짝 웃어 보였다.

조이 역시 크게 미소를 지었다. 얼마 전 이비사섬에서 남편을 데리고 온 것에 제일 놀란 건 사실 조이 자신이었다.

앨피 버터라는 이름의 잘생긴 남자, 그는 조이에 비하면 너무 심하게 잘생긴 편이었다. 적어도 이비사섬에서 청록색 물빛 안개 에 싸여 있을 때는 그렇게 보였다. 그러나 브리스톨 겨울의 청회 색 어둠 속에서 보자 그야말로 새파랗던 눈은 그냥 파란색이었고, 금갈색 머리는 평범한 빨간색, 구릿빛 피부는 그저 햇볕에 탄 것 뿐이었다. 앨피는 그냥 보통 남자였다.

결혼식은 해변에서 맨발로 치렀다. 조이는 분홍빛 시폰 드레스 차림으로 핑크색과 암녹색이 어우러진 작은 란타나 꽃다발을 들 었다. 앨피는 하얀 티셔츠에 분홍 반바지 차림으로 하얀 부겐빌레 아 꽃을 머리에 꽂았다. 증인은 그들이 일하던 호텔 매니저들이 맡 아주었다. 식을 치른 후 친구들과 함께 저녁을 먹었고, 알약을 삼 켰고, 동이 틀 때까지 춤을 췄고, 다음 날 침대에서 뒹굴거리다가 그제야 자신들이 저지른 짓을 알리기 위해 가족들에게 전화했다.

조이는 엄마가 살아 계셨다면 제대로 된 결혼식을 올렸을 것이 다. 그러나 엄마는 세상에 없었고, 아빠는 결혼식 같은 건 신경 쓰 지 않는 사람이라 이비사까지 날아올 턱이 없었다. 엄마 아빠는 잭을 임신한 지 4개월 차에 그레트나 그린˚으로 가서 비밀리에 결

˚ Gretna Green. 스코틀랜드의 한 지역. 미성년자는 부모의 동의를 받아야만 결혼할 수 있 다는 잉글랜드의 혼인법을 피해 많은 사람들이 이 지역으로 가서 결혼식을 올렸다.

혼식을 올렸다.

"아, 뭐. 집안 내력인가 보구나." 아빠가 안도감을 비치며 말했다.

"저 왔어요." 조이는 새언니가 있는지 없는지 몰라 복도에 대고 인사했다. 리베카는 이십 대 잉꼬부부에게 티 없이 깔끔하고 완전 새것인 단독 공간을 마련해줘서 기쁘다며 야단법석을 떨었다. (둘을 위한 공간을 내줄 수 있어서 너무 기뻐! 둘이 여기서 지내게 된다니, 정말이지 환상적이야! 진짜 환상적이야!) 하지만 행동은 영 딴판이었다. 리베카는 숨어 지냈다. 항상 그랬다. 지금만 해도 조이를 피해 거대한 식료품저장실 안에서 물건을 정리하는 척하고 있으니.

"오, 안녕!" 리베카가 서양고추냉이 병을 손에 든 채 어색하게 몸을 돌리며 말했다. "들어오는 소리 못 들었는데!"

조이가 밝게 웃어 보였다. 소리를 못 들었을 리 없다. 주방 식탁에 읽다 만 신문과 슈퍼마켓에서 사 온 먹다 만 초밥이 있고, 끓인 지 얼마 안 된 차도 머그잔에서 수증기를 내뿜고 있다. 조이는 머릿속으로 상황을 그려보았다. 열쇠로 문 따는 소리가 들리자 흠칫 놀란 새언니가 도망갈 곳을 찾다가 식료품저장실로 뛰어가 손에 잡히는 대로 서양고추냉이 병을 집어드는 모습을.

"미안해요. 인사를 크게 한다고 했는데."

"괜찮아. 괜찮아. 나는 그냥……." 리베카는 서양고추냉이 병으로 식료품저장실 쪽을 향해 애매하게 원을 그렸다.

"둥지 틀고 있었어요?"

"맞아! 그러고 있었어. 아기를 위해 둥지를 틀고 있었어. 딱 맞는 표현이네."

둘 다 함께 리베카의 둥근 배로 시선을 내렸다. 첫아이의 예정일은 4개월 후. 5월 1일쯤 세상에 나올 조카는 여자애다. 리베카가 그들에게 단독 공간을 내준 데는 조이에게 유치원 간호선생 자격이 있다는 것도 한몫했을 것이다. 비록 열여덟 살 이후로 아이를 만져본 적도 없지만, 그래도 엄연히 자격을 인정받은 사람이니까. 이론상으로는 기저귀를 정확히 48초 만에 갈 수 있다.

현관으로 이어지는 떡갈나무 계단 중간에는 스테인드글라스로 된 창문이 있다. 조이는 종종 이곳에 서서 투명 유리에 코를 박고 남들 시선에는 신경 쓰지 않은 채 밖을 내다보는 걸 즐겼다. 이른 오후지만 계절 탓인지 땅거미가 지고 있다. 강 건너편 언덕의 나무는 앙상하고 어쩐지 어색해 보인다.

반짝이는 검은색 차가 아랫마을 큰길에서 커브를 돌더니 테라스를 향해 급경사를 오르기 시작했다. 이곳까지 오는 차는 거주자나 방문객이 탄 차뿐이다. 누군지 보려고 잠시 기다리자 차가 길 맞은편에 멈췄다. 조수석에서 삼십 대로 보이는 한 여자가 내렸다. 턱까지 오는 밝은 갈색 머리에 후드티와 청바지를 입은 보이시한 스타일이었다. 그녀가 뒷문으로 가자 남자아이가 내렸다. 여자를 쏙 빼닮은, 열네 살쯤 된 아이였다. 운전석에서 내린 남자는 상당한 미남에 키도 크고 다리가 길었다. 잔뜩 구겨진 하늘색 폴로셔츠와 짙은 색 청바지 차림이었고, 짧고 검은 머리 옆 관자놀이 부분이 하얗게 세 있었다. 그는 트렁크로 가서 중간 크기의 캐리어를 꺼냈다. 힘들이지 않고 들어내는 모습이 매력적이었다. 그는 아들에게 캐리어를, 코트 무더기와 쇼핑백은 아내에게 건넸다. 세 사람은 길을 건너 노란색 집으로 들어갔다.

조이는 계속 계단에 서 있었다. 크리스마스 가족 여행을 마치고 돌아온 매력적이고 나이 지긋한 남성의 이미지는 이미 그녀의 의식에서 퇴색되고 있었다.

심문 녹취록

날짜 : 2017년 3월 25일

장소 : (우편번호 BS2 0NW) 브리스톨, 트리니티 로드^{Trinity Road} 경찰서

담당 : 서머싯/에이번^{Somerset & Avon} 경찰서 경찰관

경찰 이 심문은 녹음되고 있습니다. 저는 트리니티 로드 경찰서 강력반의 로즈 펠럼 경장입니다. 성함을 말씀해주시겠어요?

JM 조지핀 루이즈 멀런입니다.

경찰 주소는요?

JM 우편번호는 BS12 2GG, 브리스톨시의 멜빌 하이츠 14번지입니다.

경찰 감사합니다. 톰 피츠윌리엄과는 어떤 관계죠?

JM 그분은 저희 옆옆집에 사는 이웃입니다. 가끔 직장까지 태워주시는 분이죠. 길에서 마주치면 대화도 나누고요. 저희 오빠랑 새언니와도 아는 사이예요.

경찰 그렇군요. 어제저녁 7시에서 9시쯤 사이에는 어디 계셨습니까?

JM 브리스톨 하버 호텔에 있었어요.

경찰 혼자 계셨나요?

JM 거의 그랬죠.

경찰 거의라고요? 누구 다른 사람도 있었다는 말씀인가요?

JM (침묵)

경찰 멀런 씨? 누구랑 있었는지 말씀해주시죠. 브리스톨 하버 호텔에 또 누가 있었나요?

JM 고작 몇 분간이었어요. 아무 일도 없었고요. 그건 그냥……

경찰 멀런 씨, 이름을 대주세요.

JM 그 사람 이름은…… 톰 피츠윌리엄이에요.

02

1월 6일

며칠 후 조이는 톰 피츠윌리엄을 또 보았다. 목격 장소는 동네였다. 그는 정장 차림으로 핸드폰 통화를 하며 서점에서 나오고 있었다. 잠시 후 손가락으로 화면을 눌러 통화를 마치고 핸드폰을 재킷 주머니에 찔러 넣었다. 그가 왼쪽으로 방향을 꺾자 얼굴이 드러났다. 아직 미소가 조금 남아 있었다. 웃는 입매 때문에 얼굴이 완전 딴판으로 보였다. 한쪽 입꼬리가 다른 쪽보다 더 올라갔고 눈썹도 마찬가지였다. 바람에 머리가 흩날리자 희끗희끗한 머리로 손을 가져갔다. 미소가 찡그림으로 바뀌면서 얼굴이 또 변했다. 턱에 힘이 들어갔다. 이마에는 주름이 졌다. 눈을 천천히 깜빡였다. 그는 길 건너편에 세워둔 검은색 차로 발걸음을 옮겼다. 삑삑 소리와 함께 잠금장치가 열렸고, 불빛이 반짝였고, 그가 긴 다리를 접어 운전석으로 올라탔다. 그리고 가버렸다.

그렇지만 그의 그림자만은 그녀의 의식 안에서 머뭇대고 있었다.

조이는 앨피 버터를 짝사랑했었다. 리조트에 머무는 몇 달 동안 그를 지켜보며 그와 교류하는 사람들에게서 모은 작은 정보의 파편을 추려 자신만의 이야기를 만들어냈다. 그러나 그의 출신지를 아는 사람은 아무도 없었다. 누군가는 작가인 것 같다고 했다. 또 다른 누군가는 수의사였다고 했다. 당시 그는 암적색 긴 머리를 하나로 묶거나 틀어올리곤 했다. 붉은 기가 도는 수염을 조금 길렀고, 크고 탄탄한 몸통에는 위로 자라나는 듯한 장미 문신이, 어깨에는 한 쌍의 날개 문신이 있었다. 일을 하지 않는 시간에는 대부분 웃통을 벗고 다녔다. 누구에게나 미소를 지었고, 잘난체를 했으며, 뻔뻔한 사람이었다.

조이의 상상 속에서 앨피 버터는 이 세상 사람이 아니었다. 조이는 그에게 일종의 초자연적인 페르소나를 부여했고, 만약 마주친다면 무슨 얘기를 할지 머리를 굴리곤 했다. 그러던 어느 날 리조트 뒤편 세탁실 옆에서 그가 조이를 불러 세웠고, 파랗고 파란 눈을 그녀에게 고정하고는 미소를 지으며 물었다. "조이, 맞죠?"

조이는 그렇다고 대답했다.

"브리스톨 출신이라고 하던데, 맞나요?"

네, 그녀가 답했다, 그것도 맞아요.

"어디쯤이에요?"

"프렌체이 알아요?"

앨피가 공중으로 주먹을 휘둘러 보였다.

"내 그럴 줄 알았어! 그럴 줄 알았다고요! 직감으로 딱 느껴지는 거 있잖아요. 누가 그쪽이 브리스톨 출신이라고 하는데, 프렌체이 여자구나 하는 생각이 딱 들었어요. 확신이 들더라고요. 그런데 정말 그렇다니! 저도 거기 출신이에요!"

엿보는 마을

와우, 조이가 말했다, 와우! 세상이 정말, 정말 작네요, 라고도 말했다. 어느 학교 나왔느냐고 묻기도 했다.

알고 보니 앨피는 이 세상 사람이 맞았고, 초자연적이지도 않았고, 수의사도 시인도 아니었고, 심지어 기타를 잘 치는 사람도 아니었다. 그렇지만 잠자리 기술이 엄청나게 좋았고 포옹 전문가였다. 첫 만남 후 2주가 지나자 그는 발목에 조이의 이름을 문신으로 새겼다. 평생 동안 이런 감정이 드는 여자는 처음이라고 하면서. 둘이 어디를 가든 그는 조이의 어깨에 팔을 둘렀다. 그녀가 앞을 지나치면 언제든 잡아채 무릎에 앉히기도 했다. 조이를 따라 지구 끝까지라도 갈 거라고 말했다. 그 후 엄마를 떠나보낸 조이가 브리스톨 집으로 돌아가고 싶다고 하자 자기도 따라가겠다고 했다. 조이가 엄마의 장례를 마치고 돌아오자 그는 프러포즈를 했다. 그리고 2주 후에 결혼했다.

꿈에 그리던 짝사랑을 이뤘는데, 그다음은 뭐지? 이제 어떻게 되는 거지? 이런 걸 표현하는 단어가 있지 않을까? 왜냐하면 자신이 원하던 것을 손에 넣었다는 것은 그런 것이기 때문이다. 그렇게 갈망하고 꿈꾸고 환상을 품었던 모든 행동은 거대한 구멍을 남기고, 그 구멍은 오직 더 많이 갈망하고 꿈꾸고 환상을 품어야 채워진다. 조이의 마음속에 톰 피츠윌리엄에 대해 갑작스럽고 예기치 않은 집착이 자리 잡은 것은 그런 이유일 것이다. 조이의 내면에 자리한 환상의 구멍이 채워져야 하는 바로 그 순간, 그가 모습을 드러낸 것이다.

그가 아니었다면 조이는 누구라도 다른 사람을 찾아냈을 것이다.

03

1월 23일

톰 피츠윌리엄은 쉰한 살로, 잭의 말에 따르면 매력적인, 아주 매력적인 사람이었다.

오빠에게 일부러 그에 대해 물어본 것은 아니었다. 지역 신문에 난 학교 수상 소식을 보고 자연스럽게 나온 얘기였다.

"어, 이거 봐봐. 이 사람 우리 이웃분이잖아. 옆옆집에 사는 분 말이야." 잭이 식탁에 펼쳐진 신문을 검지로 두드렸다. "톰 피츠윌리엄. 매력적인, 아주 매력적인 분이지."

조이는 한 손에 씻다 만 냄비를, 다른 손에는 수세미를 든 채 잭의 어깨 너머로 들여다보았다. "오! 본 적 있는 것 같은데, 검은색 차 주인이지?"

"응, 맞아. 우리 동네 공립학교 교장. '파견 교장'이지." 잭은 손가락으로 따옴표 표시를 해 보였다. "교육기준청에서 온 형편없는 선임자 대신 파견됐는데, 학교가 무슨 상을 타게 돼서 모두가 그분을 좋아해."

"멋지네. 오빠는 그분 좀 알아?"

"응, 좀 아는 셈이지. 우리 건물 공사할 때 아내분이랑 도움을 많이 주셨어. 낮 동안 무슨 일이 있으면 문자로 상황을 알려주셨고, 먼지랑 소음 때문에 이웃들이 항의하는 걸 중재해주기도 했어. 좋은 분들이야."

조이가 어깨를 으쓱했다. 잭은 모든 사람을 착하다고 여긴다.

"그래서, 면접은 어땠어?" 그가 신문을 반으로 접으며 물었다.

조이는 마른 행주를 싱크대 옆에 걸었다. "괜찮았어."

바를 갖춘 부티크 호텔인 멜빌 호텔에 프런트 매니저로 지원한 참이었다. 동네에서 유명한 곳이다. 그러나 상냥해 보이는 면접 담당은 조이를 보자마자 적임자가 아니라는 듯한 눈치였고, 조이는 면접관의 그런 마음을 굳이 바꾸려 들지 않았다.

"겉으로나 번드르르한 직업이지." 이제서야 하는 말이다. "일주일에 밤근무가 네 번이야. 됐다 그래."

조이는 잭을 보지 않았다. 여동생이 진짜 패배자라는 증거에 오빠가 어떤 반응을 보일지 목도하고 싶지 않았다. 사실은 탐나는 일자리였다. 아름다운 호텔에 사장도 괜찮은 사람이고 보수도 좋았다. 문제는 자신이 그 일을 하는 모습을 상상할 수 없다는 데 있었다. 문제는…… 그러니까 문제는 그녀 자신이었다. 조금 있으면 스물일곱. 3년이 지나면 서른이 될 것이다. 게다가 기혼자. 그런데도 무슨 이유에선지 자신이 아이 같다고 느껴졌다.

"괜찮아. 결국에는 뭔가 찾게 될 거야." 잭이 기계적으로 신문을 넘기며 말했다.

"당연하지." 말은 이렇게 했지만 마음은 껄끄러웠다. "근데 오빠, 나랑 앨피랑 여기서 지내는 거 괜찮은 거야? 진짜 괜찮은 거 맞아?"

잭이 친절한 얼굴로 눈을 굴렸다. "조이, 맙소사! 몇 번을 얘기해야 돼? 네가 여기 있어서 좋다니까. 앨피도 마찬가지고. 같이 있어서 기쁘다고."

"그럼 리베카 언니는? 후회하는 것 같지 않아?"

"리베카도 괜찮아, 조이. 우리 둘 다 괜찮다고. 전혀 문제없어."

"장담해?"

"응, 조이. 장담해."

그로부터 3일 후 조이는 직장을 얻었다. 끔찍하고 또 끔찍한 일이지만 그래도 직장은 직장이었다. 시내에 있는 어린이 놀이방의 파티 담당이었다. 골치 아프기로 악명 높은 그곳의 이름은 와카두Whackadoo●. 유니폼은 레몬색 폴로셔츠에 허리가 밴드로 된 바지였지만, 근무시간도 괜찮고 급료도 합리적이었다. 돈이라는 이름의 매니저는 머리를 바짝 친 거친 스타일의 여성으로, 조이는 그녀를 보자마자 첫눈에 반했다. 모든 것이 안 좋은 방향으로 흘러갈 수 있었다, 물론 그럴 수 있었다. 일이란 언제나 안 좋게 흘러갈 수 있는 거니까. 하지만 그러지 않았다.

누구나 와카두의 직원이 되면 첫 주는 현장에서 시간을 보내야 한다. "여덟 살 먹은 남자애 서른 명이 파티를 할 텐데, 파티 중간까지 화장실 청소를 끝내지 않으면 사무실에 앉을 수 없습니다." 음침하게 반짝이는 눈빛으로 돈이 말했다.

● '미친, 정신없는, 괴짜의'라는 뜻의 단어.

"성인 남자들이 열네 시간 동안 파티를 했던 바에서 예거밤*이
나 토사물 닦는 것보다는 낫겠죠."

"그 정도는 아닐 거예요." 돈은 조이의 말을 인정했다. "그 정도
는 아니지요. 내일부터 일할 수 있겠어요?"

조이는 면접을 마치고 돌아오는 길에 멜빌 호텔에 들러 아늑한
바에 앉아 커다란 진토닉을 주문했다. 진토닉을 마시기에는 이른
시각이었다. 탁자 하나를 사이에 두고 옆에 앉은 남자는 아침을 먹
고 있었다. 이것은 자축 파티라고 되뇌었지만, 사실은 날이 선 공
포와 자기혐오를 누그러뜨릴 무언가가 필요할 뿐이었다.

와카두라니.

상상을 초월하는 소음과 역한 냄새로 가득한 창문 없는 동굴.
콘크리트 블록으로 만들어진 아주 기분 나쁜 곳이다. 쏟아진 음료
수와 아이들의 찡얼거림은 물론이고 보아하니 아이들이 하루에
한 번은 볼풀장에 똥을 싸지르는 것 같았다. 조이는 몸서리를 치
고 다시 한 번 술을 벌컥벌컥 들이켰다. 아침을 먹던 남자가 호기
심에 찬 눈으로 이쪽을 보았다. 조이 또한 시선을 맞받아치며 거
만하게 눈을 깜빡였다.

이곳 아랫동네에서도 조지 왕조 스타일로 지은 알록달록 집의
좁은 창문 꼭대기로 다양한 빛이 흐르는 게 보였다. 잭과 리베카
의 암청색 집도, 톰 피츠윌리엄의 레몬색 집도 눈에 띄었다. 저 위
는 또 다른 세상이다. 일류들의 세상. 그런데 반쯤 자라다 만 자신

● 독일산 리큐어(혼성주)인 예거마이스터와 강력한 에너지 음료인 레드불을 섞은 칵테일.

이, 어린이 놀이방에서 일하는 자신이 거기 산다니! 도대체 이게 무슨 일이람?

조이는 물어뜯은 손톱, 흠집 난 부츠, 오래된 면바지를 내려다 보았다. 자신이 입고 있는 케케묵은 바지와 낡아빠진 브래지어에 대해 생각했다. 미용실에도 가야 하는데 두 달 넘게 미루고 있다. 그런데 목요일, 정오도 안 된 이 시간에 호텔 바에 앉아 혼자 진을 홀짝이다니. 다섯 달 전의 자신은 어땠던가. 햇볕에 그을리고 호리호리했던 그때, 손에는 부케를 움켜잡고 발가락 사이로 빠져나가는 모래를 느끼던 그때, 새파란 하늘에서 쏟아지는 햇빛을 받으며 앨피 옆에 서 있던 그때. 젊고 아름다웠던 그때 조이는 사랑이라는 천국 안에 있었다. "이렇게 사랑스러운 존재는 내 평생 처음 봐." 당시 상사는 뺨을 타고 흐르는 눈물을 닦으며 이렇게 말했다. "이렇게 젊고, 이렇게 완벽하고, 이렇게 순수하다니."

조이는 핸드폰 사진첩을 뒤져 결혼사진을 찾아냈다. 인생에서 가장 행복했던 날의 기억에 젖어들었다. 몇 분 뒤 출입문이 열리는 소리에 고개를 들었다.

그 사람이다.

톰 피츠윌리엄.

그 교장선생님.

그는 정장 재킷을 벗어 의자 등에 걸친 후 가죽 숄더백을 의자에 올렸다. 그러더니 천천히, 한편으로는 자의식 충만하게, 한편으로는 자의식이 완전히 부족해 보이는 모습으로 어슬렁어슬렁 바쪽으로 걸어왔다. 바텐더와는 아는 사이 같았다. 바텐터는 라임을 추가한 보드카 소다를 만들면서 음식이 준비되는 대로 자리로 가

엿보는 마을

져다주겠다고 말했다.

　조이는 테이블로 돌아가는 그의 모습을 바라보았다. 파란색 셔츠에 보일락 말락 체크무늬가 있다. 맨 아래 단추는 약간 불룩한 살 때문에 살짝 팽팽하다. 당당하게 드러나는 윤곽을 보자 이상한 기쁨과 흥분의 물결이 밀려들었다. 그것은 식사와 함께 꽤 좋은 와인 한 병을 걱정 없이 즐긴다는 증거였다. 조이는 팽팽한 단추 사이에 손가락을 밀어 넣어 잠시 동안 부드러운 살결을 만지고 싶었다.

　그러나 곧 그 생각에 지레 놀랐다. 숨이 약간 차올랐다. 진토닉으로 애써 주의를 돌렸다. 술잔이 거의 비었다. 이제는 떠날 시간이다. 그렇지만 움직이고 싶지 않다. 움직일 수 없다. 끔찍하고도 갑작스러운 열망으로 엉망이 된 상태다. 조이는 몸을 살짝 돌려 그의 발을, 발목을, 회색 면양말의 구겨진 끝단을, 끈 달린 검은 가죽 구두를, 그리고 양말과 바짓단 사이로 보이는 창백한 맨살을 보았다. 그가 바짓단을 천천히 잡아당기며 앉았기에 볼 수 있는 부분.

　조이는 그의 육체적 매력에 강렬하게 사로잡혔다. 그의 발에서 시선을 돌려 다시 빈 잔을 보았고, 핸드폰에 띄운 결혼사진으로 눈길을 돌렸다. 핸드폰 배터리는 이제 2퍼센트라 곧 꺼질 일만 남았다. 여기 이러고 앉아 빈 술잔만 바라보고 있을 수 없다. 지금은 그러면 안 된다. 저 남자 앞에서는.

　그는 숄더백에서 서류를 꺼내놓았다. 어디선가 펜을 하나 집어 들더니, 가벼운 손짓으로 몸에서 멀리 떨어뜨리고, 볼펜 머리를 눌러 반복적으로 딸깍거리다가, 종이에 갖다 대고 무언가를 표시

하고는 다시 몸에서 멀리 떨어뜨렸다. 딸깍, 딸깍. 한쪽 발로 다른 발 앞꿈치를 살짝살짝 치고 있었다. 조이는 웨이터가 음식을 갖고 나오면 빠져나가야지 마음먹었다. 그래야 했다. 톰이 음식에 정신을 쏟는 틈을 타 나갈 것이다.

결국 핸드폰 화면이 까맣게 변하며 꺼져버렸다. 핸드폰을 가방에 넣고 바닥만 바라보며 기다렸다. 마침 웨이터가 신호음 소리를 듣고 뒤쪽으로 사라지더니 잠시 후 샌드위치를 올린 나무 접시를 들고 나타났다. 샌드위치 옆에는 허브와 곱슬곱슬한 잎으로 화려하게 만든 작은 동산이 있었다. 톰은 서류를 옆으로 치우며 바텐더를 향해 인자하게 웃어 보였다.

"감사합니다." 목소리가 들린 순간 조이는 재킷을 들고 의자와 테이블 사이를 헤쳐나갔다. 들키지 말아야 한다는 조바심 때문에 의자를 쓰러뜨릴 뻔했다. 바를 가로지를 때 "맛있어 보이네요"라는 소리가 들렸다. 무거운 부츠가 비둘기색 타일 바닥에 부딪히며 요란한 소리를 냈다. 가방끈이 어깨에서 자꾸 흘러내렸고, 손에 든 재킷이 농산물 직매장 전단지를 건드려 바닥으로 흩트렸다.

"놔두세요. 제가 정리하겠습니다." 바텐더가 다가와 말했다.

"감사합니다." 그녀가 말했다.

문을 비틀어 열고 몸을 내던지듯 밖으로 나갔다. 그러나 바로 직전, 눈 깜짝할 사이, 둘의 시선이 얽혔고, 뭔가 끔찍한 일이 벌어졌다. 이 상황을 표현할 수 있는 말은 오직 하나다. 바로 서로가 서로에게 반했다는 것.

엿보는 마을

04

1월 26일

앨피 버터가 침대에 다리를 꼬고 앉아 무릎에 노트북을 올려놓고 있다. 그는 한때 길게 늘어뜨렸던 빨간 머리를 영국으로 돌아오기 직전 직접 잘랐다. 이발기에 2호 날을 꼽고 바짝 깎은 머리카락은 이제 다시 자라는 참이다. 머리카락이 짧아서인지 덩치에 비해 머리가 좀 작아 보인다. 아래턱은 나흘 동안 자란 수염으로 덮여 있다. 입은 옷이라곤 후줄근한 갭Gap 팬티에 회색 민소매 티가 전부다. 문신이 거의 다 보일 만큼 암홀이 깊다. 그의 몸은 거대하다. 단단한 벽돌담 같은 남자다. 화려한 침대에 앉아 있는데도 동화 속에서 튀어나온 듯 그만은 여전히 켈트족 전사처럼 보인다. 옷 입는 걸 깜빡한 켈트족 전사.

조이는 앨피의 젊고 건장한 몸을 세심히 살펴보았다. 그리고 톰 피츠윌리엄의 부드럽고 무르익은 몸을 떠올렸다. 먼 훗날 앨피의 탄탄한 몸은 어떻게 될까? 살이 찔까? 힘줄이 튀어나올까? 훗날에도 여전히 형편없는 기타리스트, 뛰어난 포옹 전문가, 가망 없는 미장공, 배려심 깊고 로맨틱한 연인일까? 아니면 다른 사람이 된 듯 변할까? 어떻게 될지 모른다니, 누구도 이런 의문에 답해줄 수 없다니, 모든 것을 만족스러운 결론으로 이끌기 위해서는 그저 우주만 믿어야 한다니, 어떻게 그게 가능하지? 어떻게 그럴 수 있지?

조이는 뇌가 탱탱 부은 것처럼 느껴졌다. 마치 누군가 자신의 뇌를 휘저어놓은 것 같다. 끔찍한 와카두 유니폼, 치킨너깃 냄새, 남자애들 화장실 냄새가 떠올랐다. 톰 피츠윌리엄이라는 남자와 그가 볼펜을 딸깍, 딸깍, 딸깍 누르던 모습이 떠올랐다. 바에서 그를 봤을 때 휘몰아치던 감정, 오후와 저녁 내내 몰아내려 애썼던 그 감정이 떠올랐다. 엄마 생각이 났고, 엄마의 부재가 생각났고, 갑자기 몹시 통제 불능처럼 여겨지는 상실감이 밀려들었다.

"자기 괜찮아?" 앨피가 이상하게 쳐다보며 물었다.

"응."

"진짜?"

"그럼. 이비사섬에서 개코같은 일을 하던 게 살짝 그리워서 그런가 봐. 그거 말고는 없어." 조이가 미소를 지으며 대답했다.

"이리 와. 내가 안아주면 괜찮아질 거야." 앨피가 큼지막한 얼룩점이 점점이 박힌 팔을 펼치며 말했다.

매번 안아준다고 문제가 해결되는 건 아니야, 라고 그녀의 마음 한구석이 소리쳤지만 순순히 그의 말을 따랐다. 앨피의 품안에서 정수리에 닿는 따스한 숨결을 느끼는 순간, 이게 해결책은 아닐지 몰라도 다른 문제를 생각하는 것보다는 확실히 낫다는 느낌이 들었다.

엿보는 마을

다음 날 조이는 퇴근길에 동네 상점에 들렀다. 새로운 직장의 첫날을 보내고 오는 저녁이었다. 사람들의 무례함, 아이들의 소란, 부족한 일조량, 그곳에서 보낸 시간 그 자체로 찰과상을 입은 것처럼 느껴졌다. 어서 집으로 가서 샤워를 하고 조거팬츠와 후드티를 입은 채 차를 한 잔 마시고 싶었다. 와인도 매우 당겼다. 아주 많은 양의 와인이.

주류 코너로 방향을 돌린 순간 톰 피츠윌리엄의 아내가 눈에 띄었다. 이름이 뭐였더라? 오빠가 말해줬는데 기억나지 않았다. 아마 N으로 시작하는 이름이었는데. 그녀는 냉장고에서 미네랄 생수를 하나 꺼내려는 것 같았다. 빨갛게 상기된 얼굴에 포니테일 머리가 땀에 젖었고, 반짝거리는 검은 레깅스와 몸에 딱 맞는 검은색 상의 차림이었다. 약간 근육질의, 운동을 과하게 한 몸매가 드러났다. 손목에는 립스틱처럼 분홍빛이 도는 스마트밴드가 있었고, 눈부시게 하얀 운동화를 신고 있었다.

그녀가 조이의 시선을 눈치채며 몸을 살짝 틀었다. 차가운 미소를 짓더니 병을 들고는 상점의 반대편으로 걸어갔다. 직원과 대화하는 소리가 조이의 귀까지 들렸다. 말솜씨가 좋았고 몇몇 단어에서 북쪽 억양이 살짝 느껴졌다. 직원에게 한 말에 따르면 작년에 발목이 부러져 움직이지 못하다가 새해 결심으로 올해부터 달리기를 시작했다고 한다. 포장도로를 다시 달리게 되어 너무 좋고, 규칙적으로 달리지 않으면 몸이 찌뿌둥하다고 했다. 하루에 3킬로미터는 달려야 머리도 맑아지고 머릿속 톱니바퀴도 제대로 돈다나 어쩐다나.

조이는 시리얼 코너 쪽에서 몰래 지켜보았다. 톰 피츠윌리엄이 어떤 여자를 결혼 상대로 골랐는지 궁금했다. 무중력상태의, 요정 같은 사람이었다. 모든 것이 섬세하고 나긋나긋했다. 마치 뾰족하게 깎은 연필로 그린 그림처럼. 조이의 체격도 작았지만, 톰의 아내는 거미줄처럼 가는 머리카락에 작고 둥근 코를 가진 인형 같은 외모였다. 저 작은 손이 톰의 부드러운 허리를 잡는 모습이 떠올랐다. 과연 톰은 아내를 두고 바람을 피운 적이 있을까. 두 사람은 얼마나 자주 잠자리를 할까. 애들 장난감 같은 저 여자가 건장하고 잘생긴 남편 위로 올라타 머리를 뒤로 젖히는 모습이 그려졌다.

조이는 뚜껑을 돌려 따는 싸구려 술을 대충 집어 들고는 재빨리 계산대로 향했다. 알록달록 집으로 향하는 언덕에 다다르자 바로 앞에 톰의 아내가 보였다. 성냥개비처럼 마른 그녀의 실루엣은 물병을 든 채 1월의 매서운 바람에 맞서 어깨를 움츠리고 있었다.

그리고 저기, 저 위, 피츠윌리엄 가족의 집 꼭대기층에서 흘러나오는 희미한 역광 사이로 조이는 보았다. 작은 빛줄기, 누군가의 움직임, 무거운 커튼이 쳐지는 모습, 그리고 갑자기 내려앉은 어둠을.

05

1월 27일

프레디 피츠윌리엄은 디지털 쌍안경을 끄고 창문 커튼을 내린 후 의자 바퀴를 굴려 컴퓨터로 이동했다. 양탄자 위에는 이쪽 끝에서 저쪽 끝으로 사무용 의자를 타고 왔다갔다한 자국이 반들반들 나 있다. 프레디는 동네와 강 유역, 그 너머 풍광까지 한눈에 보이는 다락방을 자신만의 배로 삼고 선장의 역할을 맡고 있다. 디지털 쌍안경은 엄마와 아빠에게 받은 크리스마스 선물이다. 이것으로 프레디의 인생에는 일대 변혁이 일어났다. 이제는 집에서도 제나 트립이 사는 곳을 제대로 볼 수 있다. 베스 리들리의 욕실, 불투명 유리 너머로 간혹 나체로 보이는 형상이 어른어른 퍼지는 모습도. 제나와 베스가 매일 아침 볼품없는 교복을 입고 제나의 집 앞에서 만나는 모습도. 1월의 추위에도 아랑곳없이 짧아도 너무 짧은 치마에 맨다리를 드러낸 그 둘은 팔짱을 낀 채 이어폰을 나눠 끼고 수다를 떨었다. 심지어 그 애들이 먹는 프링글스가 무슨 맛인지 보일 정도였다.

프레디는 아빠가 교장을 맡은 학교에 다니지 않았다. 시내 반대편으로 30분을 걸어가야 하는 사립 남중에 다녔다. 몰드에 살았을 때 다닌 학교는 멜빌이었다. 일 년하고 한 달을 다닌 어느 날 아침, 잠에서 깬 프레디는 브리스톨로 이사 가게 됐다는, 이삿날은 다음 주라는 얘기를 들었다. 다시는 돌아오지 않을 거라는 말도. 아빠는 교장 중에서도 거물이었다. 정부는 '특별조치'가 필요한 학교, 형편없는 운영으로 폐쇄를 앞둔 학교라면 어디든 전국 각지로 아빠를 파견했다. 이번 학교 또한 너무 엉망이었던 터라 전임 교장은 해임 당일 학교에서 쫓겨나다시피 했다. 학교 기금을 횡령했다나 뭐라나, 그 정도로 안 좋은 일이 있었다고 한다.

처음에만 해도 프레디는 이곳이 싫었다. 학교는 똥통이었다. 감옥처럼 보이는 데다 냄새는 감옥보다 더 심했다. 선생들은 죄다 늙었고 영국인 티가 줄줄 났다. 대부분의 선생님이 젊고 건강한 유럽인이었던 이전 학교와는 너무 달랐다. 프레디는 영국 외의 유럽 출신 선생님을 좋아했다. 그들의 모국어를 구사해 보임으로써 좋은 인상을 줄 수 있었고, 그럴 때마다 선생님들은 아주 즐거워했다. 스페인어나 기타 다른 언어로 선생님한테 칭찬을 퍼부으면 심지어 살인을 하더라도 빠져나갈 수 있을 것 같았다.

프레디가 구사하는 언어는 프랑스어, 스페인어, 독일어, 이탈리아어, 표준 중국어, 웨일스어까지 여섯 가지다. 웨일스어는 몰드에 살 때 익힌 것이다. 나머지 언어는 모두 독학으로 배웠다. 또 대략 스무 개의 사투리로 말할 수 있는데, 지역민들이 들어도 깜빡 속아 넘어갈 정도다. 대학을 졸업하면 영국 정보부, 즉 MI5^{Military Intelligence 5}에 들어갈 생각이다. 부모님은 매번, 정부는 너처럼 영특한 녀석을 원할 거라고 말하곤 했다. 프레디도 그 말에 동의한다.

이 좋은 머리를 가지고 달리 무슨 일을 할 것인가? 뛰어난 지성에 끊임없이 돌아가는 두뇌, 게다가 야심도 있으니 말이다. 뭔가 대단한 곳에 가는 게 옳다. 물론 디지털 쌍안경(그리고 스마트워치에 있는 카메라와 첩보안경, 스파이 프로그램이 설치된 삼성 갤럭시)은 그의 가족이 거의 15년 동안 함께 써내려온 '스파이가 될 프레디'의 서사에 딱 들어맞았다.

쌍안경의 목적도 원래는 그거였다.

친구도 없고 친구를 사귀고 싶다는 욕심도 없이 일 년여 전부터 '멜빌 일지'라는 기록을 만들고 있다. 지역사회를 아우르는 신문 같은 것으로, 집 꼭대기 의자에 앉아 로어 멜빌 사람들의 움직임을 보이는 대로 기록하는 것이다. 멜빌 호텔 방문객도 기록한다. 한번은 케이트 블란쳇°이 들어가는 걸 본 적도 있다. 그녀는 정말, 정말, 정말, 연예인 같지 않아 보였다. 개와 함께 산책하는 사람들도 기록한다. *백발 남성이 꼬마슈나우저를 데리고 저녁 8시에 집을 나서 8시 27분에 돌아오다.* 조깅하는 사람들도 기록한다. *궁둥이가 거대한 아줌마 두 명이 7시 반에 집에서 나와 8시 45분에 돌아왔는데 손에는 가게에서 산 비싼 감자칩이 들려 있다.* 가끔은 위법 행위도 적는다. 개를 산책시키는 사람이 개똥을 치우지 않았다든가, 횡단보도 옆에 이중주차하거나 지그재그로 주차한다든가 하는 것. 날치기 장면도 최소 세 번은 목격했는데 그중 한 번은 상점 주인이 동네 반대편으로 도망가는 도둑을 추격하다가 심장마비가 올 뻔했다.

° 오스트레일리아 출신의 유명한 미국 배우.

요즘 프레디의 흥미는 매일매일 펼쳐지는 단조로운 풍경에서 벗어나고 있다. 백발 남성이 꼬마슈나우저를 데리고 산책하는 걸 기록하는 것도 몇 번 하고 나니 흥미가 식었다. 이제는 여자애들에 대한 기록에 관심을 쏟고 있다. 이상한 일이다. 프레디는 여자애를 좋아한 적이 없었다. 단 한 번도. 사실 여자애를 좋아하지 않는다는 것은 프레디를 규정하는 특징 중 하나다. 프레디는 자신이 태어날 때부터 여자애를 좋아하지 않게 만들어진 게 아닐까 하는 생각을 하곤 했다.

그러나 아니었다.

지금까지 관찰한 바로는 제나와 베스가 이 동네에서 가장 예쁜 애들이다. 머리카락이 곱고 검은 제나는 키가 크고 탄탄한 몸에 가슴이 꽤 풍만하다. 베스는 키가 작은데 자연 금발로 보이는 머리는 상당히 짧고 앞머리를 눈까지 내려뜨렸다. 둘은 프레디보다 나이가 많았다. 그들은 11학년, 프레디는 10학년이다.[*] 요즘은 대부분의 시간을 둘에 대해 기록하며 보낸다. 그래서 언제 방과 후 클럽활동을 하는지, 무슨 요일에 체육을 하는지, 스타벅스 최애 음료가 무엇인지, 얼마나 자주 귀고리를 바꾸는지 등등을 알게 되었다.

그렇다, 지금까지는 제나와 베스가 최고 관심 대상이었다. 그런데 새로운 사람이 생겼다. 바로 몇 주 전 두 집 건너 파란색 집으로 이사 온 여자. 무지 예뻤다. 그녀를 처음 본 것은 멜빌 시내 식당에서 엄마 아빠와 함께 저녁을 먹을 때였다. 그녀는 남자와 함께였

---

[*] 영국은 초등학교에서 중등학교까지 총 13학년제다.

다. 빨간 머리를 바짝 친 그 남자는 건장하고 거칠어 보였고, 몸에 새긴 문신이 셔츠의 천 사이로 눈에 들어왔다. 프레디가 처음 들은 것은 그녀의 브리스톨 억양과 호탕한 웃음소리였다. 호기심에 머리의 각도를 약간 틀어 살펴보았다. 하늘하늘한 상의를 입은 그녀가 와인을 들이붓고 있었다. 무지 큰 입, 하얗고 큰 치아, 아무렇게나 틀어올린 백색에 가까운 금발머리, 금색 링 귀고리, 피처럼 빨간 스웨이드 부츠를 신은 작은 발. 부츠에는 장식 술이 달려 있었다. 그때부터 이름을 알아내기까지 그녀를 별명으로 불렀다.

프레디가 지은 별명은 '빨간 부츠'였다.

프레디는 지금 그녀를 보고 있다. 버스에서 내린 그녀는 잠시 시야에서 사라졌다가 다시 나타났다. 언덕을 오르는 엄마의 몇 미터 뒤에 있다. 제대로 보일 때까지 쌍안경을 계속 확대했다. 잠시 후 후줄근한 그녀의 모습이 시야에 들어왔다. 지금 찍고 있는 화면을 노트북에 업로드하고 더 확대하자 추레한 코트 속 노란색 티셔츠가 눈에 띄었다. 자세히 들여다보았다. 눈에 익은 노랑과 빨강은 와카두의 로고다. 프레디는 매일 등교 때마다 와카두 건물을 지나친다. 디자인블록*으로 지은 커다랗고 노란 건물로, 앞에는 플라스틱으로 만든 거대한 큰부리새가 있다. 아마 아이들을 위해 만들어놓은 것이겠지.

맙소사, 빨간 부츠가 와카두에서 일한다니! 아니, 무슨 그 따위 일을 한담? 그는 '일급비밀' 폴더에 영상을 저장했다. 이걸 알아낼

---

* 블록 중간에 다양한 모양의 구멍을 낸 시멘트 블록.

정도로 똑똑한, 아니 그 반만큼도 똑똑한 사람은 이 집에 아무도 없다. 프레디는 엄마에게 오늘 저녁 메뉴를 묻기 위해 아래층으로 내려갔다.

06

2월 3일

제나 트립은 운동화를 벗어던지고, 나일론 넥타이를 풀고, 배낭을 계단 밑에 떨어뜨렸다. 머리를 묶은 밴드를 당긴 뒤 손가락 끝으로 지끈거리는 두피를 문지르고 엄마를 불렀다.

"여기 있어!"

엄마의 대답에 제나는 거실을 둘러보았다. 엄마는 작은 탁자에 노트북을 올려놓고 가죽 소파 끝에 걸터앉아 있었다. 한쪽 옆에는 노트를, 반대쪽에는 핸드폰을 둔 채. 흐릿한 금발머리는 한데 모아 묶여 있었다. 머리카락 없이 드러난 맨 얼굴이 예뻤다. 고운 골격, 광대뼈 아래 움푹 들어가 그늘진 부분, 섬세한 턱선까지. 엄마는 십 대 때 잠시 모델 일을 했다. 그 시절 바람이 날리는 해변에서 비키니 모델을 했던 사진 하나는 액자에 담겨 제나의 침실 밖에 걸려 있다. 양팔로 몸을 감싸고(보아하니 11월이었다) 하늘을 향해 웃고 있는 포즈다. 보는 것만으로도 순수한 기쁨이 느껴진다.

"거기 확인 좀 해줄래?" 엄마는 전자 담배를 피우며 베리 향이 나는 진한 증기를 내뿜는다. "파란색 렉서스 차 있어? 해치백 달린 거."

제나는 한숨을 쉬고 커튼을 들어올린다. 집 주위 갈림길 이쪽저쪽을 살핀 후 엄마를 향해 말한다. "여기 파란색 렉서스는 없는데."

"확실해?"

"응, 확실해. 파란색은 포드 포커스만 있어. 여기서 파란색 차는 그거 하나야."

"오, 그건 마이크 차야. 그럼 괜찮아."

제나는 파란색 렉서스에 대해 더 이상 묻지 않았다. 엄마가 무슨 생각을 하는지 알기 때문이다. 커튼을 다시 내리고 주방으로 갔다. 주전자에 물을 올리고 마시멜로를 소량 넣은 저칼로리 초콜릿 음료를 만들었다. (최근 알게 된 바에 따르면 마시멜로 칼로리는 놀랍게 낮다.) 그런 다음 초콜릿 음료와 가방, 핸드폰을 들고 방으로 향했다. 중간에 멈춰 엄마의 사진을 자세히 들여다본다. 엄마 이름은 프랜시스 트립. 모델과 연기자로 활동할 때는 프랭키 밀러라는 이름을 사용했다. 이십 대에 아빠와 결혼하며 이름을 다시 프랜시스로 바꿨고 동물보호 활동을 시작했다. 아빠는 그 활동으로 엄마가 더욱 진중해질 거라 말했다고 한다. 제나는 사진 속 소녀에 대해 알고 싶었다. 바람결에 머리가 날리고 빛나는 눈동자에 하늘이 담겨 있는, 아무 걱정 없어 보이는 미녀. 아마도 자신이 그녀를 좋아했을 거라는 느낌이 왔다.

"근데 말이야!" 엄마의 천진난만한 목소리가 계단을 타고 층계참에 서 있는 제나에게 다다랐다.

"응!"

"화장대 전구 갈아끼운 거 너야?"

제나는 잠시 멈췄다가 대답했다. 어깨가 축 늘어졌다. 그렇다고 대답하면 더 편할 테지만, "아니"라고 대답했다.

"그렇구나." 엄마가 말했다. "이상해. 아주 이상하다고."

제나는 화장대 전구 얘기가 계속 이어지기 전에 방으로 들어가 문을 닫았다. 핸드폰에는 베스가 보낸 사진이 스냅챗 메신저로 와 있었다. 베스가 지역 신문 8면에 실린 피츠윌리엄 선생님 얼굴에 키스하듯 입술을 내민 사진이었다. 두 사람의 얼굴 주변으로는 분홍색 하트가 그려져 있었다. 제나는 혀를 찼다. 도대체 얘는 왜 이러는 거지? 피츠윌리엄 선생님은 나이가 너무 많은데.

"카리스마 있잖아. 게다가 좋은 향기가 나." 언젠가 베스는 이렇게 대답했다.

"선생님 냄새를 어떻게 알아?"

"가까이 있을 때 늘 쿵쿵거려. 그리고 선생님이 하는 그거······."

"그거라니?" 제나가 물었다.

"펜 가지고 하는 거 말이야. 딸깍거리는 거." 베스는 펜을 누르는 시늉을 해 보였다.

"딸깍거려?"

"어, 그 모습이 섹시해."

"정말이지 너 약에 취한 게 분명해."

예전에 했던 이 대화를 떠올리며 제나는 베스에게 답장을 보낸다. *메타암페타민* 중독자 같으니라고.

베스는 수정볼 이모티콘을 연달아 보내는 것으로 답장을 대신

• 중추신경을 흥분시키는 마약의 일종.

했다. 제나는 미소를 지으며 핸드폰을 침대 협탁에 놓고 충전을 시작했다. 베스 리들리는 세상에서 가장 친한 친구, 지금까지 있었던 친구 중 최고의 친구다. 둘은 마치 자매 같다. 쌍둥이 같기도 하다. 베스를 알게 된 것은 4년 전, 부모가 갈라서고 남동생 이선 트립이 아빠가 있는 웨스턴슈퍼메어에 간 사이 제나는 재수없게도 엄마를 따라 로어 멜빌로 왔을 때였다. 그렇다고 로어 멜빌에 문제가 있다는 말은 아니다. 제나네 전원주택(엄마가 전원주택이라고 부르는 이곳은 사실 테라스에 조약돌 바른 벽이 있는 낡아빠진 집이다)은 사실 엄마가 자랐던 곳이고, 주변 환경이 변하는 동안에도 이 집만은 언제나 그렇듯 여전히 꾀죄죄했다. 학교 애들은 제나가 이곳에 산다는 이유로 상류층이라 짐작했다. 완전 틀린 생각이지만.

"젠!"

계단을 타고 올라오는 엄마 목소리에 눈을 질끈 감았다.

"제나!"

"응!"

"뒤쪽도 좀 확인해줄래? 그 남자 아직도 창가에 앉아 있는지 좀 봐줘."

숨을 깊이 들이마시고 가능한 길게 참았다.

"왜?"

"알잖아."

물론 왜 그러는지 알고는 있지만, 가끔은 엄마가 자신의 집착에 대해 말로 설명해주길 바랐다. 그러면 본인이 내뱉는 엉터리 같은 말을 직접 듣고 정신을 차릴 테니까.

제나는 숨을 내뱉고 초콜릿 음료를 내려놓은 후 무릎을 꿇고 침대로 올라갔다. 이 집 정원 끝과 마주한 테라스 창문 옆에 한 남자가 앉아 있었다. 옆모습만 보이는 그는 눈앞의 모니터 안으로 빨려 들어갈 듯 보였다. 그가 찻잔을 입술로 가져가 한 모금 마시고는 한 손으로 목 뒤를 잠시 문지른 뒤 자판으로 손을 옮겼다.

"없어! 아무도 없어. 그 남자도 없어." 제나는 아래층을 향해 소리쳤다.

잠시 침묵이 내려앉았다. 그 침묵을 채운 건 안도의 감정이 아니라 실망감일 것이다.

"다행이네." 얼마 안 있어 엄마의 목소리가 들렸다. "좋아. 만약 그 사람 또 나타나면 알려줘."

"그럴게."

"우리 딸, 고마워."

제나의 핸드폰이 땡 하고 알림 소리를 냈다. 이번에도 베스가 보낸 스냅챗이다. 신문에 나온 피츠윌리엄 선생님의 얼굴 사진이 립스틱을 바른 베스의 키스마크로 뒤덮여 있었다.

제나는 미소를 지으며 답변을 보냈다.

우리 엄마만 미친 줄 알았더니 너는 더 심해.

07

지역 신문 8면에 톰 피츠윌리엄의 사진이 있다. 그는 학교 정문 앞에 서서 느슨하게 팔짱을 끼고 있다. 파란색 얇은 넥타이는 바람에 날려 약간 삐딱하다. 반쯤 미소 지은 채 카메라를 바라보는 모습이 꽤 준엄해 보인다. 제목은 '폭력단에 맞선 파견 교장'이다.

기사 내용은 눈에 들어오지도 않았다. 조이는 사진 구석구석을 눈여겨보았다. 노란색 끈에 걸린 신분증, 네 번째 손가락에서 흐릿하게 반짝이는 가느다란 금반지, 허리띠 없이 골반 위로 느슨하게 걸쳐 입은 바지, 턱을 내민 모습, 완만하게 경사진 어깨. 넥타이를 흔들고 지나간 바람에 날려 살짝 흐트러진 머리, 그리고 주변 풍경 전체를 완벽하게 사로잡은 채 서 있는 모습까지.

나의 학교, 나의 학생, 나의 책임.

톰 피츠윌리엄.

파견 교장.

조이는 손가락 하나를 뻗어 톰의 복부 윤곽을 따라 훑었다. 사진을 어루만지며 일주일 전 멜빌 바를 떠나던 순간을 떠올렸다.

엿보는 마을

그와 나누던 강렬한 눈빛……. 순간 소스라치게 놀랐다. 누군가의 손이 그녀의 허리로 다가왔고 목덜미에 따뜻한 숨결이 느껴졌다. 앨피였다. 낮잠과 오래된 티셔츠 냄새가 났다.

"젠장, 앨피, 깜짝 놀랐잖아!"

"미안, 나의 천사."

앨피는 조이를 뒤에서 안고 그녀의 어깨에 얼굴을 파묻으며 피부에 입술을 밀착했다. "으음, 당신 냄새는 미치도록 환상적이야." 그녀의 체취를 들이마시며 그가 말했다.

"미치도록 환상적인 냄새 같은 거 안 나거든요. 감자튀김이랑 꼬마 신사들 방귀 냄새나 나겠지."

"아니야. 당신만의 호르몬 냄새가 있다니까."

놀랍도록 탄성이 좋은 조이의 바지 안으로 그의 손이 들어왔다. 손가락이 속옷 사이를 파고들었다. 톰을 생각하며 몽상에 빠졌던 직후에 그 손가락을 느끼고 있자니 조이는 숨이 가빴다.

조이는 그의 손 위에 자신의 손을 대고는 몸 쪽으로 더 밀착시켰다. "내 호르몬 냄새라니?"

앨피가 크고 건조한 손으로 그녀를 완전히 감싼 채 좌우로 몸을 흔들었다. "꿀 냄새." 그의 입술과 그녀 피부의 뜨거운 공간 사이로 그 말이 내려앉았다. "여름 비 냄새, 생일 파티 냄새, 고양이 발 냄새, 뜨거운 모래 냄새, 그리고……." 그는 다른 팔로도 조이의 몸을 감싸 바짝 잡아당겼다. 둘은 마치 한 사람 같았다. "당신." 그가 말을 멈췄다. "그냥 당신 냄새가 나."

조이는 그의 품 안에서 몸을 돌려 있는 힘껏 입을 맞췄다. 간절한 열망으로, 다급한 마음으로 그를 이끌고 주방과 침실 사이 계단을 올랐다. 식탁에 펼쳐진 신문 속 톰 피츠윌리엄의 시선은 천장을 향해 있었다.

"그거 알아?" 잠시 후 앨피가 물었다. 조이는 그의 손을 맞잡은 채 머리를 그의 겨드랑이에 묻었다.

"아니. 뭔데?"

"이 말 하면 미쳤다고 생각할지도 몰라."

조이는 그의 몸통을 덮은 장미 덩굴 문신을 따라 손가락을 움직이며 촘촘하게 말린 끝부분까지 따라갔다. "말이나 해봐."

앨피는 말을 멈추고 꽤 오랜 시간 침묵했다.

조이는 그의 얼굴이 살짝 붉어지는 걸 보고는 정면으로 바라보았다. "뭔데, 앨피?"

"우리 결혼한 지 고작 몇 달밖에 안 됐고, 알고 지낸 시간도 짧고 아직 젊긴 하지만, 그렇지만 아이 갖는 거에 대해 어떻게 생각해?"

조이는 뱃속 깊은 곳에서 혼란스러운 웃음이 보글보글 솟아오르는 걸 느꼈다. 그녀는 침을 꿀꺽 삼키고 앨피의 손을 잡았다. "앨피, 맙소사! 그러니까, 그래, 언젠가는 그렇게 되겠지. 그렇지만 형편이 먼저 나아져야지. 제대로 된 일자리도 구하고. 살 곳도 구해야 해. 정말이지 지금은 때가 아닌 거 같아."

앨피는 당혹스러워했다. "그치만, 자기도 얘기했잖아, 기억해? 갈라도르트 해변에서 그 프랑스 남자가 준 진짜 질 좋은 대마초 피우던 날 밤 말이야. 그날 미래에 대해 얘기했잖아. 그치? 그날 자기가 그랬어. 난 꼭 젊은 엄마가 되고 싶어, 라고 말이야."

조이는 눈을 깜빡이더니 고개를 저었다. "내가 그런 말을 했을 리 없어."

"근데 했다니까. 생생하게 기억이 나. 왜냐하면 난 그런 말이 나올 거라고 상상도 못 했거든. 자기는, 그러니까 그 당시의 자기는, 무슨 말인지 알지, 너무……." 그는 문장 하나를 만들기 위해 조금 허우적거렸다. "엄마가 될 만한 스타일은 아니었잖아."

조이가 움찔하자 앨피는 잠시 말을 멈추고 입술을 핥았다. "아니. 아니, 그런 말은 아니고. 그렇지 않아. 그냥 자기는, 나도 모르겠다, 자라면서 봐온 애들하고는 달라. 임신할 기회만 노리면서 기다리는 애들 말이야. 자기한테는 늘 그것보다 좀 더 중요한 일이 있는 것 같거든."

"하!" 억눌렀던 웃음이 우레 소리처럼 새어 나왔다. "나한테! 중요한 일이라니!"

앨피의 파란 눈이 혼란으로 흐려졌다. 조이는 갑자기 미안한 마음이 들어 양손으로 그의 뺨을 감쌌다. "아니, 아니야. 난 중요한 일이 있는 그런 사람 아니야. 난 아직도 나한테 뭐가 중요한지도 모르겠는걸."

"아기!" 앨피가 의기양양하게 외쳤다. "애가 중요하지. 난 백 퍼센트 준비 완료야." 그가 조이의 양손을 감싸 쥐었다. "백 퍼센트에 십 퍼센트 더해서. 다 덤비라 그래! 당신은 멋진 엄마가 될 거야. 반드시 그럴 거라고."

"뭘 보고 그렇게 생각해?"

"그야 물론…… 당신을 보고. 그냥 당신을 보고 그렇게 느끼는 거야."

"앨피, 난 종종 무슨 생각을 하냐면…… 자기가 나에 대해서 제대로 모르고 있다는 생각을 해. 나는 아무것도 모르는 사람이야, 앨피. 완전 멍청하다고. 살아 숨 쉬는 존재를 키우면서 그 책임감을 견뎌낼 자신이 없어. 정말이야." 조이는 앨피의 파란 눈동자를 바라보며 상점 셔터가 내려지듯 꿈이 사라지는 모습을 기대했다. 그러나 그의 눈은 여전히 빛났고, 여전히 희망에 젖어 있었다.

"그래도, 난 당신을 믿어, 조이 멀런. 전적으로 자기를 믿어. 우리는 세상에서 가장 예쁜 아이를 낳을 거고, 그 아이에게 필요한 건 뭐든 대령할 거야. 적어도 생각은 해볼 수 있지?"

조이는 고개를 갸우뚱하며 그를 바라보았다. 멋진 앨피, 일생일대의 사랑.

"그래, 생각해볼게." 조이가 대답했다.

08

2월 8일

프레디 피츠윌리엄은 시간을 확인했다. 5시 53분. 그는 창문 쪽으로 의자를 굴려 쌍안경을 들여다보았다. 이미 어스름해졌지만 제나 트립이 수요일 오후의 네트볼 클럽에서 돌아오는 모습 두세 컷은 건질 수 있을 것이다. 치마에 후드티를 입은 제나가 금방이라도 시내 중심가에서 코너를 돌아 나타날 테니.

프레디는 관음적인 사람은 아니다. 관음증은 지배의 한 형태다. 정신 학대처럼, 강간처럼, 집단 괴롭힘처럼. 그것은 행동의 물리적 성질과는 관련이 없다. 가해자에게 부여된 권력이 피해자의 무의식과 자아 사이에서 섬세하게 균형을 잡을 뿐이다. 하지만 프레디는 변태 성욕자가 아니다. 다른 사람들을 괴롭히는 사람이 아니다. 범죄자도 아니다. 소녀들을 관찰하는 건 그들을 이해하기 위해서이다. 그저 대답을 찾고 있는 것이다. 또 하나의 프로젝트일 뿐이다.

프레디는 쌍안경에 눈을 대고 시내 쪽에 초점을 맞췄다. 조깅복을 입은 엄마가 멜빌을 지나치며 돌진하고 있다. 머리카락을 틀어

올려 까만 야구모자에 쑤셔넣으니 키 작은 남자애처럼 보인다. 백발 남성이 꼬마슈나우저를 데리고 걷는 모습도 보인다. 어린 남자아이 둘은 스케이트보드를 움켜쥐고 어디론가 향하고 있다. 아마 원형교차로 건너편, 보드장이 있는 강변 운동장으로 가는 것 같다. 그리고 거기, 그녀가 있다. 어깨에 멘 연분홍색 운동가방, 길고 탄탄한 다리, 흰색 운동화, 남색 후드티, 무선 이어폰, 하나로 묶은 검은 머리가 보인다. 쓸데없이 비싼 스타벅스 프라페가 든 거대한 투명 플라스틱 컵을 오른손에 들고 있다.

프레디는 그녀가 시내 중심가를 벗어나 작은 길로 들어서는 장면을 계속 담았고, 자리에 멈춰 선 그녀의 시선을 따라 쌍안경을 돌렸다. 제나의 집 밖 도로에 어떤 여자가 서 있다. 제나의 엄마가 확실하다. 앞면에 '수압파쇄* 석유 추출, 당장 멈춰라'라고 새겨진 티셔츠를 입고 35밀리 카메라로 지나가는 차량을 찍고 있었다. 제나는 발걸음을 재촉해 엄마에게 다가갔다. 제나 엄마는 흥분한 채 차에 삿대질을 하더니, 갑자기 얼어붙어 고개를 들고는, 매우 천천히 프레디를 손가락으로 가리켰다. 프레디는 사진 한 장을 더 찍고 의자 밑바닥으로 숨었다. 잠시 후 창턱 위로 고개를 내미니 두 모녀는 사라지고 없었다. 쌍안경을 컴퓨터에 연결하고 사진을 열었다. 마지막으로 찍은 사진을 선택해 여자의 얼굴을 확대했다.

그녀는 눈을 가늘게 뜨고 자신을 똑바로 보며 손가락질을 하고 있었다. 입술 모양을 보니 영락없이 '너'라는 말을 뱉는 중이었다.

---

* 고압의 액체를 주입해 지하 암석에서 석유를 뽑아내는 기술. 이때 사용하는 액체에 유독 화학용품을 섞기 때문에 심각한 지하수 오염이 생길 수 있다.

09

"엄마, 도대체 뭐 해?"

"내가 뭐 하는 걸로 보여?"

"미친 사람처럼 행동하고 있잖아."

"너 저 사람 못 봤어?"

"누구?"

"저기 위에, 노란 집. 저 사람 또 사진 찍고 있어."

제나는 알록달록 집을 향해 고개를 들어올려 노란색 집을 보았
다. "어디?"

"맨 꼭대기 창문. 저 사람 늘 저기에 있다니까."

제나는 눈을 가늘게 뜨고 맨 위에 있는 창문을 보았다. 아무것
도 없었다. 사실 뭐가 있을 거라 기대하지도 않았다. "흠, 누가 있
었는지는 모르겠지만 지금은 없어." 제나는 엄마의 기괴한 감시에
대해 뭐라 말을 얹지 않는 게 좋다는 것쯤은 잘 알았다. 그래서 오
랫동안 이런 식으로 얼버무려왔다. 그러나 통한 적은 없었다. "엄
마, 이제 들어가자." 제나가 말했다.

엄마는 파란색 예쁜 눈을 가늘게 뜨고 제나를 쳐다보다가 딸의 어깨 뒤에 있는 뭔가로 시선을 옮겼다.

"저거 봐. 봐봐."

제나는 한숨을 쉬었다. 네트볼하면서 흘린 땀이 차가운 오후 공기에 이미 다 말라 몸이 덜덜 떨리도록 추웠다. 어서 집 안으로 들어가고만 싶었다.

엄마가 옆에 주차된 복스홀 코르사 자동차를 향해 쭈그리고 앉더니 휠 아치 부분을 가리키며 말했다. "여기 봐. 스크래치가 있어. 어제는 없었는데. 이거 그냥 봐도 누가 일부러 그런 거 같지? 누군가 열쇠로 긁은 거야. 봐봐, 이빨 자국도 있어."

제나는 몸을 숙여 스크래치를 살펴보았다. 엄마 차는 제나가 유치원에 처음 갈 때도 탔던, 아주 오래된 차였다. 지금 보이는 스크래치는 확실히 다른 것보다 나중에 생긴 것 같다. 그렇지만 아무 의미도 없는 자국이다.

"왜?" 엄마가 물었다. "왜 우리야? 왜 나야? 이해가 안 돼."

"엄마, 제발. 안으로 들어가자. 추워 죽겠어." 제나는 엄마에게 손을 내밀었다.

엄마가 일어섰다. "경찰에 다시 연락해야겠어. 그래봤자 별 도움은 안 되겠지만. 아니, 근데 말이야. 점점 더 어이없어진다니까. 이제 너네 학교도 개입이 된 거 같아."

제나는 문의 걸쇠를 열어 집 안으로 들어갔다. "무슨 말이야, 우리 학교가 왜?"

"그 교장 말이야. 파견 교장이라나 뭐라나. 저 위에서 사진 찍는 사람, 그 사람이야. 확실해. 너 또 저기 누가 사는 줄 아니? 내가 저번에 말한 여자 있잖아, 레이크 디스트릭트° 여행할 때 같이 있던 여자, 기억나지? 다 연결됐다니까. 모든 게 다 연결됐어, 젠. 일이 점점 더 커지고 있어."

제나는 운동 가방을 복도에 떨구고 운동복 상의를 난간에 걸었다. "엄마, 난 욕조에 몸 좀 담글게. 엄마 목욕물도 받아줄까?"

"그래주면 고맙지. 먼저 물로 욕조 헹구는 거 잊지 말고." 엄마가 소리쳤다. "혹시 안에 깨진 유릿조각 있을지도 모르니까!"

"옙! 여부가 있겠습니까." 제나가 소리쳐 대답했다.

° Lake District. 산과 계곡이 많은 잉글랜드의 유명 관광지.

10

2월 11일

토요일 근무를 마친 조이는 218번 버스를 타고 집으로 향했다. 차창 밖으로 한 남자가 보였다. 파란색 스웨터와 청바지를 입은 키 큰 남자가 JD 스포츠 매장에서 쇼핑백을 들고 나왔다. 어느 쪽으로 발을 떼야 하나 고민하는 것 같았다. 그가 톰 피츠윌리엄이라는 사실을 깨닫기도 전, 그러니까 찰나의 순간, 조이는 본능적으로 그 남자에게 끌렸다. 사람을 몸속에서부터 태워 녹여버릴 것 같은 묘한 매력이 느껴졌다.

버스가 신호대기에 걸려 멈췄다. 그때 한 방향으로 걷던 톰이 반대쪽으로 발을 돌렸다. 무언가를 찾는 듯하더니 발걸음을 재촉해 가볍게 뛰다가 마치 슈퍼맨처럼 한쪽 팔을 뻗었다. 순간이었지만 정말 슈퍼맨처럼 하늘로 날아갈 듯했다. 팔을 머리 위로 든 순간 파란색 스웨터가 살짝 말려 올라가, 갓 구워낸 빵 껍질처럼 부드럽고 탱탱하며 크림처럼 밝은 맨살이 흘끗 보였다. 잠깐이지만 짜릿한 순간이었다. 긴 다리를 재빨리 놀려 연석으로 간 그는 자신의 명령(결코 요청이 아니었다. '명령'이었다)에 따라 도착한 택시

엿보는 마을

로 다가갔다. 쇼핑백을 먼저 차 안으로 던져 넣고는 자신 역시 안으로 몸을 던졌다. 택시는 조이가 탄 버스 앞에서 출발했다. 앞쪽 자리에 앉은 조이는 약간의 흥분을 느끼며 시선을 고정했다. 다음 정거장에서 버스가 정차하고 승객이 가득 찰 때쯤 톰의 택시는 어느새 사라지고 없었다.

집에는 아무도 없었다. 앨피는 어머님 댁에 갔을 것이다. 어머님 댁 주방에서 페인트칠을 할 거라고 했다. 하지만 실제로는 가죽 소파에 앉아 무릎에 엄마표 음식을 올려놓은 채 텔레비전으로 스포츠 방송을 보고 있을 확률이 높다. 잭 오빠는 회사에 있고, 리베카 언니는 글로스터셔에서 여자들만의 결혼 전 축하파티를 벌인다고 했다. 조이는 잠시 동안 이 방 저 방 다니며 공간감을 받아들였다. 이 집에서 퍼질러 있는 건 아직도 불편하다. 그래서 어딘가에 늘어져 있지 않고 주방에서 자기 방으로, 방에서 현관으로 직행하곤 했다. 가끔 거실에 앉아 있기도 했지만, 그건 어디까지나 너무 오래 눌러앉아 미움 사지 말자고 의식하는 손님의 마음가짐으로만 가능했다. "네 집이라 생각하고 편하게 지내." 오빠는 늘 그렇게 말했다. 말이 쉽지. 남매니까. 오빠와 여동생. 서로에게서 뻗어 나온 존재. 오빠는 조이의 존재로 인해 부담이나 불편을 느낄 리 없다. 하지만 딱 봐도 리베카 언니는 동의하지 않는 것 같다. 새언니에게 조이는 마주치지 않고 피하고만 싶은 이방인일 뿐이다.

오빠네 집에는 특색이 없다. 어떻게 보면 동네 멜빌 호텔 객실과도 차이가 없을 정도다. 옅은 색깔의 가구와 뚜렷한 용도를 알 수 없는 부드러운 황금빛 소품들. 이 집에 아기가 생긴다는 건 상상이 불가능한 일이다. 아기가 내는 소음, 그 소음이 빚어내는 통제 불능 상태, 끝도 없이 펼쳐진 빈 공간이 물건으로 점령되는 것, 이 모든 게 상상이 안 간다. 지난주에 앨피가 생각지도 못한 선언을 한 이래로 조이는 몇 번이고 아이를 갖는 것에 대해 상상해보았다. *괜찮을 것 같지 않아?* 그날 저녁 앨피는 이렇게 말했다. *잭과 리베카의 아이와 우리 아이가 같은 나이로 자라는 거 말이야. 애들은 같이 성장할 거야. 평생 절친이 되는 거지.*

그 말은 당장 아기를 만들어야 한다는 의미다. 곧도 아니고, 언젠가도 아닌, 바로 지금.

조이는 지금 아이를 갖고 싶지 않다.

확실히 지금은 아니다.

이 생각을 하며 엑서터에 있는 할머니 집에서 찍은 사진을 보았다. 자신과 잭 오빠가 엄마 아빠 사이에서 포즈를 취한 사진. 세 살의 조이는 땋은 머리에 빨간색 운동복 상의를 입었다. 열세 살의 잭은 무성한 앞머리로 눈을 거의 가린 채 말도 안 되게 어색한 모습을 하고 있다. 그렇지만 동생을 보호하듯 조이의 어깨에 손을 올려놓았다. 잭은 동생이 태어난 날부터 열정적으로 사랑을 보였다. 열 살이라는 나이 차도 둘을 갈라놓지 못했다. 남매간의 경쟁 없이 더더욱 가까워졌다. 그러나 지금 들여다보고 있는 건 다름 아닌 부모님이다. 사진 속 자신이 세 살이라는 건 엄마는 서른한 살이었다는 의미다. 결혼을 하고 십 대와 유아 자녀를 둔 서른한 살의 엄마. 피부에서 피어난 젊음이라는 꽃과 밤색 머리카락에서 빛나는 광택은 여전했다. *어렸네. 엄마는 너무 어렸어. 지금의*

나보다 고작 몇 살 많을 뿐이잖아. 어렸을 때는 엄마가 젊다는 생각을 해본 적이 없는데, 이제 엄마는 세상을 뜨고 없다. 엄마가 나이 들었다는 것을 느낄 새도 없이.

침실로 가는 길에 리베카 언니의 서재를 지나쳤다. 시스템 분석가인 새언니는 일주일에 사나흘 재택근무를 한다. 한번 일을 시작하면 몇 시간 동안 밖으로 나오지 않는다. 조이가 다락방으로 가기 위해 그 앞을 지날 때면 리베카의 숨죽인 목소리나 플라스틱 딸깍거리는 키보드 소리가 넘어오곤 한다. 그렇지만 대부분은 조용하다. 마치 서재 안에 아무도 없는 것처럼.

조이는 누군가 소리 없이 집에 들어오진 않았나 계단통 아래를 슬쩍 본 후 리베카의 서재 문을 조심히 밀었다. 순간 주저앉을 듯 놀라 가슴을 부여잡았다. 구석에 한 남자가 있다. 아니, 남자가 아니다. 하와이 수영복을 입은 오빠 사진으로 만든 등신대다. 오빠의 총각 파티 때 봤던 기억이 난다. 오빠와 친구들은 그걸 들고 브리스톨 곳곳을 다니며 예쁜 여자애들이 그 옆에 서서 사진을 찍게 했다.

정사각형의 방은 좁다. 세 면의 벽에 선반이 있고, 남은 한 면에는 길거리를 내려다볼 수 있는 퇴창이 깊게 나 있다. 커피 머신과 주전자, 머그와 찻잔이 놓인 쟁반, 작은 냉장고, 조그만 미색 소파. 방을 나갈 필요가 없도록 모든 것이 구비된 방. 책상 위에는 커다란 모니터 세 대와 두 개의 키보드, 깔끔하게 정리된 서류, 그리고 결혼식 사진이 놓여 있다. 조이는 사진을 집어 들고 자세히 보았다. 오빠 결혼식에 대해 기억나는 건 거의 없다. 숙취와 함께 영국에 도착한 조이는 그야말로 48시간 내내 취한 상태로 지내다가 일요일 저녁 집으로 향하는 비행기에 올랐다. 리베카 언니의 드레스도 기억이 안 났는데, 사진을 보니 미색의 새틴 슬립 드레스였다. 사진 속 언니는 광택이 나는 머리카락을 곱게 빗어 늘어뜨렸고, 다이아몬드 귀고리를 하고 있다. 미소 띤 얼굴을 보니 적어도 한 번은 웃은 게 확실하네. 사진사가 그 순간을 놓치지 않은 게 다행이지. 당시 조이의 머릿속에 강한 인상으로 남은 것은 멋진 오빠의 아내라는 사람이 소심하게 굴며 웃지도 않는 모습이었고, 조이는 그 모습을 보며 왜 그럴까 궁금해했다.

결혼식 사진을 내려놓고 책상 위의 물건을 손에 닿는 대로 만져보았다. 황녹색 문진, 캐스키드슨에서 나온 튜브형 핸드크림, 초록색 화분에 담긴, 정말 진짜 같은 가짜 선인장, 링크스오브런던°의 은팔찌. 그리고 십 대 소녀가 보더콜리를 쓰다듬는 사진도 있었는데, 아마도 리베카인 것 같았다.

퇴창 옆에 설치된 윈도시트에는 회색 쿠션 매트리스가 깔려 있었다. 그곳에 잠시 앉아 창밖으로 보이는 경치를 감상했다. 여기에서는 반대편에 있는 나무 꼭대기도 보였다. 동네 집들에 달린 굴뚝도, 저 멀리 풍성한 언덕과 강도 보였다. 퇴창의 왼쪽 면을 보니 마치 거울을 보듯 옆집 퇴창의 오른쪽 면이 바로 보였다. 톰 피츠윌리엄의 집이다. 탁자 위 램프와 흐릿한 형태의 거울, 그리고 한 여성의 옆얼굴이 보이는 것 같다.

니콜라 피츠윌리엄. 그녀가 얼굴에 크림을 바르고 있다. 손가락으로 도자기 같은 피부를 두드리면서.

° Links of London, 영국의 보석 및 시계 브랜드.

엿보는 마을

11

포석 위로 하이힐 부딪히는 소리가 감질나게 들린다. 프레디는 재빨리 의자를 밀어 이동했다. 토요일 늦은 오후다. 점점 어두워져 창백해진 저녁 하늘에는 회색 정맥이 퍼져나가고, 강 건너편에는 달빛 흔적이 눈에 띄는 시각. 그녀다. 빨간 부츠. 지금도 빨간 부츠를 신고 있다. 빨간 부츠에, 딱 붙는 청바지, 가죽 재킷, 커다란 스카프, 틀어올린 금발머리, 그리고 립스틱까지. 그녀를 처음 본 멜빌에서의 그날처럼 여전히 예쁘다. 프레디는 카메라를 쥐고 창문으로 향했다.

빨간 부츠는 이미 언덕 중턱을 지나는 중이다. 프레디는 그녀가 언덕을 다 내려가 왼쪽 길로 꺾어 시내로 향한 다음 길 건너 버스 정류장까지 가는 모습을 렌즈로 지켜보았다. 그리고 버스 앱을 열어 218번 버스가 8분 후에 도착한다는 사실을 확인했다. 그녀는 핸드폰을 꺼내 만지작거리다가도 간혹 고개를 들어 위쪽을 바라보았다. 마치 알록달록 집들을 똑바로 보듯. 줌을 당기자 그녀가 아랫입술을 깨물고 있다. 뭘 기다리는 거지? 뭘 보는 거지? 218번 버스 도착을 2분 앞두었을 때였다. 그녀가 벌떡 일어나 시내 쪽으로 발을 옮겼다. 잠시 후 길 건너편에 그녀의 모습이 드러났다. 버스는 이미 떠났고, 그녀는 병이 담긴 파란색 쇼핑백을 들고 언덕을 오르고 있었다.

그녀는 자기가 사는 암청색 집을 그대로 지나쳐 프레디의 집 쪽에서 멈췄다. 저 여자 뭘 하는 거지? 내가 보고 있다는 걸 눈치챘나? 그럴 리 없다. 누구에게도 들키지 않고 염탐하는 데 도가 텄으니까. 하지만 지난주 제나 엄마가 손가락으로 날 가리키며 '너'라고 말했지. 어쩌면 생각만큼 그리 도가 튼 게 아닐지도 모르겠다. 프레디는 방 안 어두운 곳에 몸을 숨겼다. 과연 그녀가 문을 두드릴까, 아니면 몸을 돌려 그냥 돌아갈까……. 그녀는 둘 다 하지 않았다. 한 남자가 언덕을 오르는 소리가 들리고 방금 켜진 가로등 아래 그림자를 드리울 때까지, 정확히 3분 18초 동안 그곳에 서 있기만 했다. 프레디는 창문을 밀어 열고 그 사이로 귀를 갖다 댔다.

"여기서 뭐 해, 예쁜이?" 남자가 물었다. 그 사람이다. 그녀의 남편.

"나도 모르겠어. 버스 타고 시내 가서 당신 만나려고 했는데 자기가 전화를 안 받더라고. 그래서 와인 한 병 사서 집으로 온 거야." 빨간 부츠가 대답했다.

"미안해, 자기야. 배터리가 나갔는데 충전기가 없었어."

"괜찮아. 나도 반신반의하며 나갔던 거였어. 내가 진짜로 가고 싶은 게 맞나 싶을 정도였다니까. 이렇게 당신이 집에 오는 바람에 소용없게 됐지만."

"그러네. 나 완전 녹초가 됐어. 근데 그거 알아?"

"뭐?"

엿보는 마을

"나 다 했다!"

"어머님 주방?"

"응, 다 했어. 마지막으로 걸레받이를 한 번 더 칠해야 하지만. 그래도 그거 빼고는 끝."

"세상에, 드디어!"

"핸드폰 충전하면 사진 보여줄게. 진짜 멋지게 했거든."

"결국 하루면 될 일을 그 몇 주 동안 빈둥거리더니."

"응, 그러게 말이야. 생각을 좀 했는데…… 지난번에 대화 나누고 나서……. 내가 좀 일을 진지하게 대할 때가 된 것 같더라고."

잠시 짧은 침묵이 내려앉았다. 프레디 눈에는 그들이 뭘 하는지 보이지 않았다. 잠시 후 빨간 부츠가 말했다. "있잖아, 당신은 정말, 정말, 정말 멋진 남편이야. 앨피 버터. 나 완전 감동받았어."

"그리고 당신은 아주 멋진 아내지, 조이 멀런. 우리 안으로 들어가서 그 와인 같이 마시고 좋은 남편과 아내가 토요일 밤에 할 만한 일을 하는 게 어떨까?"

"넷플릭스?"

"그것도 좋고."

"들어가자."

그들이 14호 문을 따고 들어간 후 문 닫히는 소리가 들렸다. 프레디는 참았던 숨을 내뱉으며 두 가지 사항에 대해 생각했다. 일단은 빨간 부츠의 이름을 알아냈다는 것. 그리고 그녀가 버스정류장에서 6분 동안 앉아 있다가 다시 집으로 온 이유를 알게 됐다는 것. 그러나 왜 프레디의 집 쪽에서 3분 18초 동안 서 있었으면서 안 그런 척한 건지는 알 수 없었다.

심문 녹취록

날짜 : 2017년 3월 25일

장소 : (우편번호 BS2 0NW) 브리스톨, 트리니티 로드 경찰서

담당 : 서머싯/에이번 경찰서 경찰관

경찰 조이 멀런 씨, 어젯밤 무슨 옷을 입고 계셨는지 말씀해주시겠어요?

JM 네. 프라이마크에서 산 푸른색 저지 드레스였어요.

경찰 신발은요?

JM 부츠요. 빨간색 스웨이드 부츠예요.

경찰 부츠에 장식 술이 달려 있습니까?

JM 네, 그런 거 같아요. 맞아요. 술이 달려 있어요.

경찰 답변 감사합니다. 그러니까 호텔에서 톰 피츠윌리엄과 만날 때 그 차림새였다는 말씀이죠?

JM 네.

경찰 브리스톨 하버 호텔에서 그를 만난 대략의 시간을 말씀해주시겠어요?

JM 네. 제가 호텔에 도착한 건 7시경이었고요, 바로 제 카드로 체크인을 했어요. 그런 다음 한 30분쯤 있다가 톰이 도착했고요.

경찰 그리고 무슨 일이 있었습니까?

JM 아무 일도 없었어요. 그냥 얘기만 했어요.

경찰 하룻밤에 180파운드짜리 호텔에서요?

JM 네.

경찰 그러고요?

JM 톰이 떠났어요.

경찰 그건 몇 시쯤이었습니까?

JM 대략 7시 45분이었던 거 같아요.

경찰 톰 피츠윌리엄이 떠난 후에는요?

JM 저는 호텔방에 계속 있었어요.

경찰 왜 계속 머물러 계셨습니까?

JM 왜냐하면…… 저도 모르겠어요. 생각을 정리하려고 그랬던 거 같아요. 저는 10분 정도 더 있다가 나왔어요. 택시 타고 집에 왔고요.

경찰 그런 후에는 뭘 하셨습니까?

JM 아무것도 안 했어요. 남편이랑 텔레비전을 봤어요. 그리고 잠자리에 들었고요.

경찰 그러니까 8시 15분에 톰의 집 문을 두드리지 않았다는 말씀이죠?

JM (침묵)

경찰 그러니까, 두드렸습니까, 안 두드렸습니까?

JM 저는 두드리지 않았어요. 두드릴 뻔했지만요. 그럴까 생각은 했어요. 그랬다가 생각을 바꿨죠. 그냥 집에 왔어요.

경찰 협조 감사합니다, 멀런 씨. 지금은 이 정도만 하겠습니다.

12

2월 17일

유난히 힘들었던 주말의 일을 마친 후 조이의 매니저 돈이 말했다. "우리, 펍에 갑시다."

조이는 하마터면 싫다고 말할 뻔했다. 그녀는 무일푼에 몸에서 냄새도 났다. 펍보다는 욕조에 몸을 담그고 베일리스 술을 마시며 두 시간쯤 천장만 바라보고 싶은 마음이었다. 바로 그 순간 앨피가 떠올랐다. 오늘 밤은 그가 바 근무를 하지 않는 날이다. 자신이 무슨 생각을 하는지 궁금해하며 눈치를 살필 앨피와 함께하느니, 차라리 잘 알지도 못하는 누군가, 그러니까 다른 건 몰라도 자신과 아이를 갖는 것에 대해서는 일말의 관심도 없는 사람과 술을 마시는 게 훨씬 나을 것 같았다.

그들은 와카두 카페에서 일하는 크르스티안이라는 젊은 친구를 데리고 갔다. 크르스티안은 핸드폰에 엄지를 올린 채 다른 이들의 존재 따위는 신경 쓰지도 않고 음악에 맞춰 라거 맥주만 들이켰다. 얼마 후 돈의 파트너 샘이 동료 몇 명과 함께 도착했고, 또 얼마 후 동료의 친구들까지 합세했다. 결국 이 무리는 다른 탁자에서 의자를 빼 와야 할 만큼 커졌다. 거의 모두가 서로를 잘 모르는 이방인이었지만 그래서 더 좋았다. 조이는 어색함을 달래기 위해 두 잔의 보드카토닉을 마셨고, 그런 다음 누군가 묻지도 않고 시켜준 맥주 파인트를 들이켰다. 배경 음악은 주로 헤비메탈이라 소란스러운 와중에, 손님의 대부분은 학생과 늙어가는 로커들이었다. 바와 마룻널은 연필심처럼 까만색이었고, 밴드가 세팅을 준비 중인 안쪽 공간에는 잡종개 두 마리가 두 발에 턱을 얹고 엎드려 있었다. 마치 이 모든 광경을 이미 본 터라 집에 가고 싶다는 표정으로.

"바에 가서 먹을 것 좀 사올게요." 돈의 목소리가 음악을 뚫고 들려왔다. "뭐 먹고 싶은 거 있어요?"

조이는 고개를 저었다. "아니에요. 괜찮아요." 조이는 알코올이 빈속을 때리는 느낌, 뱃속에서 부드럽게 소용돌이치는 느낌, 취기에 정신이 다루기 쉬운 덩어리로 나뉘는 듯한 느낌을 즐겼다. 이 느낌을 물리치고 싶지 않았다. 돈이 바 쪽으로 향하자 샘이 조이를 향해 몸을 틀었다. 얼굴이 귀여운 상인 샘은 분홍색 코 피어싱에, 머리 끝단도 분홍색인 열여덟 살이나 됐나 싶은 아가씨다.

"일곱 번째 지옥°에 계신 소감이 어때요?" 샘이 물었다.

"오, 와카두 말씀하시는 거예요?" 조이가 되물었다.

샘이 윙크했다. "그럼요."

"꽤 음침하긴 하죠. 그렇지만 돈은 멋진 상사예요. 일이 재밌을

° 단테의 대서사시 『신곡』 중 「지옥」 편에 나오는 개념. 단테는 지옥을 9층으로 나누었는데, 일곱 번째 지옥은 폭력을 행사하는 자들의 지옥이다.

때도 있고요. 두 분은 언제 결혼하셨어요?"

"이제 일 년 넘었어요. 아, 그리고 걱정 마세요. 저 보기보다 나이 있어요. 스물일곱이거든요. 애가 결혼했다고 생각하실까 봐 말씀드리는 거예요. 그쪽은요? 결혼하셨어요?"

"네." 조이는 자신이 정말 결혼했는지 여부가 새삼 의심스럽다고 생각하며 대답했다. "결혼했어요."

"얼마나 됐어요?"

"아, 사실, 몇 달밖에 안 됐어요."

"에고, 귀여워라. 오래 알고 지내던 사이예요?"

"하하! 아니요. 만난 지 몇 달 만에 결혼했어요. 일이 정신없이 흘러갔죠."

"우아! 행운이 필요하시겠네요."

샘의 말을 들으며 조이는 바 쪽을 바라보았다. 이윽고 그곳에 서 있는 한 남자의 등이 눈에 들어왔다. 짧은 까만 머리, 관자놀이의 은빛 머리카락, 체격 좋은 장신의 남자, 구겨진 셔츠, 걷은 소매. 그가 맥주 파인트 세 잔을 움켜쥔 채 돌아섰다. 잔을 쥔 커다란 손이 삼각형을 만들어냈다. 얼굴에는 헛웃음이 떠올라 있었다. 조이는 얼어붙었다.

톰 피츠윌리엄이었다.

그는 펍 뒤쪽 공간으로 가서는 덥수룩한 수염에 조끼 차림을 한 남자들 탁자에 파인트 세 잔을 올려놓았다. 잡종개를 데려온 그 사람들이었다. 톰은 손을 슥 내밀어 가까이 있는 개의 머리를 만졌다. 두 남자 중 젊은 쪽이 뭐라고 말하자 톰은 고개를 뒤로 젖히며 웃음을 터트렸다.

핸드폰이 탁자 위에서 진동하자 조이는 톰에게 고정했던 시선을 거두고 화면을 보았다. 앨피가 보낸 문자였다. *집에 언제 와?*

답변을 몇 자 쓰다가 어떤 대답이 적당할지 몰라 화면을 껐다. 다시 고개를 들었을 때 톰 피츠윌리엄은 이쪽을 바라보고 있었다. 숨이 목에 걸리며 심장이 세차게 뛰기 시작했다. 그러나 곧 알아차렸다. 톰은 그녀가 아니라 수염 난 두 남자가 펍으로 들어서는 걸 보는 중이었다. 자리에 있던 남자 셋이 자리에서 일어나 두 남자를 맞았고, 파인트가 더해졌고, 의자가 옮겨졌고, 개들이 또 어루만져졌고, 악수가 행해졌다.

돈이 바에서 음료를 가지고 왔다. 조이를 위해 산 것은 보드카 토닉이었다. "더블로 샀어요. 오늘 왠지 맘껏 취하고 싶은 거 같아서." 돈이 윙크를 하며 말했다.

"눈치가 너무 좋으신데요." 조이가 활짝 웃으며 대답했다.

조이는 3분 만에 다 마셔버렸다. 그러는 동안 톰의 수염 난 친구들 역시 술을 들이켰고, 그런 후 무대로 올라가 악기를 집더니 기타줄을 튕기기 시작했다. 비니를 쓴 남자가 드럼에 있는 키 낮은 의자에 다리를 벌리고 앉아 드럼스틱 두 개를 비볐다. 밴드는 톰의 친구들이었다. 베이스 드럼에 붙어 있는 표식으로 보아 밴드 이름은 '이리Lupine'인 것 같았다. 조이는 궁금했다. 정부의 칭송을 받는 교장, 중년의 아버지, 게다가 옷도 완벽하게 입는 톰 피츠윌리엄이 도대체 어떻게 해서 이리라는 이름의 털북숭이 록밴드와 알게 된 것일까?

"오, 맙소사! 또 이 사람들이야." 샘이 고개를 뒤쪽으로 까딱해 보였다.

조이가 짐짓 궁금한 표정을 지으며 쳐다보았다.

"지난주에도 저 사람들이었어요. 지랄맞게 시끄러웠는데."

치킨파이를 먹고 있던 돈이 고개를 들고는 끙 하는 소리를 냈다. "오, 세상에! 맞아. 기억나. 고양이들 고문하는 소리였지."

"나귀 죽이는 소리였어." 샘이 말했다.

"전기톱으로." 돈이 덧붙였다.

"저 사람들 알아요?" 조이가 물었다.

"밴드요? 아, 아니에요. 그렇지만 저 중 두 명은 이 지역 학교 교사래요. 지리 교사인데 수업 없는 날 저녁에 와서 록스타 놀이를 하는 거죠. 좀 비극적이지 않아요?" 돈이 웃으며 말했다.

조이는 화장실로 갔다. 펍의 다른 곳처럼 이곳 역시 무광 검정색이었고 퀴퀴한 맥주와 오래된 대걸레 냄새가 났다. 얇은 벽을 통해 스네어 드럼이 내는 쿵쿵 소리가 들렸고, 베이스 기타가 딱 한 번 둥 하는 소리를 냈다. 거울에 비친 자신을 보았다. 엉망이었다. 허둥지둥 핸드백을 뒤져 립스틱과 빗, 몽땅해진 펜슬 아이라이너를 꺼냈다. 화장을 고치고 한데 묶은 머리의 탈색된 끝부분을 부풀린 후 다시 거울을 보았다. 그럭저럭 볼만했다. 그래야만 했다.

화장실을 나가는데 톰이 모퉁이를 돌아 화장실 쪽으로 걸어왔다. 그가 들어서자마자 좁은 통로가 꽉 찼다. 조이는 벽 쪽에 바짝 붙어서 지나갈 공간을 내주려 했다. 그렇지만 그는 그녀에게 시선을 고정한 채 반쯤 웃으며 말했다. "어? 아는 분이네요. 그런 거 같은데…… 맞죠?"

조이는 아니요, 잘못 보신 것 같은데요, 라고 말한 후 코트를 챙기고 모두에게 인사를 던지고 빠져나갈 수도 있었다. 하지만 그러지 않았다. 똑바로 서서 역시 반쯤 웃어 보이며 말했다. "이상하게도 왠지 우리 이웃일 것 같다는 생각이 드는데요. 게다가 멜빌에 있는 바에서 본 적 있는 것 같아요."

톰은 팔짱을 끼고 조이를 평가하는 것처럼 훑어보았다. "네, 그런 거 같네요. 기억나요. 전단지를 떨어뜨리셨죠."

조이는 속이 울렁거리는 것을 느끼며 미소를 지었다. 그때 자신을 본 게 맞다. 의식한 게 맞다. 이렇게 대단하고, 영향력 있고, 잘생긴 남자가. "그 사람이 저 맞는 것 같네요." 그녀가 말했다.

"그리고 제 착각이 아니라면, 멜빌 하이츠에서도 뵌 적 있는 것 같아요. 잭이랑 리베카 멜빌이 사는 곳에서 나오시던데." 톰이 말했다.

"네! 잭이 저희 오빠예요."

"우아, 몰랐네요! 그렇다고 잭을 잘 안다는 뜻은 아닙니다. 그저 몇 번 대화를 나눴을 뿐이에요."

"저희 오빠 멋지지 않아요?" 조이는 종종 자기도 모르게 오빠를 자랑스러워하는 마음을 먼저 내보이곤 했다.

"네, 좋으신 분인 것 같더라고요." 그는 이렇게 대답하면서도 조이를 향한 눈빛으로 짐작건대 그녀의 완벽한 오빠보다는 그녀에 대해 얘기를 나누고 싶어 하는 것 같았다. "친구랑 오셨습니까?"

"네, 뭐, 그런 셈이죠. 직장 상사분 부부하고 다른 분들도 같이 왔어요." 조이가 잠시 뜸을 들이다 물었다. "누구랑 오셨어요?"

"아, 그게 좀 특이한데요, 밴드랑 같이 왔습니다." 그가 머리를 뒤쪽으로 까딱해 보였다. "저는 교사입니다. 멜빌 학교에서요."

조이는 엉큼하게도 어떤 분인지 전혀 몰랐다는 듯이 고개를 주억거렸다.

"밴드를 하는 선생님들이 한번 와달라고 하더라고요. 평소 금요일 밤이라면 절대 올 리가 없는 곳인데 말이죠. 늙은 나는 집에서 〈나르코스〉나 보는 게 낫겠다고 말하려니 무례한 것 같아서요."

여자 두 명이 복도로 들어오자 그들은 공간을 내주기 위해 벽쪽으로 바짝 붙었다. 그 순간 톰의 손이 조이의 다리를 잠시 눌렀다. *이럴 줄 알았어.* 조이는 생각했다.

그들은 서로 마주보고 미소를 지었다.

조이가 입을 뗐다. "음, 만나서 반가웠……." 동시에 톰이 말했다. "밴드 보다가 가실 건가요?"

조이는 눈치 있게 반응하기 위해 잠시 뜸을 들였다. 톰이 뱉은 무해한 단어의 나열 사이에 의도가 있었다. 그것은 초대다. 그녀가 무시해야 하는 초대.

"친구가 그러는데 나귀가 전기톱으로 살해당하는 소리가 난다던데요."

톰이 웃었다. "이런, 맙소사! 저도 그런 의심을 안 한 건 아닙니다." 그는 같이 공모라도 하듯 말했다. "저는 어쩔 수 없지만, 당신은 언제든 가셔도 되죠. 그래도 혹시 계실 거라면 끝나고 와서 인사해주세요. 그러면 제가 밴드 멤버들을 소개해드리겠습니다."

조이가 미소를 지으며 고개를 끄덕였다.

"그나저나 제 이름은 톰입니다." 그가 손을 내밀었다.

"안녕하세요, 톰. 저는 조……." 조이는 순간 멈칫했다. "조지핀

● *Narcose*, 넷플릭스의 마약 범죄 드라마.

엿보는 마을

이에요."

"조지핀, 아름다운 이름이네요."

당신이 좋아할 줄 알았지. 조이가 생각하며 말했다 "고마워요."

"대화 즐거웠어요." 톰이 말했다.

조이는 샘 옆에 자리 잡고 앉아 사람들의 대화를 듣는 척하며 화장실 쪽을 곁눈질했다. 다시 나타난 톰은 그녀와 눈을 맞추고 미소를 지었다. 조이는 핸드폰을 꺼내 앨피의 문자에 답장하기 시작했다.

돈이랑 그분 친구들이랑 같이 밴드 공연 보고 있어. 두세 시간 후에나 갈 것 같아.

13

프레디는 엄마가 뜨개질하는 모습을 보았다. 생전 처음 보는 모습이다.

"뭐 해?"

"담요 만들어. 그 파란 집에 사는 아줌마 주려고. 임신하신 분 말이야. 오월에 딸을 낳을 거래."

그러고 보니 탁자 위에 컴퓨터로 뽑은 도면이 있다. 새끼 오리와 토끼 무늬.

"잘 알지도 못하는 사람한테 그런 건 왜 해주는데?"

"왜냐하면······." 엄마가 크림색 실을 잡아당기며 얼굴을 찌푸렸다. "나도 모르겠어. 그냥 그러고 싶어서."

엄마는 걸핏하면 새로운 것을 시도했다. 늘 그랬다. 채소를 키우다가도 태극권을 하고, 그러다가 피아노를 배우곤 했다. 지루함의 역치가 낮다나 어떻다나. 엄마는 이런 말을 하곤 했다. 자신은 직업을 구할 수 있을 만큼 한곳에서 진득하게 살았던 적이 없는데, 전업주부가 되기 위해 태어난 건 아니니 뭔가 집중할 게 필요

엿보는 마을

하다고. 요즘은 하루에 두세 시간 달리기를 하지만, 보아하니 그 것만으로는 마음을 한곳에 두지 못하는 게 분명했다. 그래서 뜨개 질을 시작한 거겠지. 엄마는 오늘 특별한 상점에 가는 특별한 여정을 떠나 필요한 모든 것을 사왔을 테지. 그리고 유튜브에서 뜨개질하는 방법을 찾아봤을 것이다. 그렇게 새로운 프로젝트를 찾아낸 것이다.

프레디는 엄마의 담갈색 머리카락이 밝게 빛나는 정수리를 바라보았다. 매일 아침 침실 거울을 보며 비싼 오일과 분노에 가까운 무언가로 빗어내린 머리카락. 엄마는 매일 거울 앞에서 한 시간을 보낸다. 호들갑을 떨며 커다란 화장솜으로 얼굴을 두드리고 로션을 바르고 유리병 하나에 50파운드나 하는 화장품을 바른다. 뭔가 색깔을 섞어 눈꺼풀 위에 바르지만 피부색과 같아서 바른 줄도 모를 정도다. 엄마는 늘 '자연스럽게' 보이고 싶다고 했다. 그렇게 말하면서도 꾸미는 걸 선호하는 여성들에게 교묘한 비난을 날렸다. 엄마는 골격이 작아 조막만 한 옷을, 때로는 애들 옷을 입는 것을 자랑으로 여겼다. 엄마에게 외모만큼 중요한 것은 없었다. 그래서 엄마는 자신의 이미지에 집착한다. 그렇지만 프레디가 보기에 엄마는 그 방면에 재주가 없었다.

엄마는 이상한 청바지에 이상한 힐을 신고는 어딘가(학교 정문이나 태극권 센터, 그리고 이제는 뜨개방이겠지)에 가서 여자들이랑 수다를 떨곤 했다. 그 장면이 눈앞에서 생생하게 그려졌다. 엄마가 정성을 다해 덧붙인 겉치장에 금이 가 벗겨지기 시작하고, 대화 중인 여성을, 그녀의 구두를, 피부를, 손톱을 훑어보며 마치 법의학자가 된 듯 상대의 차림새를 머릿속에 새겨두는 모습이. 그러고 나면 이상한 힐은 요즘 유행하는 운동화로 바뀐다. 빨갛게 칠한 손톱은 윤기 없는 짧은 손톱으로, 솜이 들어간 단정한 조끼는 루즈핏 점퍼로 바뀐다. 그러나 신발은 곧 유행에 뒤떨어질 것이다. 그럼 엄마의 옷차림은 또 잘못된 것이 된다. 새로운 곳으로 이사를 가면 그 지역에 맞는 새로운 스타일에 맞춰야 할 것이고, 다시 처음부터 적응을 시작해야 할 것이다.

엄마는 적응한 적이 없었다. 엄마도 프레디처럼 친구가 없다. 사람들은 보기만 해도 엄마가 그들 무리에 끼지 못하는 사람이라는 걸 아는 것 같았다. 엄마는 늘 애를 쓰겠지만, 무리에 끼지는 못할 것이다.

프레디가 한숨을 내쉬었다. "아빠는 언제 와?"

"올 때 되면 오겠지. 얼마나 빨리 격식을 차리면서 빠져나올 수 있느냐에 달려 있어."

아빠가 위버스 암스Weaver's Arms 펍에서 록밴드 음악을 감상하는 모습이라니, 생각만 해도 기괴했다. 아빠는 원래 그냥…… 따분한 사람인데.

밤 10시가 되자 프레디는 하품을 하며 일어섰다.

"자러 가려고, 아들?" 엄마는 가느다란 손으로 뜨개질에 신경을 쏟은 채 건성으로 물었다. 짜고 있다는 담요는 아직까지는 그저 크림색 실로 만든 얇은 줄에 불과했다.

"응, 그러려고." 잠시 엄마를 바라보았다. "엄마 괜찮아? 괜찮은 거야?"

"응, 물론이지!" 엄마가 명랑하게 대답했다.

프레디는 뭔가 다른 말을 하려 했지만 무슨 말을 해야 할지 알

엿보는 마을

수 없었다. 엄마에게 행복하냐고 묻고 싶었다. 엄마랑 아빠랑 괜찮은 거 맞느냐고. 계속 결혼 상태를 유지할 거냐고. 아빠랑 결혼해서 좋으냐고. 자신을 낳아서 좋으냐고. 간혹 부모님 방에서 들려오는 소음에 대해 걱정해야 하는 건 아니냐고.

그렇지만 이 모든 질문을 하는 대신 엄마 정수리에 입을 맞췄다. 최근 키가 갑자기 자란 덕분에 엄마 정수리에 입을 맞출 수 있다는 게 너무 좋았다. 여기서 더 안 자라면 어쩌나 걱정했었는데, 마침내 160센티미터를 넘어 이제 170센티미터로 향하고 있다. 아빠만큼 크지는 못하겠지만, 적어도 엄마보다는 크다.

프레디는 침실 창문 너머로 로어 멜빌에 사는 평범한 사람들을 보며 금요일 밤의 움직임을 관찰했다. 최근 잘나가는 태국 식당은 맛집으로 유명한 피자집만큼 사람이 붐볐다. 멜빌에 있는 바를 드나드는 사람들도 쳐다보았다. 베스의 집 욕실 창문으로 쌍안경을 옮겨봤지만 아무것도 보이는 게 없었다. 제나네 길 쪽을 봤지만 움직임 없이 조용했다. 그래서 막 커튼을 내리고 책상으로 가려던 참이었다. 바로 그때 멜빌 하이츠 쪽에서 차의 전조등 빛이 불쑥 등장했다. 빛이 경사면 꼭대기까지 올라오자 차가 멈췄다. 택시 문이 열리고 아빠가 내렸다. 다음으로 내린 사람은 빨간 부츠였다.

프레디는 자신이 착각한 거라 생각했다. 아무리 생각해도 아빠가 빨간 부츠랑 같이 택시를 탈 이유가 없었다. 계속 바라보았다. 빨간 부츠 얼굴이 아빠의 등에 부딪혔고, 아빠는 몸을 돌려 그녀의 어깨에 팔을 올렸고, 빨간 부츠가 아빠에게 키스하려는 것처럼 보였고, 아빠가 뒤로 물러났고, 그녀가 다가갔다. 마치 둘이 이상한 춤을 추는 것 같았다. 마침내 아빠가 그녀의 허리에 팔을 두르고 파란색 집 앞까지 꼿꼿이 걸어갔다.

프레디는 창문을 살짝 열어 소리가 들어오게 했다. 하지만 들리는 소리라고는 죄송해요, 펩, 거나하게, 괜찮아요, 잘 자요, 이 정도뿐이었다.

아빠는 파란 집 문 앞에서 양손을 코트 주머니에 찔러넣고 빨간 부츠의 현관문에 시선을 고정한 채 잠시, 아니 약간 오래 서 있었다. 이윽고 천천히 몸을 돌려 집으로 발길을 돌렸다.

엿보는 마을

14

2월 18일

"어젯밤 뭐였어요?" 다음 날 아침 프레디가 물었다.

아빠는 아들을 보며 얼굴을 찡그렸다. 가운을 걸친 아빠에게서 중년 남성 특유의 눅눅한 이불 냄새와 달큼한 이스트 같은 묘한 냄새가 났다.

"어제 뭐?"

프레디는 조리대에 놓인 봉지에서 크루아상 하나를 꺼냈다.

"아빠랑 그 여자요."

아빠는 토스트에 버터를 바르다가 잠시 멈추는 듯하더니 다시 바르기 시작했다. "아, 조지핀 말하는 거구나." 그러더니 꽤나 과장된 하품을 했다. 아무도 속이지 못할, 특히 프레디의 눈은 결코 못 속일 하품. "어젯밤 공연장에 있더라고. 알고 보니 옆옆집에 산다는 거야." 아빠는 다시 한 번 큰 소리로 하품을 했다. "좀 취했길래 같이 택시 타고 온 거야."

"어우, 아빠! 학교만 구하는 줄 알았더니 곤경에 빠진 여자들도 구하고 다니는 거예요? 세상 완벽한 남자다!" 프레디는 가끔 이렇게 말하지 않고는 못 배길 때가 있다. 아빠는 빌어먹을 정도로 완벽하니까. 적어도 사람들이 아빠를 설명할 때는 이런 묘사가 지배적이다. *기막히게 멋진 피츠윌리엄. 그 사람 잘생기지 않았어? 똑똑하지 않아? 너무 매력적이지 않니? 키 큰 것 좀 봐. 거기도 대단히 거대하겠지?* 사실, 마지막 말을 실제로 한 사람은 아무도 없었지만, 아빠는 거기도 대단하긴 하다. 프레디는 본 적이 있다.

엄마 또한 이런 묘사에 동의했다. 아빠가 퇴근하고 오면 엄마는 매번 기쁜 표정으로 황홀해했고, 함께 외출할 때면 이 남자가 자신의 것이라는 걸 세상에 알리기 위해 손을 꼭 잡고 다녔다. 형제자매가 없어서 주변 사람의 의견이나 평가를 알 수가 없는 프레디는 자신이 임무를 띠고 있다고 생각했다. 아빠가 제자리에 있을 수 있게 그가 세상에서 가장 중요한 사람이 아니라는 사실을 알려주는 임무. 아빠 역시 그걸 순순히 받아들였다. 아빠는 정말 프레디를 좋아하는 것 같았다. 아마도 프레디의 마음속 반감이라는 강물이, 때로 얼마나 깊어지는지 전혀 깨닫지 못하기 때문이겠지.

아빠는 빈정거리는 프레디의 말을 못 들은 척하고 커피 메이커의 스위치를 켰다. 주방은 곧 진하고 따스한 커피 향으로 가득 찼다. 아빠가 가운 주머니에 두 손을 찔러 넣은 채 프랑스식 창문 너머로 정원 끝을 바라보았다. 뒤통수는 베개에 눌려 엉겨붙어 있었다.

"그 여자 어때요?"

"누구?"

"그 여자분요. 불법 택시에서 강간당하지 않게 도와준 여자."

긴 침묵이 이어지자 프레디는 아빠가 자기 말을 들었는지 궁금해졌다. 그러나 바로 그때 아빠가 천천히 몸을 틀어 조리대에 기댔다. "괜찮은 사람이야."

"괜찮다고요?"

"응, 아주 괜찮아. 공연 보느라고 대화를 많이 하지는 못했지만. 그랬는데 알고 보니 꽤 취한 거야. 그래서 택시를 불러 같이 타고 왔지. 택시 안에서는 내내 자더라고."

"그 여자는 아빠랑 키스하고 싶어 하는 것 같던데요."

"뭐라고?"

"둘이서 택시에서 내렸을 때 말이에요. 아빠 입에다가 키스하려는 것처럼 보였어요."

아빠가 얼굴을 찌푸렸다. "음, 아닌데. 그런 느낌 전혀 없었어."

프레디는 아빠를 향해 가소롭다는 듯 눈을 치켜뜨고 입을 다물었다. 어젯밤 자신이 본 장면이 뭔지 프레디는 잘 알았다. 또 한 여자가 아빠의 과도한 매력에 굴복당해 비참한 인생을 자처한 거였다. 우물 밑바닥에 금화가 있을 거라는 화려한 환상에 현혹된 거였다.

새벽 조깅을 마친 엄마가 샤워를 마치고 젖은 머리로 나타났다. "뭐가 그런 느낌이 없었어?"

"아무것도 아니야." 아빠가 대답하며 주방 건너편의 프레디에게 경고의 눈짓을 보냈다. 엄마는 때로 엄청나게 질투심을 드러내곤 하니까. "조깅은 어땠어?"

"너무 좋았어." 엄마는 선반에서 머그 하나를 꺼내 커피를 따랐다. "밖이 너무 멋져. 우리 나가서 뭐라도 하자."

프레디는 주말에 아무것도 안 하는 게 좋았다. 뭐라도 해야 한다는 것, 그러니까 그 말의 저의는 활기차게 산책을 하고, 정적에 싸인 미술관에 가고, 말쑥한 식당에서 어색하게 점심을 먹자는 것이었다. 생각만 해도 병적인 불안감이 밀려올 듯했다.

"난 숙제가 산더미야. 집에 있어야 해." 프레디가 말했다.

엄마가 슬프고 뿌루퉁한 표정을 지었다. "그럼 우리 둘이서 나갈까?" 엄마는 아빠의 팔을 잡고 희망에 찬 눈으로 올려다보았다. "펍에서 점심?"

아빠는 엄마의 팔을 톡톡 쓰다듬더니 미소를 지으며 내려다보았다. "그래, 펍에서의 점심이라니 딱 내가 원하는 거네."

엄마 얼굴에서는 순수한 기쁨이 피어났다. 그러나 프레디는 어젯밤 택시 한 대가 정차한 모습, 아빠를 붙잡던 빨간 부츠, 그리고 그녀의 등을 떠밀며 집으로 데려다주던 아빠의 심각한 표정을 떠올렸다. 이전에 있었던 일들도. 예를 들어 소녀든 여자든 할 것 없이 애정이 과하게 담긴 눈빛으로 아빠를 보던 것, 혹은 아빠 팔을 필요 이상으로 오랫동안 붙들고 있던 모습 같은 것. 조금 전 아빠에게서 나던 오래된 맥주 냄새와, 비밀과 거짓말이 내는 시큼한 냄새가 다시 나는 것 같았다.

프레디는 다 안다는 듯 아빠를 향해 딱 한 번 끄덕여 보였다. 순간 아빠가 움찔하는 모습을 보였다.

15

2월 20일

제나는 캐리어의 지퍼를 잠그고 일으켜 세웠다. 무게가 많이 나갔다. 메이크업 브러시, 머리빗, 청록색 계열의 섀도 팔레트, 픽서, 프라이머, 토너 등등 온통 화장품뿐이다. 옷은 거의 없었다.

11학년생은 세비야로 4박 5일 여행을 갈 예정이다. 학교에서 출발하는 공항행 우등버스를 타려면 새벽 5시 45분까지 가야 한다. 막 5시를 넘긴 지금, 하늘에는 여전히 별들이 빛나고 달은 진주빛을 발하고 있다. 엄마는 곤히 자고 있었다. 제나는 엄마의 실루엣을 보며 잠결에 내뱉는 숨소리를 들었다. 마치 아기 같다. 자고 있을 때가 제일 편하니까. 제나는 네이처밸리 시리얼바 상자를 배낭에 쑤셔넣었다. 앞주머니에 여권이 잘 있는지 딱딱한 모서리를 두 번이나 만져봤고, 결국은 꺼내서 자신의 것이 맞는지 또 확인했다. 마지막으로 립밤을 마구 바르고 조용히 집을 나섰다.

베스는 길모퉁이에서 낡아빠진 메탈 캐리어를 발밑에 두고 파란색 학교 후드티 소매 안에 두 손을 넣은 채 서 있었다. 베스의 맨다리로 어슴새벽의 희푸른 빛이 내려앉았다. 제나가 다가가자 베스는 시원하게 하품을 했다.

"안녕?" 제나가 말했다.

베스는 끙끙거리며 캐리어를 들어올렸다. 바퀴가 달리지 않은 것이라 두 손으로 옮겨야 했고, 걸을 때면 정강이에 자꾸 부딪혔다. "해외여행이라니 짜증나." 베스가 말했다.

"아직 공항 가는 버스도 안 탔는데 어쩌려고."

"내 말이 그 말이야."

"그럼 그냥 학교 가는 게 더 좋겠어?"

"응, 그래. 진짜로 그러고 싶어."

베스의 말에 제나가 씁쓸하게 웃었다. 베스는 몇 분만 있으면 우등버스 뒷자리에 앉아 지나가는 대형트럭 기사들한테 손을 흔들어줄 것이다.

학교 앞에는 시동 걸린 우등버스가 대기 중이었다. 인도는 잠에서 덜 깬 십 대 아이들로 천천히 채워지기 시작했다. 베스가 제나의 정강이를 툭 치며 말했다. "헛, 세상에. 저기 좀 봐."

제나가 고개를 돌리자 어깨에 배낭을 걸친 피츠윌리엄 선생님이 이쪽으로 성큼성큼 걸어오고 있었다. 검은색 모자 달린 재킷에 청바지 차림이었다.

"모두들, 부에노스 디아스*!" 선생님이 소리쳤다. "세뇨르 델가도 선생님 아내분께서 임신 중이었는데 조산을 하게 됐다. 학교에서 스페인어가 가능한 선생님은 나밖에 없는 관계로, 내가 따뜻하고 아늑한 침대에서 끌려나와 여러분과 함께 세비야에 가게 됐다.

---

* Buenos días, "좋은 아침"이라는 스페인어 인사말.

엿보는 마을

여러분 모두 이 소식에 기뻐하리라 생각한다."

제나는 베스가 앙상한 팔꿈치로 자신의 갈비뼈를 툭툭 치는 게 느껴져 살짝 밀어냈다. 베스의 뜨거운 입김이 귀에 닿았다. "오, 세상에. 맙소사."

제나가 한숨을 쉬었다.

"오, 세상에. 맙소사." 베스는 그 말을 되풀이했다. "죽을 거 같아. 진짜야. 죽을 거 같아. 말 그대로. 난 죽었다 이제."

"쉿. 다 들리겠어."

"상관없어. 그냥…… 난 그냥……."

"제발 멍청한 짓 좀 하지 마. 약속해."

그런 제나를 베스가 경악한 표정으로 바라보았다. "세상에, 젠. 너 날 어떻게 보고 그러는 거야?"

제나는 시내 쪽으로 몸을 돌렸다. 그들이 서 있는 곳에서는 가로등의 은은한 불빛만이 보일 뿐이었다. 제나는 이불 속에서 따스하게 몸을 말고 자고 있을 엄마를 떠올렸다. 엄마는 잠에서 깨면 딸이 이미 출발했다는 것을 알게 되겠지. 따뜻한 침대에서 나오면서도 그들의 흔적을 찾겠다는 충동에 사로잡혀 아침도 안 먹을 테고. 그 정체 모를 사람들, 상대하기 버거운 사람들, 엄마를 스토킹하고 괴롭히고 못살게 구는 것을 생업으로 삼은 사람들, 그리하여 밤마다 집에 들어와 엄마의 장신구 위치를 옮기고, 전구를 돌려놓고, 벽에 작은 구멍을 내고, 조리대에 작은 상형문자를 새겨놓는 사람들의 흔적을 찾기 위해. 그러고 나면 엄마는 컴퓨터로 자리를 옮겨 밤에 있었던 변경사항을 모두 기록하고, 자주 드나드는 채팅방에 로그인해서 이른바 '집단 스토킹'이라는 행위의 '피해자'들과 대화하며 자신들이 미쳐가는 것이 그럴 만하다고 서로를 위로할 것이다.

제나는 엄마가 많이 아프게 된 이후로 엄마를 혼자 둔 적이 없었다. 있었다 해도 가끔 친구네서 자고 오는 정도였다. 이번 여행을 가라고 설득한 것은 아빠였다. 아빠는 돈을 내주며 자신이 매일 엄마를 확인하겠다고, 그러니 여기 걱정일랑 말고 즐겁게 놀다 오라고 했다. 그렇지만 아빠가 매일 엄마를 확인할 리 없다. 아빠가 사는 웨스턴슈퍼메어시에서 여기까지는 왕복 90분이 걸리는 데다, 아빠는 매우 바쁜 철물점을 사실상 혼자 운영 중이고, 거기에 제나의 남동생 이선까지 돌봐야 하니까. 하지만 캐리어를 우등버스 짐칸에 넣고 베스 옆자리에 자리를 잡은 지금, 이 모든 것을 걱정하기에는 너무 늦어버렸다.

버스가 출발하자 멜빌은 점점 작아져 지평선 위에 흐릿한 점으로 바뀌었다. 그제야 제나는 5일 동안 제정신으로 있을 수 있다는 생각에 잠시 짜릿해졌다. 제나는 베스와 미소를 주고받기 위해 그녀를 쳐다보았지만, 베스는 넋을 놓고 피츠윌리엄 선생님의 뒤통수만 바라보고 있었다.

16

월요일 아침 프레디는 잠에서 깨자마자 뭔가 달라졌다는 것을 알아차렸다. 어젯밤 늦게 전화벨 소리와 찬장이 열렸다 닫히는 소리, 평소라면 들리지 않았을 목소리가 들렸던 기억이 났다.

"아빠 스페인에 가셨어." 엄마는 주전자 주둥이로 물을 부으며 말했다. "수학여행이래. 스페인어 선생님 부인이 어젯밤 조산을 하셨대. 고작 30주밖에 안 됐다는데, 너무 끔찍해."

"근데 왜 아빠야? 수학여행 따라가기엔 아까울 정도로 너무 중요한 분 아니신가?"

"학교에서 아빠 말고는 스페인어를 하는 사람이 없대."

"아빠도 스페인어 못하는데." 수상쩍다는 듯이 중얼거렸다.

"뭐, 그럭저럭은 해."

프레디는 툴툴댔다. 아빠가 좋아하는 건 딱 이런 거다. 학생들과 귀중한 시간을 보내는 것, 학생들을 알아가는 것. 아빠는 친밀감을 즐겼다. 그러니 이런 기회를 놓칠 리가 없지.

"언제 온대?"

"금요일."

끄덕이면서도 살짝 불안감이 느껴졌다. 일상에 변화가 생기는 게 싫었다. 계획에 없던 일이 생기는 건 달갑지 않다. 자신의 존재를 엮은 씨실이 벌어지며 작은 구멍이 생기고, 그 구멍으로 예상치 못한 사건들이 밀려들어오는 게 싫었다.

등굣길, 프레디는 와카두가 문을 여는 순간 그 앞을 지나가려고 아주 천천히 발을 옮겼다. 생수 한 병을 사고 길 건너편 벤치에 앉아 빨간 부츠를 기다렸다. 아니, 조이. 아니, 조지핀. 뭐, 진짜 이름이 뭐든 간에. 무릎에 핸드폰을 올려놓고 엄지로 영상 녹화 버튼을 누를 준비를 했다. 8시 55분, 218번 버스가 정차하고 슈욱 소리를 내며 문이 열렸다. 그녀가 보였다. 얼른 녹화 버튼을 눌러, 놀이방으로 거의 뛰다시피 하는 그녀의 모습을 영상에 담았다. 금빛 머리카락을 하나로 묶은 그녀는 핸드폰을 보며 찡그리고 있었다. 와카두 앞에 다다르자 핸드폰을 배낭에 넣고 벨을 누른 후 주머니에 손을 넣고 기다렸다. 곧 짧은 머리에 몸집이 큰 여자가 허리띠에 열쇠를 가득 달고 나타나 그녀를 맞았다.

프레디는 영상을 다시 보며 조이의 얼굴을 확대했다. 얼굴이 얼룩덜룩하고 부은 걸 보니 울었던 것 같다. 혹시나 이것이 금요일 밤과 관련이 있을까, 아빠와 연관이 있을까 하는 궁금증이 솟았다.

엿보는 마을

17

"엄마, 안녕?" 조이는 코트 주머니에서 조그만 천을 꺼내 묘비에 내려앉은 겨울 먼지를 털어냈다. 1월 2일에 놓고 간 꽃이 그대로 있었고, 그 옆에는 작은 수선화 꽃다발이 있었다. 아빠가 아스다ASDA 매장에서 50펜스를 주고 산 것이리라.

조이는 아빠가 이렇게 자주 오는지 몰랐다. 사랑을 위해 중요한 걸 포기하는 사람도 아니고 감정을 잘 보여주는 사람도 아니었으니까. 그래서 엄마가 세상을 떠난 후에도 몇 날, 아니 몇 달 동안 냉정을 유지했다. 사실 두 분은 사고가 일어나기 전 약 일 년간 별거를 하느니 마느니 하던 중이었다. 모두 행복하지 않았다. 그렇지만 사고가 일어난 그날만큼은 잘 지냈던 기억이 난다. 그날 엄마 아빠는 잭 오빠와 리베카 언니 집의 새로 한 인테리어를 보러 왔다. 오빠가 부모님을 모시고 멜빌로 가서 점심을 대접했다. 와인도 먹었다. 엄마와 아빠는 끈적이는 토피 푸딩을 나눠 먹었다. 좋은 날이었다. 잭 오빠가 어쩌면 엄마 아빠가 헤어지지 않을지도 모른다는 얘기를 했을 정도다. 그날 오후 복권을 사러 나간 엄마는 로저 데이비스라는 아흔 살 노인이 포드 피에스타를 몰고 연석으로 돌진하는 바람에 차와 우편함 사이에 몸이 끼였다. 그리고 열흘 후 세상을 떠났다.

아빠는 이 사고에 대해 가타부타하지 않았다. 잭 오빠는 아빠가 사별가족 상담을 받을 수 있게 해주었다. 아빠는 딱 한 번 갔다가 다시는 가지 않았다. 엄마 물건은 장례 후 일주일이 지나기도 전에 아빠가 다 치워버렸다. 마치 원래부터 없던 물건처럼 보이지 않는 곳에 쑤셔넣었다. 그리고 조이와 잭을 경악하게 한 사실이 드러났다. 아빠에게는 이미 여자친구가 있었다. 그 여자 이름은 수였고, 잭은 아마도 엄마가 죽기 아주 오래전부터 둘이 사귄 것 같다고 말했다. 아빠가 수에 대해서 얘기를 꺼낸 날은 조이 인생에 있어 가장 최악의 날이었다. 그날 이후로 조이와 잭 남매는 아빠와 관계를 끊었다.

그러나 이렇게, 싸구려지만 조심스럽게 놓인 수선화를 보니, 아빠는 엄마를 완전히 잊지 못한 게 분명했다. 조이는 이곳에 왔던 아빠의 모습을 상상했다. 어떤 모습이었을까, 엄마에게 말을 걸었을까, 얼마나 오래 머물렀을까……. 눈물을 흘렸을지도 궁금했다. 조이는 아빠가 울었기를 바랐다.

"엄마, 지난번에 온 이후로 많은 일이 있었어. 나 일자리를 구했어. 딱 나랑 잘 어울리는 일이야. 그러니까, 엉망이란 얘기지. 그래도 돈 버는 게 어디야. 앨피는 계속 시내 바에서 일하는데 앞으로 미장일도 하려고 노력 중이야. 그러니까 어느 정도는 잘해나가고 있지. 그렇지만……." 조이는 말을 멈추고 잠시 어깨너머를 살펴보았다. 마치 자신을 아는 누군가가 서성일지도 모른다는 생각에.

그렇지만 월요일 오후의 묘지에서 그럴 일은 없었다. "나 나쁜 일을 저질렀어. 그러니까, 정말, 정말, 정말 나쁜 일. 지금까지 못된 짓 많이 한 거 알지만 그거보다 더 나쁜 일이야. 이걸 들으면 엄마가 나랑 절연할까 봐 말을 해야 할지 말지도 모르겠어. 사실은, 말안 할래. 생각만 해도 토할 것 같거든." 조이는 한숨을 쉬며 손톱을 내려다보고 거스러미를 뜯어냈다. "엄마, 난 내가 다 컸다고 생각했어. 이렇게 대견하게 자랐으니 결혼하고 브리스톨로 돌아오면 새로운 삶이 열릴 거라 생각했어. 그런데 오히려 퇴행하고 있어. 문제가 뭐냐면, 그러니까 내가 뭘 깨닫기 시작했냐면⋯⋯. 엄마, 나는 그냥 나야. 세상 어딜 가든 여전히 나라고. 얼간이 조이, 골칫거리 조이. 엄마가 여기 있다면 얼마나 좋을까. 엄마라면 이런 나라도 괜찮다고 말해줄 텐데. 다른 사람들은 아무도 날 받아줄 것같지 않아."

"어쨌든⋯⋯." 조이는 몸을 일으키며 말했다. "여기까지 와서 계속 나, 나, 나 하며 내 얘기만 해서 미안. 뭐 별다른 일은 없었어. 엄마 사랑해. 너무 사랑해. 곧 다시 올게. 그때는 상황이 좀 나아져 있도록 노력할게. 엄마, 안녕. 잘 자."

앨피가 급히 침실로 뛰어 들어오는 소리에 조이는 몸을 돌렸다.
"나 미장일 구했어!"
"응?"
"방금 전에. 진짜로 구했다고! 옆옆집 여자야. 내가 작업복 입은 걸 보더니 미장일하냐고 묻더라고. 그렇다고 했더니 침실이랑 주방을 칠해달래."

"옆옆집 누구?"

"여기." 앨피는 작업복 주머니에서 명함을 꺼냈다. "니콜라 피츠윌리엄이네." 그가 이름을 읽고, 손가락으로 옆을 가리켰다. "저기 사시는 분. 노란색 집."

피츠윌리엄이라는 단어가 앨피 입에서 나온 순간 조이는 몸을 떨었다.

"집에 들어가봤어?"

"아니. 그냥 길에서 얘기만 했어."

"근데, 정말, 그냥 그런 식으로 자기 집을 칠해달라는 말을 했다고? 그냥 그렇게?"

"그렇다니까. 멋지지! 조금 있다가 비용 얘기하러 갈 거야."

"그 집에?"

"응! 샤워하고 가려고. 같이 갈래?"

조이의 몸에서 돌던 피가 모두 머리로 쏠렸다. 그 집 복도에 있는 자신을 보면 톰이 어떤 표정을 지을까. 잠시 동안 제대로 숨을 쉬기가 어려웠다. "아니."

"자기 괜찮아? 많이 좋아할 줄 알았는데." 앨피는 이상하다는 듯 쳐다보았다.

조이는 손을 오므려 관자놀이에 갖다 댔다. "미안. 머리가 좀 아파서. 힘들었거든. 애들 말이야. 무슨 말인지 알지?" 사실은 벌떡 일어서서 건장하고 잘생긴 앨피의 품에 안겨 당신이 자랑스럽고 기쁘다고 말하고 싶었다. 그렇지만 두려움이 그녀를 그 자리에 못 박았다. 조이는 그를 흘낏 보고 말했다. "나 행복해, 앨피. 정말이야. 너무 잘됐어."

앨피는 이것만으로도 만족한 듯 그녀를 향해 활짝 웃어 보였다. "마침내 거의 다 온 거야. 마침내 다 왔다고. 머지않아 우리는 우리만의 공간을 갖게 될 거야. 그러고 나면……." 문장을 다 마치지 않은 앨피의 얼굴에서 미소가 점점 사라졌다. 조이는 그가 무슨 말을 하려 했는지 정확히 알고 있었다.

조이는 그가 옷을 벗는 모습을 보다가 그 자리에 마치 뱀처럼 놓인 옷을 쳐다보았다. 그리고 그가 욕실로 사라지기 전 잠시 동안 엉덩이에 시선을 고정했다. 얼마나 눈부신 엉덩이인가. 도대체 어떤 여자가 저런 엉덩이 대신 다른 남자 엉덩이에 손을 대고 싶어 할까? 브리스톨에서 가장 멋진 남자와 결혼한 여자가 대체 왜 톰 피츠윌리엄이라는 남자를 생각하며 시간을 낭비하려는 걸까? 도대체 뭐가 문제인 걸까?

펍을 나와 톰의 몸에 손을 댄 그 순간, 그가 손을 떼어내며 보인 경악의 표정만으로도 집착을 떨쳐내기에 충분하지 않은가.

충격과 불쾌감을 말로 표현하려고 애쓰던 그를 떠올리기만 해도(이런, 맙소사! 아니에요. 진짜, 아니에요! 당신은 아름다워요! 정말로 멋있는 분이라고요! 하지만 결혼하셨잖아요! 저도 결혼했고요. 절대 그럴 일 없습니다. 절대 아니에요. 세상에!) 발걸음을 멈추기에 충분하지 않은가.

정확히 따지자면, 조이가 그에게 한 짓은 성희롱이다. 만약 신고를 당한다면 법은 완전히 톰의 편이다.

그렇지만 딱 한순간, 처음 톰의 다리 사이로 손을 뻗은 그 순간, 그는 온몸을 그녀 쪽으로 기울였다. 자신의 목 뒤를 쓰다듬는 그녀의 손가락을 느끼며 머리를 뒤로 젖혔고, 신음소리를 내다가 아주 짧게 그녀의 입에 자신의 입술을 갖다 댔다. 그건 실제로 일어난 일이었다. 조이는 취했었고, 아드레날린과 호르몬, 거기에 욕망으로 휩싸인 상태이긴 했지만, 그것이 실제로 있었던 일이라는 건 확실히 알았다. 바로 그 거미줄처럼 가느다란 시간의 조각 덕분에 수치심으로 인해 죽고 싶다는 생각을 하지 않을 수 있었다.

샤워실 문이 열리고 닫히는 소리, 샤워기를 트는 소리가 들렸다. 바닥에 떨어진 앨피의 옷을 쳐다봤다. 페인트가 묻은 작업복, 다 찢어진 티셔츠, 오래된 속옷, 우글쭈글한 작은 양말. 거울 구석으로 보니 샤워실에 있는 앨피의 나체가 흐릿한 형체로 보였다.

죄책감과 자기혐오로 속이 뒤집어졌다.

잠시 후 앨피가 수건으로 머리를 말리며 물었다. "같이 안 가고 싶은 거 확실해? 동행 안 해줄 거야?"

조이는 그제야 깨달았다. 남편은 업무를 의논하기 위해 상류층 여성의 집에 간다는 것을 의식하고 쑥스러워하는 거였다.

"앨피, 내가 자기 엄마도 아니잖아." 말이 날카롭게 튀어나왔다. "손 잡고 가줄 사람이 필요한 것도 아니고."

그의 얼굴에 상처받은 표정이 스치는 걸 보자 몸이 움찔했다.

"맞아. 그건 그렇지." 앨피가 활기를 되찾으며 말했다. 그는 깨끗한 청바지와 버튼다운 셔츠를 입었다. 침대 옆 선반을 샅샅이 뒤져 노트를 하나 찾아냈다. 조이는 그가 운동화 끈을 매는 동안 연필을 찾아주었다. 그걸 셔츠 앞주머니에 끼우고 셔츠 깃을 정리해주었다. "되게 멋지다. 너무 낮게 부르지는 마. 명심해. 여긴 멜빌 하이츠야. 여기 사람들은 뭐에든 돈을 많이 써. 그러니까 견적 낼 때 터무니없이 바가지만 씌우지 않으면 분명히 괜찮다고 할 거

엿보는 마을

야."조이가 말했다.

앨피는 핸드폰을 꺼내 어머니 주방 사진과, 현재 작업 중인 어머니 이웃의 홈오피스 사진을 훑어보았다. "더 좋은 카메라가 필요해. 이걸로 찍으니까 구려 보여."

"괜찮은데 뭘 그래. 사진만 봐도 자기가 얼마나 능력 있는지 다 보여. 그거면 된 거지."

조이는 앨피가 나간 후 잠시 기다렸다가 층계참 창문을 통해 그가 피츠윌리엄의 집으로 걸어가는 모습을 지켜보았다. 톰의 차는 밖에 주차돼 있다. 그러니 집에 있는 게 분명하다. 톰과 앨피가 대면할 거라는 생각에 몸 속 깊은 곳에서부터 욕지기가 느껴졌다.

그러다 아래를 내려다본 그녀는 길 건너 덤불 사이에서 한 쌍의 눈을 발견하고 팔짝 뛰듯이 창문에서 물러났다. 다시 창문으로 다가갔다. 그렇다, 누군가가 있다. 누군가 쭈그리고 앉아 톰의 집 현관을 노려보고 있다. 분명 여자였지만 어둠에 몸을 감춘 터라 나이는 짐작할 수 없었다. 금발기의 머리카락. 작은 체격. 그 여자가 가방에서 핸드폰을 꺼내 사진을 찍는 게 보였다.

"잭 오빠! 오빠! 거기 있어?"조이가 난간 너머로 소리쳤다.

오빠가 아래층 복도로 모습을 드러냈다. 입에 음식을 가득 문 채 얼굴을 찡그리고 있었다. "뭔데?"저녁거리를 입에 물고 웅얼거리는 소리가 들렸다.

"바깥 좀 봐봐. 빨리. 길 건너편. 빨간 차 뒤에."

그는 또 한 번 얼굴을 찡그리더니 현관을 열고 다시 조이를 쳐다보았다.

"몰래 보라니까! 저기 누가 있다고! 쭈그리고 앉아 있어!"조이가 재빨리 말했다.

오빠는 한숨을 쉬고 문 뒤로 숨었다. 조이는 층계참에 있는 창문을 통해 보는 중이었다. 오빠의 발소리에 덤불 속 여자가 살짝 움직여 빨간 차 뒤로 완전히 숨어버렸다. 조이가 유리창을 두드렸다. 그러자 여자가 위를 올려다봤고, 아주 잠깐이지만 눈이 마주쳤다. 지금 보니 사십 대 여성으로, 한창 활동하다가 뜸해진 영화배우라고 할 만큼 미인이었다. 어디선가 본 것 같았다. 확실히 어디선가 본 사람이다.

"아무도 없는데?" 오빠가 계단 위로 소리쳤다.

현관이 다시 닫히는 소리가 나자마자 체격이 작은 금발머리 여자가 도망가는 게 보였다.

"갔어." 조이는 오빠를 향해 계단을 내려가며 말했다. "오빠가 낸 소리 듣고 도망갔어."

조이는 계단 맨 아래 앉아 손에 얼굴을 묻더니, 곧 오빠를 올려다봤다. "금발머리 여자였어. 중년이었고. 앨피를 보고 있었어. 톰 피츠윌리엄 집 사진을 찍더라고."

잭은 하품을 하더니 옆에 앉았다. "아, 그래. 누구 말하는지 알겠다. 동네 사람이야. 약간 이상한 사람. 저 아래서 사람들 쳐다보면서 공책에다 뭔가를 적고 표시하던데. 아마 정신에 문제가 있는 것 같아."

"그럼 저기서 뭘 하고 있던 거지? 톰 피츠윌리엄한테 뭔가 바라는 게 있나 봐."

"아, 모든 사람이 톰 피츠윌리엄의 뭔가를 원하지 않나?" 잭이 몸을 일으켜 스트레칭을 하며 말했다.

조이는 눈을 동그랗게 뜨고 오빠를 올려다보았다. "그게 무슨 말이야?"

"별뜻 없어. 그러니까, 그런 사람이잖아, 안 그래? 여자들이 원하는 남자." 잭은 마지막 말을 미국 방송 내레이션처럼 말했다.

"오빠도 그 사람처럼 되고 싶어?"

"아니, 별로. 조이, 정서적으로 취약한 사람들이 왜 그 남자를 보면 더 미칠 듯이 구는지 알아? 그 남자, 카리스마가 대단해. 사람을 끌어당기는 힘이 있어. 매력은 뭐랄까, 늠름하다고 할까. 사람들을 구원해줄 것 같은 느낌이 있지."

잭은 주방으로 향했다. "난 저녁 마저 먹을 건데 같이 먹을래?"

"난 됐어. 위층에 있을게."

"정말?"

조이는 고개를 끄덕이고 미소를 보이고는 계단에 앉아 잠시 시간을 보냈다. 방금 들은 오빠의 말이 자꾸만 머릿속에서 메아리쳤다.

정서적으로 취약한 사람들.

덤불 속에 있던 여자를 떠올렸다. 자신의 한심한 탐닉 행위에 대해서도 생각했다. 어쩌면 그 여자와 자신은 그리 다르지 않을지도 모른다는 생각이 그녀를 사로잡았다.

심문 녹취록

날짜 : 2017년 3월 25일
장소 : (우편번호 BS2 0NW) 브리스톨, 트리니티 로드 경찰서
담당 : 서머싯/에이번 경찰서 경찰관

경찰 기록을 위해 성함을 말씀해주시죠.

DP 돈 미셸 페티퍼입니다.

경찰 주소도 부탁드립니다.

DP 우편번호는 BS11, 브리스톨시의 배스 플레이스^{Bath Place} 21입니다.

경찰 감사합니다. 오늘 오전 경찰에 하신 얘기를 다시 해주시죠.

DP 네. 그런데 우선 하고 싶은 말이 있습니다. 조이는 대단한 사람이에요. 전 그 친구가 맘에 들어요. 일도 열심히 하고, 아이들과도 잘 지내고, 그리고 네, 아주 멋진 사람입니다.

경찰 네, 페티퍼 씨.

DP 이건 그냥, 아마 아무것도 아닐 거예요. 아시죠. 완전히 상관없는 일일 수도 있는데, 몇 주 전에 퇴근하고 조이와 함께 맥주를 마시러 간 적이 있어요. 근데 그날 자기가 톰 피츠윌리엄에게 완전히 빠졌다고 말하더라고요. 뭐라고 했냐면…… 집착 때문에 정신이 나갈 지경이라고요.

경찰 정말 그렇게 표현했습니까? 정신이 나갈 것 같다고?

DP 네, 그랬어요. 집착 때문에 미치겠다고요.

경찰 대단하네요. 감사합니다. 그리고 어제 직장에서는요? 조이 멀런 씨는 어때 보였습니까?

DP 초조해하더군요.

경찰 초조해해요?

DP 네, 불안해 보였어요. 조이답지 않았어요. 퇴근하고 나서도 걱정이 될 정도였죠.

경찰 어떤 점에서 걱정하셨습니까?

DP 모르겠어요. 겁에 질린 것 같았거든요. 뭔가…… 불안해하는 것 같았어요.

경찰 페티퍼 씨, 당신 생각에 금요일 저녁 조이 멀런이 보인 행동이 잔인하게 폭력을 행사할 만큼 '불안했다'고 보십니까?

DP 음, 그게 말이죠, 누구나 무슨 일이든 할 수 있잖아요. 안 그런가요? 상황에 제대로 몰리면 말이에요. 그런 상황 많이 보시잖아요. 그러니까, 네, 그럴 수도 있다고 생각해요.

18

2월 20일

세비야의 호텔은 거지소굴 같았다. 제나는 수학여행 일인당 경비가 330파운드라는 걸 보고 별 기대는 하지 않았다. 그래도 이건 너무했다. 3인실에 다섯 명을 욱여넣고, 구석에는 간이침대 두 개를 더 놓아 걸어다닐 공간도 없다. 캐리어는 모두 발코니에 놔야 했다. 욕실은 불쾌할 정도로 더럽다. 침대 시트에는 찢어진 부분이 있었고 구정물로 삶은 냄새가 났다. 베스는 변기 뒤 U자 형으로 굽은 하수관 사이에서 돌돌 말린 팬티라이너도 발견했다.

"집에 가고 싶다." 베스가 베개를 끌어안고 몸을 둥글게 말며 말했다. "아니면 카펫이 깔려 있고, 포근한 침대가 있고, 누가 쓰다 버린 팬티라이너 따위는 없는 깨끗하고 멋진 욕실이 있는 객실로 옮기거나. 무슨 말인지 알지……." 베스가 몸을 일으켜 세웠다. "만약 피츠윌리엄 선생님한테 여길 보여드리면 분명히 더 나은 곳으로 옮겨주실 거야. 장담해."

바로 그때 누군가 문을 두드렸고 로티가 열어주었다. 남자애들한 무더기가 여자애들 방을 구경하겠다며 서 있었다. 이 방 애들은 11학년 중에서도 잘나가는 엘리트들이었다. 그 정도는 제나도 알았다. 그녀, 베스, 로티, 티아나, 루비. 다섯 명이 특별히 친하게 지내는 무리는 아니었지만, 다들 서로 잘 어울렸고 꽤 예뻤다.

"야, 너네 방 엄청 구리다." 남자애 하나가 말했다.

"내 말이! 그쪽 방은 어때?" 베스가 물었다.

"완전 괜찮아. 우리 방은, 그러니까 앉을 자리는 있지."

"그치, 스위트룸이거든."

"웬일이래!" 베스가 입을 떡 벌리고 여자애들을 차례로 돌아봤다. "쟤네는 빌어먹을 스위트룸이래! 나 못 참아. 피츠윌리엄 선생님한테 가서 얘기할 거야." 베스가 벌떡 일어나더니 제나를 향해 물었다. "같이 갈래?"

제나가 끄덕였다. 운동화를 신은 후 베스를 따라 우중충한 복도로 나와 선생님들이 묵는 맨 끝 방으로 향했다.

문을 열어준 사람은 피츠윌리엄 선생님이었다. 아침 5시 반에 봤던 그대로 여전히 생생했다. "숙녀분들, 뭘 도와드릴까?"

"선생님, 저희 방이요, 엉망이에요. 저희가 거기서 지낼 수 있을지 모르겠어요. 농담 아니에요." 베스는 꽉 쥔 두 손을 입에 댄 채 평소보다 20퍼센트쯤 높은 톤으로 말했다.

피츠윌리엄 선생님은 팔짱을 끼고 한쪽 다리에서 다른 쪽으로 무게중심을 옮기며 물었다. "무슨 문제인데?"

"방 안에 간이침대가 두 개 있는데요. 진짜 쓰레기라고 해도 될 정도예요. 저희 다섯 명이 찌부러져 들어갔는데 캐리어 놓을 자리가 없어요. 그래서 발코니에 놨어요, 선생님."

선생님이 고개를 끄덕였다. 제나는 선생님이 진심으로 귀 기울이는 모습에 놀랐다.

"게다가 코너 메이츠가 그러는데, 걔네는 스위트룸을 받았대요. 앉을 자리도 있다고 하던데요. 이건 좀 그렇잖아요, 선생님. 그니까, 우리는 다 똑같은 비용을 냈으니까요, 그렇죠?"

선생님은 팔을 내리고 말했다. "그래, 방을 한번 보자. 앞장서 도록."

베스는 제나를 보며 의기양양한 표정을 지었다. 제나는 어깨를 으쓱했다.

문으로 들어오는 피츠윌리엄 선생님을 보자 방에 있던 아이들 모두 자세를 바로했다. "자, 숙녀분들." 선생님이 방을 잠시 둘러보았다. "인정할 수밖에 없네. 명백히 용납이 불가능한 정도야. 일단 나한테 맡겨. 관리실에 얘기해서 해결방안을 찾아오지. 잠시만 있어보렴." 선생님은 미소를 짓고는 군인이 경례하듯 손을 관자놀이에 갖다 댔다.

선생님이 자리를 뜨자 다섯 명의 소녀는 너무 놀라 서로를 바라보기만 하다가 어색한 웃음을 터트렸다.

"세상에나! 너무 멋지다." 로티가 입을 열었다.

"그러게나 말이야. 아마 다른 선생님이었다면 그만 징징대라고 했을 텐데." 티아나가 말했다.

"맞아, 그렇지?" 로티도 동의했다.

"너희들 다 비켜. 저 남자 내 거야." 베스가 말했다.

"욱, 너무 늙었잖아." 루비가 말했다.

"늙은 게 아니라 성숙한 거야. 와인처럼, 치즈처럼. 난 저 남자 사랑해. 진짜로 사랑해." 베스가 말했다.

엿보는 마을

"얘 진짜 진심이야." 제나가 끄덕이며 말했다.

30분 후 제나와 베스는 둘만의 방을 갖게 되었다. 넓은 더블침대에 소파가 있고, 공원이 내려다보이고, 욕실에는 세면대가 두 개나 있는 커다란 스위트룸이었다. 관리팀에서는 사과의 의미로 과일 바구니까지 올려 보냈다. 둘은 소파에 가부좌를 틀고 앉아 당도 높은 스페인산 포도가 마치 생초콜릿인 양 씹어 먹으며 행운을 거머쥔 상황에 웃음을 터트렸다.

"건배!" 베스가 무료로 제공받은 플라스틱 생수병을 제나의 병에 부딪치며 말했다. "인간계에 내려온 신의 남자, 피츠윌리엄을 위해."

두 소녀는 30분 동안 객실에 머물다가 로비로 나갔다. 핍 선생님이 '샌드위치 문화탐방'이라고 명명한 일정에 참여해야 했다. 제나가 아침에 배낭에 쑤셔넣은 일정표의 설명에 따르면, 스페인 광장에 가서 노점 음식들을 구경하고 스페인어로 주문해 점심을 먹은 다음, 산책을 하며 무슨 다리를 본다는 일정이었다. 날씨는 좋았다. 예전에 제나가 스페인에 왔을 때 체험한 여름 날씨까지는 아니더라도, 섭씨 5도에 비까지 내렸던 어제의 브리스톨에 비하면 훨씬 좋은 날씨였다.

제나는 캐리어에서 화장품 가방을 꺼내 화장실 세면대 옆에 정리했다. 타일로 둘러진 거울 속 얼굴은 피곤하고 우울해 보였다.

"선생님 아내분, 어떨 것 같아?" 베스가 침실에서 소리쳤다.

제나가 눈알을 굴렸다. "야, 그건 말이야, 십중팔구 대단히 탄탄한 몸에 섹시하고 젊은 분일 거야.”

“그래, 맞아. 그럴 것 같아.”

“가슴도 엄청 거대하겠지. 두 분은 끊임없이 섹스할 테고.” 제나는 마스카라를 덧바르며 말을 이었다. “포르노 배우들처럼.”

“맙소사, 젠! 그만해.”

제나는 생기를 되찾은 얼굴을 자세히 살펴보다가 속이 꽉 찬 튜브 립글로스로 입술을 바르기 시작했다. “농담이야. 난 아내분 본 적 있거든. 내가 말한 거랑 딴판이야.”

거울 속으로 베스가 모습을 드러냈다. “젊어?”

“응, 젊은 편이지. 선생님보다는 젊어. 매번 운동복 입고 야구모자 쓰고 다녀.”

“흠, 멜빌에 사는 중년 부인들이 다 그러고 다니잖아.”

제나의 핸드폰에서 소리가 났다. 엄마의 문자였다.

너 혹시 재활용 쓰레기통 옮겼어? 엉뚱한 방향으로 서 있잖아!!

제나는 눈을 감았다. 아침에 재활용 쓰레기통을 만질 리가 있나. 집을 나섰을 때는 칠흑같이 새까만 밤이어서 재활용 쓰레기통을 보는 것조차 불가능했다.

그러나 답장은 이렇게 썼다. *응, 내가 옮겼어.*

왜?

쓰레기통이랑 벽 사이에 고양이가 끼여 있어서.

무슨 고양이??

세상에, 이제는 심지어 동네 고양이까지 참견하고 다니는 건 아니겠지?

나도 몰라. 그냥 까만 고양이였어. 걱정 좀 그만해.

엿보는 마을

너 버터에 새겨진 이상한 표시 봤어? 나치 만卍자 무늬 같던데. 봐봐.

제나의 어깨가 축 처졌다. 일 초 후 핸드폰이 알림음을 울렸다. 버터 사진이다. 사진 속 버터에는 제나가 어젯밤 크럼펫 빵에 발라 먹을 때 난 칼자국이 보였다. 아무리 봐도 나치의 만 자처럼은 보이지 않았다.

어젯밤에 크럼펫 빵 먹었어. 내가 그런 거야.

다행이네. 엄마의 문자가 이어서 도착했다. *그래서 언제 온다고?*

금요일 오후.

여행지가 어디라고?

세비야.

멋지네. 사랑해.

나도 엄마 사랑해.

화면을 끄고 잠시 까만 화면을 쳐다봤다. 그때 노크 소리가 들렸다. 베스가 문을 열자 밖에 서 있는 피츠윌리엄 선생님이 보였다. 남색 후드티에 치노바지˙를 입어 도발적이고도 산뜻해 보였다.

그가 재빨리 방을 훑어보며 물었다. "숙녀분들 만족하세요?"

"그럼요. 고맙습니다, 피츠윌리엄 선생님. 우리 정말, 너무 너무 너무 감사드려요. 선생님이 진짜 최고예요." 베스가 말했다.

그가 미소를 지으며 베스를 내려다보았다. "음, 그렇게 말해주니 고맙구나, 베스. 그렇지만 당연히 해야 할 일을 한 것뿐이야. 결

˙실의 짜임상 직물 표면이 사선으로 된 거친 면 소재의 바지. 보통 헐렁하게 만들어 입는다.

과가 좋아 다행이네. 그럼 로비에서 보자. 시간은……." 그가 손목으로 시선을 돌려 시간을 확인했다. 그의 시계는 강철 도금에 빨갛고 노란 줄무늬의 천 시곗줄이 달린 오래된 스타일이었다. "6시 30분!"

"그때 봬요. 피츠윌리엄 선생님!" 베스는 인사를 하며 문을 닫고 손으로 입을 가린 채 문에 기대며 말했다. "오, 맙소사, 선생님이 내 이름을 알아. 피츠윌리엄 선생님이 내 이름을 안다고."

"선생님은 애들 이름 다 알아, 베스."

"그래, 나도 알아. 하지만 직접 불러줬다는 게 다르지!"

제나는 친구의 말을 듣는 둥 마는 둥 했다. 뭔가가 그녀의 마음에서 거슬렸다. 피츠윌리엄 선생님의 시계와 관련된 무언가가. 빨갛고 노란 줄무늬의 천 시곗줄이 달린 손목시계. 어렸을 때 어디선가 본 적이 있는 바로 그것.

마침내 생각났다. 레이크 디스트릭트.

제나가 열 살이었던 때.

동생 이선이 여섯 살이었던 때.

엄마의 정신이 온전했고 부모님이 함께였던 때. 그들은 4주식 침대*가 있는 비앤비B&B에서 숙박을 했다. 집주인에게는 마당을 터덜터덜 누비는 바셋하운드 개가 여섯 마리 있었다. 30도의 날씨였다. 연중 가장 더운 계절. 그들을 태운 관광버스가 호숫가에 잠시 멈춰 서서 아이스크림 시간을 주었던 그때, 어디선가 한 여자가 나타나 소리를 지르기 시작했다. 민소매 상의에 리넨 반바지를

---

* 네 모서리에 기둥을 세우고 기둥에 의지해 커튼을 달아놓은 침대.

　　　　　　　　　　　　　　　　　　　　엿보는 마을

입고 쩡한 분홍색 플립플롭을 신은 여자였다.

너, 그녀는 소리를 질렀다. 너!

그러자 뒤쪽 어디에선가 키 크고 위엄 있어 보이는 남자가 나타났다. 제나네와 함께 단체관광을 하던 남자로 젊은 아내와 어린 아들을 대동하고 있었다. 그는 소리를 지르는 여자에게 다가가 그녀의 맨팔에 손을 올렸지만, 그러는 동안에도 여자는 *너! 너! 어떻게 그럴 수 있어!* 하고 소리쳤다. 남자는 여자에게 조용하고도 진지하게 뭔가를 말했고, 단호한 모습으로 그녀를 데리고 구경꾼들로부터 멀어졌다. 그 남자가 이 시계를 차고 있었다. 제나가 시계를 알아본 것은 그때 남자가 입었던 줄무늬 셔츠와 시곗줄이 잘 어울렸기 때문이었다. 그 사람이었어. 엄마가 계속 얘기하던 남자는 피츠윌리엄 선생님이 맞았어.

그때 그 여자가 왜 그렇게 소리 질렀는지는 아무도 몰랐다. 그 후에 무슨 일이 있었는지도 몰랐다. 그저 그 사건은 휴일에 묻은 흐릿한 얼룩처럼 마침표를 찍지 않은 미심쩍은 순간으로 남았을 뿐이다. 그 후 얼마간 사람들 사이에 그 얘기가 오갔다. 그 남자 기억나지? 어떤 여자가 그 남자한테 소리쳤잖아. 막 때렸던가? 기억나? 도대체 뭐 때문에 그랬던 걸까…….

그 후로도 오랫동안 제나는 엄마가 새로운 교장선생님이 그 남자라고 할 때마다 제정신이 아니라서 그런 거라고 생각했다. 엄마는 누군가를 보면 전에 본 적이 있다고 우기곤 했으니까. 이 사람은 키가 더 크다고 하면 그건 깔창을 깔아서 그런 거라고, 머리카락이 더 금발이면 그건 염색을 해서 그런 거라고, 더 젊다고 하면 그건 주름제거 시술을 받아서 그런 거라고 맞받아쳤다. 그러니 엄

마가 말하는 대상은 그 사람들과 꼭 닮을 필요가 없었다. 망상에
는 딱히 이유나 맥락이 없으니까.

그러나 이번에는 엄마가 맞았다.

톰 피츠윌리엄을 본 적이 있었다.

호숫가에서 한 여자의 비난을 받던 그 남자.

척추를 타고 내리는 불쾌한 느낌에 제나는 온몸을 떨었다.

19

초인종이 울리고 모르는 남자 목소리가 들린 그때, 프레디는 계단 꼭대기에 앉아 있었다. 누가 왔는지 보고는 몸을 뒤로 숨겼다. 잠시 동안 심장이 쿵쾅댔다. 빨간 머리에 문신을 한 체격 좋은 남자, 빨간 부츠의 남편이다. 저 아저씨가 뭐 하러 왔지? 내가 자기 아내를 몰래 찍고 있다는 걸 알아챘나?

그렇지만 목소리를 들으니 체격 좋은 그 남자는 우호적이었다. 웃음소리도 들렸다. 엄마 목소리가 뒤따랐다. "들어와요, 들어와. 차 한 잔 드릴까요?" "아니요, 괜찮습니다. 감사합니다." 멋진 신발을 신은 그는 지저분한 도어매트에 꽤 오랫동안 발을 문질렀다. 마치 방문 판매원 같았다. 프레디는 발끝으로 살금살금 걸어 계단참으로 내려갔고, 주방에서 흘러나오는 목소리에 귀를 기울였다. 대화의 요지를 파악할 수 있었다. 그 남자는 거실과 주방의 실내 장식을 맡은 사람이었다. "그냥 평범한 색으로요." 엄마 목소리가 들렸다. "미색 정도가 좋을 것 같아요."

"도배는 안 하십니까?"

"오, 안 해요. 안 할 거예요. 그건 별로예요. 저는 그냥 맨벽이 좋더라고요."

프레디는 방으로 돌아갔다. 현관문 소리와 "고맙습니다! 연락드릴게요."라는 엄마의 목소리가 들릴 때까지 기다렸다. 그리고 당장 아래층으로 내려가 물었다. "저 아저씨 뭐야, 엄마?"

"조깅하고 오다가 봤는데, 페인트 묻은 작업복을 입고 있더라고. 뭐, 우리도 실내를 새로 칠할 때가 됐잖니. 마침 인부를 알아보려고 생각 중이었어. 왜냐하면 이 집은⋯⋯." 엄마는 절망한 표정으로 집을 둘러보았다. "그게, 너도 알지? 딱히 우리 취향이라고 할 수 없잖아, 그렇지?"

사실 프레디는 이 집이 꽤 좋았다. 암청색 벽에 적갈색 패널, 그리고 여기저기 있는 짙은 꽃무늬의 띠벽지까지. 추레한 느낌이 들긴 하지만 그동안 살았던 곳들보다는 개성 있는 집이다.

"내 방은 안 했으면 좋겠는데. 난 그대로가 좋아."

"응, 뭐, 견적이 올 때까지는 아무것도 정해진 거 없으니까. 당연히 아빠하고도 상의를 해야 하고."

프레디는 복도에 있는 긴 나무 의자에 앉았다. "그 사람 어때?"

"누구? 미장공?"

"이름도 모르는 건 아니겠지?"

"그러고 보니 안 물어봤네! 잠시만⋯⋯." 엄마는 콘솔 테이블에 있는 명함을 집어 들었다. "여기 있다. 앨피 버터. 하! 재밌는 이름이네!" 그녀는 명함을 다시 내려놓았다. "괜찮은 사람 같아. 나이도 어리고. 근데 말이야, 그다지 상류층은 아닌 거 같아."

그러더니 뭔가 중요한 게 생각났다는 듯 프레디를 흘끗 쳐다보

엿보는 마을

왔다. "배고프니? 뭐 먹고 싶어?"

"뭐 있는데?"

이 질문은 그냥 낚는 거였다. 장을 보지 않은 지 꽤 됐으니까. 엄마는 아빠가 집에 있을 때만 장을 봤다. 아침에 잠에서 깨 다시 잠자리에 들 때까지 엄마에게 일순위는 그저 아빠뿐이었다.

"저런. 별거 없긴 해. 파스타가 있었나? 맛있는 빵도 좀 있을걸. 달걀 토스트 해줄까?"

토스트에 달걀 올린 요리는 아빠가 가장 좋아하는 저녁거리다. 프레디는 고개를 끄덕였다. 시간 끌어봤자 더 나은 음식이 나올 리 없었다.

프레디는 엄마가 샤워하고 옷을 갈아입는 동안 직접 차를 내려 마시고 방으로 돌아갔다. 오늘은 요즘 모든 사람의 입에 오르내리는 로몰라 브룩을 보기 위해 사립학교인 세인트 밀드레드를 지나쳐 오느라 세 블록이나 빙 돌아서 하교했다.

거기서 로몰라가 대학준비 과정을 같이 밟고 있는 한 남자애와 대화하는 모습을 사진으로 찍었다. 얼굴에 붙은 머리카락을 떼는 모습, 이따금 손끝으로 입술을 만지는 모습, 그리고 도로에 시선을 고정하고 있는 모습도 무척 가까운 거리에서 담았다. 그런 다음에는 집까지 따라갔다. 로몰라는 시 경계에 새로 지은 작은 현대식 주택에 살고 있었다. 집 밖에는 불상이 있었고, 털이 긴 치와와가 그녀를 기다리는 모습이 앞유리를 통해 보였다. 집으로 들어간 로몰라는 몸을 숙여 자그마한 강아지에게 인사했다. 그 모습도 사진에 담았다.

그리고 지금, 사진과 영상을 컴퓨터로 옮겨 편집을 하고 있다.

사진의 변경사항을 저장한 후 매일 저녁에 그러듯 뭔가 잘못된 점이 없는지 확인하기 위해 보안 기록을 살펴보았다. 심장이 잠시 쿵 하고 내려앉았다.

다섯 번의 로그인 오류가 있었다.

숨을 참은 채 최근 파일 목록을 눌렀고 의자에 거칠게 등을 기댔다. 폐 속 공기가 단번에 빠져나가는 것 같았다.

JT1.jpg. JT2.jpg. JT3.jpg. JT&BR1.jpg. JT&BR2.jpg. JT4.jpg.

제나 트립JT과 베스 리들리BR를 찍은 초창기 사진이다. 오랫동안 보지 않은 사진들. 프레디는 이 파일을 연 적이 없었다. 다른 누군가가 클릭한 것이다. 그게 누구인지 도통 알 수 없었다.

20

굽 높은 부츠를 신고 자갈길을 걷는 베스와 제나는 몸을 가누느라 애쓰며 킥킥댔다. 세비야 여행을 위해 일주일 전 프리마크 잡화점에 가서 특별히 산 부츠였다. 여행 일정표에는 "여행에 알맞은 편한" 신발을 가져오라는 지시가 명확하게 적혀 있었다. 두 소녀는 그 말을 무시했다.

학생들은 저녁식사를 위해 구^雷 도심으로 향하는 중이었다. 달이 밝아 아늑한 밤이었고, 통제에서 벗어났다는 것만으로 한껏 들뜬 아이들은 왁자하게 떠들며 서로를 향해 소리 지르고 지나치게 웃어댔다. 식당에 들어간 학생들은 뒤쪽 별실로 들어가 네 개의 거대한 탁자에 나눠 앉았다. 각각의 탁자에는 선생님이 한 명씩 배정됐다. 자기네 탁자로 피츠윌리엄 선생님이 와서 자리를 잡자 베스가 제나의 정강이를 발로 살짝 건드렸다.

"자." 피츠윌리엄이 입을 뗐다. "B 그룹은 운이 좋네. 너희들은 나랑 붙어 있어야 할 것 같구나."

코팅된 거대한 메뉴판이 나왔다. 피츠윌리엄 선생님이 미소를 지으며 그중 하나를 제나에게 건넸다. "흠, 너희들은 어떤지 모르겠지만, 나는 배고파 죽겠다."

"점심때 맛있는 거 못 드셨어요?" 남학생 올리가 물었다.

"먹었지, 물어봐줘서 고맙다, 올리. 나는 진짜 맛있는 알본디가스를 먹었어. 알본디가스가 뭔지 아는 사람?"

"미트볼이요!" 탁자 건너편 누군가가 소리쳤다.

"그래, 미트볼을 먹었지. 그리고 내 기억이 정확하다면, 여기 토마스는……." 그는 토마스의 어깨를 두드리며 말했다. "아주 맛있어 보이는 보카디요 데 토르티야를 먹었지. 그게 뭔지 아는 사람?"

"칩 샌드위치요!"

"아니지. 감자칩은 안 들어 있어. 그건 다른 토르티야거든. 아는 사람?"

"오믈렛 샌드위치?" 제나가 말했다.

"그렇지. 오믈렛 샌드위치야. 스페인식 오믈렛에는 뭐가 들어갔을까?"

아이들 몇이 손을 들었다.

"달걀이요!" 누군가가 말했다.

"감자요!" 또 다른 아이가 소리쳤다.

제나는 베스가 피츠윌리엄 선생님을 의미심장하게 쳐다보는 모습을 보았다. 주변을 돌아보니 거의 모두가 선생님을 같은 눈빛으로 바라보고 있었다. 자신이 선생님의 눈에 띄기를 바라면서, 자신을 꼬집어 칭찬해주기를 바라면서. 남학생 여학생 할 것 없이 모두가 선생님 질문에 정답을 내놓으려고, 대화 주제가 바뀌면 선생님을 웃게 하려고 애쓰며 남보다 깊은 인상을 남기기 위해 용을 써댔다. 실제로 선생님은 진심으로 즐거워하며 많이 웃었다.

제나는 선생님을 바라보며 베스가 뭐 때문에 그리 빠졌는지 이해하려 노력했다. 한때는 꽤 잘생겼을 얼굴이긴 했다. 확실히 미소도 멋지다. 그렇다 해도 제나에게는 그저 나이 든 아저씨일 뿐이었다. 정수리 쪽에는 하얗게 빛나는 부분도 있었다. 손도 끔찍했다. 게다가 치아는 벌써 늙은이 같았다. 치아를 때운 곳 색이 바랬다는 건 입에 담기도 싫을 정도였다.

그때 피츠윌리엄 선생님이 몸을 돌려 제나의 눈과 마주쳤다. 그의 얼굴을 훑고 지나가는 무언가에 제나는 헉하고 숨을 들이마셨다. 뭐라고 콕 집어 말할 수는 없었다. 그녀는 어휘력이 좋은 편은 아니었다. 집에서 숙제할 때도 온라인 유의어 사전을 이용할 정도니까. 어쨌든 선생님의 그 얼굴은 뭔가 원초적이고 잘못된 것이었다.

제나는 시선을 내리깔았다. 두 볼이 달아올랐다. 선생님은 자신의 호기심을 눈치챘고, 그건 그에게 의미 있는 일인 것 같았다. 그래서 그런 반응을 보인 것이다. 왠지 모르게 덫에 걸린 듯한, 뭔가 이상하고 불미스러운 일에 연루된 느낌이 들었다.

그리고 마침내, 머릿속에서 찾아 헤맸지만 그토록 찾기 어려웠던 단어 하나가 떠올랐다. 피츠윌리엄 선생님이 들이밀던 표정, 그것은 바로 포식자의 표정이었다.

취침시간은 밤 11시, 소등 예정 시간은 11시 반이었다. 현재 시각 11시 20분, 학생들 모두 침대에 누웠는지 확인하려고 선생님들이 언제라도 들이닥칠 수 있는 시간이었다. 그런데 한 층 위에 있는 로티, 루비, 티아나의 방에 놀러 간 베스가 아직 돌아오지 않았다. 제나는 매일 하는 피부 관리를 편하게 하려고 일찍 방으로 돌아온 터였다. 왓츠앱WhatsApp으로 베스에게 메시지를 보냈다. *도대체 어디야? 너 이러다 경고받으려면 어쩌려고 그래???*

제나는 자신이 보낸 두 줄의 메시지에 읽음 표시가 뜨기를 기다리며 잠시 동안 화면을 뚫어지게 바라봤다. 읽음 표시는 뜨지 않았다. 메시지를 하나 더 보냈다. 역시 읽지 않았다. 문을 열고 고개를 내밀어 통로를 이쪽저쪽 살폈다. 캣과 미아의 방 앞에 서서 핸드폰을 끄라고 말하는 망간 선생님의 모습이 보였다. "핸드폰 끄는 거 볼 때까지 여기 서 있을 거야. 나 시간 많아. 아무 데도 안 가고 있을 거야."

방 두 개만 더 확인하면 이 방 차례다. 제나는 로티에게 메시지를 보냈다. *베스한테 빨리 가라고 말 좀 해줘. 2분 뒤면 망간 선생님이 들이닥칠 거야!*

즉시 읽음 표시가 떴고 답장이 왔다. *걔 여기 없어. 20분 전에 나갔는데!*

다시 문으로 가서 복도를 살펴봤다. 망간 선생님은 옆방에 와 있었다. 바로 그때 반대쪽에서 베스가 오는 게 보였다. 피츠윌리엄 선생님과 함께였다. 제나의 마음 깊은 곳에서 뭔가가 강렬하게 움찔했다.

문 앞까지 다가온 피츠윌리엄 선생님이 제나를 바라보았다. 억지로 짓는 근엄한 표정 아래 미소가 숨어 있었다. "제나, 룸메이트를 돌려줄게. 남자애들 방 침대 아래서 찾아냈지. 첫날 밤이기도 하고 다들 어지간히 흥분한 상태이기도 하니 기록에 남기진 않겠다. 하지만 베스, 규칙이라는 건 다 이유가 있는 거야. 너희들의 즐거움을 방해하려는 게 아니라 너희를 보호하려고 있는 거지. 한밤중에 방으로 혼자 돌아가다가 무슨 일이라도 생기면 어떡할래? 복도가 이렇게 어두운데. 어떤 사람이랑 마주칠지 누가 알겠냐고, 안 그래?"

"죄송해요, 선생님." 베스가 고개를 숙인 채 대답했다.

선생님은 깨끗이 씻어 어려 보이는 베스의 얼굴과, 뒤로 묶은 머리, 그리고 잘 준비를 위해 칫솔질을 마친 치아를 바라보았다. "애 잘 감시해라. 딱 보니까 너는 분별 있는 학생이구나." 선생님이 다정하게 말했다.

제나가 씩씩하게 고개를 끄덕였다.

"누구의 부모님에게도 애들이 사고 쳤다는 전화를 걸고 싶지 않아, 알았지?"

두 소녀가 끄덕였다. 그랬는데 다음 순간이 이상했다. 아주 짧지만, 무겁게 느껴지는 순간. 아직도 파티 복장에 머리는 엉망이고 손에는 굽 있는 부츠를 쥔 한 소녀와, 잠옷을 입은 채 잘 준비를 마친 다른 소녀, 그리고 거기 그들 사이에, 키 크고 넓은 어깨를 가진, 아빠도 친구도 아닌 한 남자. 흐릿한 배경 속 더블침대 위에는 십 대 소녀들이 잠깐 쓰고 버릴 물건이 펼쳐져 있다. 침대 기둥에는 빨간색 브라가 걸려 있고, 협탁 위에는 립스틱이 묻은 티슈가 구겨져 있다. 방에서는 슈퍼드러그의 화장품 코너에서 나는 달달한 냄새와 여드름약 클리어라실의 톡 쏘는 냄새가 가득했다. 이 장면은 마치 가느다란 붓을 가지고 미세한 터치로 자세하게 그린 인물 풍경화 같았지만, 선생님이 몸을 바로 세우고 미소와 함께 말을 시작하자 순식간에 증발해 사라졌다.

"그럼, 잘들 자라. 곧장 침대로 가도록. 내일 아침 8시 30분 정각, 아침식사 때 보자꾸나."

베스가 황급히 안으로 들어온 후 문을 닫았다. 제나가 외시경을 통해 내다보자 여전히 문 앞에 서 있는 그가 보였다. 선생님은 주머니에 손을 넣은 채 그녀의 눈을 바라보고 있었다.

엿보는 마을

21

2월 21일

화요일 저녁, 조이가 퇴근했을 때 집에는 리베카가 있었다. 거실 탁자에 노트북을 올려두고 귀에는 갤럭시 버즈 이어폰을 낀 상태였다. 조이는 현관에 잠시 서 있다가 자신이 보는 장면 안으로 발을 들였다. 집에서 리베카 언니를 보는 경우는 드물었다. 집에 있다 해도 대부분 이층 작업실에 틀어박혀 있기 때문이었다.

이 여자 도대체 어디서 나타난 걸까? 오빠가 어떤 여자와 함께 살게 될까 하고 모호하고도 짜릿한 상상을 하던 때가 있었다. 그런데 그 자리에 리베카가 나타났다. 이 자리에 딱 들어맞아 보이지 않는 사람이었다. 오디션 방을 잘못 찾아와 엉뚱한 연극을 하게 된 것처럼. 오빠가 그렇게 여기는 것 같다는 말은 아니다. 오빠는 어쩔 수 없었겠지. 그렇지만 조이는 술을 즐기고 클럽도 가고 때로는 주말을 허송세월로 보내는 다른 새언니를 만날 기회를 빼앗긴 것만 같았다. 혹은 엄마가 남기고 간 구멍을 메워줄, 엄마 같은, 꼭 껴안고 싶은 새언니를 만날 기회를. 조이는 결혼 전 여자들만의 파티에 리베카를 초대했다. 몇몇 친구들과 함께 배스에 있는 온천 스파에서 하루를 보내고 우아한 호텔에서 저녁을 먹었다. 언니는 시누이의 시험을 통과했다. 이비사섬으로 같이 갈 필요가 없을 만큼이었다. 하지만 더 노력을 해야 했을까? 어쩌면 푸아그라를 먹으며 친해질 수도 있었는데, 그렇다면 지금 이렇게 어색한 관계가 되지는 않았을 것이다.

"저 왔어요." 조이가 크게 말했다.

리베카는 듣지 못했다.

"저 왔어요!" 다시 인사했다.

그제야 리베카 언니가 몸을 돌렸다. "어…… 아가씨군요." 이어폰을 빼며 말했다.

"집에 일찍 오셨네요?" 조이가 말했다.

"네, 병원 진료가 있어서 끝나고 바로 왔어요."

"아, 문제 있는 거 아니죠?"

"그럼요. 그냥 정기검진이에요. 피를 좀 뽑아가더라고요." 리베카는 팔 안쪽, 작은 반창고 아래의 짙은 멍 자국을 보여주었다. "그렇지만 다 좋아요."

"네, 다행이에요. 이제 몇 주 남았죠?"

"12주 정도요."

"우아!" 조이는 딱히 다른 반응을 찾지 못하고 감탄만 내뱉었다.

잠시 침묵이 뒤따랐다. 리베카는 조이가 들어올 때 뺐던 이어폰을 만지작거렸다. 시선은 이미 노트북 화면에 고정한 채로.

"언니, 차 한 잔 끓여드릴까요?"

"아니에요, 아가씨. 괜찮아요." 리베카는 미안해하듯 고개를 저었다.

"정말요?"

"정말이에요. 고마워요." 리베카는 이어폰을 귀로 가져가며 대답했다.

조이는 그곳을 빠져나오려다가 문득 리베카를 향해 몸을 돌렸다. "언니, 저 궁금한 게 있어요. 임신하기로 할 때 어땠어요? 원래부터 아이를 갖고 싶었어요?"

리베카는 이어폰을 다시 내려놓고 눈을 깜빡거렸다.

"제가 물어보는 이유는요, 앨피가 아이를 갖고 싶다고 해서요."

"아!" 리베카가 손을 쇄골에 갖다 댔다. "그건 정말…….."

"네, 정말 멋진 일이죠. 물론 대단히 멋진 일이에요. 저는 앨피를 몹시 사랑하고, 그를 행복하게 해주고 싶고, 곧 스물일곱이 될 테니 그리 어리지도 않고요. 우리 사이에서 아이가 태어나면 얼마나 귀엽겠어요. 그렇지만 저는……. 거기에 맞는 사람이 아닌 거 같아요. 엄마가 되는 일에는 소질이 없다고나 할까요. 애들이랑 다니는 엄마들 보면, 뭐랄까 다른 종족처럼 느껴질 정도거든요. 그냥 이런 생각이 들어요. 나는 당신들과는 달라. 지금도 이런 기분인데, 앞으로도 계속 같은 생각일까 봐 겁나요. 그럼 어떡하죠?"

"흠, 앨피랑 얘기해봤어요?"

"아니요. 그게, 결혼한 지 얼마 안 됐는데, 당신 아이를 갖고 싶은지 아닌지 확실치가 않다는 말을 어떻게 하겠어요?"

"이 말이 도움이 될지 모르겠지만, 아가씨, 저도 아이를 좋아하는 사람은 아니에요." 리베카는 손을 배에 갖다 대고 아래를 내려다본 후 다시 조이를 향해 고개를 들었다. "아이를 원한 적이 단 한 번도 없었거든요. 지금도 그렇고요."

"하지만……." 조이가 입을 뗐다.

"잭이 아이를 원했어요. 저는 잭을 행복하게 만들어주고 싶었고요. 그래서." 리베카는 울적한 미소를 짓고는 배를 문질렀다.

"일단 아이가 생기면 좋아하게 될 거라는 말이군요." 조이가 다소 절망을 느끼며 말했다.

"그거죠! 그런데 만약 제가 그 말을 한다고 생각해봐요. 앨피와 아이를 가지세요, 일단 아이가 생기면 좋아하게 될 거예요, 라고. 그럼 뭐라고 응수하고 싶어요?"

"아마도……." 조이가 잠시 뜸을 들였다. "그럴 수도 있다고 말하겠죠."

"여기 계속 사실 거예요? 아이가 생겨도?"

"모르겠어요. 저희 계속 여기 살아도 돼요?"

잠시 잠깐 침묵의 시간이 흘렀다. 조이는 리베카의 입에서 집에서 나가달라는 말이 나올 거라 생각했다. 그러나 리베카는 배를 내려다보며 말했다. "네, 제 생각에, 잭…… 그리고 저는…… 그러니까 우리는, 아가씨가 꼭 필요할 거예요."

22

그날 아침 제나는 엄마에게 문자를 보냈다. 엄마, 우리가 레이크 디스트릭트 여행한 게 언제였지?

잠시 후 답장이 왔다. 여름휴가 때, 5년 전쯤일걸. 너 열 살 때. 그건 왜?

그냥. 기억이 안 나서.

너 뒷길에 있는 선인장에 물 줬어? 비도 안 왔는데 젖어 있어.

안 줬는데. 그리고 비 온 거 맞잖아. 엊그제. 기억 안 나?

비 온 것치곤 너무 젖은 것 같아서. 누가 물 준 지 얼마 안 된 거 같아.

도대체 누가 우리 선인장에 물을 주겠어?

그러니까, 내 말이! 미친 거 아니니? 이 사람들 진짜! 다음엔 무슨 일을 저지를지!

"누구랑 문자해?" 베스가 물었다.

"엄마."

"아." 베스가 이해한다는 표정으로 온화하게 끄덕였다. "어머니 잘 지내신대?"

"누가 선인장에 물을 줬다고, 제정신이 아냐."

베스가 어깨를 으쓱하더니 한숨을 쉬었다. "어머니 안됐어."

아빠와 이선을 제외하고 제나의 엄마에 대해 제대로 아는 사람은 베스뿐이다. 베스는 이 사실에 대해 어떻게 대응해야 할지 알수 없었다. 하지만 괜찮았다. 적어도 제나는 판단당하거나 뒷일생길 걱정 없이 베스에게는 마음을 열었다.

제나는 핸드폰에서 크롬을 열어 *레이크 디스트릭트, 2011년, 톰 피츠윌리엄*으로 검색을 시작했다. 검색 결과로 뜬 것은 피츠윌리엄 선생님의 걸출한 경력에 관한 기사들뿐이었다. 그가 투입된 학교들, 그가 일으킨 변화들, 그가 만들어낸 기적들. 여러 학교의 정문 앞에서 거장처럼 위엄 있는 모습으로 찍힌 사진도 수두룩했다. 그렇지만 5년 6개월 전 레이크 디스트릭트에서 일어난 일에 대한 검색 결과는 하나도 없었다.

"아하!" 베스가 몸을 기울여 제나의 핸드폰 화면을 보며 소리쳤다. "나이 드신 피츠윌리엄 선생님의 마력이 너한테까지 옮아간 거야?"

제나는 베스가 못 보게 핸드폰을 옮겼다. "꺼져줄래." 제나는 끔찍해하며 말했다. "절대 아니거든! 선생님에 대해 생각나는 게 있어서 그래. 나 어렸을 때 같은 패키지로 단체여행을 한 적이 있어. 그때 무슨 일이 있었거든. 그게 뭔지 궁금해서 그래. 그뿐이야."

"응, 그러서." 베스가 믿을 수 없다는 듯 턱을 쓰다듬었다. "그러시겠지."

"야, 베스. 나 피츠윌리엄 선생님한테 관심 없어. 알았어? 토 나오게 징그러운 사람이야."

"흐으음."

"그나저나 어젯밤엔 무슨 일이야? 남자애들 방에서 대체 뭘 한 거야?"

"남자애들 방에 있던 거 아닌데." 베스가 뽐내듯 턱을 치켜들고 말했다.

"뭐라고?"

"그러니까 내 말은, 처음엔 남자애들 방에 있긴 했는데, 피츠윌리엄 선생님이 침대 밑에 숨은 나를 찾아냈고, 그러고 나서 잠시 대화라는 걸 했지."

제나는 몸을 펴고 앉아 수상쩍다는 듯 친구를 바라보았다. "잠시 대화를 했다고?"

"그렇다니까. 층계참에 있는 소파에서."

"그게 무슨 말이야? 층계참 소파에서 얘기하면서 뭐 했다는 건데?"

"나도 몰라. 첫 해외여행 재밌느냐고 물어보던데? 그러며 걷는데 바로 옆에 소파가 보이더라고. 그래서 그냥 거기 앉은 거야. 그리고 수다를 떨었고."

"무슨 얘기 했어?"

"이것저것. 선생님이 여행 갔던 나라들, 그중에서 내가 좋아할 만한 곳들을 말해주셨어. 갭이어° 때 친구들이랑 기차로 유럽을

° Gap year. 영국 학생들이 대학 진학을 앞두고 여행이나 여러 활동을 하며 진로를 탐색하는 시기.

돌아다녔대. 그거 우리도 꼭 해보자. 음, 그리고 무슨 얘기 했더라, 그냥 그런 얘기들 했어."

"얼마 동안 그러고 있었어?"

"10분 정도? 그러더니 뭐랬냐면, 오, 맙소사, 시간이 이렇게 됐네. 너 망간 선생님한테 걸리기 전에 얼른 들어가야지."

"근데 어젯밤엔 왜 이 얘기 안 했어?"

베스가 어깨를 으쓱했다. "물어보지 않았잖아. 넌 그냥 발끈해 가지고 나 이제 잘 거야, 라고만 했잖아."

"나 그런 적 없거든."

"그랬거든."

"아니래도! 그냥 피곤해서 그런 거야. 그놈의 새벽 5시부터 깨어 있었으니까." 제나가 친구를 흘끗 쳐다봤다. "근데 좀 이상하지 않아? 선생님 그러는 거 말이야."

"그러는 거라니? 나랑 얘기하는 거? 그게 왜 이상해?"

"모르겠어. 선생님은, 그러니까, 쉰 살이잖아. 너는 열다섯이고. 취침시간이니 널 바로 데려다줬어야 하는 거 아닌가? 진짜 이상해."

"너 혹시 질투하는 건 아니겠지, 제나 트립?"

"야, 꺼져!" 제나는 베스를 향해 쿠션을 들이밀었다. 베스는 웃으며 그걸 다시 제나에게 던졌다. 그때 핸드폰이 타일 바닥에 떨어지는 끔찍한 소리가 났다. 놀라서 몸이 굳은 둘은 서로를 바라본 후 침대 너머 바닥을 살펴봤다.

제나는 몸을 숙여 핸드폰을 집었고 빛에 비춰보며 파손 정도를 확인했다. "제기랄." 제나가 뱉은 말은 '제기랄'이었다. 화면 구석에 금이 가 있었다. 제나는 깨진 부분을 손가락으로 부드럽게 문질렀다. 새로 산 지 몇 주 안 된 핸드폰이었다.

베스가 제나를 보며 말했다. "어떡해."

그때 제나의 머릿속에 떠오른 것은 작디작은 베스가 피츠윌리엄 선생님과 층계참 소파에 앉아 선생님의 어린 시절에 대해 얘기하는 모습이었다. 걱정이라는 감정이 그녀를 깊게 찔렀다. 예쁘고 엉망인 데다 감정적으로 취약한 친구인데.

"괜찮아." 제나는 베스를 끌어당겨 안아주며 말했다. 그리고 친구의 부드러운 금빛 머리에서 나는 익숙한 냄새를 맡았다. "고작 핸드폰인데 뭘."

저녁식사를 마친 후부터 제나는 베스 곁을 꼼짝 않고 지켰다. 로티, 루비, 티아나가 그들 방으로 왔고, 모두 스냅챗으로 노닥거리며 남자애들한테 장난전화를 걸어 죽을 만큼 웃었다. 세 명은 밤 11시 15분이 되자 마지못해 한 층 위에 있는 자기들 방으로 돌아갔다. 제나의 귀에 망간 선생님이 복도를 따라 걷는 소리, 문이 열리는 소리, 방에 있는 아이들과 속삭이는 소리가 들렸다. 제나는 잠옷 바람으로 양치질을 하고 화장을 지우고 여드름도 짠 후였다. 뒤를 이어 베스가 욕실로 들어간 사이 객실 문을 톡톡 두드리는 소리가 났다. 제나는 상대를 불안하게 만드는 망간 선생님의 초췌한 얼굴을 상상하며 문을 열었다. 그러나 마주한 얼굴은 피츠윌리엄 선생님이었다. 그 존재에 기분이 나빠졌다.

"앗." 제나는 자신이 브라를 하지 않았다는 것을 깨닫고 가슴 앞으로 팔짱을 꼈다.

"제나, 안녕. 아무래도 베스가 있나 확인해야 할 것 같아서 말이야. 남자애들 방 침대 밑에는 없더구나. 너랑 같이 있는 거 맞지?"

"네, 지금 욕실에 있어요."

피츠윌리엄 선생님은 욕실 문으로 시선을 옮겼다가 다시 제나를 바라보았다. "진짜지?"

"네, 진짜예요. 잘 준비 하고 있어요. 저녁 내내 저랑 같이 이 방에만 있었어요."

"베스!"

피츠윌리엄 선생님이 어깨너머로 베스를 부르는 소리에 제나는 살짝 움찔했다.

"엉?" 욕실에서 무딘 소리의 대답이 흘러나왔다.

선생님은 제나를 내려다보며 미소를 지었다. 마치 자신의 정당성이 증명됐다는 듯이. "좋아. 아주 좋구나." 그런 후 자리를 떴고, 문이 닫히자마자 베스가 타월로 몸을 감싼 채 칫솔을 물고 욕실에서 튀어나왔다. "아까 모소리 피츠위리어 서생니미아?" 베스는 눈을 동그랗게 뜨고 칫솔을 문 채 물었다.

"어, 너 있나 확인하신다고. 방금 가셨어."

뿌루퉁해진 베스는 욕실로 돌아가 입에 머금은 치약 거품을 뱉어냈다. 잠시 후 미소를 지으며 다시 나타났다. "봤지? 피츠윌리엄 선생님, 세상에서 제일 다정하고 사랑스러운 분 아니니? 그야말로 다 갖춘 분이라니까."

23

2월 22일

월요일 밤부터 프레디는 정보를 제대로 받아들일 수 있는 상태가 아니었다. 대체 누가 컴퓨터를 건드렸을까 생각하느라 내내 심란했다. 라틴어 시간, 칠판에 문제가 버젓이 적혀 있는데도 엉뚱한 문제를 푸는 바람에 존슨 선생님의 핀잔을 들을 정도였다. 프레디는 잘못을 저지르는 걸 매우 꺼렸다. 더욱이 남들이 보는 앞에서 뭇매를 맞는 건 더 끔찍했다. 해커에 대한 미스터리가 계속해서 신경을 갉아먹는 데다 약간의 수치심까지 더해지니 견딜 수가 없었다. 급기야 수요일 오후 세 시간짜리 체육시간을 마치는 종소리가 울릴 때쯤엔 뭐라도 후려칠 것 같은 기세였다.

그러나 바로 그때 빛나는 눈동자를 지닌 로몰라 브룩을 떠올렸다. 그 애를 보고 싶어. 그러면 기분이 나아질 거야. 프레디는 밀드레드 스트리트를 향해 왼쪽으로 방향을 틀고 길 건너편에 서서 어정거렸다. 마침내 로몰라가 나타났다. 다행히 이번에는 지나치게 상냥한 상급반 친구가 옆에 없었다. 로몰라는 혼자 핸드폰을 보고 있었고, 길 건너에서 굶주린 눈빛으로 자신을 바라보는 남자애를 의식하지 않았다.

"엄마, 나 살짝 늦을 것 같아. 라이먼 문구점 가서 파일철 사야해. 돈 좀 줄 수 있어? 집에 갔을 때? 아니면 내 계좌에 넣어줘. 그래, 그럼 30분 후에 봐." 로몰라는 횡단보도를 건너며 핸드폰에 대고 말했다.

프레디는 번화가를 향해 가는 로몰라를 따라 발걸음 속도를 맞췄다. 그녀는 이어폰을 끼고 핸드폰을 들어 노래를 골랐다. 그러더니 포에버21 앞에 잠시 멈춰서 쇼윈도로 보이는 스웨이드 치마와 상의를 쳐다봤다. 프레디는 그걸 입은 로몰라의 모습을 상상했다. 계피색 스웨이드 치마를 입으면 밤색 머리카락이 더욱 돋보일 같았다. 프레디의 머릿속에 문득 시나리오가 펼쳐졌다. 자신이 포에버21에 들어가 스웨이드 치마를 사고 나온다. 길거리에 서 있는 로몰라에게 건네며 머리카락과 눈동자에 대해 정중히 칭찬의 말을 건넨다. 그러면 로몰라는 우아, 고마워, 맘에 들어, 라고 웃으며 말한다. 프레디는 어느덧 공상에 빠져들었다.

로몰라는 포에버21 창문에서 시선을 떼고 라이먼 문구점으로 향했다. 끝을 칼단발로 자른 머리는 숱이 많았다. 하나로 묶었지만 양옆으로 흘러내린 머리카락이 걸음에 맞춰 흔들렸다. 다리는 너무 말라 기다란 줄처럼 보였다. 걸음걸이가 좀 특이했는데 마치 신발에 돌이라도 들어 있는 것 같았다. 그렇지만 이마저도 매력으로 다가왔다. 덜 완벽한 사람이니 접근하기가 더 쉬워진 거다.

로몰라의 실처럼 가는 다리를 찍으려고 핸드폰을 꺼내려던 참이었다. 문구점을 코앞에 두고 그녀가 잠시 걸음을 멈췄다. 꿈쩍도 하지 않았다. 마치 숲속에 사는 짐승이 사냥감이 됐다는 것을 본능적으로 느낀 듯 몸이 뻣뻣해졌다. 프레디는 재깍 뒤로 돌았다. 다시 뒤돌아봤을 때 로몰라는 이미 문구점으로 들어간 뒤였다. 그래서 길을 건너 맞은편 길에서 쳐다보기 시작했다. 이상한 일이었다. 이런 짓을 백 번이나 해왔는데. 사람들을 관찰하고, 그들을 따라다니고, 사진으로 남기는 것. 그러면서도 절대 불안한 적이 없었고, 발각될 거라 걱정한 적도 없었다. 하지만 누군가 컴퓨터 파일을 들여다봤다는 사실 때문에 프레디는 약점을 가진 얼빠진 사람이 되고 말았다. 누군가가 프레디가 다스리는 혼자만의 세계를 뚫고 들어와 그만의 유일무이한 기술을 보고 만 것이다. 이런 기분이 싫었다. 마치 자신이 뭔가 잘못을 저질렀다는 느낌, 어떤 면에서 틀릴 수도 있다는 이런 느낌이 싫었다.

뭔가 잘못된 느낌이 싫었다. 한 번도 틀린 적이 없었으니까.

마음 깊은 곳에서 무언가가 부글부글 들끓었다. 라이먼 문구점으로 들어가 단 한 마디도 없이 로몰라를 파일 코너로 밀어 넣는 자신의 모습을 상상했다. 놀란 그녀가 내뱉는 달콤한 숨결이 뺨에 와 닿고 깡마른 다리는 약간 떨리겠지. 프레디는 그러고 싶었다. 미친듯이 그러고 싶었다. 그렇게 하면 라틴어 선생님의 목소리를 머릿속에서 몰아낼 수 있을 것 같았다. 어딘가에 있는 누군가, 아는 사람일 수도, 모르는 사람일 수도 있는 누군가가 뭔지도 모르는 사진 파일을 획획 넘겨보며 비난하듯 고개를 저었을 거라는 생각을 몰아내고 싶었다.

하지만 프레디는 참고 기다렸다가 문구점에서 나오는 로몰라의 얼굴을 정면으로 찍었다. 집에 돌아와 방문을 걸어 잠그고 커튼을 내렸다. 포토샵을 이용해 로몰라의 머리를 전라의 여성 사진에 합

성했다. 사진을 노트북 화면에 크게 띄우고 바지를 내렸다. 화면에 시선을 고정한 그 순간 육체에서 분리된 얼굴의 눈동자 속에서 무언가를 보았다. 숨을 멈추게 만드는 무언가가 그 안에 있었다. 자신을 쳐다보는 한 인간을 본 것이다. 다른 동네에 살고, 다른 학교에 다니는 비쩍 마른 소녀를. 그놈의 쪼그만 강아지를 좋아하고 포에버21의 옷을 좋아하지만 돈이 없어 못 사는 소녀를. 바깥에서 얼쩡거리는 이상한 남자애의 존재를 인지하지도 못한 채 라이먼 문구점에 들어가 파일철을 사던 소녀를.

다시 바지를 추켜 입고 사진 파일을 닫았다. 처음 맛보는 이상한 충격의 여파가 머릿속을 이리저리 누비고 있었다.

24

2월 24일

톰 피츠윌리엄이 돌아왔다. 조이는 스쿠터가 언덕을 올라오는 소리를 들었다. 꼭대기층 창문으로 내다보니 딜리버루° 배달원이 헬멧을 벗고 전동 자전거 뒤에 있는 가방에 손을 뻗고 있었다. 가방을 든 그가 피츠윌리엄의 집으로 향하자 연회색 스웨터에 청바지를 입은 톰이 나타나 물건을 받고 집으로 들어갔다.

조이는 심장이 뛰었다. 메스꺼움과 흥분이 엉망으로 뒤섞였다. 일주일 내내 그를 보고 싶다는 생각에 뱃속에 덩어리가 있는 기분으로 지낸 참이었다. 그 덩어리는 일주일 동안 점점 더 커졌다. 수요일에는 동네에서 그의 아내와 마주쳤는데, 마치 꿈에서 보던 존재를 실제로 마주한 듯 뚫어지게 바라보았다. 그녀도 잠시 조이를 봤지만 별다른 반응 없이 옅은 미소를 만들어 보이고는 갈 길을 갔다. 톰이 위버스 암스 펍에서 일어난 일을 말하지 않은 게 틀림없었다. 그렇지만 공포와 불안으로 엉킨 덩어리는 사라지지 않

° Deliveroo, 유럽의 음식 배달 플랫폼 앱.

왔다.

톰의 차는 일주일 내내 같은 자리에 주차된 채 움직이지 않았고, 조이는 그가 멀리 출장을 간 거라는 결론에 다다랐었다.

그런데 이제 온 것이다. 바로 옆옆집에.

조이는 탈출하고 싶었다. 앨피에게 문자를 보냈다. *어디야?*

방금 출근했어.

땡땡이 가능?

불가능. 일손이 모자라.

그럼 가서 바에 앉아 있어도 돼?

자기야, 당연하지.

어깨를 드러내는 까만색 스웨터 차림에 커다란 금빛 링 귀고리와 빨간 립스틱으로 치장하고 빨간 부츠를 신었다. 버스정류장으로 가는 동안 심장이 갈비뼈 아래서 쿵쾅댔다. 정류장 의자에 앉아 버스를 기다리며 알록달록 집들을 바라보았다. 오빠네 집 스테인드글라스 위로 만화경에서나 보던 아롱대는 빛이 반사되는 게 눈에 띄었다. 옆옆집, 톰의 집 창문에서 눈부시지 않을 정도의 금색 광채가 빛나고 있었다. 맨 꼭대기층, 누군가가 창문 앞에서 얼쩡거렸다. 그의 손에서 무언가가 번뜩였다. 잠깐 동안은 그가 톰일 거라 생각했다. 그러나 창문으로 다가온 모습은 톰보다 작았다. 아내나 아들인 것 같았다. 숨이 턱 막혔다. 그때 뒤에서 여자 목소리가 들렸다. "너 다 보여. 그 위에 너, 다 보인다고!"

깜짝 놀라 뒤돌아보았다. 골격이 가늘고 예쁜, 사십 대 초반쯤 되는 작은 여성이었다. 조이는 톰의 집 창문을 향해 다시 몸을 돌렸다. 창문에 선 누군가가 천천히 가운뎃손가락을 편 후 잠시 그대로 있다가 안으로 사라졌다.

"당신도 봤죠? 저 위 봤죠?" 여자가 조이 옆에 미끄러지듯 앉으며 말했다.

조이가 끄덕였다. 머릿속에는 이 여자를 조심하라는 경고등이 켜졌다. 그녀의 눈동자와 움직임에 짙은 어둠이 드리워져 있었다. 그런 어둠 속에서 엮이고 싶은 사람이 결코 아니었다.

"저 애, 늘 저기에 있어요. 매번 쌍안경으로 사람들을 쳐다보고 사진을 찍는다니까요. 근데 저 애는 그냥 십 대잖아요. 다 자기 아빠를 위해 저러는 거예요."

조이는 공손하게 고개만 끄덕였다. 대화에 애닳은 이 여자의 확신에 기름을 들이붓고 싶지 않았다.

"저 애 아빠 알아요? 그 교장이라는 사람?" 여자가 물었다.

"아니요. 몰라요."

"지난주에 택시로 데려다주는 것 같던데?"

"뭐라고요?"

"봤어요. 지난 금요일 밤. 그 남자가 현관까지 데려다주는 거."

조이는 문득 깨달았다. 이 여자다. 지난 밤 수풀에 숨었던 여자.

"그 남자, 저를 스토킹하고 있어요." 여자가 말을 이었다. "아들 시켜서 제 사진을 찍게 해요. 제 딸 사진도요." 여자는 수척한 손을 목으로 갖다 대고 한숨을 쉬었다. "그 남자가 대장 격이에요. 적어도 열 명이 넘거든요. 그렇지만 대장은 그 사람이죠. 처음 시작한 사람이거든요. 우리가 뭔가를 목격했다는 이유로 그러는 거예요. 저와 제 가족이요. 몇 년 전에요. 어떤 여자가 그 남자를 공격하려 했는데 무시하더라고요. 미친 여자라고 하면서요. 그렇지만 속담도 있잖아요. 아니 땐 굴뚝에 연기 나겠느냐고요. 아무나 골라 공격할 리 없잖아요. 그것도 레이크 디스트릭트에서요. 잘못한 게 없다면 그럴 리 없잖아요. 그쵸?"

조이는 절박한 심정으로 도로를 바라보았다. 버스가 나타나 불안한 만남에 갇힌 자신을 구제해주기를 기도하면서.

"사람들은 죄다 그 남자가 신이라도 되는 듯 생각해요. 저는 속이 뒤집히죠. 사람들이 그가 어떤 사람인지, 그와 아들의 정체를 제대로 알아야 할 텐데 말이에요."

노란 집 창문으로 보이던 형체는 사라지고 없었다. 이상한 여자도 물러나며 말했다. "얽이지 마세요. 멀어지라고요. 아니면 결국 저처럼 고통에 시달리게 될 거예요. 극심한 고통에요."

엿보는 마을

25

현관문 잠기는 소리에 제나가 소리쳐 물었다. "엄마 왔어?"

"응!"

계단을 반쯤 내려와 복도를 내려다봤다. "어디 갔었어, 엄마?"

"그 녀석 또 거기 있더라. 창문에 붙어서. 게다가 손가락으로 욕을 날렸어."

"엄마, 걔 너무 몰아세우지 마. 엄마가 맨날 그쪽 쳐다보니까 걔도 질린 거야."

집에 돌아온 지 두 시간밖에 안 됐는데 벌써 세비야가 그리워 미칠 지경이었다. 해가 잘 드는 커다란 호텔 객실, 소란한 식당에서의 늦은 저녁식사, 아침식사 때 본 신기한 컨베이어 벨트 토스터°까지. 그곳에 있을 때는 자신이 스토킹당하고 놀아나고 있으며 괴롭힘당한다고 주장하는 엄마의 말을 안 들을 수 있는 자유도 있었는데.

● 따듯하게 달궈진 철망이 컨베이어 벨트처럼 돌며 토스트 빵의 온도를 지켜주는 토스터.

"그 여자도 거기 있더라고. 버스정류장에. 지난주에 톰 피츠윌리엄이 집으로 데려다준 그 여자 말이야. 그래서 얘기를 좀 했어. 근데 그 여잔 그 남자를 전혀 모른다고 하더라. 거짓말이지."

"오, 세상에, 엄마, 모르는 사람들한테 그런 얘기 하고 다니는 거야? 아니라고 해줘." 이건 새로운 양상이었다. 정신 이상으로 한 걸음 더 가까이 다가간 것이다.

"흠, 모르는 사람이라고 할 수 있나. 동네 사람이잖아. 동네 사람들은 서로 그렇게 대화 나누는 거야."

"그랬더니 뭐래? 동네 사람인가 하는 여자 말이야."

엄마가 어깨를 으쓱했다. "별말 없었어. 바로 버스가 왔거든."

"맙소사!" 제나는 계단에 무겁게 내려앉으며 얼굴에 붙은 머리카락을 쓸어넘겼다. "엄마, 밖에 나가서 그러고 다니는 거 이제 그만해. 엄마 역시 스토커들이랑 비슷해지고 있다고. 딱 한 번만, 딱 한 번만 생각해봐. 엄마가 틀릴 수도 있잖아. 피츠윌리엄 선생님은 나쁜 분이 아니고, 그 아들도 엄마 사진 찍는 게 아니고, 이 모든 게 엄마 상상이라고 생각해봐. 엄마가 밖에서 어슬렁거리면서 이웃들한테 이러쿵저러쿵하고 있다는 걸 알면 사람들 기분이 어떻겠어? 그들이 엄마를 기분 나쁘게 하는 만큼 엄마도 사람들을 기분 나쁘게 만드는 거라고. 이게 잘못됐다는 생각 안 들어?"

엄마가 눈알을 굴렸다. "너 언제 정신 차릴래, 제나? 이제 진실을 볼 때도 됐잖아? 말이 안 된다는 건 나도 알아. 하지만 그게 사실이고 실제로 일어나는 일이야. 매 순간마다. 나한테만 일어나는 일도 아니야. 수백 명이 당하고 있다고. 내가 아는 것만 해도 브리스톨 지역에서만 세 명이야. 모두 스토킹을 당해. 누군가 그들을

엿보는 마을

쫓아다니며 괴롭히고 있다고. 제나, 이건 무섭고 끔찍한 재앙 같은 거야. 하지만 그 누구도 얘기를 하려 들지 않아. 결국 톰 피츠윌리엄 같은 자들만 세상 걱정 없이 크고 빛나는 차를 타고 돌아다니는 거지. 사람들은 그런 빌어먹을 놈들의 엉덩이에서 태양이 빛난다고 생각하는 거라고."

제나는 천천히 숨을 들이쉬었다. 베스와 교장선생님이 한밤중 층계참에 나란히 앉아 있는 모습과, 부적절하고도 조금 의도가 담긴 선생님의 방문, 그리고 빨갛고 노란 시곗줄을 떠올렸다. "엄마, 다시 말해봐. 레이크 디스트릭트에서 일어난 일. 정확히 무슨 일이 있었던 건지 말해줘."

엄마는 제나보다 몇 계단 아래 자리를 잡고 양말 아래로 딸의 발가락을 만지며 멍하니 마사지를 시작했다.

"그러니까, 여행 3일째였어. 푹푹 찌는 날이었지. 32도였나 아무튼 미친듯이 더워서 걸을 수도 자전거를 탈 수도 없었어. 그래서 에어컨 바람 좀 쐬려고 호수를 도는 관광버스 투어를 신청했어. 그랬는데 그 가족도 거기 온 거야. 그 남자(엄마는 멜빌 하이츠 쪽으로 크게 손짓해 보였다)랑 아내, 아들까지. 좀 거만해 보이는 사람이라 가족이 바로 눈에 띄었어. 그런 거 알지? 마치 버스 투어가 자기 수준에 안 맞는 하급인 양 여기는 거 말이야. 아내랑 아들은 그를 공경하면서도 두려워하는 것 같았어. 마치 세상에서 제일 중요한 사람이라는 듯 굴었지. 둘이 먼저 버스에서 내려도 그가 내려서 앞장설 때까지 가만히 기다리더라고. 내가 느낀 건, 잘은 모르겠지만, 가족 사이에 뭔가 문제가 있다는 거야. 웬 여자가 나타난 건 첫 도착지에서 점심 먹고 나서(내 기억으로 거긴 버터미어였어)

버스로 돌아오는 시간대였어. 까만 머리에 쉰 살쯤 된 여자가 갑자기 나타났지. 검은 상의에 금색 체인 목걸이를 했는데 꽤 매력 있고 우아해 보였어. 근데 엄청 화난 얼굴로 거의 뛰어들다시피 그를 몰아세우며 얼굴에 대고 소리 지르더라고. *이 빌어먹을 개새끼. 너 자신을 봐! 네 꼴을 보라고! 너 그러고도 어떻게 사냐? 어떻게 사냐고!* 그런 다음엔 계속 비바[viva]라는 단어를 말했어. 기억 안 나니? 비바가 어쩌고 비바가 저쩌고 했잖아. 정확히는 기억이 안 나지만, 그래도 그 여자가 남자 가슴을 주먹으로 쿵쿵 친 건 기억 나. 그랬는데 관광버스 한 대가 들어오면서 시야를 막았고, 버스가 떠날 때쯤엔 여자도 사라진 후였어. 그 남자는 몸을 곧게 펴고 있었지만 무척 치욕스러워하는 것 같았지. 아무 일도 없었다는 듯 행동하려고 용쓰더라고. 다시 버스에 올랐을 때 그 남자를 지나치며 물었지. *괜찮으세요?* 그랬더니 마치 자기한테 말을 건 최초의 인간이라는 양 날 보더니 이렇게 고개를 끄덕이더라고."

엄마는 무뚝뚝하게 끄덕이는 시늉을 했다.

"그런 다음 눈이 마주쳤는데……." 엄마는 몸서리를 쳤다. "마치 칼로 찌르는 느낌이었어. 바로 그거였지. 그때였어. 그 순간 모든 게 바뀌었어. 나는 그를 봤고, 그도 나를 본 거야. 그리고 무슨 이유에선지는 모르겠지만 그 남자가 결심한 거야. 이 모든 걸 시작하겠다고. 나를 자신의 희생자로 만들겠다고 마음먹은 거지."

"엄마, 선생님은 여행 중이었어. 세비야에 같이 갔어." 제나는 말을 하는 순간에도 자신이 못 할 말을 했다고 느꼈다.

"톰 피츠윌리엄이?"

"응, 스페인어 선생님 부인이 조산을 하시는 바람에 못 가셨거든. 그래서 대신 가주신 거야."

엄마는 발가락 마사지를 멈추고 제나를 똑바로 올려다보았다.
"같은 호텔에 묵었어?"

"당연하지."

"그러니까……." 엄마는 발을 내리고 팔짱을 끼며 말했다. "그
남자가 거기, 너네랑, 일주일 내내 같이 있었단 말이네?"

"으……응."

"세상에나!" 엄마는 바닥에 시선을 고정했다. 마치 바닥을 보면
제대로 된 반응을 할 수 있다는 듯이. "너 괜찮니?" 엄마가 고개를
들며 물었다.

"괜찮고말고. 선생님은 그냥 평범한 사람이야."

"그러면 혹시 그 남자…… 나에 대해선 아무 얘기 안 했어? 우리
에 대해서? 호숫가 일에 대해서?"

"당연히 안 했지! 엄마, 나도 선생님이 레이크 디스트릭트에서
봤던 그분이 맞다고 인정해. 엄마 말이 맞아. 버스 투어 때 선생
님이 거기 계셨고, 이상한 일이 일어났고, 우린 그게 뭔지 몰라. 그
렇지만 그건 우리랑 아무 상관 없어. 어쩌다 보니 그분이 길 건너
에 살게 됐고, 이 모든 게 다 그냥 우연이야. 우연일 뿐이라고."

엄마가 고개를 저었다. "아니. 절대로 우연이 아니야. 나한테는
이렇게 분명한데 넌 제대로 못 본다니 너무 겁난다, 제나. 그 선생
님한테 가까이 가지 않겠다고 약속해. 부탁이야."

제나는 한숨을 쉬고 일어서며 말했다. "나 짐 풀러 갈래."

"가까이하지 마!" 엄마는 제나의 등에 대고 소리쳤다. "아니면
너 전학시킬 거야."

26

그들은 TV를 보며 피자를 먹었다. 아빠는 소파 자기 자리에 앉았고, 엄마는 그 옆에, 프레디는 이번에도 역시나 안락의자로 밀려났다. 엄마는 종종 아빠를 흘끗했다. 여전히 옆에 있는지 확인한다는 듯이.

이 공간에는 부담감이 한가득이었다. 여기 있는 모두가 완전히 억누르기에는 너무 큰 비밀을 간직한 것 같았다. 프레디는 아빠를 몰래 훔쳐보았다. 그 일은 언제 일어날 것인가? 도대체 언제 아빠가 자신을 구석으로 데리고 갈 것인가? 도대체 언제 비밀 계정 속 사진을 본 게 바로 자기라고, 무슨 짓을 하는지 정확히 알고 왜 그러는지도 잘 안다고 조용히 속삭일 것인가?

"일주일 잘 보냈어?" 아빠의 질문에는 숨은 의미가 가득 담긴 것 같았다(내가 컴퓨터 해킹으로 네가 여학생 사진을 쌓아놓고 있다는 비밀을 발견해서 기분 나쁘게 지낸 건 아니겠지?). 아니면 그냥 일주일을 어떻게 지냈는지 대충 던지는 질문인 것 같기도 하고.

"나쁘지 않았어요. 꽤 지루했어요. 스페인은 어땠어요?"

"흠, 물어봐줘서 고맙구나." 아빠는 눈을 치켜뜨며 아들에게 건조한 미소를 지어 보였다. "대단히 훌륭했어. 학생들도 멋졌고, 직원들도 멋졌고, 많이 배우기도 했고 재미도 있었지. 잊을 수 없을 거야. 전혀 과장이 아니야."

엄마가 그에게 시선을 던지며 물었다. "아기는 어때?"

"아기? 아, 그 아기? 듣자하니 괜찮은 모양이던데. 아직 특수 병동에 있대. 위험한 고비는 넘긴 모양이야."

"아들이야, 딸이야?"

"딸이라는 건 확실해. 애 이름이나 몸무게나 이런 건 물어보지 말아줘. 나도 전혀 모르거든."

아빠가 미소를 지으며 엄마의 무릎을 꽉 쥐었다. 이 행동은 뒤늦게 뭔가를 해보려는 이상한 시도로 비춰졌고, 아빠나 엄마 그 누구도 미숙아라는 존재 자체를 믿지 않는 것 같은 느낌을 주었다. 안 그래도 무거운 공기가 불안한 의심이라는 물질의 미립자로 채워졌다.

가족이 멜빌에 도착한 후 일 년이 넘는 시간 동안 모든 게 안정적이었다. 그 기간 동안 침묵이 일주일을 넘긴 적이 없었고, 부모님 방에서 나는 이상한 소리도 없었고, 부모님 결혼생활에서 무언가 벌어지고 있다는 느낌도 없었다. 이 결혼에 무슨 일이 생기면 프레디는 전혀 관여할 수 없는 상태로 자신이라는 존재에 커다란 구멍이 날 터였다. 멜빌로 온 건 현명한 조치였다. 멜빌에서는 만사가 형통했다.

저녁을 마치고 방으로 돌아갔다. 잠시 컴퓨터로 로몰라 브룩의 사진을 넘겨보았다. 눈에 띄는 사진은 마음속 서랍에 넣었다. 마치 기념품처럼. 나머지 머리카락보다 두 단계 정도 더 밝은 얼굴 쪽 머리카락. 커다랗지만 사랑스러운 발. 신기하게도 왼쪽에는 귀에 딱 붙는 금색 귀고리를 하고 오른쪽에는 다이아몬드를 한 모습. 물어뜯은 엄지손톱에 바른 오래된 검은색 매니큐어. 손등에 뭔가를 적어놓은 모습까지. 몇 번이나 확대를 해봤지만 무슨 말을 적은 건지는 알 수 없었다.

이번에는 현관에서 자그마한 개에게 인사하느라 수그린 사진을 열었다. 사진을 확대해서 개의 턱을 모아 쥔 손과 개의 코에 닿을 듯한 코, 그 순간의 다정함을 눈으로 확인했다. 더불어 그 집의 분위기를 느끼려고, 그녀가 어떤 곳에서 사는지 알고 싶어서, 그녀가 어떤 사람인지 감을 잡기 위해 배경도 확대했다.

그런 후 자신이 무슨 짓을 저지르는지 알아차리기도 전에 인터넷 창을 열어 포에버21 사이트에서 계피색 스웨이드 치마를 주문했다.

심문 녹취록

날짜 : 2017년 3월 25일
장소 : (우편번호 BS2 0NW) 브리스톨, 트리니티 로드 경찰서
담당 : 서머싯/에이번 경찰서 경찰관

경찰 자, 멀런 씨, 계속해봅시다. 당신 상사 돈 페티퍼 씨와 대화를 했거든요.

JM 그런데요?

경찰 오늘 오전 자의로 이곳까지 오셔서 당신과 나눈 최근 대화 내용을 알려주셨습니다. 듣자하니 톰 피츠윌리엄에게 빠져서 "미쳐간다"고 말씀하신 거 같은데요. 맞습니까?

JM 아니요, 아니에요. 그건 사실이 아니에요.

경찰 그럼, 페티퍼 씨가 거짓말을 했다는 건가요?

JM 아닙니다. 정확히 말하자면 거짓말은 아니에요. 제가 그에게 반했다는 말은 한 거 같아요. 집착한다는 말도 한 거 같고요. 그렇지만 미쳤다는 말은 하지 않았어요.

경찰 그분 말씀으론 당신이 지난밤 퇴근할 때 "불안한" 상태였다고 하던데요.

JM 네, 맞아요. 그랬던 거 같아요. 호텔방에서 유부남을 만날 예정이었으니까요. 그러니 지독하게 불안했죠.

경찰 좋습니다. 다음 얘기로 넘어갑시다. 이 물건에 대해 얘기

를 나누고 싶은데요. 녹취를 위해 지금 들고 있는 것이 증거 4501번이라고 밝힙니다. 빨간 스웨이드 술입니다. 멀런 씨, 이 술을 기억하십니까?

JM 네, 그렇다고 할 수 있죠. 아, 그러니까, 제 부츠에 달려 있던 거 같아요. 하나가 떨어져 없더라고요.

경찰 떨어졌다고요? 정확히 언제 그랬습니까?

JM 아니, 그걸 어떻게 알아요? 그냥 어느 날 없어진 거예요. 언제라도 없어질 수 있다고요.

경찰 흠, 멀런 씨, 이건 범죄 현장에서 발견한 겁니다. 희생자 시신에서 아주 가까운 곳에 있었어요. 이것에 대해 설명해주실 수 있습니까?

JM 아니요, 전혀 설명할 수 없습니다. 그게 제 부츠에서 떨어져 나온 걸 리가 없죠. 저는 거기 없었으니까요. 다른 사람 부츠에서 떨어진 거겠죠.

경찰 그렇지만 저희가 희생자의 집 구석구석을 뒤져 이게 달려 있을 만한 물건을 찾아봤지만 그 비슷한 것도 찾지 못했습니다. 그러니 멀런 씨, 피로 젖은 극악무도한 범죄 현장에 이 물건이 있었던 이유를 설명해주실까요?

JM 못 해요! 제가 알 리가 없잖아요. 그건 그냥…… 그건. 미치겠네. 아마 누군가 거기 놓은 게 분명해요.

경찰 그렇게 생각하십니까? 그렇다면 누가 그랬을까요?

JM 그건 저도 모르죠. 누가 그랬는지 몰라요. 어쨌든 저는 아니에요.

2부

27

3월 7일

조이는 한낮에 시내에 있으면 안전할 거라는 생각을 했다. 그
시간이라면 톰 피츠윌리엄은 학교에 있을 테니까. 그렇지만 저기
에 있다. 짙은 색 슈트에 가죽신을 신고 커다란 가방을 크로스로
멘 채 자신을 향해 걸어오고 있다. 지금이라도 움직이면 몸을 숨
길 수 있을 터였다. 그러나 움직일 수 없었다. 심장에서 뿜어내는
혈액이 목을 타고 얼굴까지 올라왔고 힘겹게 뱉어내는 얕은 숨 때
문에 어지러울 지경이었다.

가까이에 세탁소가 있다. 저 안으로 들어갈까? 하지만 맡길 옷
도, 찾을 옷도 없다. 텅 빈 내부에는 세탁소 직원이 지루하다는 표
정을 하고 서 있다. 어떻게 할지 고민하는 동안 이미 늦었다는 것
을 깨달았다. 톰이 자신을 보았다.

그의 얼굴이 아무 생각도 없는 멍한 표정에서 자신을 알아보고
순식간에 불편해하는 표정으로 바뀌는 것을 목격했다. 조이는 상
황을 호전시키기 위해 얼굴 표정에 신경 썼지만 완전히 실패했다.
그러나 조이는 깜짝 놀랐다. 톰 피츠윌리엄이 표정을 미소로 바꾸

었다!

"조지핀!" 그 이름을 들으니 술에 취해 불순한 의도로 시도했던 한심한 행동이 떠올랐다. "그동안 잘 지냈어요?"

'잘'에 강조점을 둔 질문은 조이의 안녕에 대한 진정한 관심을 품고 있었다. '그동안'을 강조했다면 우려와 연민을 담은 문장이 됐을 테지. *지난번 펍 바깥에서 제 사타구니를 움켜쥐고 고주망태가 된 당신을 택시로 데려다준 후로 어떻게 지내셨나요?*

"오, 안녕하세요!" 약간 경쾌하게 말하는 데 성공했다. "잘 지내죠, 고마워요. 잘 지내요. 그리고 저는…… 맙소사! 너무 죄송했어요."

톰은 그녀가 다음 음절을 내뱉기도 전에 손을 들어 막았다. "그런 말 마세요. 그런 경험 안 해본 사람이 있나요."

"흠, 당신은 안 해봤을 것 같은데요."

"안 해본 사람이 어디 있어요?" 그가 인자한 미소를 지으며 말했다.

"아, 그리고, 집에 데려다주신 거 감사드려요. 감사 인사를 미리 해야 했는데, 그때 너무 당황해가지고요. 사실, 이 나라를 떠야겠다는 생각을 했을 정도였죠."

톰이 웃었다. "오, 아니에요. 제발 그러지 마세요. 돌아오신 지 얼마 안 됐잖아요."

그때 했던 대화 내용을 기억하고 있다니! 조이는 미소를 지었다.

"게다가 남편분께서 우리 집 실내장식을 시작한 것 같으니 적어도 몇 주 동안은 이 나라를 못 뜨실 것 같은데요. 맞죠?"

"아, 네, 맞아요. 다음주에 시작하나 그럴걸요?"

　　　　　　　　　　　　　　엿보는 마을

"저도 그렇게 들었어요. 아내의 프로젝트죠."

"하지만 당신 집이잖아요?" 조이는 장난스러운 얼굴로 아내를 아랫사람 대하듯 부려먹지 말라는 표정을 지었다.

그는 딱 들켰네 하는 표정을 지으며 말했다. "네, 제 집이죠. 근데, 임대한 거예요. 진짜 집은 켄트주(州)에 있어요, 자주 가지는 않지만요."

"일 때문에요?"

"네, 일 때문에요."

대화가 잠시 끊겼다. 조이는 땅바닥을 바라보며 톰이 어딜 급히 가는 중이라 그만 자리를 떠야 할 것 같다고 말해주기를 기다렸다. 그러나 그는 생각지 못한 말을 했다. "그런데 말이죠, 그날 공연에 같이 있어서 좋았어요. 이웃에 대해 알게 되는 기회가 흔치 않거든요. 다음에도 그런 기회 만들면 어떨까요? 남편분하고 같이 오셔서 식사 한번 하시죠? 오빠분 내외도 함께요."

"네, 네, 그러면 좋겠네요." 고개를 약간 세차게 끄덕이며 말했다. "앨피가 내부수리 마치고 나면 그럴까 봐요."

"좋아요!" 누가 봐도 기뻐하는 대답이었다. "그럼, 우리끼리 집들이한다고 생각하면 되겠네요. 제가 니콜라한테 말할게요. 아내도 좋아할지 모르겠네요. 대단한 요리사가 아니긴 하지만, 그래도……."

조이가 경고하는 표정을 지어 보였다. "요리는 당신이 해도 되는 거잖아요, 안 그래요?"

톰은 곤란하다는 듯이 움찔했다. "아니, 저도 요리를 잘 못해서요. 죄송해요. 전 좀 바보 같아요. 일흔 살 먹은 아이 같죠. 여전히 해야겠네요."

"그래요. 그럼 나중에 또 봐요." 조이가 미소를 지었다.

"네, 좋지요." 톰 역시 미소를 지으며 말했다.

"아, 그리고, 그날 펍에서 일어난 일, 죄송했어요."

그는 바지주머니에 손을 쑤셔넣고는 발꿈치 쪽으로 살짝 무게 중심을 옮겼다. 그리고 그녀를 세심하게 뜯어보았다. "미안해하지 마세요. 제가 덕분에 얼마나 우쭐해졌는지 상상도 못 하실걸요. 또 제가 얼마나……." 그는 후회하는 듯한 미소를 지었다. "흠. 사과 안 하셔도 됩니다. 잘 지내요, 조지핀. 곧 볼 수 있었으면 좋겠네요."

"네, 곧 봬요."

그가 떠난 후에도 조이는 그 자리에 잠시 서 있었다. 마음에 지니고 있던 불안 덩어리가 다 녹아 따스하고 소중한 무언가가 되었다. 사실상 따지면 성희롱이었는데 톰은 그걸로 우쭐했다니. 그가 나와 함께 보낸 시간을 즐거워했다니. 톰이 나를 좋아하고 더 잘 알고 싶어 한다니! 조이는 몸을 돌렸다. 그 순간 세탁소 책상에 앉은 남자와 눈이 마주쳤다. 조이를 쳐다보던 자신을 들켜서 놀란 모습이었다.

조이는 그에게 손을 흔들었고, 그 역시 손을 흔들었다. 느리게, 멍하니, 기쁜 마음으로.

28

3월 8일

다음 날 제나가 점심을 먹고 있는데 파루키 선생님이 교실로 들어와 다가왔다.

"제나, 다 먹고 나면 피츠윌리엄 선생님께 가봐. 너랑 하실 얘기가 있대."

파루키 선생님이 나가자 교실에는 잠시 무거운 침묵이 내려앉았다. 그리고 이내 짐승이 내지르는 듯한 불협화음의 소음으로 채워졌다. "오, 맙소사!" 베스는 경외와 경악이 섞인 표정으로 제나를 바라봤다.

제나는 웨이트워처스° 초콜릿 바를 다 먹고 포장지와 남은 도시락을 쓰레기통에 버린 후 교실을 나섰다. 천천히 복도를 지나 피츠윌리엄 선생님과 교감선생님 두 명, 그리고 그들의 비서가 일하는 사무 공간으로 향했다.

톡 쏘는 그레이비 소스 냄새와 땀에 전 체육복의 시큼한 냄새

° Weight Watchers. 미국의 다이어트 제품 브랜드.

에서 멀어지고 나니 이곳에서는 다른 냄새가 느껴졌다. 신선한 꽃 향기와 바삭한 종이 냄새. 제나는 파루키 선생님의 사무실 문 사이로 안을 들여다봤다. 선생님은 밖에서 사온 샐러드의 랩을 벗기고 있다. "안으로 쭉 들어가렴. 널 기다리고 계셔." 파루키 선생님이 플라스틱 포크를 포장지 밖으로 밀어내며 말했다.

제나는 고개를 끄덕이고 사무실 끝 모퉁이에서 방향을 꺾었다. 이곳이 바로 피츠윌리엄 선생님의 공간이다. 다른 사무실보다 두 배는 크고, 정문과 주차장이 바로 내려다보이고, 뒷벽은 길게 통창으로 되어 있다. 피츠윌리엄 선생님은 중앙 책상이 아닌, 왼쪽의 작은 탁자 주변으로 옹기종기 놓인 푹신하고 검붉은 의자에 앉아 있었다. 의자 등에는 분홍빛 야생화 색의 양모 스웨터가 걸쳐져 있고, 머리카락은 방금 막 손질한 듯 어색한 모양새로 고정돼 있었다.

"제나." 선생님이 상냥하게 말했다. "점심시간에 쉬어야 하는데 불러서 미안하다. 오래 붙잡고 있진 않으마. 자, 여기 앉아볼래?"
제나는 선생님이 내민 푹신하고 검붉은 의자에 앉았다.

"오늘 어때?" 가끔 어른들이 아이들에게 말을 걸 때 그러듯 생각 없이 웅웅거리는 질문이 들렸다. 진짜 대답을 바라고 한 질문이 아니다. 그냥 단어를 뱉어낸 것일 뿐.

"좋아요." 제나는 목을 가다듬었다.

"긴장할 거 없다." 선생님은 제나 쪽으로 몸을 살짝 기울이고 눈을 뚫어지게 바라봤다. "그냥…… 흠, 마음에 뭔가가 계속 걸려서. 네 얘기를 듣고 싶었어. 생각이 더 멀리 뻗어나가기 전에 말이야."
제나의 심박이 두 배 빨라졌다.

"너, 아랫동네에 살지? 호텔 바로 옆에."

제나가 끄덕였다.

"엄마랑?"

다시 한 번 끄덕였다.

피츠윌리엄 선생님은 양손 끝을 마주 대 산 모양으로 만들었다. 선생님이 시선을 내렸다가 다시 쳐다보자 제나는 피부 전체를 훑고 지나가는 전율을 느꼈다. 그리고 보았다. 그 강렬한 시선 속에 얼음에서 반사된 직사광선처럼 차갑고 눈부신 뭔가가 있다는 것을. 제나는 고개를 숙여 빨갛고 노란 그의 시곗줄을 쳐다봤다.

"남동생은 아버지랑 살고? 해안가 근처에서?"

"네." 선생님과 눈을 맞추려 했지만 불편한 마음이 시선을 아래로 잡아당겼다. 그래서 무릎에 올린 손만, 이틀 전 칠한 코랄색 매니큐어만 바라보았다.

선생님은 잠시 한숨을 돌리더니 조금 더 가까이 다가왔다. "내 아내가 그러는데 너희 엄마가 우릴 스토킹하는 것 같다고 하더구나."

제나는 선생님을 몰래 훔쳐보고 얼굴에 드리운 쓴웃음을 발견했다. "아, 그거요."

"어쩌면 내 아내가 좀 이상한 것일 수 있어. 별나다고 소문이 났거든. 그래도 말을 지어내는 사람은 아니라서. 내 생각에는, 아무래도 오해가 생긴 것 같거든. 네 의견을 들어보고 싶었다. 그래서 어때? 뭔가 아는 게 있니?"

"뭐라고 하셨어요? 사모님이요." 제나가 조용히 물었다.

"뭐라고 했냐면……." 선생님은 말을 멈추더니 곧 뱉어낼 심각한 사안을 머릿속에서 정리하며 시간을 끌었다. "그러니까 너희 엄마가 우리 집 앞에서 사진 찍는 걸 봤대. 너희 엄마가 종종 따라다닌다고 하는구나. 한번은 조깅을 하는데 몇 미터 뒤에서 따라 뛴 적도 있고. 근데 그때 너희 엄마는 실내화를 신고 계셨다고 해. 그건 좀……." 그는 다시 한 번 말을 멈췄다. "불편한 일이잖니……."

제나는 스웨터 소매에 팔을 넣었다가 뺐다. 어떻게 대응해야 할지 알 수 없었다.

"제나, 집에 무슨 일 있니? 우리가 알아야 할 일이 있어? 공부를 방해할 만한 일이 있는 건 아니지?"

제나는 고개를 저었다. 아빠한테 가는 건 싫다. 새로운 학교로 옮겨야 하는 것도 싫다. 중등교육자격 검정시험을 볼 때까지 이곳에 머물고 싶다. 이제 2학기만 남았다. 그때까지는 모든 게 안정된 상태로 지내야 한다.

"엄마는 그냥…… 엄마는 선생님을 안다고 생각해요. 그게 다예요. 일부러 따라다닌 건 아니에요. 그냥, 그런 거 있잖아요, 선생님이 엄마가 아는 분이 맞는지 확인하려는 거예요."

학교 뒤쪽 멀리에서 악귀가 울듯 달뜬 여자애들의 비명소리가 들려왔다. 선생님은 눈을 가늘게 뜨고 제나를 보더니 앉은 자세를 고치며 넥타이를 옮겨쥐었다. "그렇구나. 흠…… 그럴 수도 있겠구나. 엄마가 우릴 언제 봤는지 혹시 아는 바 있니?"

제나는 어깨를 으쓱했다. "방학 때였던 거 같아요."

"아, 혹시 장소는?"

다시 어깨를 으쓱했다. "정말 몰라요. 몇 년 전 일이라서요."

"그럼 엄마가 사람들을 잘 알아보시는 편이니? 밖에 다니면서?"

"그렇지는 않아요. 아니에요."

"왜냐하면……." 선생님은 다시 자세를 고치며 책상 쪽으로 몸을 바짝 당겨 앉았다. 둘의 얼굴 사이가 불과 삼십 센티 정도였다. "문제가 뭐냐면, 사람들 얼굴을 잘 알아본다고 착각하는 게 간혹 정신 건강에 문제가 있어서 나타나는 증상일 수 있거든. 예를 들면 조현병 같은 거?"

제나가 끄덕였다. 선생님의 숨결에서 달달한 엿기름처럼 달큰한 냄새가 났다. "조현병 같지는 않아요."

선생님이 몸을 다시 세우고 미소를 지었다. 제나는 깊은 숨을 들이마셨다.

"아니구나." 그가 다시 넥타이를 고쳐 맸다. "그래, 아니야. 나도 너희 엄마가 조현병이라는 생각은 안 한다. 하지만 뭔가 다른 거라면? 혹시라도 말이야. 왜냐하면 누군가를 봤는데 휴가지에서 마주친 사람이라는 생각이 들면 보통은 말로 하거든? 보통 사람들은……." 쓴웃음을 뱉어내며 말을 이었다. "쫓아다니지 않는단다."

"무슨 말씀을 드려야 할지 모르겠어요."

그가 한숨을 내쉬었다. "흠, 혹시 집에 가서 엄마한테 얘기 좀 전해줄 수 있을까? 다음에 선생님이나 선생님 부인을 보시거든 직접 말을 걸어달라고. 인사를 해달라고 전해줘. 그럼 얘기하면서 어디서 마주쳤던 건지 알아낼 수 있겠지? 그치?" 선생님은 따스한 미소를 지었다. 내쏘듯 하던 눈빛도 부드럽게 변해 있었다.

"네." 제나는 몇 번이고 크게 고개를 끄덕였다.

"좋아. 그리고 잊지 마라. 여기엔 네 친구들이 있다는 걸. 선생님과 다른 교직원들 말고 네 친구들도 있잖아. 베스 같은 친구들 말이야. 널 진정으로 아끼는 사람들이 있다고. 그러니 하고 싶은 얘기 있으면 담아두지 말고, 무슨 얘기든 다 해도 된단다. 알았지?"

"네." 제나는 고개를 끄덕이며 폭신한 의자에서 몸을 일으켰다.

피츠윌리엄 선생님이 제나의 소매를 만졌다. 그 순간 얼음처럼 차갑고 동시에 뜨겁게 작열하는 무언가가 열린 수문으로 밀어닥치는 느낌이 들었다. 제나는 팔을 빼고 선생님의 손이 닿은 곳을 자신의 손으로 가렸다.

"감사합니다. 안녕히 계세요."

"잘 가렴, 제나. 계속 연락하자."

방과 후 베스가 제나를 향해 뛰어왔다. 제나의 머릿속에 베스를 쌀쌀맞게 대할까 하는 생각이 스쳤다. 하지만 그건 무의미한 일이다. 베스는 그게 냉대라는 걸 알아차릴 수 있는 뉴런 신경 통로 같은 게 없는 아이다.

"자, 그래서." 보폭을 맞춘 채 교문으로 향하며 베스가 입을 뗐다. "도대체 뭐야? 말해봐!"

"아무것도 아니야. 아무 일 아니었어."

"그럴 리가 있나. 아무 일도 없는데 점심시간 중에 교장실로 호출할 리가 있겠어? 그래서 뭐래?"

"윽." 제나는 항복했다. "우리 엄마가 사모님을 자꾸 따라다닌다고, 그런 소리를 사모님한테서 들으셨나 봐. 그거 물어본 거야. 끝."

"헉!" 베스는 숨을 헉 들이쉬고는 잠시 뒤처져 걷다가 다시 옆으로 따라붙었다.

"네가 말한 거지? 그렇지?" 제나가 발걸음을 멈추고 몸을 돌려 베스를 보며 말했다. "뭔가 알고 말씀하시는 거 같았어. 우리 엄마 얘기 네가 한 거지?"

"아니야! 나 안 했어. 맹세해! 그건 선생님이…… 선생님이 물어보셨어. 너희 엄마 어떻게 생겼냐고. 그 말밖에 안 했어."

"호텔 층계참 소파에 앉아서 하던 얘기가 그거였어?"

베스가 초조해하며 끄덕였다. "그렇지만 네가 생각하는 그런 거 아니야! 선생님이 뭐랬냐면, 제나 엄마 어떻게 생겼니? 하고 물어보셔서, 내가 대답했고, 선생님은 끄덕거렸고, 그게 끝이야."

"선생님이 그걸 왜 물어보는지 궁금하진 않았어? 그러니까 내 말은…… 그게 끝이 아닐 수도 있어서 그래. 뜬금없이 그걸 물어보실 리 없잖아. 뭔가 다른 것도 물어봤을 거 아니야."

베스가 으쓱했다. "나 잘 지내냐고 물어보셨고, 그리고 너도 잘 지내냐고 물어보셨고. 그래서 내가……."

제나가 숨을 들이마셨다.

"너희 엄마한테 뭔가 문제가 있는 거 같다고, 그런데 그걸 내 입으로 얘기하는 건 아닌 거 같아서, 만약 알고 싶으시면 너한테 직접 물어보라고 대답했어." 베스는 고집스럽게 턱을 들며 말했다. "그래서……."

"제기랄, 베스. 빌어먹을!"

"왜? 아무 일 아니잖아! 난 아무 말 안 했다고! 맹세해!"

"그 정도면 다 한 거나 다름없지. 아니야? 그래서 선생님이 질문을 한 거잖아. 그래서 선생님이 다른 사람을 끌어들이게 된 거잖아. 이제 완전히 엉망진창이 될 거라고!"

"맙소사, 젠. 이미 엉망이야! 더 이상 어떻게 나빠진다는 거야?

동네 사람들 죄다 너희 엄마에 대해 얘기한다는 거 너도 알잖아?
엄마가 그러는데 우리가 세비야에 있는 동안 너희 엄마가 맨날 시
내 중심가에 서서 사람들한테 말 걸고 진짜 이상하게 굴었대. 만
약 피츠윌리엄 선생님이 도와주려고 하면, 그건 좋은 거잖아. 그
러니까 그냥 있어."

29

계피색 스웨이드 치마가 도착한 것은 월요일이었다.

"아들, 이게 뭐야?" 엄마가 심란하다는 듯 택배를 건네며 물었다. "포에버21이잖아. 이거 여자애들 옷 아냐?"

"그런 게 있어. 코스튬이야. 프로젝트하려고."

"내가 주문해줄 수도 있었는데. 학교 숙제 때문에 용돈 쓸 필요 없잖아."

"알아. 바로 사야 했는데 엄마가 없었어."

엄마는 핸드백에서 지갑을 꺼내 손가락으로 20파운드 지폐를 건드리며 말했다. "얼마야?"

프레디는 이걸 엄마 돈으로 사고 싶지 않았다. 자신이 사고 싶었다. "싼 거야. 4파운드, 그 정도였나. 그니까 신경 쓰지 마."

"아니지." 엄마가 동전 칸으로 손가락을 옮겼다. "그러지 말고 내 말 들어. 자." 그러면서 2파운드짜리 동전 두 개를 건넸다.

"고마워, 엄마." 프레디는 동전을 받았다.

방으로 들어와 택배 상자를 뜯었다. 구겨진 비닐 봉투 안의 치마는 몹시 싸구려처럼 보였다. 하지만 고이 접어, 계단 아래 크리스마스 물품 봉투에서 찾아낸 은색 포장지로 싸니 괜찮아 보였다.

수요일, 치마를 서류 봉투에 넣어 배낭에 넣고 학교로 향했다. "팬으로부터"라고 쓴 쪽지도 넣었다. 배낭으로 손을 뻗을 때마다 누군가 귀에 비밀을 속삭이는 것 같았다. 오후 4시에 급히 학교를 빠져나왔다. 휘파람을 불며 복도를 걸어 나온 후 시선을 앞에만 고정한 채 재빨리 교문을 나섰다. 동네를 향해 부자연스러운 모습으로 빨리 걸었고, 이따금 어깨 뒤로 주변을 살피며 감청색 재킷이 보이지 않는지 확인했다. 로몰라의 집에 도착할 때쯤에는 턱까지 숨이 차오르며 땀이 났다. 현관으로 다가가자 치와와가 사납게 짖는 소리가 들렸다. 프레디는 누가 집에 있나 확인도 않고 봉투를 잽싸게 우편함에 넣었다.

몇 초 후 집으로 돌아오는 로몰라와 마주쳤다. 두피에서부터 화려하게 땋은 양갈래 머리를 하고 있었다. 로몰라는 프레디의 교복 재킷 배지에 시선을 멈췄다가 도로 쪽으로 성큼성큼 걸어갔다. 프레디를 보지는 않았다. 알아보지도 않았다. 그저 기묘한 슬픔과 사람의 신경을 긁는 아름다움을 지닌 채 지나쳐갔다. 프레디는 머리가 빙빙 돌았고 잠시 걷는 법을 까먹었다. 몇 걸음 더 간 후 멈춰서 뒤돌아봤다. 로몰라의 이상한 걸음걸이를, 그녀의 땋은 머리를, 그녀의 찬란한 아름다움을, 그렇게 시야 밖으로 사라지는 모습을 지켜보았다.

다음 날 아침 엄마와 아빠의 대화를 우연히 들었다. 그들은 주방에 있었다. 멀리서도 서랍을 열었다 쾅 닫고, 날붙이를 쨍그랑

거리고, 식기세척기에 있는 접시를 꺼내 차곡차곡 쌓고, 그 와중에 BBC 뉴스가 낮게 흘러나오는 소리가 다 들렸다.

"어제 그 애랑 얘기했어." 아빠 목소리가 들렸다. "그 딸 말이야."

"오, 그랬구나."

"당신 얘기를 전했지."

접시 포개는 소리가 잠시 멈추더니 엄마 목소리가 들렸다. "그리고?"

"그 애 말로는 자기네 엄마가 우리를 안다고, 몇 년 전에 휴가지에서 봤다고 생각한대."

"오, 그 말이 맞아?"

찬장 문이 열렸다가 쾅 하고 닫히는 소리가 들렸다.

다시 조용해졌다.

"그 여자도 모르는 것 같던데. 기억이 잘 안 나 봐. 어디서 봤는지 모르는 것 같더라고."

"그래봤자 선택지가 많지도 않잖아. 지난 몇 년 동안 우리가 그렇게 자주 휴가를 갔던 게 아니니까. 그때 호수 간 거랑 어머님 댁에서 몇 밤 묵은 거 빼고는. 근데 난 진짜 그 여자 못 알아보겠다니까."

프레디는 숨을 들이마셨다. 레이크 디스트릭트에서 보낸 휴가를 떠올리는 건 싫다. 그때는 정말 최악, 최악, 최악의 시간이었다. 아빠는 휴가를 싫어했다. 처음부터 그곳에 가기 싫다고 정확히 밝힌 터였다. 하지만 결국 엄마와 프레디의 설득에 넘어가더니 일주일 내내 못마땅해했다. 투덜거리는 아빠 때문에 엄마는 평소보다 더 비굴해져서 필사적으로 비위를 맞췄다. 둘의 모습은 마치 계란 위를 걷는 듯 위태해 보였다. 날씨도 너무, 너무, 너무나 더웠다.

밀폐된 창문 때문에 객실은 찌는 듯이 더웠다. 아홉 살 프레디는 마치 아기마냥 부모님 침대 발치 바닥에서 매트리스를 깔고 자야 했고, 뭐라도 불평하려고 입만 떼면 엄마는 쉿 하며 조용히 시켰다. 그리고 버스 투어를 한 그날. 어떤 여자가 나타나 아빠를 때렸다. 진짜로 때렸다, 세게. 그 여자는 일그러진 얼굴로 소리를 칠 때마다 입에서 침이 튀었다. 그렇게 분노하는, 불길한, 시뻘겋게 화를 뿜어내는 사람은 태어나 처음 보았다.

여자는 욕설을 날렸는데, 지금이야 놀랄 말도 아니었지만, 당시만 해도 단어 하나하나의 음성이 칼이 되어 자신을 베는 것처럼 충격을 먹었다. 여자는 아빠에게 소리쳤다. *너 그러고도 어떻게 사냐?* 계속 그렇게 반복했다. *너 그러고 어떻게 사냐고!*

아빠는 다소 과격하게 그 여자 팔을 잡고 마치 돌이 든 포대 자루를 옮기듯 길 건너편으로 데리고 갔다. 둘이 서로를 향해 손가락질하며 무슨 말인가 주고받았다. 하지만 그 내용은 지나가는 자동차 소음이 먹어버렸다. 30초 후 아빠가 거만하게 길을 건너오더니 프레디와 엄마를 버스에 오르라고 재촉했다. "타!" 아빠는 프레디의 팔을 꽉 잡고 귀에다 대고 씩씩대며 말했다. "좀 타라고!"

모든 사람이 그들을 보는 바람에 프레디는 얼굴이 새빨갛게 달아올랐다.

버스에 오른 프레디는 창밖으로 아빠가 그 여자와 서 있던 곳을 바라봤다. 그녀는 여전히 그곳에 있었는데, 비슷하게 생긴 좀 더 어린 여자의 품에 안겨 있었다. 그 어린 여자가 버스를 향해 고개를 들어 프레디와 시선을 마주했다. 그 시선 속에는 정제된, 순수한 증오가 담겨 있었다. 프레디는 고개를 돌려 엄마 어깨에 얼굴

엿보는 마을

을 물었다.

그러다 다시 창밖을 봤을 때 둘은 사라지고 없었다.

그날 이후 부모님 중 누구도 그날에 대해 얘기하려 들지 않았
다. *그냥 미친 사람이야.* 이렇게만 얘기하곤 했다. *아빠를 다른 사
람이랑 헷갈린 거야. 얼굴을 혼동한 거지. 그냥 잊어버려. 세상에
는 좀 이상한 사람들이 있거든.*

그렇지만 남은 휴가기간 동안 상황은 최악으로 치달았다. 엄마
는 아빠에 대한 복종을 멈춘 한편 불안해하고 말을 아꼈다. 집에
오는 내내 엄마 아빠는 거의 말을 섞지 않았다. 도로 방향을 얘기
할 때만 입을 열었다. 상황이 다시 평소대로 돌아온 것은 적어도
1, 2주가 지난 후였다.

"어쨌거나……." 아빠 목소리가 들렸다. "도와주겠다고 말해놨
어. 아무래도 정신에 문제가 있는 거 같거든. 사람 얼굴을 착각하
는 거지. 그렇다고 해도 덤불 속에 숨어 사진을 찍고 다니는 건 용
납할 수 없는 문제야."

프레디는 그 말에 주억거렸다. 역시. 길 건너 사는 이상한 여자
에 대해 얘기하는 중이군. 쌍안경으로 바라봤을 때 자신을 본 그
여자. 그래서 손가락 욕을 날렸지. 제나 트립의 엄마. 프레디는 곰
곰이 생각했다. 과연 휴가 때 그 여자와 마주쳤다는 게 가능한가?
그들 역시 같은 곳에 묵었나? 그들도 그날 거기 있었나? 그날 일
어난 일을 봤을까? 그들이 진실을 알까?

스테인드글라스의 판유리 뒤로 흐릿한 형체가 다가왔다. 곧이
어 조심스럽게 초인종을 누르는 소리가 들렸다. 프레디가 문을 열

어주었다. 커다란 덩치에 문신을 한 그 남자, 조이의 남편이다. 여기저기 페인트가 묻은 작업복에 커다란 갈색 부츠를 신고 있었다. 그가 프레디를 내려다보며 인사했다. "안녕, 친구." 그러고는 매트에 신발 밑창을 최소 열 번은 문질러 닦았다. "어떻게 지내니?"

"잘 지내요." 프레디가 문을 닫으며 대답했다.

"다행이구나. 엄마는 어디 계시니?"

프레디는 주방 쪽을 가리켰다.

그는 복도를 지나 얌전히 주방문을 두드리고는 밀고 들어갔다. "안녕하세요, 피츠윌리엄 여사님, 피츠윌리엄 씨."

엄마 목소리가 들렸다. "어서 오세요, 앨피. 계속 말씀드렸는데도 그러시네. 니콜라라고 불러주세요. 차 한 잔 드릴까요?"

곧 문이 닫혔고, 혼자 남은 프레디는 난간을 꽉 쥐었다. 의식 속에서 뭔가 이상한 게 소용돌이쳤다. 서로 상관없는 일들이 닥치는 대로 서로를 향해 마구 돌진하고 있었다. 동네의 이상한 여자와 레이크 디스트릭트에서 봤던 화난 여자, 빨간 부츠와 아빠, 아빠와 프레디의 사진, 사진과 로몰라, 엄마와 저 덩치 큰 남자. 어차피 우리는 곧 이곳을 떠날 테니, 주방 벽을 칠하는 것은 무의미하지 않은가? 그게 우리가 삶을 영위하는 방식 아니었나? 프레디가 어딘가에서 머물고 싶은 이유를 찾아낼 때면 아빠는 불쑥 들어와 이제 이곳을 떠날 때라고 말하곤 했으니까.

차가운 나무 난간에 이마를 대고 발로 걸레받이를 세게 찼다. 내가 원하는 것은…… 사실은 프레디 자신도 그게 뭔지 알지 못했다. 지금은 거대한 두뇌도 도움이 안 됐다. 말도 안 되게 높은 아이큐는 어디론가 사라졌는지 백마 타고 나타날 기미가 안 보였다.

기묘한 미로에 갇혀버렸다. 그저 로몰라의 머리카락을 만지고 싶었다. 그거면 되는데. 프레디는 로몰라의 머리카락을 만지고 그녀를 미소 짓게 하고 싶었다.

30

3월 9일

다음 날 아침 피츠윌리엄 선생님은 교문 앞 늘 있는 자리에 서 있었다. 학생들이 들어올 때마다 개에게 간식을 던져주듯 친근하게 이름을 부르며 인사했다. 그 인사를 덥석 무는 학생들을 보니 모두가 선생님을 얼마나 좋아하는지 눈에 뻔히 보였다. 왜 그렇게 갈채를 받는지, 왜 파견 교장이 된 건지 알 수 있었다. 누가 봐도 학교를 잘 관리하고 학교에 원료를 공급하고 학교를 키우는 방법을 아는 사람이었고, 언제 손등을 찰싹 칠지, 언제 머리를 쓰다듬어줄지 구분할 줄 아는 사람이었다. 그는 학생들이 어른에게서 바라는 부분, 즉 유머와 재치로 학생들을 통제하는 수완을 가지고 있었다.

그렇다고 해도.

그렇다고 해도 제나 역시 좋아해야 한다는 뜻은 아니다.

사무실에서 그런 식으로 제나의 팔을 만지지 말았어야 했다. 직업윤리에 어긋나는 일이었다. 한밤중에 호텔 계단참에서 열다섯 살 여학생이랑 얘기하는 것도 마찬가지다. 게다가 엄마에 대해서

엿보는 마을

그렇게 직접적으로 물어보다니. 선생님은 확실히 적법한 절차에 따라 다른 방식으로 접근했어야 했다.

파란색 셔츠 아래로 하얀색 티셔츠가 비쳐 보였다. 피츠윌리엄 선생님이 하얀색 티셔츠를 입었는지 여부에 대해 생각하는 것 자체로 기분이 더러워졌다. 좀 역할 만큼.

제나는 입술을 삐죽이며 힘겹고 어색한 걸음으로 성큼성큼 선생님을 지나쳤다.

"안녕, 트립 양!"

"안녕하세요, 선생님." 눈도 마주치지 않고 대답했다. 굳이 보지 않아도 자신을 향한 미소가 느껴졌다. 양손을 바지 주머니에 꽂고 있겠지. 엉덩이에는 살짝 골이 있을 테고 눈은 웃고 있겠지. 그런데 트립 양이라고 부르는 건 좀 부적절한 거 아닌가?

정문으로 들어가 사물함으로 직행했다. 베스는 이미 와 있었다. 오늘 등굣길에 베스는 제나와 함께하지 않았다. 제나는 학교로 오는 중간 지점에서 혼자 걷고 있는 베스를 봤다. 문자로 기다려 이것아, 라고 썼다가 지워버렸다. 베스가 로티와 티아나와 합류하는 걸 봤고, 끔찍한 슬픔이 깊숙하게 찌르는 걸 느꼈다. 베스와 마주한 지금, 뭐라고 말해야 할지 갈피를 잡을 수 없었다.

"기다려주지 않아서 미안해. 어제 이후로 기분이 좀 이상했어." 베스가 손톱을 깨물며 말했다.

제나는 나도, 라고 말하고 상황을 마무리하고 싶었다. 화해하고 싶은 마음이 간절했다. 그렇지만 그럴 수 없었다. 마음속 너무 깊은 곳에 묻힌 그 단어는 다른 것들로 뒤덮여 손에 닿지 않았다.

"그러든지 말든지." 제나는 이렇게 내뱉고 말았다. 사물함을 열고 코트를 접어 안에 넣었다. 베스가 무슨 말이든 해주길 바랐지만, 결국 아무 대꾸도 없었다. 베스는 책만 챙기고 사물함 문을 닫고 가버렸다. 등을 돌리고 복도를 걸어가는 베스의 뒷모습을 보자 눈물이 솟으며 목구멍이 아파왔다.

그날 베스는 점심을 교실에서 먹지 않았다. 수업이 끝난 후에도 기다려주지 않았다. 제나는 스포티파이Spotify 앱에서 샘 스미스 채널을 들으며 혼자 걸어갔다. 큰길에 있는 네로 카페를 지나는데, 베스가 티아나와 로티, 루비에게 둘러싸인 채 크림색 금발머리를 뒤로 젖히며 웃는 모습이 보였다. 제나는 바로 음악 소리를 높이고 발걸음을 재촉했다.

누군가 뒤에서 보폭을 맞추며 따라오는 느낌이 들었다. 뒤를 돌아보자 상류층 학교 교복을 입은 남자애가 보였다. 흐릿하게나마 기억이 났다. 낯익은 아이. 남자애는 눈이 마주치자 발걸음을 재촉해 옆으로 다가왔다.

"제나 트립?" 남자애가 물었다.

괴상하게 생긴 아이였다. 제나와 비슷한 키, 초췌한 얼굴, 정수리부터 흘러내리듯 자란 직모, 그리고 뭔지 모를 우월감까지.

문득 그 애가 피츠윌리엄 선생님의 아들이라는 사실이 떠올랐다. 제나는 이어버드를 빼고 고개를 끄덕였다.

"난 프레디 피츠윌리엄이야." 그 애는 손을 내밀어 악수를 청했다. "우리 아빠가 너희 학교 교장이고."

제나는 어떤 반응을 보여야 할지 몰라 그 애의 얼굴만 뚫어지게 바라봤다.

"난 저기 살아." 프레디가 멜빌 하이츠를 가리켰다. 멀리서 보니 검은색 줄무늬로 보였다. "너희 집 근처." 그런 다음 말을 멈추고 숨을 깊이 들이마셨다. "뭐 좀 물어봐도 돼?"

"글쎄, 질문에 따라 다르겠지."

"레이크 디스트릭트에 대한 얘기야."

제나는 걸음을 멈추고 그 애를 향해 몸을 돌렸다. "그게 왜?"

"너희 엄마가 우리 아빠를 봤다는 게 거기야?"

"뭐라고?"

"아빠랑 엄마가 하는 얘기 들었어. 너희 엄마가 우리 아빠를 따라다니는 이유가 휴가지에서 본 것 때문에 그런 거라고. 우리 가족은 휴가를 딱 한 번 갔거든. 레이크 디스트릭트였어. 거기 맞아? 너도 거기 있었어?"

제나가 어깨를 으쓱했다. "몰라. 기억 안 나. 그게 왜 중요한데?"

프레디는 제나 어깨의 한 지점을 강렬하게 노려보았다. 무게중심을 한 발에서 다른 발로 옮겼다가 다시 원래 발로 옮겼다. 부러질 것 같은 손을 얼굴 옆으로 가져갔고, 이상한 소리를 냈다. 뭔가를 말하려는 듯하더니 잠시 끊고는 제나의 어깨에 두었던 시선을 얼굴로 옮겼다. "그러고 보니 정말 안 중요하네. 내 말 그냥 잊어. 우리 아빠한테 얘기하지 말고."

제나는 고개만 살짝 끄덕였다.

"약속하는 거다."

"알았어. 그래, 뭐가 됐든 알았다고." 제나는 남자애가 그만 가버렸으면 했다. 이 만남이 여기서 끝나기를 바랐다.

프레디는 제나의 어깨와 얼굴을 계속 번갈아가면서 쳐다보더니 달리기 시작했다. 제나는 가만히 선 채 그 애의 형체가 얼룩처럼 작아질 때까지 기다렸다가 집으로 발을 옮겼다.

집에 들어가자 컴퓨터 앞에 앉은 엄마가 보였다. 오늘도 자신이 미치지 않았음을 증명하기 위해 매일 들락날락하는 채팅방에 들어가 얘기하는 모양이었다.

집단 스토킹.

제나는 이 말을 검색해본 적이 있다. 컴퓨터를 쳐다보던 엄마가 처음으로 의기양양하게 머리를 들고는 이글이글 타는 눈빛으로 이렇게 말했을 때였다. *진짜였어! 전 세계적으로 수천 명한테 일어나고 있는 일이야! 나는 집단 괴롭힘을 당하고 있는 거야!*

집단 스토킹은 모겔론스° 증상이나 외계인이 사람을 납치한다는 생각과 비슷하게 망상에 근거했다. 엄마는 자신이 거대한 집단에게 괴롭힘을 당하고 있다고, 꼭두각시를 조종하는 건 바로 피츠윌리엄 선생님이라고 진심으로 믿었다. 모두가 잠든 밤이면 그들이 몰래 집에 들어와 물건 위치를 바꾸거나 훔치거나 때로는 망가뜨린다고 했다. 순전히 혼란을 주기 위해서. 엄마는 가해자들이 이 행동을 그저 비뚤어진 취미로 받아들인다고 했다. 마치 끝나지 않는 대규모 현실 게임이라고 여기며 시간과 돈을 투자한다고 믿었다. 그 이유는 자신이 어렸을 때 참여한 수많은 정치시위 때문이라고 했다. 피츠윌리엄 선생님은 교장이 아니라 정부와 관련 있

° Morgellons. 과학적으로 입증되지 않은, 원인 모를 피부 괴질. 일반적으로 의학계에서는 이것을 망상적 기생충증(기생충에 감염됐다는 망상에 빠져 있는 정신병)의 하나로 여긴다.

는 권력자이며, 학교나 지역사회에 파견되어 내부에서 집단 스토킹을 관리하는 사람이라 믿었다.

"이것 좀 봐." 엄마가 전자담배를 탁자에 내려놓고 컴퓨터 화면을 제나 쪽으로 돌렸다. "무슨 일이 있는지 좀 봐봐. 몰드에 사는 여자 얘긴데, 나랑 나이가 같고 정치 성향도 같아. 피츠윌리엄이 멜빌로 오기 전에 이쪽 지역 교장이었는데, 그 여자도 나랑 똑같은 일을 당했대. 그 사람이 오자마자 일이 시작됐다는 거야. 차가 긁혀 있다거나, 주방에 감자튀김 조각이 있다거나, 전구가 돌려져 있다거나. 욕실에는 작은 유릿조각까지 있었대. 게다가 그 여자도 레이크 디스트릭트에 있었다는 거야."

배낭을 열던 제나는 행동을 멈추고 엄마를 쳐다보았다. "뭐라고? 우리가 갔던 바로 그때?"

"아니." 엄마는 화면으로 시선을 돌리며 전자담배를 들고 깊게 들이마셨다. "아니, 어렸을 때 갔었대. 어쨌든 이상하잖아."

제나는 눈을 굴리며 가방에서 숙제 공책을 꺼냈다. 피츠윌리엄 선생님이 웨일스에서 교장 일을 하다가 멜빌 학교로 왔다는 건 이미 아는 사실이다. 거기까지는 맞는 말이다. 그렇지만 나머지 얘기는…….

제나는 주방으로 가서 작은 마시멜로를 뿌린 저칼로리 핫초콜릿을 만들었다. 숙제 공책과 핫초콜릿을 들고 방으로 올라가 침대에 가부좌를 하고 앉았다.

"그 녀석 거기 있니?" 엄마 목소리가 계단을 타고 올라왔다.

굳이 창문으로 고개를 내밀어 확인해볼 필요는 없다. 뒷집에 사는 무해한 안경잡이 남자애는 오늘도 컴퓨터 앞에 앉아 있을 것이다. 그는 매일 저녁 항상 그 자리에 있으니까.

"아니, 안 보이는데!" 제나는 아래쪽으로 소리쳤다.

베스와 문자나 페이스타임°을 하고 싶었다. 하굣길에 마주친 피츠윌리엄 선생님 아들이 얼마나 희한했는지 말하고 싶어 죽을 지경이었다. 핸드폰을 꺼내 왓츠앱을 열고 영상통화 버튼에 손가락을 댔다. 그러나 곧 핸드폰을 내려놓았다. 십중팔구 베스는 아직도 네로 카페에 있을 것이다. 마음을 접은 제나는 노트북을 열어 톰 *피츠윌리엄 몰드*로 검색을 시작했다.

몰드에 있는 학교가 피츠윌리엄 선생님을 교장으로 초빙한 것은 2014년 1월이었다. 피츠윌리엄은 특별조치가 필요했던 학교를 2년 만에 발군의 학교로 바꿔놓고는 2016년 겨울 학기 말에 멜빌로 파견받아 왔다. 몰드 이전에는 타워햄리츠에 있었다. 그전에는 맨체스터. 맨체스터 이전에는, 그러니까 제나가 태어난 2001년에는 버턴어폰트렌트에 있었다. 거기서 스물여덟부터 교사 일을 시작해 결국은 교감으로 승진했다.

피츠윌리엄은 나무랄 데 없이 깨끗한 사람이었다. 명성에는 흠하나 없었다. 어디를 가나 빛과 조화를 가져다줄 뿐이었다. 행복한 아이들에게 햇살을 주는 사람. 그렇지만 레이크 디스트릭트에 있던 여자는 피츠윌리엄 선생님을 좋아하지 않았고, 엄마도 마찬가지다. 그리고 제나 역시 딱히 이유가 없는데도 선생님이 마음에들지 않았다.

어쩌면 레이크 디스트릭트에 있던 그 여자도 미친 게 아닐까?

° Face Time, 아이폰 및 아이패드 이용자끼리 할 수 있는 무료 영상 통화 기능.

엿보는 마을

만약 그렇다면, 그건 나도 미쳤다는 의미일까? 제나는 프레디 피츠윌리엄과 마주친 일을 떠올렸고, 호기심이 피어오르기 시작했다. 그 애는 무슨 말을 하고 싶었던 걸까? 그 말을 들으면 그동안 생각하고 느껴온 이상한 것들의 진상이 제대로 밝혀질까?

　노트북을 닫고 핸드폰을 다시 집어 들었다. 베스가 뭐 하는지 보려고 스냅챗에 접속했지만 새로 올린 글은 없었다. 마음속에 끔찍한 공허함이 자리 잡았다. 자신이 혼자라는 생각, 사실은 언제나 혼자였다는 생각과 함께, 인생의 모퉁이가 안으로 접히고 접히는 상황에서 속수무책이라는 사실을 깨달았다.

31

언덕 꼭대기에 오른 프레디는 숨을 고르며 몸을 곧게 펴고 집으로 향했다. 제나 트립에게 그런 식으로 다가갈 의도는 없었다. 사실 그 애와 마주칠 거라는 기대도 없었다. 가끔은 집으로 걸어가는 모습을 보긴 했지만, 그때마다 늘 베스나 다른 여자애들과 함께였다. 그래서 혼자 가는 걸 보고 놀라지 않을 수 없었다. 레이크 디스트릭트에 대한 궁금증이 추한 고개를 들자마자 일어난 일이라 어떤 면에서는 운명처럼 느껴졌다. 제나 트립의 뒤를 밟는 바로 그 순간, 거기에, 그 애가 혼자 있다는 것은 분명히 의미가 있는 게 아니겠는가. 그건 분명히 운명이었다. 제나 트립이 갑자기 나타나 눈이 마주쳤을 때 프레디는 완전히 얼빠진 생각에 잠식당했다. (맙소사, 나처럼 똑똑한 사람이 어떻게 운명이란 걸 떠올렸을까.) 공황에 사로잡혀 점점 옥죄어드는 걸 느꼈고, 소름이 돋았고, 그래서 즉흥적으로 대응할 수밖에 없었다. 생각했던 것보다 그 애와 훨씬, 그러니까 숨막힐 정도로 가까운 거리에 있었고, 상황을 좀 더 매끄럽게 만들기 위해서는 마치 대화를 하기 위해 일부러 따라

잡은 척해야 했다.

일단 대화를 시작하자 마음 깊은 곳에서부터 부글부글 솟아오르는 끔찍한 기분이 의식을 장악했다. 그것은 모르는 사람과 이상한 주제로 대화를 하고 있다는 사실, 모르는 사람이 십 대 소녀라는 사실, 그리고 십 대가 된 이래로 십 대 소녀와 대화한 것이 거의 처음이라는 사실이었다. 제나 트립을 바로 옆에서 보니 멀리서 볼 때보다 훨씬 더 예뻤다. 입술이 통통하고 부드러웠으며, 교복 재킷 안에 숨겨진 가슴은 무해하고도 경탄을 불러일으켰다. 입술을 만지고 싶은 마음을 숨기느라 얼굴을 피하고 싶었지만, 그러다 가슴만 보게 될까 봐 얼굴에서 시선을 뗄 수도 없었다. 이러지도 저러지도 못하게 되자 결국 그녀의 어깨와 뒤에 있는 상점 벽이 만나는 지점을 중립지대로 삼아 그곳에 시선을 고정했다.

그러나 곧 깨달았다. 제나와 이런 대화를 한 것은 정신 나간 짓이었다. 얘가 우리 아빠한테 얘기할 테고, 그러면 아빠는 내가 부모님 대화를 엿들은 것을 알게 되겠지. 게다가 지금은 나 자신도 뭘 알아내려는 건지 제대로 알지도 못하잖아. 정확한 질문을 준비하기 전까지 접근하지 말았어야 했는데. 당혹감과 모멸감이 가득한 난장판이었다. 프레디는 현관을 열면 펼쳐질 정상적인 일상을 마주하기 전에 잠시 멈춰 기다렸다.

안으로 들어가자 발판사다리, 계단을 덮은 먼지막이 커버에 묻은 페인트 자국, 아직 마르지 않은 페인트 냄새가 그를 맞았다. 주방 쪽에서 엄마의 웃음소리가 흘러나왔다. 평소와는 완전히 다른 웃음소리였다.

소리를 따라가자 엄마가 싱크대에 기댄 채 차가 담긴 머그잔을 두 손으로 감싸고 있었다. 미장공 앨피는 작업복 차림으로 식탁 맞은편에 앉아 거대하고 기다란 다리를 꼰 채 자신의 머그잔 옆을 손가락으로 톡톡 치고 있었다. 둘은 한창 얘기 중이었는데, 엄마는 이처럼 재밌는 얘기는 처음이라는 듯 반응했다.

"안녕, 친구!" 미장공 앨피가 인사를 건넸다.

"안녕하세요?" 프레디는 만족스러울 만큼 거드름을 부리며 대답했다.

"우리 아들, 안녕?" 엄마가 몸을 돌려 미소를 보여주었다. 엄마도 저런 미소를 지을 수 있는 사람이구나. "앨피가 이비사섬의 끔찍한 유원지에서 관리인으로 일하던 얘기를 하는 중이야! 휴가 동안 별의별 일이 다 일어나는데, 사람들이 무슨 일을 저지르는지 넌 상상도 못 할걸!"

앨피는 프레디에게 시선을 던졌다. 어떻게 봐도 후회하는 듯한 어색한 표정이었다. 자신의 얘기가 이렇게 즐거운 분위기를 이끌어낼 줄은 몰랐다는 표정이다. 그러나 결과적으로 그렇게 되었고, 그래서 흐름에 맡겨야겠다고 다짐한 듯 보였다.

"자, 이제……." 앨피가 페인트 묻은 굵은 손가락으로 머그를 쳐서 마지막 잔물결을 일으키고 거대한 다리를 바닥에 내려놓았다. "다시 작업을 해야겠습니다. 걸레받이를 한 번 더 칠하고 가려고요. 차 잘 마셨어요, 니콜라."

프레디가 앨피를 뚫어지게 보았다. 그를 이해하려고, 그의 검은 속내, 그늘이나 뭔가 잘못된 부분을 캐내려고 했다. 그러나 아무것도 없었다. 그 사람은 보이는 그대로였다. 덩치 크고, 무해하고, 야심도 적고, 보통의 지적 능력을 지닌 남성. 그렇지만 무언가가

엿보는 마을

엄마로 하여금 오후 조깅을 미루고, 주방에서 차를 마시고, 웃고, 진짜 제대로 웃고, 심지어 얼굴이 상기되도록 만들고 있었다.

프레디는 자신의 삶 속에서 점점 커져가는 수수께끼에 이 문제를 추가하고 침실로 향했다.

* * *

프레디는 '멜빌 일지' 작성을 완전히 그만둔 터였다. 창문으로 보이는 어떤 것도, 심지어 제나 트립과 베스 리들리가 체육복 차림으로 있어도 기록으로 남기지 않았다. 로어 멜빌에서 일어나는 일에는 더 이상 관심이 안 갔다. 사실 요즘 프레디는 오직 로몰라 브룩을 추적하는 데만 시간을 쏟고 있었다. 아니, 추적한다기보다는 경의를 표한다는 표현이 어울릴 것이다. 진가를 알아보고, 흠모하고, 살펴보고, 그녀에 대해 알아가는 것. 그래서 새로운 일지를 시작했다. 제목은 '로몰라 문서'다.

프레디는 로몰라와 똑같은 시간에 학교를 나설 때면 매번 밤중에 집까지 따라갔다. 어젯밤에 로몰라는 테스코 메트로°에 들렀다. 그녀가 커스터드 크림과 개 사료를 사는 곳. 프레디는 문서에 이 사실을 추가했다. 혹시나 비스킷을 사주고 싶을지도 모르니까. 그러나 오늘밤은 그 애가 안 보였다. 학교 관리인이 교문을 닫을 때까지 10분간 기다리다가 포기했다. 그렇지만 괜찮다. 인터넷에서 찾을 수 있을 테니까.

° Tesco Metro, 영국의 대표적인 마트 중 하나.

책상에 캐모마일 차를 놓고 넥타이를 풀며 로몰라의 인스타그램에 들어갔다. 그녀는 루이자메이릭존스^{LouisaMeyrickJones}라는 아이디를 쓰고 있다. 댓글로 주고받은 대화를 보니 별다른 내용은 없었다. 점심시간에 선생님의 부당한 처사로 아무개가 눈물을 흘렸다는 얘기. 누군가가 가담했고, 그들은 이런 부당함을 보고해야 하지 않느냐며 이런저런 대화를 계속 나누었다. 화면을 끄고 뭔가 다른 것을 할까 싶었다. 바로 그때 다른 누군가가 나타나 봄 무도회에 대해 얘기를 시작했다.

그래서 계속 주시했다.

봄 무도회는 프레디네 학교와 연합해서 열리는 행사로, 앞으로 2주 후에 있을 예정이었다.

몇 주 전만 해도 거의 신경 쓰지 않던 일. 그러나 지금은 뭔가 특별한 이벤트로 향하는 비밀의 문처럼 보였다.

"엄마!" 계단 아래로 소리쳤다. "3월 24일에 우리 무슨 일 없지? 그날 금요일인가?"

잠시 기다리자 엄마의 대답이 들렸다. "별일 없을걸. 왜?"

"가고 싶은 파티가 있거든. 무도회 같은 건데 학교에서 열리는 거야. 나 참가해도 돼?"

"당연히 되지, 우리 아들! 너무 멋지다!"

"근데 표가 비싸. 25파운드야. 그래도 괜찮아?"

"응." 계단 아래서 엄마의 얼굴이 나타났다. "물론이지. 네가 가고 싶다니 너무 좋다. 턱시도 사줘야겠네! 얼마나 멋있을까! 상상해봐!"

엿보는 마을

32

3월 10일

조이는 끊임없이 울리는 경적 소리를 무시했다. 하얀 밴에서 나는 소리라면 굳이 고개를 들어 입맛을 다시는 멍청이와 그의 친구를 상대할 이유가 없으니까. 만약 다른 운전자가 딴 여자에게 신호를 주는 거라면 하얀 밴의 두 멍청이를 오해했다는 이유로 가여운 패배자처럼 보일 터였다.

그때 한 남자의 목소리가 들렸다. "조지핀!" 고개를 돌리자 톰 피츠윌리엄이 조수석 창문 쪽으로 몸을 기울여 손짓하고 있었다. "태워드릴까요? 시내로 가는 길인데."

차가 가까이 다가왔다. 조이는 톰을 한 번, 시내 쪽을 한 번 바라보았다. 버스정류장으로 가는 길이었다.

"어, 그러죠. 고마워요. 그런데 괜찮으시겠어요?"

"물론이죠. 괜찮아요! 타세요."

조수석에 올라타 안전벨트로 손을 뻗었다. "고마워요."

"천만에요. 그간 버스정류장에 계신 거 많이 봤는데 그때마다 방향이 달라서 못 태워드렸어요." 그는 이쪽으로 보며 미소를 지었다. 조이는 생각했다. *나는 톰 피츠윌리엄과 함께 차를 타고 있어. 나는 톰 피츠윌리엄과 함께 차를 타고 있다고. 지금 타고 있어. 여기 탄 거야. 이건 실제로 일어난 일이야. 바로 지금.* 조이는 안전 벨트를 채우고 미소로 화답했다. "고마워요. 근데 어디로 가시는 길이에요? 오늘은 학교 안 가세요?"

"안 갑니다." 톰이 오전의 차량 행렬에 끼어들기 위해 사이드미러를 흘끗 보았다. "오늘은 시청에서 지방교육청과 회의가 있거든요. 더 설명해드리고 싶지만, 그랬다간 당신을 죽여야 할 겁니다."

얼굴에 배어난 톰의 미소에서 뭔가 사악한 면이 느껴졌다. 그래서 마지막 말이 진짜로 그럴 수 있다는 듯 들렸다.

"그러고 보니, 아직도 아이들 놀이방에 다니시나 봐요?" 그가 조이의 폴로셔츠에 있는 로고를 보며 물었다.

"안타깝게도 그래요. 그렇지만 점점 좋아지고 있어요. 사람들이 좋거든요."

"사람이 다죠. 제가 배운 것 중 하나가 그겁니다. 만약 주변에 괜찮은 사람들이 있다면 보통은 제대로 된 장소에 있다는 의미거든요."

"감옥이라면 얘기가 다르죠." 조이가 웃음소리를 냈다. 그런데 너무 거슬리고 가짜처럼 들리는 웃음이었다. 그렇게 웃은 자신이 미워졌다.

"아니요. 감옥이라 해도 마찬가지입니다. 진심입니다! 하다못해 엄청난 누명을 쓴 게 아니라 진짜로 나쁜 짓을 해서 수감됐다 해도 말이죠"

조이는 좌석 가죽 부분을 손으로 쓸었다. 집 밖에 톰의 차가 있

엿보는 마을

을 때마다 얼마나 자주 조수석을 들여다보며 그 자리에 앉은 자신을 상상했던가? 그런데 바로 지금 그 상상이 실현되었다. 머릿속 정보처리가 거의 불가능한 상황이었다. 조이는 몸을 곧게 세워 앉고는 머리를 살짝 흔들었다.

"참, 그럼 여전히 나라를 뜰 계획은 없으신 거죠?" 그가 작은 미소를 보이며 물었다.

"없어요." 조이가 고개를 저었다. "이제 괜찮아졌어요."

"좋네요. 다행이에요."

어느새 멜빌의 교통 상황이 복잡해졌다. 지각을 면하려면 버스 전용차선이라도 몰래 타야 할 것 같았다. 그런데도 조이는 전혀 개의치 않고 톰의 차에서 나는 냄새를 들이마셨다. 해진 가죽과 샤워를 마친 남자 냄새. 핸들을 쥔 그의 손을 바라보았다. 얼마나 멋진 손인지! 그 순간 상상할 수밖에 없었다. 그 손이 자신의 얼굴을 만지고, 옷 속으로 들어오고, 그녀를 끌어당기는 것을. 문득 그를 향한 욕구가 끓어올랐다. 너무 빠르고, 너무 격렬하게. 그래서 자신의 마음을 그가 알아차릴 거라고 확신할 만큼.

학교로 향하는 갈림길로 접근하자 회색 교복의 물결이 사방에서 밀려들었다. 대단한데! 조이는 생각했다. 내 옆에 앉은 이 온화한 남자가 이렇게 자라다 만 아이들을 매일매일 책임진다는 거군.

"당신은 어때요? 멜빌에 더 계실 생각인가요?"

"음, 이제 1년 있었는데, 적어도 2년은 도움을 주고 싶어요. 그쯤 해야 새로운 변화들이 자리를 잡는 게 보이거든요. 마지막 체크리스트를 확인하는 거죠. 큰일을 하면서 놓쳤던 작은 일들을 깔끔하게 정리하고 싶어서 얼쩡거린다고나 할까요."

"실패한 적은 없었어요?" 조이가 물었다.

톰이 그녀를 흘끗 보더니 다시 앞유리로 향했다. "실패요?"

"네, 그동안 파견된 학교에서요. 문제를 바로잡지 못했던 적은 없었어요?"

그가 빙긋 웃었다. "아니요. 적어도 아직까지는, 그런 적 없어요."

"어떻게 하실 거 같아요? 만약 문제 해결이 안 된다면?"

"모르겠군요. 진짜 그런 생각은 해본 적이 없어서요."

잠시 침묵이 내려앉았다. 교통은 거의 마비된 상황이었다. 톰은 조이의 어깨 너머를 가리키며 말했다. "어, 저 버스, 제가 태워드리지 않았다면 저걸 타고 계셨을 텐데." 거대한 버스 후면이 잿빛 연기를 둥그렇게 내뿜으며 그들을 지나쳐갔다. "죄송합니다. 괜히 나서서 더 늦게 만들었네요."

"신경 쓰지 마세요."

그가 얼굴을 돌리고 미소 지었다. "좋아요." 그리고 또 한 번 말했다. "좋아요."

"그럼……." 잠시 뜸을 들이다 조이가 입을 뗐다. "니콜라와는 언제부터 함께 지내신 거예요?"

"오, 세상에! 기억도 안 나네요. 아마 20년 정도. 그쯤 됩니다."

"그럼 아드님은, 당신 아들인가요, 아니면 두 분 아들인가요?"

그가 웃었다. "아주 질문이 직설적인데요."

"죄송해요. 아드님 엄마라기엔 니콜라가 너무 젊어 보여서요. 그래서 재혼하신 게 아닐까 했거든요."

"아닙니다. 첫 번째 아내 맞습니다."

조이는 고개를 끄덕이며 머릿속으로 어림잡아 셈해보았다. 만

엿보는 마을

약 니콜라가 보이는 만큼 젊다면(대충 잭 오빠와 리베카 언니와 비슷해 보이는데), 그렇다면 톰이랑 사귀기 시작한 나이는……. 오, 아니야. 보이는 것보다 분명 나이가 더 많아야 말이 됐다.

"두 분은 어디서 만나셨어요?"

"로맨틱하게 들리진 않겠지만, 버턴어폰트렌트 지역 버스에서 만났습니다. 저한테 다가오더니 제가 있던 학교의 학생이었다고 하더라고요."

"당시 학생 신분이었던 거예요?"

"아니요! 그때는 졸업한 상태였어요. 열아홉인가 스무 살이었거든요. 니콜라는 저를 기억했지만 저는 기억이 안 나더라고요. 실제로 가르친 건 아니었거든요. 같이 학교에 있을 때 니콜라가 저학년이어서요."

"아, 휴우. 천만다행이네요. 그랬다면 조금 오글거릴 뻔했어요."

"그래요? 왜요?"

조이가 어깨를 으쓱했다. "모르겠어요. 선생님이랑, 학생이랑, 좀 음침하잖아요, 그렇죠?"

톰은 그녀를 향해 몸을 틀었다. 그가 그 말은 틀렸다고 소리칠 것만 같았다. 그러나 그는 얼굴에서 힘을 풀고 미소를 지으며 말했다. "그럴 수도 있긴 하겠네요. 하지만 저희 경우는 음침한 것과는 거리가 멉니다. 제 말 믿으셔도 돼요."

조이는 딱딱한 미소를 지으며 대화 주제를 바꿨다. "그럼 아드님은 같은 학교에 다니나요? 당신 학교에?"

"아니요, 아니요. 절대 아닙니다. 아, 물론 저희 학교에 문제가 있다는 뜻은 전혀 아니고요. 아주 멋진 곳이라는 건 분명합니다!

다만 자주 이사를 다니는 경우, 사립학교에 다니는 게 훨씬 편하죠. 그렇지 않으면 통학 가능 거리의 학교를 찾아 헤매고 대기자 명단에 이름 올리고 기준에 맞추느라 시간만 허비하게 되거든요. 사립의 경우 수표책이랑 학생의 최근 성적표만 제출하면 일사천리고요."

"저희 오빠가 그러는데 아드님이 천재라면서요?"

"네, 조금 그런 편이죠. 아이큐가 되게 높아요. 언어와 기계장비 같은 것에 능합니다. 두어 번 지역 체스대회에서 챔피언 자리를 땄고요. 중등교육자격 검정시험에서 벌써 세 과목을 끝냈어요. 아직 10학년인데 말입니다. 그러니 맞습니다. 아주 똑똑해요. 그렇지만 좀 능글맞은 구석도 있어요."

"그래요?"

"네, 조금요. 제 생각에는, 이제 막 여자애들한테 관심을 갖기 시작한 거 같아요. 그렇지만 그 애의 기본기가 여자애들한테 매력으로 다가갈지는 모르겠군요. 뭐, 두고 보면 알겠죠."

톰이 그녀를 바라보았다. 조이는 그의 눈동자가 자신과 똑같이 초록색이라는 사실을 그제야 인지했다. 눈동자가 초록색인 사람은 세계 인구의 단 3퍼센트뿐이다. 엄마는 늘 조이를 특별한 존재로 부각시키기 위해 이 얘기를 해주곤 했다. 잭 오빠의 눈은 파란색이다. 그렇지만 파란 눈은 흔하니까. 엄마는 뛰어난 오빠에게 열등감을 느낄 조이의 내면을 의식했고, 그래서 잘하는 게 있으면 늘 격려를 아끼지 않았다.

"눈이 초록색이시네요." 조이는 자기도 모르게 말을 뱉었다.

"그래요?"

"네!" 그녀가 웃었다. "다들 자기 눈동자 색은 알고 사는 거 아닌 가요?"

"그렇진 않지요. 저는 제 눈 색이 조금 혼탁한 파란색이라고 생각했거든요. 눈동자 색에 대해 진지하게 생각해본 적이 없어요."

조이는 눈을 가늘게 뜨고 그를 보았다. 지금 이 사람 엉큼하게 모른 척하고 있는 건가?

"흠, 공식적으로 말씀드리죠, 초록색이에요. 이렇게 잘 아는 이유는 제 눈도 초록색이라 그래요."

그가 잠시 눈길을 주었다. "네, 그렇네요. 눈이 아주 예쁘세요. 이런 얘기는 해도 되는 거 맞죠?"

"상황에 따라서 다르죠."

"지금 상황에선 눈이 아주 예쁘다는 말을 해도 되는 건가요?"

"모르겠어요. 그런 것 같기도 하고요."

"휴우, 다행이네요."

그들은 이제 막 시내에 도착한 참이었다. 브리스톨의 이른 아침, 거리에는 일터로 향하는 사람이 가득했다. 어색한 침묵이 내려앉았다.

"그게 말이죠." 톰이 다음 교차로까지 뻗은 차량 행렬을 보며 말했다. "어쩌면 여기서부터 걸어가시는 게 빠를 수도 있겠는데요."

"네, 그렇네요. 그럴 것 같아요." 조이가 재빨리 대답했다.

"빨간불 켜지면 그때 내리세요."

"네, 그럴게요."

조이는 안전벨트를 풀었다. 안전벨트 센서가 소리를 내기 시작했다. 차가 서서히 멈추길 기다렸다가 말했다. "태워주셔서 감사해요." "언제든 환영해요"라고 톰이 응답했다. 조이는 그의 얼굴을 쳐다봤다. 그 말에 뭔가 다른 의미가 있는지, 그가 자신을 보내기 싫어하는지, 자신의 몸을 끌어당겨 입을 맞추고, 기다리던 뒤 차들이 경적을 울리게 만들고 싶은지, 그런 불타는 열망을 억제하고 있는 건 아닌지 뜯어보았다. 족히 5초를 그렇게 쳐다보았다. 순간 톰이 앞을 확인하며 말했다 "빨리요. 다시 초록불로 바뀔 것 같아요."

조이는 차에서 내려 인도로 황급히 달려갔다. 신호등이 바뀌었고, 톰의 차가 천천히 나아가며 멀어졌다.

당혹감과 욕망이 뒤엉킨 감정에 욕지기가 올라와 몸을 떨었다. 조이는 이내 몸을 돌려 일터로 향했다.

엿보는 마을

심문 녹취록

날짜 : 2017년 3월 25일

장소 : (우편번호 BS2 0NW) 브리스톨, 트리니티 로드 경찰서

담당 : 서머싯/에이번 경찰서 경찰관

경찰 피츠윌리엄 씨를 탐닉하신 건 언제부터였습니까?

JM 그걸 탐닉이라고 부르고 싶진 않은데요. 그냥 서로에게 끌린 거예요.

경찰 흠, 그렇다면 언제부터 끌렸다고 생각하십니까?

JM 모르겠어요. 처음 봤을 때부터였던 거 같아요.

경찰 그게 언제죠?

JM 올해 초? 1월이었을걸요.

경찰 그럼 서로에게 끌렸다는 건 어떻게 아셨습니까?

JM 무슨 말씀인지 모르겠는데요?

경찰 그러니까, 은밀한 만남이 있었나요? 서로 진득하게 쳐다보는 일이 있었습니까?

JM 쳐다보기는 했죠. 진득했는지는 모르겠지만요.

경찰 녹음을 위해 말씀드리자면 저는 지금 멀런 씨에게 사진을 보여드리고 있습니다. 증거번호 2866부터 2872번까지의 사진입니다. 이 사진에 대해 설명해주실 수 있겠습니까?

JM 저를 찍은 사진이네요.

경찰 이 사진에서 뭘 하시는 중이죠?

JM 톰 피츠윌리엄의 집을 쳐다보고 있어요.

경찰 이 사진이 어디서 찍힌 건지 말씀해주실 수 있습니까?

JM 집 뒤에 있는 뒷길인데요.

경찰 그러니까 멜빌 하이츠 주택의 뒤쪽 출입구에 대해 잘 아신다는 말씀이죠?

JM 네, 그래요.

경찰 그리고 이거요, 멀런 씨, 녹음을 위해 말하자면 저는 지금 멀런 씨에게 또 다른 사진을 보여드리는 중입니다. 증거번호 2873부터 2877까지입니다. 이 사진들에 대해 설명해주실 수 있습니까?

JM 톰 피츠윌리엄의 집 사진입니다.

경찰 더 정확히 말하자면, 이건 톰 피츠윌리엄의 집 내부 사진이죠?

JM 네, 그런 거 같네요.

경찰 멀런 씨, 이 사진들은 저희가 방금 당신 핸드폰에서 입수한 것입니다. 피츠윌리엄 씨의 집 내부 사진이 당신 핸드폰에 찍힌 이유를 말씀해주실 수 있습니까?

JM 네, 확실히 설명할 수 있어요. 남편이 그 집에서 인테리어 작업을 했거든요. 다른 고객들에게 보여주기 위해 찍은 거예요.

경찰 그럼 이 사진은요? 녹음을 위해 이 사진에 대해 설명을 해주시죠.

JM 네, 톰의 집 뒤에 있는 유리온실 사진이네요.

경찰 당신도 동의하시겠지만, 깨진 유리가 아주 잘 보이죠.

　　　　　　　　　　　　　　　　엿보는 마을

JM 네?

경찰 저는 지금 증거번호 2876 사진의 일부분을 멀런 씨에게 보여드리고 있습니다. 보이는 대로 설명해주시죠.

JM 창문 중 하나예요. 뒷문 옆에 있는 거요. 끈으로 묶여 있네요.

경찰 감사합니다, 멀런 씨.

JM 그렇지만 저는 처음 보는 거예요. 저는 그게…….

경찰 감사합니다, 멀런 씨. 여기까지 하겠습니다.

33

3월 10일

"엄마!"

제나는 엄마 방을 들여다봤다. 아무도 없었다. 방으로 올라가 침대 위에서 무릎을 꿇고 뒷마당을 내려다봤다. 엄마는 전자담배에 손대기 전까지는 정원에서 담배를 피우며 시간을 보내곤 했다. 담배용 탁자는 여전히 그 자리에 있다. 거무스름한 탁자 옆에 거무스름한 의자, 거름처럼 축축해진 꽁초가 가득한 거무스름한 재떨이도 그대로다. 요즘 엄마는 저곳에 잘 나가지 않는다. 약간 호전된 거라고 볼 수 있지만, 대단한 건 아니다.

정원에도 흔적이 보이지 않자 제나는 다시 운동화를 신고 후드티를 입은 후 멜빌 외곽 버스정류장을 향해 이른 저녁의 어둠 속으로 발을 내디뎠다. 엄마가 톰 피츠윌리엄과 그의 가족을 염탐하기 위해 애용하는 장소. 엄마는 거기에도 없었다. 혹시 그 집 근처 수풀에 숨어 있을지도 모른다는 생각에 길 건너 언덕 아래로 가서 위쪽을 살펴보았다. 어떻게 해야 하나 생각에 잠겨 두 손을 맞잡고 서 있는데 눈부시게 푸른 빛이 창문과 차에 반사되는 게 보였

엿보는 마을

다. 불빛의 근원을 따라가니 경찰차 한 대가 조용히 다가오고 있었다. 대로를 따라오던 차는 맞은편 멜빌 호텔 입구에 멈춰 섰다. 경찰 두 명이 차에서 내려 제복을 가다듬었다. 그중 한 명이 무전기에 뭐라고 말하더니 둘이 함께 호텔로 들어섰다.

심장이 죄어들고 쿵쾅거리기 시작했다. 호텔 쪽으로 길을 건너 바 창문을 들여다봤다. 예상했던 장면이 그대로 펼쳐졌다. 경관 한 명이 바 옆 탁자에 앉은 엄마에게 얘기 중이었고, 반대편에는 걱정하는 기색의 커플과 매니저가 다른 경관과 대화하고 있었다.

제나가 중얼거렸다. "제기랄, 제기랄."

숨을 깊이 들이마시고 바 안으로 들어갔다.

곧 엄마 목소리가 들렸다. "아! 딸이 왔네요. 얘가 얘기해줄 거예요. 모든 걸 다요. 젠, 이리 와봐."

바에 침묵이 내려앉았다. 모두가 제나와 엄마를 바라보았다.

"무슨 일이에요?" 제나가 경관에게 물었다.

"성함이 어떻게 되세요? 트립 씨와의 관계는요?"

"제나 트립이에요. 딸이고요."

"몇 살이에요, 제나?"

"열다섯이요. 조금 있으면 열여섯 돼요."

경관이 바 매니저를 향해 몸을 돌려 물었다. "여기서 해도 괜찮겠습니까? 미성년자라서요."

매니저가 끄덕이자 경찰이 말을 이었다. "나는 드랙스 순경이에요. 어머니께서 다른 고객들에게 위협적인 발언을 했다는 신고가 있었어요. 보시다시피 이곳에서 꼼짝도 안 하시고요."

엄마는 혀를 쯧쯧 차며 눈알을 굴렸다. "위협적인 발언이라뇨,

경관님. 세상에나. 그냥 대화 중이었다고요!"

제나는 몸을 돌려 반대편에 있는 커플을 쳐다봤지만 그들은 눈을 마주치려 들지 않았다. 그들이 누군지 감도 안 잡혔다.

"문제는 이거예요." 엄마가 말을 이었다. "이거에 대해 얘기하는 사람이 아무도 없다는 거요. 이 일이 일어나고 있다는 걸 누구도 인정하려 하지 않아요. 모두가 작은 솜뭉치 고치 안에 앉아서 세상이 다 부드럽고 안전하고 좋은 곳인 척하고 있어요. 진실을 마주할 수 없기 때문이죠. 다들 그 안에만 있다고요. 저 위에 있는 그 사람." 엄마는 멜빌 하이츠 쪽을 가리켰다. "아마 마을 사람들 절반은 그럴걸요. 저한테만 이러는 게 아니에요. 저는 이런 일……이런 거지같은 일이 저한테만 일어난다고 생각할 만큼 바보가 아니랍니다. 이건 전 세계적으로 일어나는 일이에요. 저 남자 같은 부류가 더 있어요." 엄마는 다시 한 번 위쪽을 가리켰다. "권력자들이요. 세상에 쫙 깔렸어요. 입 다물고 있으면 계속해서 이런 일이 일어날 거예요. 저는 밖에 있다가 저 선량하신 분들이 그 사람에 대해 얘기하는 걸 들었어요. 대단한 일을 했다나 뭐라나. 그래서 모르는 얘기 하지 말라고 했죠. 하지만 아무도 들으려 하지 않아요. 빌어먹을! 아무도 안 듣는다고요."

엄마는 말을 멈추지 않았다. *이건 이제 내 한계를 벗어났어.* 제나는 그런 엄마를 바라보며 생각했다.

"전화할 곳 있어요? 가까운 분 중에 어른 안 계세요?" 드랙스 순경이 물었다.

제나는 움켜잡은 핸드폰을 바라보며 아빠한테 전화할까 말까 고민했다. 만약 아빠가 오면 제나는 아빠와 함께 지내게 될 것이다. 그러다 보면 결국 같이 살게 될 텐데, 이곳이 삶의 터전인 제나는 그러고 싶지 않았다. 그리고 생각난 사람은 베스였다. 오늘 아침에도, 방과 후에도 기다려주지 않고 가버린 베스. 이제 엄마는 외부의 제대로 된 도움 없이는 안 되는 지점에 가까워졌고, 과연 자신이 여기서 누리는 삶이 생각만큼 가치가 있는지 의문이 들기 시작했다.

제나가 입을 뗐다. "아빠가 웨스턴슈퍼메어에 계세요. 전화 걸어도 돼요?"

"그럼. 그래도 되죠." 경관이 대답했다.

아빠 번호를 누르며 반대편에서 다른 순경과 대화하는 커플을 바라봤다. 그들은 고개를 젓고 있었다. "아니, 아니요. 괜찮아요."

엄마가 또 말을 시작했다. "있잖아요. 사실을 따지자면 경찰을 불러야 할 사람은 바로 저라고요. 폭행 신고로요. 이 남자분이 저한테 완력을 썼다고요." 엄마가 매니저를 가리켰다.

매니저가 눈을 굴렸다. "거의 만지지도 않았어요. 진짜 말 그대로, 손을 팔꿈치에 대고 나가달라고 말한 게 다예요. 그런데 안 가셨어요."

아빠 전화의 신호음이 계속 울렸다. 제나는 통화 종료를 누르고 드랙스 순경을 바라보았다. "안 받아요." 이렇게 말하는 목소리에 안도가 섞여 있었다.

"학생은 어디 살아요?"

"모퉁이 돌면 바로 집이 있어요. 딱 일 분 거리예요."

"엄마 모시고 집에 갈 수 있겠어요, 지금? 혐의가 없거든요. 그냥 이렇게 조용히 마무리하는 게 좋을 것 같은데. 어때요?"

"좋아요. 제가 엄마 모시고 갈 수 있어요. 엄마?" 제나가 밝게 대답하며 엄마의 어깨를 만졌다.

엄마는 그 손을 찰싹 때렸다. "내가 무슨 생각 하고 지내는지는 우리 딸이 다 알아요. 얘가 말해줄 수 있어요. 모든 걸 다 말해줄 수 있다고요. 언젠가 누군가는 들어주겠죠."

"엄마, 이제 집에 가요." 제나가 천천히 엄마를 일으켜 문 쪽으로 이끌었다.

"저는 지난 6개월 동안 치안경감한테 세 번이나 편지를 썼어요. 의원과 하원의원한테도요. 그런데 아무도 관심 두지 않더군요. 아무런 의미 없는 뻔한 대답으로 유야무야 넘어가기만 하고요. 그렇지만 지금은, 어쩌면 누군가는 들어줄지도 몰라요. 거기 당신 둘!" 출입구 가까이 가던 엄마는 갑자기 몸을 틀어 커플을 당황하게 만들었다. "아까 다짜고짜 접근했던 건 미안해요. 좋은 방법이 아니었어요. 그렇지만 당신들처럼 선량하신 분들이 그 사람에 대한 소문을 굳게 믿는다면, 결국 아무것도 바뀌지 않을 거예요."

"가자, 엄마." 제나는 엄마를 재촉했다. 경관이 문을 열어주었고 마침내 엄마는 호텔 바 밖으로 나와 보도에 발을 내디뎠다. 지나가던 사람들이 걸음을 멈추고 쳐다봤다. 가까이 있던 차들도 속도를 늦췄다.

경관 두 명이 제나와 엄마를 집까지 데려다주었고, 30분간 제나에게 수많은 질문을 퍼부었다. 그 대답은 사회복지부 쪽으로 즉각 전달될 것이었다. 제나는 대답했다. *아니요, 제가 아는 한 엄마는 모르는 사람한테 말 걸고 그러지 않아요. 엄마는 대부분의 시간을 컴퓨터 앞에서 보내요. 대부분의 경우는 완전히 정상이고요. 그리*

고, 음, 네, 지난주부터 편집증이 살짝 심해지는 것 같기는 했어요. 항상 기분이 오르락내리락하거든요, 네, 조울증이 좀 있는 것 같긴 해요. 아니요, 아니요, 그동안 아무 문제 없었어요. 생활은 괜찮아요. 엄마도 괜찮고요. 전체적으로 보면, 네, 다 좋아요.

경관이 집을 떠난 후 2분쯤 지났을 때 제나의 전화가 울렸다.

"젠, 우리 딸, 아빠야. 무슨 일 있는 건 아니지? 전화 못 받아서 미안해. 태극권 수련 중이었어."

제나는 잠시 침묵을 지키며, 짧은 순간, 결국 지금이 자신의 엉망진창 인생을 다른 누군가에게 넘겨줄 때인가 하는 생각을 했다. 그러나 한숨을 한 번 내쉬고는 애써 미소를 지었다. "아무 일 없어요, 아빠. 진짜로요. 부활절 연휴 때 아빠 보러 갈까 해서요. 그거 때문에 전화한 거예요."

34

프레디는 바퀴 달린 의자에 앉아 창문에서 방문까지 단번에 밀고 갔다.

"아빠!" 계단 아래로 소리쳤다. "아빠! 저 아줌마! 제나네 엄마요! 방금 체포됐어요!"

아빠 목소리가 계단을 타고 올라왔다. "도대체 무슨 얘기야?"

"그 여자 말이에요. 트립 씨인가 뭔가 하는 그 스토커요! 방금 멜빌 호텔에서 제복 경찰 두 명한테 끌려 나왔어요."

아빠가 천천히 계단을 오르는 소리가 들리더니 난간 사이로 얼굴이 보였다. "확실해?"

"백 퍼센트 확실해요. 처음엔 밖에 서 있는 두 사람한테 그냥 말을 걸었는데, 시간이 지날수록 점점 불안해하더라고요, 그래서 두 사람이 아줌마를 피하려고 호텔 바로 들어갔는데 따라 들어간 거예요. 10분인가 15분쯤 있다가 경찰이 왔고, 아줌마 딸도 나타났어요. 5분 후에 둘 다 경찰의 호송을 받아 밖으로 나왔고요."

"경찰차를 탔어?"

엿보는 마을

"아니요." 프레디는 흥분의 요인이 약화되는 걸 느꼈다. "아니에요. 집까지 데려다준 거 같아요. 걸어서요."

"맙소사. 좋지 않은데."

"저기 가보시는 게 어때요? 호텔 바에? 가서 뭔 일이 있나 물어봐요. 아빠는 저 안에 있는 분들하고 다 친구처럼 지내잖아요. 그렇죠?"

"응, 그렇지. 그럴 수 있겠다. 그래야 할 것 같기도 하고." 아빠는 눈을 가늘게 뜨고 프레디를 보았다. "같이 갈까? 콜라랑 돼지껍질 튀김 사줄게."

프레디가 고개를 주억거렸다. 한편으로는 아무 데도 가고 싶지 않았다. 방은 따뜻했고, 밖은 어둡고 춥다. 그렇지만 아빠랑 둘이 어디 가본 적이 한 번도 없었다. 평소대로라면 아빠는 지금 집에 있을 시간이 아니다. 학교에 있을 시간이다. 어떤 때는 밤 10시가 넘어서야 들어오기도 했다. 오늘 일찍 귀가한 것은 하루 종일 지방교육청과 회의를 했기 때문이다. 그래서 프레디가 저녁 먹을 때 쾌활한 모습으로 나타나 착한 녀석이라고 부르며 머리를 헝클어뜨리고, 후식으로 누텔라 바른 토스트를 만들어주고, 복도를 새로 칠한 건 잘한 일이라고 말하고, 자신이 먹을 레드와인을 가득 따르고, 엄마 어깨에 팔을 두르고, 많이 즐거워했다. 매일 6시에 퇴근하면 좋겠다 싶은 그런 모습으로.

그런데 더 나아가 콜라와 돼지껍질 튀김까지 권하다니, 이것은 제나와 제나 엄마에게 도대체 무슨 일이 생긴 건지 직접 알아볼 수 있는 기회다. 프레디는 던져놓은 신발을 집어 발을 꿰었다.

프레디는 멜빌 호텔이 좋았다. 가끔 일요일에 온 가족이 이곳에 와서 점심을 먹곤 했다. 한번은 할머니를 모시고 와서 안내데스크 너머 작은 라운지에서 애프터눈 티를 마신 적도 있다. 함께 나온 작은 케이크는 보석 같은 사탕과 장미꽃잎과 잔뜩 부푼 크림으로 장식돼 있었다. 각각 앤티크 차 여과기와 각설탕 그릇을 곁들인 찻주전자를 하나씩 받은 기억이 난다. 불 켜진 벽난로를 보고 조용히 흐르는 재즈 비슷한 음악을 듣던 그때는 웬일인지 갑자기 멋진 꿈속으로 뛰어든 것만 같았는데.

아빠가 바의 문을 열자 어른들의 대화에서 묻어나는 흥분과 즐거움이 확 밀려나왔다. 짙은 맥주 냄새와 향초의 향이 느껴졌고, 조도를 낮춘 벽등과 우뚝 솟은 꽃병에 꽂힌 열대지방 꽃이 눈에 들어왔다.

아빠는 곧장 바로 가서 프레디에게는 콜라를, 자신을 위해서는 거품이 많은 지역 맥주를 시켰다.

"아까 경찰차를 봤는데요. 별일 없는 거죠?" 아빠가 어린 바텐더에게 말을 걸었다.

"별일 아니에요." 바텐더 소년(프레디보다 나이가 많아 보이지 않았다)이 대답했다. "어떤 아줌마 때문인데, 문제가 좀 있으신 거 같더라고요. 저기 계신 커플분들이 좀 곤란해하셨죠. 나가달라고 요청했는데 안 나가시더라고요." 바텐더는 어깨를 으쓱하며 생맥주 탭을 위로 들어올려 마지막 맥주 몇 방울이 거품으로 떨어지게 했다.

"세상에! 경찰을 부를 정도였어요?"

"그 아줌마가 안 나가잖아요. 점점 소란이 커졌죠. 롭은 정중하

엿보는 마을

게 대하려고 노력했는데, 오히려 그게 아줌마를 더 미치게 만들었어요. 뭔지 아시죠?"

"음, 돼지껍질 튀김도 하나 주세요." 아빠가 지갑을 꺼내며 주문을 이었다.

바텐더 소년은 고개를 끄덕이고 맥주와 콜라를 바에 올려놨다.

"근데 그 여자는 뭐 때문에 난리였대요?"

"몰라요. 권력자라나 뭐라나, 그런 사람들이 조종을 한다며 이상한 얘기를 하던데. 그러면서 신문에 나온 걸 믿지 말라고, 그게 다 음모 같은 거라고 했어요. 뭐, 아시겠지만, 정신 나간 거죠."

"정신 나갔다는 표현은 조금 잔인한 거 같아요, 루크." 아빠는 늘 그렇듯 성자 톰 피츠윌리엄이 되어 정중히 잘못을 바로잡아주었다. "문제가 있다, 정도로 얘기하면 어떨까요?"

그때 바 건너편에 있던 커플 중 남자가 다가왔다. "피츠윌리엄 씨, 저는 랠프 그로스입니다. 저희 아들 펠릭스가 거기 학교를 다니고 있어요. 지금 8학년이죠. 그리고 저쪽은 제 아내 엠마입니다."

엠마는 공손하게 손을 들어 보이고는 다시 커다란 와인잔 손잡이를 잡았다.

"선생님 덕분에 저희가 얼마나 기쁜지 말씀드리고 싶었습니다. 거의 이사까지 하려던 참이었거든요. 웰스에 있는 학교에 자리까지 알아봤다니까요. 그런데 선생님이 오시고부터 펠릭스가 학교를 너무 좋아하고 잘 지내는 거예요. 아, 그리고 여기 사람들이 쫓아낸 그 여자에 대해선 유감입니다. 그 여자가 선생님에 대해 늘 어놓은 말은 다 미친 소리였어요. 정말로요."

"무슨 얘기를 하던가요?"

"오, 그야말로 말도 안 되는 소리였습니다. 선생님께서 자신을 조종한다느니, 이 동네 전체를 망치고 있다느니 어쩌고저쩌고하더라고요. 터무니없죠. 혹시나 선생님께서 이 소문을 들을까 봐 노파심에 말씀드리는데, 소문은 여러 입을 거칠수록 과장되는 법이잖아요. 사람들은 관심도 없을 겁니다. 그러니 걱정 안 하셔도 됩니다. 이 지역 사람들은 모두 선생님이 뛰어난 분이라는 걸 잘 알고 있거든요."

"네, 말씀 감사합니다. 이렇게 안심시켜주셔서 고마워요. 펠릭스, 압니다. 대단한 학생이죠. 펠릭스가 전학을 안 가게 돼서 기쁘네요!"

그 남자는 아빠와 악수를 나눈 후 아내에게 돌아갔다. 아빠 주변 여자들에게서 익히 봐온 그 눈빛으로, 너무나 소름 끼치는 미소로 아빠를 보고 있는 아내에게로.

프레디는 얼굴을 찌푸린 채 아빠를 따라 문 옆 구석 자리로 갔다. 둘은 건배를 하고 돼지껍질 튀김을 오도독 씹어 먹었다. *흠, 좋은데. 좀 어색하긴 하지만.* 프레디는 생각했다. 두 부자는 잠시 프레디의 학교생활과 봄학기 무도회에 대해 대화를 나눴다. 아빠는 여자 문제를 거론하며 아들을 가볍게 놀렸다. 프레디는 "아직 여자 만날 준비가 안 됐다"며 꽤 점잖게 무시했지만, 누가 봐도 아니라는 걸 알 정도였다. 이런저런 주제로 대화가 이어지던 어느 순간, 프레디는 혹시 아빠가 하드드라이브에 있는 사진에 대해 묻는 게 아닐까 하는 생각이 번쩍 들었다. 그래서 자세를 똑바로 하고 마음을 다잡으며, 정신병 연구(아마도 관음증)에 대한 학교 프로젝트를 하는 거라는, 말도 안 되는 변명을 준비했다. 그러나 아빠는 그런 질문은 전혀 하지 않았다. 그저 옛날 얘기, 예전에 살았던 집과 그때 알고 지냈던 이상한 사람들에 대해 얘기할 뿐이었다. 아빠는 프레디를 너무 부드럽고 다정하게 대했고, 아들에게, 그리고 아들과 나누는 대화에 푹 빠져 있었다. 그래서 프레디는 자신도 모르게 이렇게 묻고 말았다. "아빠, 그때 레이크 디스트릭트에서 화냈던 여자에 대해서는 뭐 아는 거 없어요?"

아빠는 급격히 뻣뻣해졌다. "화냈던 여자라니?"

"기억 안 나요? 투어 중에 갑자기 아빠 때린 여자요."

아빠가 눈을 굴렸다. "오, 세상에! 그 여자, 맙소사! 그래, 기억나지. 모르겠다. 그 일은 정말…… 기묘했어. 안 그러냐?"

"그리고요, 아빠가 그 여자 길 건너로 데려가서 얘기도 했잖아요. 그때 무슨 얘기 했을까 늘 궁금했어요. 아빠가 뭐라고 하셨는지도 궁금하고요."

"어휴, 나도 모르겠다. 아마 이러시면 안 된다고 얘기했겠지. 당신 때문에 아내랑 애가 불쾌해한다고 했었나. 그런 진정시키는 말을 했던 거 같아."

"무서웠어요. 그날요. 겁이 났어요. 끔찍했고요." 프레디가 나직이 말했다.

"그랬니?"

"네, 절대 못 잊어요. 그런데 지금 제나의 엄마까지. 그 아줌마도 아빠를 싫어하잖아요."

"아, 흠, 트립 씨와 호숫가 여자는 상황이 좀 다른 것 같다. 호숫가 여자는 나를 다른 사람이랑 혼동한 거였어. 사람을 잘못 본 거지. 제나 엄마는…… 흠, 그분은 확실히 정신적으로 문제가 있어

보인다."

프레디는 그 둘의 차이를 인정하며 고개를 끄덕였지만, 미심쩍은 문제가 남아 있었다. "그 둘은 서로 아는 사이일까요? 어떻게 생각하세요?"

"누구? 제나 엄마와 호숫가 여자?"

"네, 왜냐하면……." 프레디는 심사숙고해서 말을 골랐다. "엄마랑 아빠가 얘기하는 걸 들었거든요. 제나 엄마가 휴가 때 아빠를 봤다면서요."

"우리 얘기를 들었다고? 언제?"

"지난 아침에요. 주방에서."

아빠가 한숨을 내쉬었다. "흠, 네가 들을 얘기는 아니었는데, 제나 엄마는 우리와 같은 여행지에 있지 않았어. 그렇게 생각하는 건 정신적인 문제가 있어서 그런 거지. 그러니 그 말에 신경 쓰지 않아도 될 것 같다. 불쌍한 사람이야."

"제나가 시설에 들어가게 될까요?"

아빠가 한숨을 내쉬었다. "세상에, 그러면 안 되지. 가능성은 있다만. 만약 제나 엄마가 정신병원에 들어가고, 그 애 아빠가 안 받아주면 말이야. 그렇게까지 되지는 않아야 할 텐데. 그걸 막기 위해 내가 뭐라도 해야겠지."

프레디는 점잔 빼며 주억거렸다.

아빠는, 영웅이다.

엿보는 마을

35

조이는 모든 걸 다 봤다. 그 일은 반대편 도로에서 버스를 내리자마자 시작됐다. 조이는 가만히 서서 일이 전개되는 걸 지켜봤다. 소리를 지르는 여자, 경찰차의 푸른 빛, 그리고 경찰의 호위까지.

그 장면을 본 건 그녀만이 아니다. 관중이 몇 있었다. 멜빌 호텔에서는 재밌는 일이 일어난 적이 단 한 번도 없었다. 정신 나간 사람들이 바에서 쫓겨나는 건 도시에서나 있는 일이지, 온정 가득한 이런 시골에서 일어날 일은 아니다. 그러니 주목을 받을 수밖에.

집에 도착했을 때 집안은 온통 어둡고 조용했다. 싱크대에 떨어지는 수돗물 소리, 냉장고에서 나는 꾸르륵하고 윙윙거리는 소리까지 들릴 정도였다. 집에 아무도 없는 건가? 층계참 맨 꼭대기에 있는 리베카의 서재로 가서 조용히 노크를 했다.

"네."

"앗!" 문을 열며 말했다. "집에 있었네요." 컴퓨터 모니터에 떠 있던 이미지가 잽싸게 데이터 시트로 바뀌는 게 보였다.

"네, 안녕하세요." 리베카가 대답했다.

컴퓨터 화면 빛을 받은 그녀 얼굴은 백묵처럼 하얗다. 눈은 몇 시간 동안 깜빡이지도 않고 집중한 듯 휘둥그레져 있었다. 창문이 다 닫히지 않아 방이 추운데, 그런데도 리베카는 얇은 블라우스 차림에 맨발이다.

"세상에나. 여기 너무 추운데요! 안 추워요?"

조이는 창으로 다가가 문을 닫으며 톰 피츠윌리엄의 침실 창문을 힐끗했다. 혹시 그의 아내가 보이지 않을까 어두운 그림자를 포착하려 했다. 그러나 불은 꺼진 상태고 방은 비어 있다. 아래쪽을 내려다보았다. 차 두 대가 지나가고, 그 사이로 톰과 아들이 멜빌 호텔 바로 들어가는 모습이 보였다.

심장박동이 빨라지고 거의 숨이 멎을 것 같다. 조이는 리베카에게 말했다. "멜빌 호텔에 가서 조금 이른 저녁 먹는 거 어때요? 제가 살게요."

* * *

30분 후 그들은 바에 들어섰다. 조이는 이를 닦고 샤워를 마치고 몸에 꼭 맞는 청바지에 모조 다이아몬드가 작게 박힌 귀고리 차림이다. 이 귀고리라면 촛불 아래서 반짝일 게 분명해. 처음에는 톰이 보이지 않았다. 놓쳤구나, 하는 생각에 마음이 무거웠다. 그러나 바에서 일어나 살짝 몸을 트니 잘 안 보이는 구석 이인용 탁자에 아들과 함께 있는 그가 보였다. 그 순간 그 역시 고개를 들었고, 즉시 얼굴에서 선명하고도 오해의 소지가 없는 표정이 드러났다. 바로 흥분의 표정.

엿보는 마을

조이는 다이아몬드처럼 빛나는 미소를 띠고 입 모양으로 인사했다. 안녕하세요.

조이와 리베카는 톰의 시야에서 약간 벗어난 테이블에 자리를 잡았다. 금요일 밤에 남은 자리는 그곳뿐이었다.

"고마워요." 리베카가 버진메리 잔을 들어 조이의 블러디메리 잔에 부딪치며 말했다. "여기 잘 왔네요. 가끔이라도 바깥의 커다란 세상에 대해 상기할 필요가 있거든요. 저는 너무나……." 리베카의 말소리가 급격히 작아졌고, 시선은 조이의 뒤에서 다가오는 누군가에게로 옮겨갔다. 조이는 보지 않아도 그를 느낄 수 있었다. 심장이 흔들리고 피가 빨리 돌았다. 조이는 고개를 들어 미소를 지었다.

"안녕하세요, 톰. 가서 인사할까 했지만 아드님이랑 소중한 시간 보내시는 것 같아서요."

"배려 있으시네요." 그가 조이의 뺨에 키스하기 위해 몸을 수그렸다. 이 행동은 소름 끼칠 정도로 에로틱하고 복잡한 느낌이어서 자칫 잘못하면 생각지도 못한 방향으로 향할 것이다. 그 생각을 하니 숨을 쉴 수가 없었다. 왜냐하면 이 사람은 톰 피츠윌리엄이니까. 조이는 반쯤 일어나 별다른 사고 없이 볼 키스를 받은 후 간신히 정신을 차리고 말했다. "이분은 제 새언니 리베카인데, 아시죠?"

"그럼요!" 톰이 밝게 대답했다. "그럼요. 알지요. 다시 뵙게 되어 반갑습니다. 꽤나 오래간만이네요. 이사 오신 뒤론 거의 못 봤죠."

"그랬죠." 리베카가 건조하게 대답했다. "제가 사람들하고 잘 어울리지 않아서요."

"잭하고 두 분 바쁘셨나 보군요." 톰이 고개를 끄덕이다 리베카의 배를 보았고, 약간 어색한 침묵이 흐른 후 재빨리 덧붙였다. "오, 맙소사. 임신하신 거죠, 임신하신 거네요? 그렇죠?"

조이는 리베카가 네, 물론이에요, 아기 가졌어요, 라고 대답하길 기다렸지만 그녀는 아무 말이 없었다. 그저 입만 살짝 벌린 채 그를 거의 쳐다보지도 않았다. 조이가 대답을 대신했다. "네, 임신 맞아요. 제 조카죠. 두 달쯤 후 태어날 거예요."

"오, 멋지네요! 축하드립니다. 잭은 잘 지냅니까?"

"잭은 잘 지내요. 고맙습니다." 리베카가 대답했다. 나중에 생각해보니 퍽 딱딱한 대답이었다.

"좋네요." 톰은 친밀함이 가득 담긴 곁눈질로 조이를 보았다. 그 눈길을 보니 약간 어질했다. 그는 몇 초마다 아들을 확인하더니, 핸드폰을 뚫어지게 보고 있는 아들에게 돌아가기 위해 이렇게 말했다. "프레디한테 가봐야겠네요. 사실, 이제 애를 데리고 집에 들어가야 해서요. 쟤 분명히 숙제가 산더미일 겁니다. 리베카, 만나서 반가웠어요. 다시 봐서 기뻤어요, 조지핀."

톰이 어슬렁어슬렁 돌아가자 리베카가 작은 소리로 물었다. "조지핀이라고요? 왜 조지핀이라고 하죠?"

조이가 어깨를 으쓱했다. "제가 그 이름을 말했나 보죠 뭐. 저 사람이 집에 데려다준 날 밤에요. 근데 그 이름이 그렇게 굳어졌어요."

"왜 조지핀이라고 한 거예요?"

"그게 제 이름이니까요."

"그렇게 부르는 사람 하나도 없잖아요."

"어우, 그게. 저도 모르겠어요. 어쩌면 인상을 좀 주고 싶었나 보죠. 그렇게 하면 제가 좀 더 나은 사람처럼 보일 것 같았거든요."

리베카가 조이를 보며 눈을 깜빡거렸다. "그런 마음이 왜 드는 건데요?"

"왜냐하면……." 조이는 셀러리 스틱으로 술잔 가장자리를 세게 문질렀다. "모르겠어요. 말해도 이해 못 하실 거예요."

"할지도 모르죠. 그러니 말해봐요."

"한번 상상해보세요." 조이가 말을 시작했다. "잭 오빠 같은 남자의 그늘 아래서 일생을 산다는 걸요. 저는 뭐만 했다 하면 다 망치는데, 그야말로 손을 대면 다 망가지는데, 그 난리통에 고개를 들면 잭 오빠가 바로 거기서, 모든 걸 완벽하게 해내고 있는 상황을요. 게다가 빌어먹을, 그 난리 앞에서도 너무나 너그러운 얼굴로 하고 있죠. 저는 그냥, 아시잖아요, 멍청하고 어수선한 조이일 뿐이에요. 어쩌다 보니 믿을 수 없을 만큼 제대로 된 어른과 얘길 나눌 기회가 생겼는데, 그는 본인 일도 잘하고 다른 이들 문제도 해결해주는 사람인 거예요. 그래서 그 사람이 나를 똑똑하고 침착한 조지핀이라고 생각해주길 바랐던 거 같아요. 멍청한 조이가 아니고요. 무슨 말인지 이해하세요?"

"이해하고말고요. 정말이에요. 저도 가끔 비슷하게 느끼거든요."

"잭 오빠 때문에요?"

"네, 잭 때문에요. 그리고 같이 일하는 동료들 때문에요. 솔직히 말하면 대부분의 사람들 때문에 그래요." 리베카가 어깨를 으쓱했다. "그게 말이죠, 처음 아가씨를 봤을 때 저는 겁이 났어요. 지금도 그렇고요."

"말도 안 돼요!"

"그렇다니까요. 잭은 늘 아가씨를 카우걸 같다고 했거든요. 이비사섬에서 살고, 소란 피우는 수컷들과 논쟁을 벌이고, 아무도 막을 수 없고, 두려움 없는 애라고요. 그런데 아가씨를 처음 봤을 때 너무 젊고 멋진 거예요. 야생마를 타고 달리며 담 위의 빈 깡통을 쏴서 떨어뜨릴 그런 기운이 느껴졌죠. 순간순간에 맞춰 사는, 너무나 자유로운 사람이잖아요. 잭은, 맞아요, 아주 성공했고, 게다가 매우 신중하고 진중한 사람이에요. 모든 걸 계획에 맞춰 하죠. 뜻밖의 일로 사람을 놀라게 하지도 않고요. 근데 저도 마찬가지예요, 그래서 아가씨의 그런 면모들이 영감을 불러일으킨다고 생각하는 거죠. 무섭긴 하지만요."

"앞으로는 절 무서워하지 마세요. 확실히 말씀드리자면 저는 야생마도 못 타고 즉흥성이라곤 눈을 씻고 봐도 없는, 그저 지독하게 형편없는 실패자일 뿐이에요."

"그런 말 하지 마요, 아가씨. 제발요. 그러지 마세요. 왜냐면, 자신을 실패자라고 얘기하면 할수록 사람들도 그렇게 보기 시작하거든요. 아가씨는 실패자가 아니에요. 대단히 훌륭한 사람이라고요. 그리고 사실은⋯⋯." 리베카는 얇은 블라우스의 소맷동을 잡아당겼다. "아는 사람 중에 아가씨랑 굉장히 닮은 사람이 있었어요. 멋지고 활력 넘치고 아름답고 끝내주는 애였는데, 모두가 자기보다 낫다고, 자기만 빼고 모두가 제대로 산다고 생각한 거예요. 그랬는데, 열네 살 나이에 어느 날⋯⋯." 리베카는 손에 시선을 고정한 채 잠시 말을 멈췄다. 그러더니 고개를 들어 조이를 보았다. "스스로 목숨을 끊었어요."

엿보는 마을

조이는 침을 꿀꺽 삼키고 리베카를 보았다. "맙소사, 누구였어요?"

리베카는 소맷동을 끌어당겨 손바닥 반을 가렸다. 다시 조이를 바라본 그녀의 입에서 대답이 흘러나왔다. "여동생이요."

심문 녹취록

날짜 : 2017년 3월 25일

장소 : (우편번호 BS2 0NW) 브리스톨, 트리니티 로드 경찰서

담당 : 서머싯/에이번 경찰서 경찰관

경찰 녹음을 위해 이름을 말씀해주시겠습니까?

AB 앨피 제임스 버터입니다.

경찰 주소는요?

AB 멜빌 하이츠 14번지입니다.

경찰 버터 씨, 아주 간단한 질문 몇 개만 드리겠습니다.

AB 앨피라고 불러주십시오.

경찰 그럼요, 물론이죠, 앨피 씨. 3월 24일 금요일 저녁 어디에 계셨습니까?

AB 저녁 7시까지 본가 어머니 댁에 있었습니다. 그런 다음 집으로 왔고요.

경찰 어머님은 어디 사시죠?

AB 프렌체이에 사십니다.

경찰 거기 갔다가 집에는 어떻게 오셨죠?

AB 버스 타고요. 지금은 차가 없어서요. 밴을 사려고 돈을 모으고 있습니다. 미장공 일을 위해서요.

경찰 타고 오신 버스 번호가⋯⋯?

216   엿보는 마을

AB 218번입니다. 시내에서 타고 왔어요.

경찰 그러면 멜빌에는 언제 도착하셨나요?

AB 아마 7시 40분이었던 거 같습니다.

경찰 동네에 도착하고 나서 무슨 일이 있었는지 말씀해주실 수 있습니까?

AB 네, 물론이죠. 모퉁이에 있는 가게에 들러 맥주 두어 병 샀습니다. 막 조이한테 문자를 보냈는데…….

경찰 멀런 씨 말씀하시는 거죠?

AB 네, 맞습니다. 그랬는데 시내에서 쇼핑 중이라 나중에 온다고 했습니다. 저는 술이 마시고 싶었고요. 금요일 밤이었으니까요. 그런 다음 언덕을 올라 집으로 왔습니다.

경찰 언덕을 오르는 동안 누구 본 사람 없습니까?

AB 아니요. 아무도 못 봤습니다.

경찰 현재 멀런 씨의 오빠 부부와 함께 살고 계시죠. 맞습니까?

AB 네, 맞습니다.

경찰 집에 도착했을 때 둘 중 아무도 없었습니까?

AB 모르겠어요. 둘 다 보지는 못했습니다. 제 집이 아니라서 가능한 한 나 죽었소 하고 지내려고 하거든요. 걸리적거리지 않으려고요. 그래서 찾아볼 생각도 안 했습니다. 무슨 말인지 아시죠? 그래서, 네, 맥주를 들고 바로 저희 부부 방으로 올라와서 조이를 기다렸습니다.

경찰 조이 씨가 쇼핑을 마치고 집에 도착한 것은 언제입니까?

AB 그때가, 잘 모르겠지만, 8시 15분이었던 거 같아요. 아니면 8시 반이었나?

경찰 정확하게 말씀해주실 수 있겠습니까?

AB 글쎄요, 잘 모르겠어요. 대충 그쯤 왔습니다.

경찰 아내분도 위층으로 바로 올라왔나요? 아시는 대로만 말씀해 주십시오.

AB 음악을 듣던 중이라 현관문 열리는 소리를 못 들었어요. 그렇지만 네, 제 생각엔 바로 올라왔을 겁니다. 코트를 입고 있었고 손이 찼거든요. 뺨도요. 밖에서 막 들어온 사람처럼요. 그런데 그건 왜 묻는 거죠?

경찰 보시기에 어때 보였습니까? 불안해하던가요? 아니면 숨이 가쁘다거나?

AB 아니요. 조이는…… 흠, 조금 그랬나, 잘 모르겠어요. 하루 종일 스트레스를 많이 받았다고 했어요. 시내 가게마다 사람이 그득했다고 했고요. 피곤해했죠. 그게 답니다. 정확히 말하자면 기뻐 날뛰거나 그런 건 아니었어요. 그렇지만 괜찮은 상태였습니다.

경찰 괜찮았다고요?

AB 네, 괜찮았어요.

경찰 그러면 조이 씨는 올라와서 뭘 했습니까?

AB 그건 정말 기억이 안 나네요. 저랑 대화를 좀 했고요. 그런 다음 조이가 샤워를 했어요.

경찰 아내분이 뭘 사왔습니까? 시내에서요. 혹시 들은 건 없나요?

AB 브라를 새로 샀더라고요.

경찰 아내분이 새로 산 브라를 보여주었습니까?

AB 네, 입고 있었어요. 근데 그게 무슨 상관이죠? 이게 다 거짓말이라고 생각하시나요? 그런 겁니까?

경찰 앨피 씨, 말씀 감사합니다. 질문은 여기까지입니다.

36

3월 10일

경찰이 떠나고 한 시간 후, 제나는 플리스 잠옷을 입고 침대 속에서 태아처럼 몸을 만 채 누웠다. 옹송그린 손으로 핸드폰을 들고 화면을 들여다봤다. 베스는 제드라는 친구와 루비와 함께 밖에서 놀고 있었다. 제드가 누군지는 몰라도 카메라 앞에만 서면 혀를 빼무는 걸 좋아하는 게 분명했다. 그들은 시내의 KFC에서 놀다가 지금은 누군가의 방에 있는 것 같았다. 베스 방은 아니었다. 제나는 자기 방만큼 베스 방을 속속들이 안다. 스냅맵*으로 보니 베스는 지금 옆 동네 리센든의 호손 드라이브 24번지에 있었다.

평행우주에서는 자신도 방과 후에 베스, 루비, 제드와 함께 KFC에 갔다가 누군가의 방에서 책상다리를 하고 앉아 장난치고 수다 떨며 속 편한 금요일 밤을 보낼 수 있었다고 생각하니 속이 뒤틀렸다. 제드는 끊임없이 혀를 빼물었지만 꽤 잘생긴 것 같았다. 저 애한테 알랑거릴 수도 있었을 텐데. 그 평행우주에서라면 제드가

---

* 스냅챗 사용자들이 자신들의 위치를 공유하는 기능.

자신의 첫사랑이 되어 첫 경험을 나눌 수도 있었을 텐데. 하지만 그걸 알 방법은 없다. 제나는 지금 침대에 몸을 말고 누워 있기 때문이다. 이것은 멜빌 호텔에서의 끔찍한 사건 때문이다. 길 건너편에서 빤히 쳐다보는 동네 사람들의 시선을 받으며 경찰관을 따라 나올 때 느꼈던 굴욕감, 경찰과 아빠 그리고 모든 사람에게 거짓말할 때 받았던 스트레스. 이 모든 것들로 뱃속은 여전히 뒤틀리고 있었다.

스냅맵을 다시 클릭했지만 베스는 여전히 호손 드라이브 24번지에 있다. 밤 10시 45분. 베스 엄마가 내린 주말 통금 시간은 11시까지다. 제시간에 도착하려면 곧 출발해야 할 텐데.

엄마가 아래층에서 허둥거리며 왔다갔다하는 소리가 들린다. 예전에 정신이 말짱했을 때만 해도 엄마는 10시면 늘 허브차와 좋은 책을 들고 침대에 들었다. 그러나 지금은 자정을 넘겨 새벽 1, 2시까지도 미국인들과 채팅하고, 물건을 확인하고 재확인하고, 끊임없이 사진으로 기록을 남기며 시간을 보낸다. 지금은 엄마가 주방 찬장으로 가는 소리가 들린다. 머릿속으로 모든 게 제자리에 있는지 확인하는 거겠지. 그래야 내일 아침 일어났을 때 밤중에 누군가 날붙이 서랍에 손을 댔는지 알 수 있을 테니 말이다.

제나는 반대쪽으로 돌아 누우며 핸드폰을 다시 들여다봤다. 베스는 제드의 집에서 나온 참이다. 빨리 움직이는 걸 보니 택시를 탔거나, 아니면 그 애 엄마가 태우고 가는 것 같다. 그럴 가능성은 희박한데. 걔네 아파트는 노외주차장에 선착순 주차를 하기 때문에 베스 엄마는 매우 위급한 상황이 아니면 차를 움직이는 걸 싫어한다. 제나는 로어 멜빌 쪽으로 향하는 작은 아이콘을 쳐다보았다. 머릿속에서는 뒷좌석에 앉은 베스가 운전기사에게 말을 걸까 말까 하며 우물쭈물하는 모습이 그려졌다. 분명히 지금 핸드폰만 쳐다보고 있겠지. 제나는 메시지를 보낼까 하다가 엄지손가락을 화면 밖으로 밀어냈다.

10시 55분, 작은 아이콘이 시내 중심가에서 멈췄다. 제나는 가장 친한 친구가 집에 잘 도착할 때까지 기다렸다. 그러나 기다리고 기다려도 아이콘은 멜빌 호텔 맞은편 길거리에서 움직일 기미가 없었다. 11시 5분이 되자 제나는 몸을 일으켜 침대 끝에 앉았다. 왜 집에 안 가지? 앱이 멈췄나? 다시 실행해봐도 아이콘은 여전히 아까 그 자리에 멈춰 있다. 갑자기 안 좋은 상상이 시작됐다. 택시 문이 잠기고, 창문은 습기로 가득 차고, 자신의 작은 친구가 뒷좌석에서 어떤 덩치 크고 땀을 줄줄 흘리는 남자 밑에 깔린 채, 보행자들의 주의를 끌기 위해 필사적으로 사투하는 모습. 제나는 침대에서 뛰쳐나와 계단을 내려가 엄마의 코트를 입고 오래된 정원용 신발을 신고는 집을 빠져나갔다.

길 끝에 다다랐을 때 건너편에 습기 찬 택시 같은 건 없었다. 눈을 가늘게 뜨고 옅은 금발의 뒤통수를 찾아 헤매다 마침내 찾은 그 순간, 몸이 굳고 숨이 턱 막혔다. 아플 만큼. 바로 저기, 베스가 약국 출입구에 서서 피츠윌리엄 선생님과 대화에 몰두 중이었다.

엿보는 마을

37

아빠는 11시가 넘은 시각 집을 나선 후, 로어 멜빌로 향하는 언덕을 내려갔다가 15분 후에 콘플레이크 상자 같은 걸 하나 들고 돌아왔다. 아빠는 시리얼 같은 건 안 먹는 사람이다. 엄마는 아침 자체를 안 먹는 사람이고. 이 집에서 콘플레이크에 조금이라도 관심이 있는 사람이라면 바로 프레디 자신뿐이다. 그렇지만 그때만 해도 콘플레이크 같은 것에는 관심이 안 갔고, 그래서 한밤중에 밖으로 뛰어나갈 생각도 안 했다. 그날 저녁은 모든 게 불안했다. 제나 엄마와 경찰 사이의 일, 아빠가 자신을 데리고 나가 다정하게 대해주며 레이크 디스트릭트에서의 일을 터놓고 얘기한 일, 친구와 함께 나타난 빨간 부츠에게 아빠가 시시덕거리며 이상하게 굴던 일까지. 그리고 이상한 순간이 있었다. 아빠와 함께 그곳을 나올 때 잠깐 빨간 부츠 쪽으로 고개를 돌렸다가 임신한 친구와 눈이 마주쳤던 순간. 바로 그때 그녀의 눈에 담긴 무언가가 마치 프레디를 레이저처럼 가르는 것 같았다.

프레디는 침대에서 기어 나와 문 쪽으로 살금살금 이동했다. 층계참 반대편에 있는 부모님 방에서 엄마 아빠가 중얼거리는 소리가 났다. 곧 중얼거림의 눈금이 점점 올라가더니 활발한 논쟁으로, 그리고 금방 숨죽인 외침으로 바뀌었다.

배가 뒤틀리는 것 같다. 몇 분 동안 가만히 서서 걷잡을 수 없이 휘청거리는 아귀다툼을 들었다. 몇몇 이상한 단어와 함께 간혹 완전하지 못한 문장이 귀에 들어왔다. "……그 여자애. 나랑은 상관없다니까. 절대, 절대, 절대 아니라고. 그걸 내가 어떻게 알았겠어." 이런 단편적인 가닥만으로는 뭔가 말이 되는 형태를 짜낼 수 없었다. 잠시 부모님은 침묵에 빠졌고, 두려움의 칼날이 프레디를 베고 지나갔다. 몸에 힘을 주고 눈을 꽉 감고는 그 상황이 시작될 때까지 기다리고 또 기다렸다. 살을 찰싹 때리는 끔찍한 소리, 숨죽여 고통을 참는 소리, 몸이 내던져지는 소리. 메스꺼움이 몸을 휩쓸었다. 저녁에만 해도 아빠와 멜빌 호텔에서 시원한 콜라를 마셨는데, 어떻게 하루가 이런 식으로 끝날 수 있지? 그럴 수 없다. 그럴 수가 없다.

침묵이 계속되었다. 잠시 후 눈을 뜬 프레디는 주먹을 펴고 천천히 그리고 꾸준히 숨을 내쉬었다. 부모님 방에 딸린 화장실에서 물 내려가는 소리가 들렸고, 불이 꺼지는 소리, 그리고 침대 스프링이 삐걱거리는 일상적인 소리만이 들려왔다. 프레디는 자신의 방문에서 떨어져 창문 쪽으로 갔다.

밤을 맞은 동네 상점이 하나씩 문을 닫고 있다. 마지막까지 남아 있던 사람들도 멜빌 호텔을 떠났고, 문 잠긴 태국 식당은 이미 불이 꺼졌고, 인도는 거의 텅 비어 있다. 저 아래 먼 곳에, 제나 트

엿보는 마을

립과 그 애의 정신 나간 엄마가 있다. 그 둘은 지금 무슨 생각을 하고 있을까. 지금 제나는 무슨 감정을 느끼고 있을까. 프레디는 차가운 창유리에 손을 대고 습기로 인한 유령 같은 손자국이 생길 때까지 기다렸다가 커튼을 내리고 침대에 들었다.

38

3월 11일

"리베카 언니한테 자살한 동생이 있다는 얘긴 한 적 없잖아."

막 주방 식탁에 편지 뭉텅이를 올려둔 잭이 고개를 들었다. 티셔츠에 잠옷 바지 바람으로, 검은 머리는 엉망이었고 약간 톡 쏘는 냄새가 났다. 어제 일곱 시간 동안 심장절개 수술을 집도한 사람이라기보다는 밤새 펍에서 놀다가 돌아오는 길에 케밥을 사 먹은 사람처럼 보였다.

"뭐라고?"

조이는 위타빅스Weetabix 시리얼 박스에 손을 뻗으며 말했다. "리베카 언니 말이야. 어젯밤에 나한테 말해줬어. 여동생이 있었는데 열네 살에 자살했대. 그 얘기 왜 나한테 안 했어?"

"이런, 글쎄, 아마 내가 그 모든 걸 알게 된 때 네가 여기 없었기 때문 아닐까?"

"그래도, 새언니잖아. 같이 사는 사람이고. 알았어야 하지 않을까. 그랬다면 나는……." 조이는 잠시 말을 멈췄다. 언니를 좋아할 수도 있었을 텐데, 라고 말할 뻔했다. 그러나 "언니를 더 깊이 이해했겠지"라고 문장을 마무리했다.

"미안. 그 생각은 못 했네. 게다가 그건 내가 할 얘기는 아니라고 생각했어. 알잖아, 리베카가 자기 얘기 잘 안 하는 거."

"응, 알지 그건. 그렇다 해도, 모르고 지나가기엔 너무 큰일이잖아."

"흠, 이제 너도 아니까 된 거지 뭐."

"왜일까……?" 조이는 다시 말을 멈췄다. 잔인하게 들릴까 봐 조심스러워졌다. "왜 그랬을까? 리베카 언니가 그러는데 이유를 정확히 모르겠대."

잭이 한숨을 쉬었다. "누가 알겠어. 유서도 없었고, 모두가 서로를 탓하기에 바빠서 난리였거든. 한동안은 모두 학교 선생님이 연관됐다고 생각했대. 뭔가 부적절한 관계가 있었다고. 결국은 아니라고 밝혀졌지만. 그냥 그 애 혼자 홀딱 반한 거였어. 그래서 이유도 없이 죽은 게 됐지." 잭이 한숨을 내쉬었다. "장인어른은 결국 술에 기댔고, 장모님은 딸의 죽음을 받아들이지 못하고 몇 년 전에 돌아가셨어. 가족 모두가 망가진 거지."

"상상이 안 가네. 그러니까, 젠장, 만약 오빠가 열네 살 때 그랬다면, 만약 우리가 오빠를 잃었다면, 엄마도 돌아가신 상황에서, 나는 그저…… 다시는 행복하지 못했을 거야. 빌어먹을." 왼쪽 눈에서 눈물이 차오르는 게 느껴져 눈을 깜빡이며 참았다.

"너 울어?"

"아니거든."

잭이 동생을 자세히 들여다봤다. "아이고, 맙소사. 혈관우회 수술을 세 건이나 했는데 그것도 모자라 여자가 울다니. 이거 너무 과하잖아. 이리 와." 조이는 자신을 향해 팔을 벌린 오빠의 품 안으로 들어갔다. 침대와 안 감은 머리 냄새가 난다. 집 냄새가 난다.

"오빠 죽지 마. 안 죽을 거지?" 오빠의 티셔츠에 얼굴을 묻고 훌쩍이며 말했다.

"안 죽도록 진짜 열심히 노력해볼게."

"좋아." 조이가 끄덕였다. "아주 좋아. 난 오빠 없이는 못 살아."

앨피는 성교 후 알몸으로 시트를 대충 덮은 채 침대에 늘어져 있었다. 어젯밤 조이는 앨피가 퇴근하는 새벽 1시까지 기다렸다가 그를 덮쳤다. 그는 놀라면서도 즐거워했다. 하지만 절정으로 치달을 즈음 숨을 헐떡이며 다정한 목소리로 콘돔 없이 하자는 뜻을 내비치며 모든 걸 망쳤다.

"젠장! 안 돼!" 깜깜한 방에서도 동그랗게 뜬 조이의 큰 눈이 보였다. "아직 그 문제 결정 안 했잖아! 결정 안 했다고! 섹스 도중에 그렇게 대충 말 꺼내면 안 되지!"

"안 되지." 앨피가 조심히 말했다. "안 되지. 자기 말이 맞아. 미안해. 내 생각에 당신이 너무……."

"뭐, 당신이랑 자고 싶어 죽을 지경이었다고?"

"말하자면 그렇지."

"근데 그걸 왜 임신하고 싶은 걸로 이해한 거야?"

"아니야. 전혀 아니야. 그건 그냥……. 미안해. 응? 그냥 잊으면 안 될까?"

그들은 멈춘 부분에서 다시 시작해 적당히 맞춰가며 마무리했다. 앨피가 깊은 잠에 빠지자 조이는 자신의 몸을 두른 팔을 떼어내고 침대 끝에 누워 한 시간 동안 왜 앨피와 아이를 갖기가 싫은지 마음 밑바닥에 깔린 진짜 이유를 찾아 머릿속을 샅샅이 뒤졌다. 예상한 대로 생각은 톰 피츠윌리엄으로 향했다. 톰의 차를 타고 출근했던 그 여정을, 그 친밀감을, 눈이 아름답다는 칭찬을 들으며 느꼈던 감정을 머릿속에서 계속 재생했다. 호텔 바에서 그가 볼키스로 인사하며 손으로 자신의 팔을 잡았던 느낌을 떠올렸다. 그러다 마침내 2시 반쯤 잠들었고 여섯 시간 후에 깨어났다. 톰 피츠윌리엄의 꿈을 꿨다는 것을 깨달으며.

"안녕, 자기야." 조이가 침대에서 책상다리를 하고 앉았다.

"안녕." 앨피가 몸을 돌리며 팔로 그녀의 무릎을 감싸 안았다.

그의 정수리에 뽀뽀했다. "잭 오빠랑 리베카 언니 데리고 이따가 딤섬 먹으러 갈까?"

"그게 뭐야? 만두야?"

"응, 만두 같은 거야. 작은 바구니에 담겨서 나와. 면 요리도 먹자."

"생각만 해도 좋은데! 만두 짱이지." 앨피가 그녀의 허벅지에 얼굴을 비비며 말했다.

39

3월 13일

제나는 교장실 밖에 앉아 있다. 월요일 아침 9시, 이번만큼은 왜 불려왔는지 정확히 알고 있다. 주름치마를 손으로 누르고 가방에 매달린 솜털 방울 연결고리를 만지작거렸다. 체육 수업 대신 여기에 있는 것이다. 제나는 체육이 싫었지만 오늘만큼은 수업에 참여하고 싶었다. 체육은 이번 학기에 베스와 같이 듣는 유일한 과목이다.

피츠윌리엄 선생님이 중얼거리며 하던 전화 통화를 마쳤다. 목을 가다듬는 소리가 들리더니 문이 열렸고, 제나를 향해 들어오라며 손짓했다. "좋은 아침, 트립 양."

제발 그렇게 부르지 마세요. 그냥 제나라고 부르시라고요! 이렇게 말하고 싶었지만, 그 대신 미소를 지으며 인사했다. "안녕하세요, 선생님."

"오늘 어떠니?"

어깨를 으쓱하고 대답했다. "좋아요."

선생님은 지난주에 앉았던 편안한 의자로 안내했다.

"좋구나." 그는 제나에게 의자를 빼준 다음 자신도 앉았다. "좋아, 그래. 음, 내가 왜 불렀는지는 알고 있을 것 같은데?"

"저희 엄마 때문이죠." 제나가 중얼거렸다.

"그래, 너희 어머니. 그렇지만 사실, 진짜로, 더 중요한 건 바로 너 때문이야. 나는 너희 어머니에 대해 신경 쓰는 만큼, 학교 선생님으로서 너의 안녕이 가장 중요하다 생각하거든. 정말로, 어떻게 지내니?"

"전 잘 지내요."

"그래. 네가 잘 지낸다는 건 안다. 요즘 애들이 다 그런 식으로 잘 지낸다고 말하지. 그런데 내가 아는 게 또 뭐냐면, 그 말은 *나는 불안과 어두운 생각이 빙빙 도는 소용돌이 속에 있지만 그 생각을 나눌 생각은 눈곱만큼도 없어, 짜샤,* 라는 말을 짧게 얘기한 거랑 같다는 거야."

짜샤라는 단어에 몸서리가 쳐졌다. 누가 저런 말을 쓰지?

"너희 집에는 해결해야 할 문제가 있다는 게 확실한데, 아버지와 오빠가 30킬로미터나 떨어져 사는 바람에 그걸 너 혼자 감당해야 하잖아. 금요일 밤의 일 때문에 네 상황을 더 자세히 알게 됐거든. 들어보렴……." 선생님은 지난번처럼 몸을 기울여 얼굴을 바짝 갖다 댔고, 너무 진지하게 눈을 맞췄다. 눈을 감고 싶어질 만큼. "너 중등교육자격 검정시험 보려면 몇 달이나 남은지도 알고, 친구들은 여기 있다는 것도, 만약 사회복지국이 개입되면 이사를 가게 될까 봐 두려운 것도 다 안다. 충분히 이해해. 하지만 너한테도 선택권이 있다는 걸 알아야 해. 사실은 선택권이 많지."

제나는 선생님을 보며 눈을 깜빡였다. 무슨 말을 하는지 도통 알 수가 없다.

"너는 아버지 쪽으로 가서 살게 되지 않을 거야. 그건 내가 장담할게. 반드시 너 시험 볼 때까지 이 지역에 남아 학교를 다닐 수 있게 해줄게. 아니면 그 이후로도 계속 남을 수 있고."

묻고 싶었다. *어떻게요?* 하지만 알고 싶지 않은 마음도 들었다. 물어보면 대답이야 해주시겠지만, 연루되고 싶지 않은 이상한 무언가에 끌려 들어가는 느낌이 드는 건 사실이었다.

"아버지도 아시니? 아버지도 어머니가 좋지 않다는 거 알고 계셔?"

"약간요." 제나가 무릎을 내려다보며 말했다. "어느 정도는 아세요. 아니, 대부분 아시죠. 사실, 그래서 두 분이 헤어지셨어요."

"어머니가 아프신 거 때문에?"

"네, 음, 그때는 아프다는 생각까지는 안 했어요. 그때만 해도 그냥 좀, 아시죠, 약간 편집증이 있나 보다 할 정도였거든요. 약간 산만하고요. 점점 두 분 사이가 안 좋아졌어요."

"그게 언제였니?"

제나가 으쓱했다. "한 5년 전이었나, 그럴걸요."

"그럼 그때부터 상황이 안 좋아진 거야?"

아니요, 그런 건 아니에요, 라고 말하고 싶었다. 그러나 고개를 끄덕였고, 눈물 한 방울이 뺨을 타고 흘렀고, 그러고도 멈추지 않는 걸 느끼자 제나는 그런 자신의 모습에 경악했다.

"오, 제나!" 선생님은 뒤에 있는 작은 탁자 너머로 몸을 숙여 티슈 갑을 집었다. "오, 이런! 자, 여있다." 선생님이 과장된 모습으로 티슈 한 장을 뽑아 건넸다.

제나는 손 안에서 티슈를 구긴 후 얼굴에 갖다 댔다. 울지 않으려고 숨을 크게 쉬었지만 눈물이 식도 안에서부터 지진해일처럼 몰려왔고, 머리가 지끈거리더니 눈물이 왈칵 터졌다. 제나는 흐느끼기 시작했다. 눈물을 멈출 수 없었다. 손바닥으로 눈두덩을 세게 눌러봤지만 아무 소용 없었다. 눈물이 계속 흘러내렸다.

피츠윌리엄 선생님은 아무 말 하지 않았다. 그냥 자리에 앉은 채 맞잡은 손을 무릎 사이에 걸쳐놓고 우는 모습을 바라봤다. 걷잡을 수 없이 몰려든 눈물이 차츰 잦아들자 제나는 선생님을 올려다봤다. 선생님의 눈동자가 초록색이라는 걸 그때 처음 깨달았다.

"죄송해요. 정말 죄송해요." 제나가 훌쩍이며 말했다.

"아니야. 그러지 마라. 그냥 울고 싶은 만큼 울어."

"다 운 거 같아요."

"확실해? 왜냐하면 나는 앞으로⋯⋯." 그는 빨갛고 노란 줄이 달린 손목시계를 보며 말을 이었다. "48분 동안 할 일이 없거든. 그러니 울고 싶으면 더 울어도 돼."

제나는 저도 모르게 미소를 지었다. "아니에요. 괜찮아요. 정말로요."

그는 쓰레기통을 들어 제나가 티슈를 버릴 수 있게 해주었고, 그런 후에는 새 티슈를 쓸 수 있도록 티슈 갑을 건넸다.

"자, 어머니 상태가 더 안 좋아지셨지, 그렇지?"

제나가 끄덕였다. 이제는 더 이상 부인할 수 없는 문제다. "네, 조금 심해졌어요. 선생님 오셨을 때부터요."

"그러면 이건, 네가 이전에도 얘기한 것처럼, 어머니가 몇 년 전 휴가지에서 나를 봤다고 생각해서 그런 거지?"

제나는 훌쩍이며 고개를 끄덕였다. 손으로는 새로 뽑은 티슈를 만지작거렸다. "네."

"너희 어머니는 왜 나를 봤다고 생각하시는 걸까?"

제나가 다시 훌쩍였다. "왜냐면 진짜 봤으니까요. 그때 저희가 선생님 본 거 맞아요. 저도 기억하거든요. 선생님 손목시계가 기억나요." 제나가 선생님의 손목 쪽으로 고갯짓을 했다. 선생님은 잠시 손목시계를 만졌다.

"내 시계를 기억한다고?"

"네네. 셔츠랑 잘 어울렸거든요. 그래서 알아봤어요."

선생님이 미심쩍은 듯 바라보았다. "세상에! 너 기억력이 아주 좋구나. 그럼 우리가 마주친 게 어디니? 정확히 말이야."

"관광버스 투어 중, 호숫가에서."

선생님의 반응을 보려고 눈을 똑바로 쳐다봤지만, 끔찍한 덫에 빠진 듯한 선생님을 보고는 즉시 고개를 돌렸다. 찰나의 순간이 지나기도 전에 그의 표정은 다시 부드러워졌다. "아, 그래. 그 관광버스 투어 말하는 거구나. 그렇다면 어떤 여자랑 있었던 이상한 일도 기억하겠네."

제나가 끄덕였다.

"그거 아니, 난 아직까지도 그게 도대체 무슨 일인지 모르겠단다." 선생님은 이렇게 말하며 의자에 등을 기댔다. "아주 이상했지. 네 얘기를 제대로 이해한 게 맞다면, 왠지 그날 일어난 일을 너희 어머니가 보시고 그 여자와 연관지어 생각하시는 거 같은데?"

제나가 다시 고개를 끄덕였다.

"그런데 지금 어머니 생각은……? 그러니까 이유는 몰라도 내가 어머니를 스토킹하고 있다는 거지?"

"그런 셈이죠."

"어머니를 스토킹하는 사람이 많은데 그들을 내가 관리하고?"

"집단 스토킹이라고 하더라고요." 제나가 불쑥 끼어들었다. 정보를 찔끔찔끔 내놓는 걸 견딜 수 없어 그냥 한 덩어리로 꺼내놓고 싶었다. "망상 장애예요. 세상에는 자신에게 이런 일이 일어난다고 믿는 사람이 수천 명이나 된대요. 자신들을 목표 대상이라고 불러요. TI Targeted Individuals 라고요. 그들은 맨날 인터넷에서 만나 채팅을 하는데 대화를 나눌수록 그게 더 진짜라고 믿고, 그래서 점점 상황이 안 좋아지는 거예요. 엄마의 상태가 아니라, 엄마가 다른 수많은 미친 사람들과 얘기하는 상황 말이에요."

"그러니까 그 말은, 만약 어머니가 나한테 집착하지 않았다면 다른 사람한테 그럴 수 있었다는 거네?"

"그랬겠죠."

선생님은 끄덕이며 눈을 가늘게 뜨고 제나를 보았다. 그런 후 한숨을 내쉬었다. 살짝 안도한 것 같았다. "제나, 이걸 혼자 이렇게 감당할 수 없다는 거, 너도 알지? 그렇지?"

"전 괜찮아요. 진짜예요. 완전히 괜찮아요. 필요한 거 전혀 없어요. 어떻게 처리해야 할지 아니까요."

"경찰은 뭐래니?"

"아무 말도 안 하던데요. 질문만 한 다발 쏟아놓고 갔어요."

선생님은 주억거리고는 할 말을 생각하는 동안 잠시 손가락 관절을 입에 가져다 댔다.

"흠, 들어봐. 제나, 우선은 적어도 아버지한테 금요일에 있었던 일을 얘기할 수 있겠니? 그래줄래?"

"아빠가 알아야 할 이유는 전혀 없는데요. 이미 할 일이 많은 분이에요. 가게도 운영하고 제 동생도 돌보고요."

피츠윌리엄 선생님이 한숨을 쉬었다. "있잖아, 제나. 사실은 그냥 내가 전화할 수도 있어. 어쩌면 그렇게 하는 게 옳은 일일지도 몰라. 내가 보기에 너는 능력이 아주 많은 아이야. 그리고 이 상황을 혼자서 처리하고 싶어 하는 게 다 보여. 하지만 선생님은 널 돌봐주는 사람이 있는지 알아야 해. 있다면 그 사람은 너희 아빠여야 하고. 약속해주겠니, 제나? 아빠한테 전화하겠다고?"

제나가 끄덕였다.

"오늘?"

또 한 번의 끄덕임. "네, 아마도요."

"좋다." 선생님이 미소를 지었다. "그러는 동안 기억할 게 있어. 선생님이 여기 있다는 것 말이야. 뭐가 필요하든, 언제든지. 알았지?"

선생님이 제나에게 눈빛을 보냈다. 안심감을 주려는 다정한 행동이었지만, 제나에겐 그저 오싹한 시선일 뿐이었다. 그래서 무릎 위로 가방을 끌어당기고 재빨리 일어섰다.

문을 막 나서려던 순간, 다시 숨을 쉬고 생각이란 걸 할 수 있을 만큼 선생님과 거리가 벌어진 그때, 제나는 몸을 돌려 말했다. "선생님, 그때 얘기하신 거, 베스……."

선생님이 타이를 고치며 물었다. "뭐라고 했니? 안 들렸어."

제나는 겁이 났다. "아니에요. 아무것도 아니에요."

40

프레디는 학교 친구가 한 명도 없었다. 혼자 걸어서 등교하다 보면 같은 교복을 입은 학생들이 한두 명 지나가긴 했지만 아무도 알은척하지 않았다. *잘 지내지 프레디?* 하고 물어보는 친구도 없었다. 점심은 교실에서 혼자 먹었다. 일주일에 두 번 점심시간에 체스 클럽에 가긴 하지만, 정감 어린 농담을 주고받거나 우정 또는 친밀감을 쌓을 기미 같은 것도 없다. 방과 후에는 일주일에 한 번 코딩 클럽에 갔다. 자신이 원해서가 아니라 아빠가 방과 후 교실을 적어도 하나는 가라고 해서였다. 안 그러면 인터넷을 끊어버리겠다고 했다. 코딩은 괜찮다. 거기에는 맥스라는 아이가 있는데, 언제나 노력하고, 인사하고, 프레디가 어떤지 안부를 묻고, 짝지어 해야 할 일이 생기면 늘 같이하는 아이였다. 친구라고 부를 만큼은 아니지만, 거의 그 정도 가까운 사이다.

그렇지만 지금 당장 맥스는 쓸모없는 존재다. 152센티미터 키에 38킬로그램의 몸무게, 긴 머리에 늘 찌부러진 신발만 신고 다니는 그 애는, 그냥 딱 봐도 여자들에 대한 유용한 통찰력이 있기는커녕 여자에 대해 일말의 관심도 없다.

봄 무도회 포스터가 학교 주변에 붙기 시작하고 표 판매가 시작됐다. 어젯밤 로몰라는 인스타그램에서 무도회를 언급한 게시물에 댓글을 달았다. 어떤 여자애가 피팅룸에서 몸에 딱 붙는 드레스를 입고 *#17년도봄무도회*, *#드레스예쁘다고말해줘*, *#이거입으니까엉덩이커보이지않니*, 라는 해시태그를 단 게시물이었다.

한 무더기 여자애들이 몰려와 *어머나 세상에, 아니야 네 엉덩이가 커 보인다니 너 미친 거 아니니? 너 완벽해, 맙소사* 등등의 댓글을 달았을 때, 로몰라는 *그 드레스 엄청 예쁘다*, 라고만 남겼다.

프레디는 사진을 확대해 상표를 알려줄 만한 단서를 찾아봤고, 반쯤 드러난 로고를 발견했다. 피팅룸에 그려진 로고는 네모 상자 안에 URBN이라고 적혀 있었다. 프레디는 구글에서 URBN을 검색했다. 어반 아웃피터스^{Urban Outfitters}의 로고였다. 그는 곧장 웹사이트를 찾아가 60파운드나 되는 드레스를 주문했다.

그리고 지금, 프레디는 맥스에게 질문을 던진다. "너 봄 무도회 가냐?"

맥스는 커튼처럼 흘러내린 머리카락 사이로 흘끗 보았다. "뭐라고?"

"봄 무도회 말이야, 다음주. 세인트 밀드레드 학교랑 같이 하는 거."

맥스가 얼굴을 찌푸렸다. "아니. 거길 가다니 내가 미쳤냐?"

프레디가 으쓱했다. "미쳤다는 게 아니라, 그냥 궁금해서 물어본 거야."

"그러는 너는?"

"나도 몰라. 어쩔지 생각 중이야." 프레디는 건성으로 대답했다.

"지랄. 차라리 죽는 게 낫지."

"그렇게 말할 줄 알았다."

"가려는 이유가 뭔데?"

"여자. 여자를 데려가고 싶어서."

"뭐야, 누가 있는 거야, 아니면 그냥 아무 애나 데리고 가고 싶단 얘기야?"

"어, 누가 있어."

맥스가 궁금해하는 눈빛으로 쳐다봤다. "흠."

"왜 흠이야."

"아냐. 아무것도 아냐."

"아니, 그러지 말고. 왜 흠이라고 한 거야?"

"아무것도 아니라니까, 진짜로. 그냥, 우리 같은 애들은……." 맥스는 손가락으로 자신을 가리켰다가 프레디에게 방향을 돌렸다. "여자애를 데려가 춤을 출 수 없단 뜻이야. 자연의 법칙에 위배되는 거지. 자연 도태 같은 거야."

"뭔 개소리야?"

"여자애 덩치가 코끼리만큼 크면 되려나? 같이 춤추고 싶은 여자애, 코끼리만 해?"

"아니. 넋이 빠질 만큼 멋져."

"음 그렇다면 친구야, 그냥 잊어버려."

프레디는 천천히 눈을 깜박였다. 내면으로부터 끔찍할 만큼 어두운 분노가 소용돌이치기 시작했다. 문득 맥스에게 해를 가하고 싶었다. 주먹을 휘둘러 갈기는 게 아닌, 절개를 하고 싶었다. 천천히, 고통스럽게, 아주 작은 조각으로 나누고 싶었다.

"나는 말이야……." 프레디가 이를 악물었다. "너랑은 달라."

맥스는 어깨를 으쓱하더니 컴퓨터를 바라보며 중얼거렸다. "네가 그렇게 말한다면 그런 거겠지."

프레디는 컴퓨터로 고개를 돌리고 프로젝트에 집중하려고 했지만 머릿속은 이미 맥스에 대한 증오로 가득 찬 상태였다. 맥스의 한심한 옆얼굴을 노려보았다. 솜털이 뒤덮인 피부에 축 늘어진 아기 볼살, 볼품없이 죽 뻗어 눈을 가린 머리카락.

"안 봐도 뻔해." 프레디가 맥스의 귀에 대고 쉭쉭대며 말했다. "너는 아직도 엄마랑 같이 자고, 매일 아침 일어나면 작은 고추가 딱딱해져 있겠지."

맥스가 역겹다는 표정을 지었다. "젠장, 너 토 나와."

컴퓨터실 벽걸이 시계 분침이 4시 59분에서 5시로 바뀌었다. 프레디는 의자 등에 걸쳐놓은 재킷을 집어 들고는 컴퓨터실을 성큼성큼 걸어 나왔다. 사물함에서 물건을 잡아채고 문이 다른 사람 얼굴에 부딪히든 말든 신경도 안 쓰고 학교를 빠져나왔다.

프레디는 로몰라가 이미 집에 들어갔을 거라고 생각하면서도 그녀의 집으로 발걸음을 옮겼다. 집 가까이 도착해서는 누군가에게 문자를 보내는 척하며 서 있었다. 한 남자가 옆으로 다가왔다. 그 남자는 핸드폰을 흘끗 보고는 재킷 주머니에 넣고 프레디를 지나쳐 로몰라의 집으로 향했다. 혹시나 하며 쳐다보니 그가 주머니에서 열쇠 꾸러미를 꺼내 로몰라의 현관문 앞에 섰다. 문 너머에서 작은 개가 요란스럽게 짖어대기 시작했다. 문을 연 남자는 발

엿보는 마을

측면을 이용해 부드럽게 개를 복도로 밀어 넣은 후 문을 닫았다.

로몰라의 아빠다.

로몰라의 아빠를 보다니, 가슴에 뭔가가 치밀어 올랐다. 도파민 같은 것, 승리감, 마치 컴퓨터 게임에서 레벨 하나를 클리어했을 때의 기분이다. 로몰라의 개도 보고 게다가 아빠도 본 거다. 이층 창문을 올려다보았다. 작은 사각형 창문은 나무 창살로 된 깔끔한 덧문으로 가려져 있었다. 거기가 로몰라의 방이다. 내부를 보고 싶었다. 그녀의 침대에 앉아 봄 무도회를 준비하는 모습을 보고 싶었다.

봄 무도회 생각을 하니 맥스가 우리 같은 애들 어쩌고 했던 말이 떠올라 분노가 치밀었다. 옆에 있는 벽을 발로 차고는 조용히 중얼댔다. 내가 어떻게 맥스 같은 애랑 동종이라는 거지? 그럴 리 없다, 말 그대로 그럴 리 없다. 프레디는 맥스보다 훨씬 나았다. 뿐만 아니라 학교에 있는 대다수 아이들보다 훨씬 나았다.

방향을 틀어 집으로 가려던 차, 뒤에서 소리가 들려왔다. 틀림없이 여자애들 소리였다. 이를테면 웃음과 비명 사이에 있는 애매한 소리. 살짝 올려봤다가 재빨리 핸드폰을 향해 고개를 숙였다. 반대쪽으로 몸을 틀어 방향을 돌렸고 가능한 한 느긋한 모습으로 방금 발로 찬 벽에 기댔다. 빌어먹을 암캐 같은 여자애 두 명이 로몰라와 함께 이쪽으로 오고 있다.

한 애는 맥도날드 감자튀김 종이 상자를, 다른 애는 뭔가가 가득 담긴 스타벅스 컵을 들고 있었다. 로몰라가 들고 있는 건 물병 뿐이었다. 바디 향수로 뒤덮인 여자애들은 소름 끼치게 낄낄대고 웃으며 옆을 지나쳐갔다. 셋 모두 경계하는 눈빛으로 프레디의 폴리시 홀Poleash Hall 교복 재킷을 보더니 혹시나 아는 얼굴일까 흘끗하고는 아니라는 걸 확인하자 곧 시선을 돌려버렸다. 그 셋이 로몰라의 집으로 가는 모습을 몰래 훔쳐보았다. 고작해야 일 분이나 바라봤을까, 하지만 로몰라가 불편해하는 걸 알 수 있었다. 어쩌다 보니 여자애들과 방과 후 같이 어울렸다가 집에까지 함께 가게 된 것 같았다. 로몰라는 새로 전학 온 애였다. 프레디는 자신의 방대한 경험에 비추어 로몰라가 전학 초반에 얻을 수 있는 관계는 그게 다라는 걸 알 수 있었다.

로몰라가 현관을 열자 개가 다시 짖었고, 낄낄거리던 여자애들이 작은 개를 보고는 좋아서 꺅꺅거리는 소리가 들렸다. "어머나, 어머나, 너어무 귀엽다!" 현관이 닫혔고 다시 조용해졌다.

시계를 보았다. 5시 35분. 배가 고팠다. 그래서 집으로 향했다.

엄마는 주방에 앉아 텔레비전 게임 쇼를 보고 있었다. 프레디가 와도 엄마는 고개를 돌리지 않았다.

"엄마, 나 왔어."

"안녕, 내 사랑." 엄마는 여전히 시선을 돌리지 않은 채 대답했다.

"엄마 괜찮아?"

"그럼 괜찮지."

배낭을 내려놓고 엄마와 텔레비전 사이에 섰다.

엄마 얼굴은 창백했다. 파리했고 지쳐 보였다. 가족이 멜빌로 이사 온 이후로, 특히 엄마의 부러졌던 발목이 다 나아 다시 조깅을 할 수 있게 된 이래로, 그동안 엄마 얼굴은 생기가 돌고 눈에도 활기가 가득했다.

"오늘은 안 뛰어?"

엄마는 건성으로 프레디를 쳐다본 후 미소를 짜냈다. "응, 오늘은 안 뛰려고." 엄마는 손을 약간 목 쪽에 댔다가 내려놓으며 대답했다. 그저 넌지시 움직인 거였지만, 이전에도 그 행동을 보아왔기에 무슨 뜻인지 잘 알았다. 프레디는 눈을 바삐 놀렸다. 블라우스 깃 위로 붉은 기가 도는 푸른색 멍이 남아 있었다.

욕지기가 날 정도로 속이 뒤틀린 프레디는 자신의 방을 향해 계단을 올랐다.

41

3월 14일

다음 날 아침 제나는 멜빌 하이츠의 언덕을 터덜터덜 내려가는 그 애를 보았다. 기름을 발라 이상하게 번들거리는 머리가 눈을 가렸지만 멀리서도 짜증과 경멸의 표정이 보이는 것 같았다. 그 애가 버스를 탈 경우를 대비해 정류장에서 기다렸지만 그는 도시에 있는 상류층 학교 쪽으로 걸으며 동네를 빠져나갔다. 제나는 첫인사를 어떻게 시작할지 머리로 계속 연습한 후 속도를 높여 그 애를 따라잡았다.

"프레디."

이름을 듣고 그 애가 몸을 확 돌렸다. 제나를 보더니 꽤나 놀란 눈치였다. "오, 응. 안녕?"

"생각을 좀 해봤는데, 지난번에 네가 한 얘기 말이야. 레이크 디스트릭트에 갔다던 거. 나도 거기 있었어. 엄마 아빠랑 남동생이랑 같이. 기억이 나."

프레디는 걸음을 멈추고 제나의 얼굴을 바라보았다. "어, 그래?"

"나 너희 가족이 관광버스 탔던 거 기억나고, 갑자기 어떤 여자

엿보는 마을

가 나타나서 너희 아빠한테 소리 지른 것도 기억나.”

그는 동조한다는 의미로 고개를 끄덕였지만 말로 대답을 뱉는 것에는 어려움을 느끼는 것 같았다.

“그래서…… 그거에 대해 얘기하고 싶다고 했지? 정확히 뭐가 알고 싶은데?”

“그러니까…….” 프레디의 목이 점점 붉게 달아올랐다. “그게 말이야…… 그때 무슨 일이 있었는지 혹시 알아?”

“아니, 몰라. 난 네가 알 거라 생각했는데? 그러니까, 그 여자는 누구야?”

프레디가 어깨를 으쓱했다. 손가락으로 턱을 문지르며 생각에 잠긴 척했지만, 그냥 이상하게 보일 뿐이었다. “모르겠어. 아빠는 늘 그 여자가 자기를 다른 사람이랑 혼동한 거라고 하시거든. 그렇지만 나는 여전히…… 이상한 느낌이 들었어. 그게 다가 아닌 것 같은 느낌. 뭔가 숨기고 있다는 느낌.”

“뭘 숨긴다는 거야?”

프레디가 다시 으쓱했다. “아빠는 그 여자를 모르는 사람이라고 말했지만, 난 그 말을 믿은 적이 없어. 거짓말같이 들려서.”

제나가 주억거렸다.

“그때 일 얼마나 기억나?” 프레디가 물었다.

“정확하게 다. 그러니까 이런 거야. 어렸을 때 어른들이 진짜 화나서 폭력적인 모습 보이면 기억에 확 박히는 거 같은.”

“응, 딱 그거네.”

잠시 침묵이 뒤따랐다. 제나는 이 대화가 이게 끝이 아니라는 걸, 프레디가 뭔가를 숨기고 있다는 걸 느꼈지만, 그걸 어떻게 하면 캐널 수 있을지는 알 수 없었다. 그렇게 걷다 보니 제나의 학교로 가는 갈림길에 다다랐다.

"너 그 여자가 비바라고 말한 거 기억해?" 제나가 다급히 물었다.

프레디가 발걸음을 멈췄다. "응, 맞아. 기억나."

"정확히 뭐라고 했는지는 기억 안 나?"

프레디가 다시 턱을 만졌다. "자신의 인생이 비바고, 비바가 자신의 전부라고 했던 거 같아."

"비바가 뭔 거 같아? 사람 이름일까?"

프레디가 으쓱했다. "난 그렇게 생각해."

길 끝에서 익숙한 모습이 다가오는 게 제나의 눈에 띄었다. 베스다. 혼자였다. 제나는 프레디를 향해 고개를 돌렸고, 계획에 없던 질문이 문득 떠올라 혀끝이 근질거렸다. "너, 너희 아빠 좋아해?"

"뭐라고?"

"너희 아빠 말이야. 아빠랑 잘 지내는 편이야? 그분 괜찮은 아빠 맞아?"

"괜찮지."

"너한테 잘해주셔?"

"응, 꽤 잘해주셔. 내가 아빠한테 하는 거에 비하면 훨씬 잘해주시지."

"너는 아빠한테 잘 못해드려?"

"아니. 딱히 그런 건 아닌데. 아빠는 좀 얼간이 같거든. 아니, 얼간이는 아니지만, 그거 알지? 사람들이 다 우리 아빠를 대단하다고 생각하잖아. 근데 난 아빠랑 같이 살고 매일 보니까 아빠가 그렇게 대단한 사람은 아니라는 걸 알아. 가끔은 같이 살기 힘든 사

엿보는 마을

람이란 생각도 들고, 기분도 들쭉날쭉한 사람이고, 그리고 정말로……." 프레디는 말을 멈추더니 땅을 향해 시선을 무겁게 내리깔았다. "까다로울 때가 있어. 그렇지만 기본적으로는 괜찮은 분이야."

"너, 너희 아빠가…… 한 번이라도……." 제나는 말을 멈췄다. 피츠윌리엄 선생님에 대해, 그가 어린 소녀들에 대해 어떤 취향을 갖고 있는지 물어보고 싶었다. 제일 친한 친구가 선생님에 의해 휘둘림을 당할 위험에 처했는지 알고 싶었다. 그러나 그럴 수 없었다. 당연히 못 할 질문이었다. 얘는 피츠윌리엄 선생님 아들이니까.

"아니다." 제나가 사거리에서 걸음을 멈추며 말했다. "있잖아, 나 이제 여기서 친구 올 때까지 기다릴 거니까 넌 이만 가보는 게 좋겠어. 나중에 또 보자, 알았지?"

프레디는 뭔가 더 할 말이 있다는 듯 잠깐 당황한 모습을 보였다. 그러나 이내 고개를 끄덕였다. "그래, 좋아. 나중에 봐."

제나는 도시 쪽으로 성큼성큼 걷는 프레디를 바라보며 한숨을 쉬었다. 프레디 피츠윌리엄이라면 자기 아빠를 간파할 정보가 있을 거라 생각했었다. 그래서 자신이 왜 그렇게 반감을 느끼는지, 엄마는 왜 그렇게 집착하는지, 선생님과 베스 사이에 흐르는 이상한 기류는 도대체 뭔지 이해하고 싶었다. 그러나 건진 게 없었다.

제나는 숨을 깊이 들이마시고는 몸을 돌려 베스가 다가오기를 기다렸다.

"안녕? 잘 지내?" 가까이 다가온 베스에게 인사했다.

"응, 좋아." 베스가 도시 쪽을 턱으로 가리키며 물었다. "너 누구랑 얘기한 거야?"

"그냥 아는 애. 사립학교 다니는 애야."

"뭐 때문에?"

제나가 으쓱하며 대답했다. "그냥."

둘은 횡단보도에 서서 빨간 사람이 초록 사람으로 변하길 기다렸다. "점심시간에 근처에 있어?" 바뀐 신호에 길을 건너며 제나가 어색하게 물었다.

"응 그럴 거 같아."

"점심 먹을래?"

"좋지." 베스가 대답했다.

피츠윌리엄 선생님은 정문에 자리 잡고 있었다. 그는 함께 걸어오는 둘을 바라보며 말했다. "리들리 양! 트립 양! 좋은 아침!"

"안녕하세요, 선생님." 어색하고 퉁명했던 베스가 단번에 귀엽고 정감 있는 분위기로 바뀌었다.

제나는 선생님을 향해 긴장된 미소를 보이고는 뛰지 않고 최대한 빨리 걸어 그를 지나쳤다.

점심시간, 제나는 교실에 있는 베스에게 갔다. 혼자 앉아 스페인어 숙제를 하고 있던 베스는 제나를 보며 어중간한 미소를 지었다. "안녕?"

"안녕?" 제나는 베스의 숙제를 내려다보았다. "이런, 숙제 안 한 거야?"

"응, 잊어버렸어."

"스페인어 숙제 엄청 많은데! 혼자선 절대 다 못 할 거야."

"알아. 출력 중에 프린터가 고장났다고 말하려고."

"그거 지난번에 써먹지 않았어?"

베스가 갸우뚱하며 제나를 올려다보았다. "그건 물리시간이었잖아, 아닌가?"

"아니야. 스페인어였어. 확실해."

"젠장, 그럼 나 이제 어떡하지?"

제나는 웃음이 나려는 걸 참았다. 일주일 동안 한 마디도 안 하고 지냈지만 일 분도 안 돼서 예전의 관계를 되찾다니.

"모르겠다. 일단 그냥 냈다가, 선생님이 나머지 숙제 어디 있냐고 물어보면 놀란 척하고 그렇게 많은 줄 몰랐다고, 어쩌면 나머지는 다른 숙제에 섞인 것 같다고 해. 그런 식으로 하거나, 아니면……." 제나는 미소를 지으며 말을 이었다. "내가 도와주면 다 할 수 있지 않을까?"

베스도 미소로 화답했다. "응, 후자가 좋겠다. 부탁해."

제나는 웃으며 베스 옆에 앉았다.

"너 밥 안 먹어?" 제나가 도시락 지퍼백을 열어 치킨 파스타 샐러드를 꺼내며 물었다. 영양성분표를 흘끗 보았다. *682칼로리. 세상에나, 무슨 샐러드 칼로리가 이렇게 높지?*

"이번 주는 점심 건너뛰려고."

"왜?"

"살찌는 거 같아서."

제나가 얼굴을 찌푸렸다. "말도 안 되는 소리 좀 하지 마."

"진짜야." 베스가 뒤로 몸을 기대며 교복 치마 허리춤을 보여주었다. "봐봐. 뚱뚱보라니까."

제나가 눈알을 굴렸다. "수분 때문에 부종이 생긴 거잖아, 이 바보야. 너 안 뚱뚱해. 자." 지퍼백을 다시 열어 수저를 꺼냈다. "샐러드 같이 먹자. 혼자 다 먹으면 살찔 거 같아."

베스는 한숨을 쉬고 웃더니 수저를 받아 들었다. "그렇다면야." 베스는 즉시 파스타를 퍼서 마구 먹었다.

둘은 30분 동안 파스타를 나눠 먹고 베스의 스페인어 숙제를 끝냈다. 시계가 점심시간이 끝날 거라고 알려줄 무렵, 제나가 숨을 깊이 들이마시고 말을 꺼냈다. "나, 너 금요일 밤에 리센든에 있던 거 봤어."

베스가 제나를 올려다봤다. "응, 루비 사촌네 집에 있었어."

"제드?" 제나가 물었다.

"응, 제드 맞아. 너, 나 스토킹하냐?"

"아니, 스냅챗에서 봤어. 재밌었어?"

"응, 재밌었지."

"걔 잘생겼어?"

"응, 좀 생겼어. 근데 진짜 짜증나는 애야. 지가 무슨 어릿광대라도 되는 것처럼 생각해. 이렇게 말하고 싶어질 정도야. *자연스럽게 행동해. 어릿광대 놀음은 그만두고. 그러면 여자애들이 널 좋아하게 될지도 몰라. 왜냐하면 넌 엄청 잘생겼거든.*"

제나가 미소를 지었다. 제드라는 애한테는 관심이 없었다. 진짜 묻고 싶은 질문을 하기에도 시간이 촉박했다. "너 택시 탄 거 봤어. 스냅맵에서."

"이런 세상에, 너 진짜 스토킹하고 있었어!"

제나가 고개를 저었다. "네가 택시에서 내리지 않아서 너 찾으러 나갔었어. 나는 네가, 그러니까, 뒷좌석에서 강간이라도 당하거나 뭐 그런 거라고 생각했거든."

"말도 안 돼."

"그래서 밖으로 나왔는데, 건너편 길에 네가 있더라고. 피츠윌리엄 선생님이랑 얘기 중이었어." 제나는 말을 멈추고 친구의 반응을 살폈다. "그거 다 뭐였어?"

"오, 맙소사, 그래, 그거! 택시에서 내렸는데 거기서 딱 마주쳤지 뭐야. 24시간 편의점에 다녀오는 길이라고 하셨어."

"오, 그렇구나. 그래서 무슨 얘기 했어?"

"그냥, 이것저것. 알잖아."

"내가 뭘 알아? 말해봐."

베스가 웃었다. "말하고 말 것도 없어! 그냥, 있잖아, 어디 있었냐, 어떻게 지냈냐, 뭐 그런 얘기."

"우리 엄마에 대해 얘기했어?"

"아니."

"아니라고 맹세해?"

"응, 완전히. 그냥 지루한 대화를 좀 했을 뿐이야."

"근데 좀 이상하다는 생각은 안 들었어?"

"아니. 이상하다는 생각이 왜 들어?"

"왜냐하면 그분은 교장선생님이잖아. 성인 남자고. 나이도 많잖아. 게다가 한밤중이었고. 불편하지 않았어?"

베스가 고개를 저었다. "아니." 말을 하는 얼굴 전체에 미소가 번졌다. "불편하지 않았어. 기분 좋기만 하던데."

제나가 얼굴을 찡그렸다. "너랑 그 사람 사이, 무슨 일이야?" 거친 질문이 나갔다.

"무슨 일이라니?"

"응, 그니까 그 사람이, 널 그루밍하려고 그러는 거 아니야?" 제나는 자신이 말실수했다는 걸 곧 알아차렸다.

베스가 몸을 돌려 노려보았다. "맙소사, 젠. 너 지금 진심으로 하는 소리야?"

"이해가 안 돼서 그래. 네가 선생님의 어떤 모습 때문에 그러는지 모르겠어. 왜 그분을 좋아하는지도 모르겠고. 그 선생님 진짜 찜찜하단 말이야."

"찜찜한 분 아니야. 말도 안 돼. 찜찜한 거랑 정반대인 분이라고. 친절하고 남을 돌봐주고 멋진 분이야. 맹세해. 세상에서 가장 멋지고 멋진 분이라고. 제발, 젠." 베스가 제나의 손을 잡으며 말을 이었다. "너희 엄마처럼 되면 안 되잖아."

제나는 손을 빼냈다. 동시에 자리에서 일어나며 의자가 뒤로 넘어갈 만큼 세게 밀었다. 그리고 성큼성큼 걸어나가 문을 쾅 닫아 버렸다.

엿보는 마을

42

남자애들이 멜빌에서 가장 탐내는 여학생 중 하나인 제나와 아침부터 대화를 한 날이니 불안한 것은 당연하다. 더욱이 오늘은 아빠와의 관계에 대한 꽤 사적인 대화를 나눴다. 프레디는 도시 쪽으로 걸어가면서 제나의 마지막 말을 되뇌었다. *너, 너희 아빠가…… 한 번이라도……?*

한 번이라도 뭐?

도대체 그게 무슨 뜻이었을까?

제나는 우리 아빠가 뭔가 나쁜 일을 저지를 사람이라 생각한 걸까? 그러나 더 중요한 건, 과연 나 자신은 아빠가 뭔가 저지를 수 있는 사람이라 생각하나?

한두 개의 가설을 떠올려봤지만 뒷받침해줄 사실 따위 없이, 그저 흐릿한 어린 시절 기억에 근거를 둔 엉성한 가설과, 기억하는 한 뭔가 나쁜 일이 그의 가족을 줄곧 따라다녔다는 감각뿐이었다.

그날 호숫가에서 어떤 여자가 아빠를 때리는 것을 목격했을 때 너무나 강력하고 아찔한 감각을 느꼈던 게 기억났다. 아빠와 가족에 대한 뭔가 중요한 사실을, 모든 것을 설명해줄 핵심적인 뭔가를 발견할 것 같다는 느낌. 그러나 그런 일은 생기지 않았다.

아빠가 좀 이상한 사람이라는 건 늘 자기만의, 자기 혼자만의 생각이라 여겼다. 거기에 제나 트립이 추가되었다. 제나 트립 역시 아빠에게서 뭔가를 본 것이다.

학교로 가기 위해 길을 꺾으며 맥스를 지나쳤다. 맥스는 그를 향해 두려움과 혐오감이 섞인 표정을 지었다. 프레디는 완벽하게 무시했다. 학교 정문을 향해 맥스의 뒤를 따라 걸으며, 거대한 녹슨 가위로 녀석의 바보 같은 긴 머리를 자른 후 목에 꽂는 상상을 했다.

커다란 마호가니 나무 부스에 앉은 담당자에게 핸드폰을 내고 사물함으로 향했다. 배낭과 코트를 사물함에 넣고 화장실로 갔다. 빅토리아 양식의 저택에 자리 잡은 오래된 사립학교의 문제 중 하나. 끔찍하고, 춥고, 메아리가 울리는 화장실. 잠시 거울을 들여다보며, 오늘 아침 대화 때 제나 트립이 봤던 자신의 얼굴을 뚫어지게 뜯어보았다. 과연 제나가 이 얼굴에서 무엇을 봤을까. 프레디는 엄마와 닮았다. 다들 그렇게 말했다. 어렸을 때는 그게 별로 중요하게 느껴지지 않았다. 부모님 중 누굴 닮든 누가 신경이나 쓰겠는가? 그러나 엄마와 닮은 게 싫었다. 아빠와 닮아 보이는 것도 싫었다. 손으로 머리를 쓸어넘겼다. 엄마처럼 아주 윤기 나는 직모. 엄마는 짧은 단발이다. 그 스타일은 엄마와 잘 어울린다. *난 쫙쫙 뻗어 빛이 나는 앞머리 때문에, 어쩌면 약간 수도사처럼 보이지는 않나? 아니면 여자애처럼 보이나?* 이마에 닿은 부드러운 머리를 쓸어넘기며 얼굴을 뜯어봤다. 그리고 여자 머리 스타일을 한, 보기만 해도 짜증나는 맥스를 떠올렸다. 머리카락이 거의 보이지 않을 때까지 두 손으로 머리를 감싸 뒤로 넘겼다. 그리고 얼굴을 찌푸렸다. 으르렁거리는 표정도 지었다. 마지막으로 미소를 지었다.

그날 밤 프레디는 모퉁이에 있는 그리스인 이발소에 들러 10파운드를 내고 머리를 밀었다. 이발사는 3호 날°로 잘랐다고 했다. 이발사가 이발용 망토를 벗긴 후 어깨에 떨어진 머리카락을 털어주는 동안 프레디는 거울을 봤다. 소년에서 갑자기 남자로 변모해 있었다. 그 모든 나약함과 소극성은 머리카락의 소멸과 함께 사라졌다. 더 이상 맥스가 말하던 '우리 같은 애들'이 아니다. 더 이상 엄마와 닮아 보이지 않는다. 그렇다고 아빠처럼 보이지도 않는다. 야박해 보인다. 험악하면서, 생기 있으면서, 치명적으로 보인다. 프레디는 스웨이드처럼 느껴지는 머리통을 손으로 쓰다듬으며 빌어먹을 만큼 멋지다고 생각했다.

로몰라의 학교를 지나 로몰라의 집을 거쳐, 옛정을 생각하는 마음에, 또 바짝 깎은 머리로 걷는 기분이 어떨까 시험하기 위해 와카두 앞을 지났다. 로몰라도 조이도 보이지 않았지만 그건 문제되지 않는다. 그저 자신의 새롭고 심상치 않은 겉모습을 남들에게 보인다는 행위 자체로 흥분이 됐고 피가 끓었다. *사람들은 나를 깡패 같은 놈으로 보고, 막 강도짓을 벌이거나 싸움을 걸어올 거라고 생각할 수도 있어.* 십 대 후반 무리가 옆을 지나갔다. 헐렁한 싸구

●3호 날로 밀면 9밀리미터로 깎인다.

려 운동복에, 기다란 팔다리를 흐느적거리며, 말아 피우는 담배를 손가락 사이에 끼우고, 기름진 머리에 쏘아보는 눈을 한 채 으스대며 걷고 있었다. 평소라면 그들을 피해 어둠 속으로 사라지거나 길 건너편으로 넘어갔을 것이다. 그러면 간혹 야유를 받기도 했고, 험악한 표정으로 위협을 당하기도 했다. 그러나 오늘은 거짓으로 반항적인 태도를 장착하고 그들 옆을 지나 성큼성큼 걸었다. 숨을 참고 지나갔지만 기다리던 일은 벌어지지 않았다. 그들은 신경 쓰지 않았다. 그는 더 이상 아무나 걷어찰 수 있는 사립학교 괴짜가 아니었다. 이제는 저들의 레이더를 피할 수 있다.

집에 도착했을 때 엄마는 소파에 있었다. 엄마의 과잉 행동 때문에 같이 살기 지친다는 생각을 한 적도 있지만, 슬럼프에 빠진 엄마를 보고 있자니 더 힘들었다. 서둘러 방으로 향하며 일부러 엄마의 정면을 앞질렀고, 엄마가 새로 한 머리에 놀라 뭔가 반응을 해주길 기대했다.

"짠!" 포즈를 취하며 소리쳤다. 눈에 띈 것은 지난 토요일 아침부터 그랬던, 텅 비거나 안개 낀 듯한 눈동자뿐이었다. 그러나 이내 안개가 걷히고 대신 온전한 경악의 표정이 자리 잡았다.

"세상에, 프레디! 도대체 무슨 짓을 한 거야?"

"이발했어. 슬슬 적응 중이야."

"하지만, 하지만…… 너 머리카락 너무 예뻤는데."

"아니, 아니었어. 길고 반짝이는 머리카락 때문에 괴짜로 보였지. 어쨌든 머리야 다시 자라니까."

소파에 앉은 엄마 옆에 자리 잡으며 미소를 지어 보였다. "그런 식으로 보지 마." 프레디는 놀리듯 말했다.

"그렇지만 너 딴사람 같아."

"알아. 멋지지. 기분 최고야!"

"오, 어떡하니? 다음 달에 할머니 보기 전까지 빨리 자라야 할 텐데. 할머니 심장마비 걸리실라."

"그냥 머리카락일 뿐인데 뭐." 말은 이렇게 했지만, 이것은 그저 머리카락이 아니라 그 이상의 의미가 있다고 생각했다. 이것이 프레디의 본질이었다. 엄마는 얼어붙은 모습이었다. "어, 이런, 엄마. 이런. 울지 마. 미안해. 나 자신을 위해 한 일이야. 엄마랑은 상관없어. 맹세해. 제발 울지 마."

엄마는 울음을 그치지 않았다. 프레디는 소파를 지나 더 가까이 다가가 팔로 안으려 했다. 하지만 엄마는 고통으로 소리치며 밀쳐 냈다. "뭐야? 뭐 때문에 그래?" 프레디가 물었다.

"아무것도 아니야. 허리가 좀 아파서 그래."

어제 엄마 목에 있던 짙은 흔적과, 금요일 밤 부모님 방에서 언성이 높아졌던 일이 떠올랐다. 조금 뒤로 물러나 엄마의 눈을 바라봤다. "엄마, 금요일 밤에 아빠랑 무슨 일 있었어?"

엄마는 눈물을 닦고 훌쩍이며 말했다. "그게 무슨 말이야?"

"내 말은, 아빠가 한밤중에 나가서는 콘플레이크를 들고 온 후 둘이서 소리치며 싸웠잖아. 그때부터 엄마는 엄청 우울해하고. 그리고 이거……." 조심스럽게 엄마의 목폴라를 아래로 내렸다. 엄마는 몸을 움츠리고 목을 가렸다. "이거 뭐야?"

"아무것도 아냐. 찰과상 같은 거야."

"찰과상이라고? 목에?"

"나도 뭔지 몰라, 알겠어? 아침에 일어났는데 생겼더라고. 아프지도 않아."

엄마를 바라보고 한숨을 쉬었다. 눈을 바라보고 있자니 문득 엄마가 낯선 사람이 된 것 같은 느낌이 파도처럼 밀려들었다. *당신 누구야?* 묻고 싶었다. *당신 누구냐고!*

"그때 무슨 일이었어?" 프레디는 저도 모르게 내뱉고 말았다. "레이크 디스트릭트에 갔던 그날 말이야. 그 여자 누구야?"

"무슨 여자?"

"아휴, 이러지 마, 엄마. 내가 무슨 말 하는지 다 알잖아. 지난번에 엄마 아빠 주방에서 이 얘기 하는 거 들었다고."

대담하고 뻔뻔해졌다. 집 꼭대기 자기 방에서 불구자처럼 사는 것도, 자기 삶이 흘러가는 대로 내버려둔 채 수동적으로 사는 것도 지긋지긋했다. 아이라는 존재로 사는 게 지긋지긋했다. 좀 더 많은 자율과 좀 더 큰 권한, 그리고 무슨 일이 생기든 거기에 대해 언급할 수 있는 좀 더 많은 발언권을 원했다. 아홉 살이었던 당시 레이크 디스트릭트에서 일어났던 그 일, 어딘가 어두운 곳에 묻혀 뿌리마저 뒤얽혀버린 그 사건이야말로 가족의 심장에 박힌 이상한 어둠을 풀 수 있는 열쇠였다.

"아무 일도 아니었어. 알면서 그런다. 그거에 대해 충분히 얘기했잖아."

"아무 일이 아닌 거 같으니까 그러지." 단호하게 말을 이었다. "난 그 여자가 정말로 아빠와 아는 사이였다고 생각해. 그 여자가 화를 낸 건 아빠가 뭔가 잘못을 저질러서 그런 거 같고. 엄마 아빠 둘 다 나한테 거짓말하는 거잖아."

엿보는 마을

"바보 같은 소리 한다, 아들."

"바보 같은 소리 아니야. 나 지금 진지해. 아빠가 그 여자한테 무슨 짓을 한 거야? 엄마한테서라도 들어야겠어. 난 알아야겠다고."

"아, 그거 그냥 아빠 일 때문이었을 거야. 알지. 아빠가 그 여자 딸을 퇴학시켰거나, 아니면 딸의 마지막 성적표가 엉망이었거나 그랬겠지. 부모들이 지나칠 정도로 극성 떠는 거 너도 알잖아."

"딸이라고? 딸이라는 건 어떻게 알아?"

"나도 몰라!" 엄마가 소리쳤다.

놀라서 엄마를 쳐다봤다.

엄마는 조금 부드럽게 말을 이었다. "아들이든 딸이든 둘 중 하나겠지. 그 여자네 *애* 말이야."

프레디는 *끄덕*였다. 자신이 편하다고 느끼는 선 안에서 엄마를 몰아세운 참이었다. 그리고 말이 튀어나왔다. *그 여자 딸.* 단 한 번의 말실수. 자기도 모르게 드러낸 진실. 그 뒤에는 숨은 이야기가 있다. 이건 사람을 혼동한 사건이 아니다. 딸이 있는 여자에 관한 얘기다. 그 딸이 아빠와 어떻게 엮이게 되어 그 여자가 엄청나게, 무서울 정도로 화를 낸 것이다.

43

3월 17일

금요일, 톰과 니콜라의 집에 갔던 앨피는 현금 봉투를 들고 돌아왔다.

"끝. 전액 다 받았어. 멜빌 호텔에 가서 샴페인 사줄게!"

"아니면 말이야, 샴페인 한 병 사와서 침대에서 마시는 건 어때? 피자 먹고 섹스도 하고." 발도 아프고 머리도 지저분하다는 생각에 조이가 제안했다.

앨피가 의아하다는 듯 눈빛을 보냈다. "지금 피자랑 섹스라고 말했어?" 그리고 빙긋 웃더니 작업복을 벗기 시작했다. "받아." 그가 돈봉투를 내밀었다. "당신이 가서 샴페인 사오면 난 샤워하고 피자 주문해놓을게."

조이는 봉투 안을 힐긋 보고 손가락으로 지폐 끝을 만졌다. 생각 하나가 스쳐갔다. *톰의 돈.* 조이는 숨을 골랐다.

"좋아." 바닥에 있는 운동화를 집어 들고 말했다. "그렇게 하자."

동네는 활기가 넘쳤다. 초봄의 날씨가 겨울잠에 빠졌던 사람들을 밖으로 끌어냈다. 심지어 어떤 식당들은 야외 좌석까지 내놓았다. 잠시나마 앨피의 저녁 외출 요청을 받아들일 걸 하는 생각마저 들었다.

와인 냉장고는 상점 뒤편에 있다. 앨피가 예산을 30파운드로 정해준 터였다. 조이는 29.99파운드짜리 빈티지 와인을 찾아내 계산대로 향했다. 모퉁이를 돌아 줄을 선 순간 자신 앞의 남자가 톰 피츠윌리엄이라는 것을 깨달았다. 병을 내려놓고 그냥 나갈까 생각했다. 하지만 움직일 틈도 없이 발각되고 말았다. 그가 진심으로 기뻐하는 웃음을 보였다. "조지핀! 안녕하세요!"

"톰, 안녕하세요?"

옆 카운터에 샴페인 병을 내려놓았다. 톰이 쳐다보고 있었다. "축하할 일이라도 있나 봐요?"

조이가 고개를 저었다. "아니요." 목소리가 쓸데없이 크고 진지하게 튀어나왔다. "입금된 걸 축하하는 거죠. 아마 이거 당신 돈일 거예요."

"아아." 톰이 그녀 손에 들린 지폐를 보았다. "맞아요. 앨피 일이 끝났죠."

조이는 계산원 쪽으로 몸을 돌려 지폐를 건넸다. 계산원은 동전으로 거스름돈을 주고는 병을 박엽지로 돌돌 말기 시작했다.

"그나저나 어떻게 지내요?" 등 뒤에서 톰이 물었다.

"완전 잘 지내죠." 뒤도 돌아보지 않고 대답했다. "당신은요?"

"저도 완전 잘 지냅니다."

"좋네요." 조이의 심장이 뛰었다. "좋아요."

남자 직원이 샴페인 병을 봉지에 담아주었다. 조이는 좋은 저녁

보내시라고, 고맙다고 인사하고는 자신을 기다리는 톰을 향해 돌아섰다. 여전히 입가에 옅은 미소를 띠고 있었다. 그 모습이 너무 멋있어 똑바로 쳐다볼 수 없을 지경이었다.

"언덕 걸어 올라가시나요?" 그가 물었다.

조이가 끄덕였다.

"좋네요. 저도 그러거든요. 같이 올라가시죠."

조이가 간신히 미소를 지었다. "좋아요."

"지난번에 뵈어서 좋았습니다." 와인 가게를 나서며 톰이 말했다.

"저도요."

"프레디가 아주 난리가 났었어요."

조이가 톰을 쳐다봤다.

"나이 많고 지루해빠진 아빠가 신비스럽고 아름답고 젊은 여자랑 대화를 나눴다고요."

"아! 그렇군요. 아름답다거나 심지어 젊다는 말에는 동의할 수 없지만요."

"모르는 척하지 마세요."

"아니에요! 3년만 지나면 서른이 된다고요. 잘 봐주면 귀엽다 정도는 되겠지만, 절대 아름답다고 할 수는 없지요."

"쉰한 살이 되어보면 서른이 얼마나 어린 때였는지 놀랄 겁니다. 그리고 맞아요, 당신은 귀여워요. 게다가 아주 아름답고요."

침을 꿀꺽 삼켰다. 모호한 구석이 전혀 없다. 톰은 추파를 던지고 있었다. 몇 주간 조이의 상상 속에서만 진행되던 그 상황이 지금 실제로 벌어지고 있다. 당장 멈춰야 한다. 그러나 입에서 튀어나온 말은 계획과 달랐다. "음, 고마워요. 기분 참 좋은데요."

엿보는 마을

그가 발걸음을 멈췄다. 그녀도 따라 멈췄다. 그가 뭔가를 말하려는 듯 반쯤 입을 열더니 도로 다물고는 그저 미소만 지었다. "있잖아요. 지난번에 펍 밖에서 있었던 일이요."

"제발요." 조이가 말을 끊었다. "제발 그 말은 하지 마세요. 생각만 해도 견딜 수가 없어요."

"그게 문젭니다. 저는 생각을 멈출 수가 없어서요. 운전을 하거나 샤워를 하며 혼자 있을 때면 그 장면을 머릿속에서 돌려 보곤 합니다. 계속 계속이요."

조이의 얼굴로 피가 쏠렸다. "오!"

"대답을 들으려고 한 말은 아닙니다. 뭘 해달라고 바라는 것도 아니고요. 그냥 말씀드리고 싶었어요. 좋았다고, 멋졌다고요. 그것 때문에 당신을 나쁘게 보지 않는다고요."

"고마워요. 그렇게 말씀해주셔서 감사해요."

그들은 멜빌 호텔 맞은편 횡단보도를 건너 언덕 아래에 다다랐다. 여기서부터는 좁은 도로가 무성한 나뭇가지로 가려진다. 은은한 가로등 빛도 그득하게 핀 봄꽃에 파묻혀 있었다. 집들도 없이 오래된 빨간 전화 부스와 벽에 부착된 빅토리아 양식의 우체통만 있을 뿐이다. 사실상 누구의 눈에도 띄지 않는 곳이었다.

바로 그때 조이 마음에, 어쩌면 들킬 위험 없이 당장 섹스를 할 수 있을 것 같다는 생각이 들었다. 그럴 수 있다. 쉽게. 그러나 막 샤워를 마치고 침실에서 자신을 기다리고 있을 앨피가 떠올랐다.

발걸음을 재촉하며 샴페인의 냉기가 사라질 것 같다는 기운찬 말로 묘하게 무르익은 분위기를 깨뜨리려던 참이었다. 톰이 갑자기 멈춰 섰다. 그가 그녀 앞으로 몸을 기울이며 말했다. "할 수 있겠어요?" 귀에 닿은 숨결은 여름날의 열기처럼 따스했다. "지금 할 수 있겠어요?"

"뭘요?"

"그때 했던 거요. 펍 밖에서. 이렇게……." 그가 조이의 손을 부드럽게 잡았다. 조이는 무슨 일이 펼쳐질지 직감하며 눈을 감았고, 멈추고 싶지만 멈추고 싶지 않다는 생각을 했다. 그때 그녀의 손이, 바로 거기, 그의 물건 위에 포개졌다. 톰이 만족하며 조이의 머리카락에 대고 아련하게 신음을 내뱉었고, 그녀의 입술에 손을 대고 자기 쪽으로 끌어당겨 부드러운 목덜미에 입을 맞췄다. 바짝 긴장한 조이는 녹아내릴 것 같았다. 샴페인이 담긴 쇼핑백을 수풀에 내려놓고 손으로 그의 뒷목을 만지며 숨을 깊이 들이마셨다. 마치 두 사람이 하나가 된 듯 잠시 그렇게 서 있는 동안 절박함과 욕구, 숨결, 욕망이 떼를 지어 부드럽게 몸부림쳤다.

바로 그때 자동차 불빛이 호를 그리며 그들을 스쳐갔다. 순간 조이와 톰은 서로에게서 떨어졌다. 조이는 샴페인이 담긴 쇼핑백에 손을 뻗었고, 그들은 완전한 침묵 속에서 언덕을 올랐다. 조이의 집 앞에 도착하자 톰이 깍듯이 고개를 숙인 뒤 말했다. "어, 샴페인 맛있게 드세요."

조이는 단 한 번 끄덕이고 집 안으로 들어갔다.

다음 날 아침 7시, 잠에서 깬 조이는 커피 한 잔을 만들었다. 카디건과 리베카의 정원용 고무 신발 차림으로 정원 뒤쪽으로 나갔다. 잠시 그곳에 서서 톰의 집 뒤편으로 내려앉은 희미한 땅거미를 보며, 그 역시 자신을 바라봐주길 소망했다.

엿보는 마을

정원 뒤쪽에 작은 문이 하나 보였다. 있는지도 몰랐던 문이다. 문을 밀어 열자 자갈이 깔린 오솔길이 나왔다. 오솔길 저쪽 편은 나무가 깔려 있다. 머리 위 나무는 작은 새들 때문에 가지가 흔들 흔들 떨리고 있다. 여기서 보니 멜빌 하이츠의 모든 집들은 같은 오솔길을 공유하고 있었다. 커피를 담벼락 위에 올려놓고 조용히 오솔길을 따라가다 톰의 집 뒤에서 걸음을 멈췄다.

나무 울타리 틈으로 안을 들여다보았다. 주방에서 움직이는 톰과 니콜라의 흐릿한 윤곽이 보였다. 그러자 죄책감, 욕망, 질투가 올라오며 속이 뒤틀렸다.

엄마 무덤에는 50펜스짜리 신선한 수선화가 놓여 있다.

아빠가 놓고 간 꽃 옆에 조이도 꽃을 내려놓았다. "안녕, 엄마. 아빠가 또 왔다 갔나 보네. 참 능글맞아, 그렇지?"

소원해진 아빠(일 년도 안 되어 부모 둘을 한꺼번에 잃은 셈이었다) 생각에 눈물이 나오려는 걸 참으며 급하게 숨을 들이마시고 내뱉었다. 숨결이 얼음같이 찬 구름 모양으로 빠져나왔다.

"그러니까 엄마, 나 모든 걸 개판으로 만들었어. 정말, 진짜로 개판이 됐어. 여태까지 중에 이번이 최악이야. 보드카 사건보다 더 심해. 열여섯에 가출했던 것보다 더 심해. 로비 밀러Robbie Miller보다 더 심해. 모터자전거보다 더 심해. 그냥, 너무, 너무, 엉망이야. 또 그 사람 얘기야, 톰 피츠윌리엄. 또 한 번…… 마주쳤거든." 이 말을 꺼내는데 목소리가 목에 걸려 눈물을 뒤로 삼켜야 했다. "어젯밤, 내가 뭘 사러 나간 동안 앨피가 방에서 기다리고 있었어. 진짜 중요한 걸 축하하려고 했거든……." 어깨 뒤로 누가 있나 확인하고 다시 속삭였다. "……근데 그 사람이 자기를 만져달라고 했어, 다시. 그래서 해줬어. 우리는 좀…… 부둥켜안았어. 이렇게 쓰는 단어 맞나? 모르겠다. 그렇지만 키스는 안 했어. 그래서 이걸 뭐라고 불러야 하는지 모르겠어. 근데, 대단했고, 이상했고, 나한테 일어난 일 중에서 가장 강렬한 경험에 속해. 그리고 지금, 모르겠다. 이제 내가 누군지도 모르겠어. 잊으려고 애써봤는데 그게 안 돼. 그 생각만 난다니까. 그 사람 생각만 하게 돼. 나 좀 미친 것 같아, 엄마. 나 점점 집착하는 거 같아. 마치……." 조이는 말을 멈추고 옅은 푸른빛 하늘을 올려다봤다. "마치 내가 정말로 진짜로 멍청한 짓을 저지르게 될 것 같은 느낌이야. 그럴 거라는 걸 알면서도 멈출 수가 없어. 한 발짝만 더 가면 구렁텅이에 빠질 것 같은데, 엄마가 여기 있다면 얼마나 좋을까? 엄마, 엄마가 날 끌어당겨주면 좋을 텐데."

엿보는 마을

3부

44

3월 20일

월요일, 베스가 학교에 오지 않았다.

시간이 흐를수록 제나는 점점 불안해졌다. 점심시간, 교실에 있는 루비에게 어색하게 다가갔다. "베스 어딨어? 걔 아파?"

루비가 고개를 저었다. "아니. 아닐걸."

"베스 괜찮은 거 맞아?"

"그럼. 물론 괜찮겠지. 그냥 하루 땡땡이치는 거 아닐까?"

"응, 그럴 수도." 제나가 말했다.

"그나저나 너네 둘은 왜 그러는 거야?"

"베스가 말 안 해?"

"안 했어. 그냥 개인적인 일이라고만 하던데. 너랑 걔만 아는."

제나는 놀랐다. 여태껏 베스가 여기저기 소문 냈을 거라 생각했었다. 베스의 주요 자질 중에 진중함은 없으니까.

"정리하긴 할 거야? 우리도 골치 아파." 루비가 물었다.

"나도 그러고 싶어." 제나가 으쓱하며 말했다.

베스가 학교에 나타난 것은 다음 날이었다. 너무 지쳐 보이고 가까이하기 어려운 모습으로 나타났다. 그날 오후 세 시간짜리 체육시간 내내 운동장 저쪽에 있는 베스를 바라보았다. 불안해서 안절부절못했고 정신이 딴 데 있는 듯 보였다. 몇 분 후에는 코치 선생님이 계신 곳으로 올라가더니 뭐라 뭐라 말을 했다. 선생님은 베스를 빤히 쳐다보더니 분명하게 끄덕인 후 학교 건물 쪽으로 고갯짓을 했다. 베스는 후드티와 물병을 집어 들고 건물로 재빨리 걸어갔다.

제나가 코치 선생님께 뛰어갔다. "선생님, 탐폰이 새요. 저 당장 갈아야 해요."

선생님이 얼굴을 찡그렸다. "그런 건 체육시간 전에 해결해야 하는 일 아니니?"

"네, 선생님. 알아요. 그런데 새로 간 지 한 시간밖에 안 됐어요. 그래서 괜찮을 줄 알았거든요."

"가봐라. 빨리 하고 와."

제나는 부리나케 건물로 뛰어가 문을 열어젖혔다. 여학생 탈의실을 훑어봤지만 아무도 없었다. 중앙 복도 쪽으로 몇 미터 떨어진 여자 화장실로 가봤다. 언뜻 아무도 없는 것 같았지만 화장실 칸 어딘가에서 발을 질질 끄는 소리가 들렸다. 발치 쪽을 내려다보니 분홍색 아디다스 운동화를 신은 조그만 발이 보였다.

"베스, 괜찮아?" 제나가 낮은 목소리로 물었다.

발을 끄는 소리가 멈추고 조용해진 후 베스의 목소리가 들렸다. "누구야?"

"나야, 바보야. 너 뭐 하는 거야?"

"내가 뭐 한다고 생각하는데?"

"나야 모르지. 그래서 물어보잖아. 너 운동장에서 진짜 이상했어. 아파서 그러는 줄 알았지."

"맞아." 잠깐의 침묵을 사이에 두고 베스가 대답했다. "몸 상태가 안 좋아. 토할 것 같기도 하고."

"누구 불러줄까? 양호실 선생님 불러올까?"

"너 진짜 멍청한 거 아니야?"

제나가 한숨을 쉬었다. "그럼 좀 나와볼래? 얼굴 좀 보게."

"싫어."

"아, 쫌, 베스. 좀 나와봐. 바보같이 굴지 말고."

침묵이 길게 늘어졌다. 걸쇠를 푸는 소리가 들리더니 베스가 나타났다. 너무나도 작고 창백한 모습으로.

"무슨 일이야?" 제나가 물었다.

"아무것도 아니야."

"뭐가 문제냐고!"

"아무 일 아니래도." 베스는 조금 망설이더니 입을 열었다. "나 임신한 거 같아."

제나는 잠시 동안 주변이 빙빙 도는 느낌이었다. 눈을 감았다 다시 떴더니 베스는 여전히 앞에 서 있었다. 아마도 임신한 채로. "그게 무슨 말이야?" 터무니없는 질문이었다.

베스는 성 경험이 없었다. 제나와 베스 둘 다 그랬다. 둘 다 섹스에, 남자애들의 삽입에, 그걸 하는 행위에 일말의 관심도 없다. 그래서 둘 다 열여덟이나 되어야 첫 경험을 하게 되리라 믿었다. 적어도 그렇게 말하곤 했다. 몇 년간이나. 제나는 자신으로부터 무언가 빠져나가는 느낌을, 슬픔을 머금은 상실감을, 그동안 엉뚱한 곳에 있었다는 느낌을 받았다. 바보가 된 것 같았다.

"내가 무슨 소리 하는지 나도 모르겠어. 생리가 2주 늦어졌고. 배가 빵빵해. 가슴도 그렇고." 베스는 두 손으로 부드럽게 가슴을 감싸 쥐며 내려다보았다. "가슴이 너무 아파."

"하지만…… 이해가 안 돼. 너 남자친구도 없잖아."

"남자친구라고?"

제나가 절박한 눈빛으로 베스를 바라보았다. "베스, 누구랑 잤어?"

"아니, 아무랑도 안 잤어. 성모마리아처럼 수태한 거야. 됐어?"

"베스! 제발 그러지 말고! 말을 해!"

"못 해. 알겠어? 못 한다고. 어쨌든 임신은 아닐 거야. 생리전증후군이겠지. 내일이면 생리 시작할 거야. 아마도."

"학교 끝나고 나랑 좀 만나. 부츠°에 가자. 테스트기 사야지. 알겠어?"

베스가 끄덕이다가 고개를 저었다. "안 돼. 못 해. 나 바빠."

"뭐 하느라 바쁜데?"

"아무 일 없어. 됐냐?"

제나가 한숨을 쉬었다. "알았어. 그럼 내가 테스트기 사서 내일 갖다줄게. 점심시간에 같이 해보자. 알겠지?"

"그래. 그러자." 잠시 침묵이 지난 후 베스가 말했다. "미안해. 너희 엄마에 대해 얘기한 거. 너는 너희 엄마랑 달라."

° BOOTS, 영국의 대표적인 드러그스토어.

엿보는 마을

제나가 미소를 짓고 친구를 안아주려고 끌어당겼다. 베스는 움
찔하더니 뒤로 몸을 뺐다.

"너 괜찮아?" 제나가 물었다.

"응, 괜찮아."

"어디 아파?"

"아니. 말했잖아. 괜찮다고."

"그럼 다시 수업 들으러 갈까?"

"어, 그래."

둘은 손을 잡고 화장실을 빠져나왔다.

45

3월 21일

지난 토요일은 조이의 와카두 입사 이래 최악의 날에 속하는 날로 판명났다. 생일 파티를 예약한 팀만 열세 팀이었고, 오전 10시쯤부터는 비가 오기 시작해 점심시간이 되자 수용 인원이 꽉 차는 바람에 안에 있는 모두가 기분이 안 좋아 보였다. 결국 두 팀에서 싸움이 붙었다. 한 팀은 열 살짜리 사내아이들이었고, 또 한 팀은 사십 대 아버지들 간의 싸움이었다. 아빠들 싸움 때문에 경찰까지 출동했다. 남자 화장실 변기도 막혔다. 막힌 채 한 시간 넘게 방치되어 발견했을 때는 젖은 화장지와 대변으로 바닥이 난리였다. 거기에 첫 출근 한 어린 여직원이 어쩌다 파티 테이블을 넘어뜨려 백 파운드 정도 되는 생일 케이크를 망가뜨렸고, 블랙커런트 음료가 담긴 컵이 서른 개쯤 뒤집어졌다. 하루 종일 소방 훈련을 하는 것 같았다. 사건 하나를 처리하면 다른 일이 터졌다. 그런 중에도 조이의 머릿속에서는 어젯밤 있었던 톰과의 만남이 연속 재생되었고, 그럴 때마다 충격과 공포, 죄책감과 수치심을 느꼈다. 더불어 뼈에 사무칠 정도의 열망도.

퇴근 후 꾀죄죄하고 추레한 모습으로 축축한 저녁 공기 속에 발을 내디뎠다. 톰이 절절한 표정을 하고 거기 서 있을지도 모른다는 기대를 반쯤 하면서. 물론 그는 거기 없었다. 멜빌로 돌아오는 버스에 앉았을 때도 그는 없었다. 버스에서 내렸을 때도 없었다. 어젯밤 그 일이 일어났던 그 자리를 지나갈 때도 없었다. 현관 앞에서 열쇠를 찾고 문자를 읽는 척하며 지나치게 꾸물거릴 때에도 그는 없었다. 토요일 밤, 일요일 아침, 일요일 밤, 그리고 월요일까지 그의 코빼기도 보지 못한 채 고통스러운 시간을 보냈다.

화요일 아침, 앨피가 그녀의 다리를 문지르며 물었다. "자기 괜찮아?" 괜찮은 것과는 거리가 너무 멀어서 울고 싶은 심정이었다. 그러고 보니 전혀 괜찮지 않았다. 단 한 번도. 하지만 "괜찮아. 그냥 피곤해서 그래"라고 대답했다. "나한텐 다 얘기해도 되는 거 알지? 무슨 일이라도." 조이는 고개를 끄덕이며 눈물을 뒤로 삼켰고, 그의 머리를 쓰다듬으며 매일 거리에서 보이는 사랑스런 여자들을 떠올렸다. 앨피는 나보다 그런 애들을 만났어야 했는데.

그날 오후, 동네의 어떤 여자가 앨피에게 전화를 걸어왔다. 니콜라가 괜찮은 업자한테 인테리어받은 얘기를 해줬다며, 자기 집으로 와서 견적을 내달라는 용건이었다. "당신 핸드폰 좀 빌려줄래? 니콜라 씨 댁 내부 사진을 다시 찍고 싶은데 내 핸드폰 카메라는 거지같아서."

별생각 없이 그러라고 답했다. 그러나 곧 아이디어 하나가 떠올랐다. 조이는 앨피를 불러 세워 말했다. "사진 내가 찍어줄게. 자기보다 내가 훨씬 잘 찍잖아. 나한테 맡겨. 퇴근하고 찍어올게."

문을 열어준 사람은 그 집 아들이었다. 머리를 짧게 밀어서 그런지 이상하게도 원초적인 동물로 보였다. 순간 당혹감으로 작은 전율이 일었다. 그 애는 얼굴을 붉히더니 조이를 안으로 들이려고 뒤로 물러나다가 거의 넘어질 뻔했다.

"문으로 와!" 아들이 어깨너머로 복도를 향해 소리쳤다. "문으로 오라고!"

니콜라가 나타났다. 니콜라를 본 것은 오래간만이었다. 마지막으로 봤을 때는 반짝이는 탄성섬유 소재에 플리스와 야구모자 차림이었고, 발그레한 얼굴에 미소를 장착한 채 마치 언제라도 하늘로 날아갈 것처럼 가벼운 발걸음으로 뛰고 있었다. 반면에 지금은 청바지에 스웨터, 닳고 닳은 양말, 하나로 묶은 머리, 칙칙하고 얼룩덜룩한 피부가 눈에 띄었다. 니콜라는 아들만큼이나 조이를 보고 놀란 것 같았다.

"안녕하세요! 저는 조이예요. 앨피 아내요. 옆옆집에 살거든요. 잭이랑 리베카와 함께요."

니콜라가 간신히 미소를 짜냈다. "아! 네. 앨피 통해서 얘기 많이 들었어요. 근데 무슨 일이시죠?"

조이가 주머니에서 핸드폰을 꺼냈다. "앨피가 내일 다른 집에 견적을 내러 가거든요. 새로운 고객에게 이전 작업 사진을 보여주고 싶다는데, 그이는 사진을 잘 못 찍어서 제가 대신 찍어주려고요." 미소를 지으며 핸드폰을 다른 손으로 옮겨 쥐었다. "괜찮겠죠?"

니콜라는 눈을 감았다가 천천히 뜨더니 미소를 띠며 말했다. "네, 그럼요. 물론이에요! 집 안이 좀 엉망인데 양해해주세요. 저희는 미니멀리즘 그런 거 하는 사람들이 아니라서요. 하지만 사진

엿보는 마을

은 얼마든지 찍으세요. 들어오세요."

프레디는 옆으로 비켜서서 조이를 안으로 들였다. 프레디를 지나칠 때 그가 킁킁거리며 냄새를 맡는 게 확연히 느껴졌다.

"어디서부터 시작하면 좋을까요?" 조이가 밝게 물었다.

"흠." 니콜라는 손으로 스웨터를 쓸어내리며 말했다. "앨피는 이쪽을 다 작업했어요." 복도 주변을 가리키며 말했다. "주방과 응접실, 계단도요. 층계참까지 올라가는 길을 다요."

위쪽을 가리키는 니콜라의 손을 따라 조이의 시선이 위로 향했다. 문득 자신의 뻔뻔한 행동에 갑자기 숨이 막혔다. 톰의 집 안으로 뚫고 들어왔다니. 신성한 문 너머에 있는, 그저 상상만 가능했던 공간, 톰의 물건과 톰의 아이, 톰의 아내, 톰의 숨결과 각질, 빠진 머리카락, 마른 땀이 있는 세상에 발을 들인 것이다. 손으로 쥐었던 바로 그 바지가 이 집 어딘가, 세탁 바구니에 묻혀 있겠지. 톰의 옷과 스웨터, 크고 수많은 신발이 가득한 벽장 속 나무 옷걸이에 걸려 있겠지. 테이블 위에는 신분증용 끈이 한데 모여 있다. 서랍장에는 빳빳한 넥타이가 정리돼 있을 것이다. 그는 이곳에서 꿈을 꾸고 이곳에서 술을 마시고 이곳에서 밥을 먹고 이곳에서 나이를 먹고 있었다.

"혹시, 전등을 한두 개 켜도 될까요?" 조이가 니콜라에게 물었다.

피츠윌리엄의 집은 상상한 것과는 달랐다. 앨피가 거지소굴 같다고 말하긴 했지만 그 정도는 아닐 거라 상상했었다. 그러나 앨피의 완벽하고 빈틈없는 작업에도 이 집은 사랑이 결여돼 보였고 안락함도 느껴지지 않았다. 그림 하나 걸려 있지 않은 벽, 특성 없는 인테리어, 대부분 꺼진 조명. 그리고 추웠다.

"아이고, 이런. 그러셔야죠. 뭐 좀 갖다드릴까요? 차 같은 거라도."

니콜라 역시 상상과는 달랐다. 조이는 니콜라를 멜빌에 딱 어울리는 부인일 거라 상상했다. 동네 수입식품점에서 산 재료로 손님상을 거뜬히 차리고, 값비싼 꽃 줄기를 다듬어 무거운 유리화병에 꽂고, 병에 이슬이 맺힌 와인을 반쯤 마신 채 아일랜드 식탁 위에 놓고 친구와 대화하고, 그럴 때면 열린 노트북 사이로 오카도°에서 주문하다 만 페이지가 푸른빛을 내는 그런 상상. 나무랄 데 없이 원숙한 그런 부인의 모습을 상상했는데, 지금 보니 그녀는 예상치 못한 방문객 때문에 당황하여 불을 켜지도, 찬장을 열지도, 난방을 켜지도 못하고, 어쩔 줄 몰라 하는 어린 보모에 가까웠다. 제대로 성장하지 못한, 석연치 않은 구석이 있어 보였다.

"아니요. 안 주셔도 돼요. 사진만 찍고 금방 갈 거라서요."

니콜라는 조이에게 알아서 하시라며 잠시 자리를 떴다. 조이는 머리 위 조명을 켰고 무자비하게 쏟아지는 노란 빛 속에서 사진을 몇 컷 찍었다. 꽃이나 부드러운 조명, 테이블 램프같이 분위기를 연출해줄 만한 게 없어서, 사진은 죄다 획일적이고 밋밋하고 황량해 보였다.

조이는 주방 쪽으로 고개를 들이밀었다. 니콜라가 순간 움찔하며 일어섰다. "아, 이쪽으로 오세요. 보시다시피 앨피는 이쪽 벽도 다 했고요, 여기 있는 서랍장과 선반도 다 다시 칠했어요."

니콜라는 조이의 사진에 방해되지 않기 위해 살짝 물러났다.

° Ocado, 인공지능 기술을 물류 시스템에 적용한 세계 최대 규모의 온라인 식료품 업체.

엿보는 마을

"그런데요, 앨피가 그러는데 두 분 이비사섬에 있는 조잡한 리조트에서 만나셨다고요?"

"네." 조이는 새삼 놀랐다. 앨피와 니콜라가 그런 수다를 떨었을 거라고는 상상하지 못했다. "조잡했다고는 할 수 없어요. 4성급이었거든요. 사실 꽤 괜찮은 곳이었어요."

"오." 니콜라가 멍하니 말을 뱉었다. "흠, 앨피 설명으로는 조잡한 곳처럼 들렸거든요. 상상은 잘 안 가지만요. 전 해외에서 휴가를 보낸 적이 한 번도 없거든요."

"정말이에요?" 조이는 흠칫 놀랐다.

니콜라가 끄덕거렸다. "톰의 직업 때문이죠, 아시잖아요. 엄청 집중해야 하거든요. 일이 전부인 사람이에요. 언제나 그랬죠."

조이는 마치 그게 삼십 대 여성이 해외 여행을 한 번도 가보지 않은 것에 대한 합당한 대답이라는 듯 주억거렸다.

"어딜 간다고 해도 집이랑 멀리 떨어진 곳은 안 가는 편이에요. 응급상황이 생길 때 톰이 금방 돌아와야 하니까요."

"그럼 어렸을 때도 해외여행 안 가보셨어요? 남편분 만나기 전에 말이에요."

"하, 어린 시절이란 걸 충분히 누리기 전에 톰을 만났거든요. 그래서 해외여행을 한 번도 안 가봤죠. 제대로 가본 적이 없어요."

조이는 끄덕였다. 니콜라가 그때 몇 살이었는지 묻고 싶어 애가 탔지만 어떻게 해야 자연스럽게 돌려 물을 수 있을지 알 수 없었다.

"그가 당신을 엄청나게 사랑하더라고요. 아시겠지만."

조이는 꼼짝없이 얼어붙었다. 숨이 턱 막혔고, 아드레날린이 온몸을 휘감았다. 몸을 돌려 니콜라를 보며 물었다. "뭐라고 하셨죠?"

"앨피요. 앨피가 당신을 무지 좋아하던데요."

"아!" 긴장이 스르르 풀렸다. "네, 앨피요. 네, 알죠. 달달한 사람이에요."

"그렇더군요. 외모도 아주 준수하고요. 운이 좋으시네요."

놀란 마음에 창백해진 조이는 뒤뜰로 이어진 프렌치도어 사진을 찍기 위해 주방을 가로질렀다. 그곳에는 오래된 신문 한 무더기가 떨어질 듯 매달려 있는 벤치와, 빨래가 널려 있는 라디에이터가 있었다. 팬티는 똘똘 뭉쳐 뒤틀린 채 언 상태였고, 낡은 브라는 축 늘어진 데다, 청바지는 혼자 서 있을 정도로 굳어 있었다. 열린 창문을 통해 찬바람이 휘파람 소리를 내며 들어왔다.

"잠깐만요. 비켜드릴게요." 니콜라가 말했다.

의자에서 일어나 반대편으로 걸어가는 그녀는 얼굴을 찡그리고 살짝 절뚝이며 걸었다.

"괜찮으세요?" 조이가 물었다.

"그럼요. 요즘 조깅을 쉬고 있어서 좀이 쑤시네요. 근육이 죄다, 아시죠? 완전 엉망이 되고 있어요."

"스트레칭을 하셔야겠네요."

"기억해놓을게요. 운동에 있어선 이판사판 달려드는 성격이라서요. 루틴에서 벗어나면 엉망이 되어버려요."

"조깅은 왜 쉬신 건데요?"

니콜라는 5구짜리 레인지에 몸을 기댔다. 레인지는 포개놓은 냄비로 가득했고, 그 위에는 베이킹 팬이 켜켜이 쌓여 있었다. 싱크대는 오래된 설거짓거리로 꽉 찼다. 반쯤 찬 식기세척기는 문이 열려 있었다. 문 옆 코르크판에 꽂혀 있는 학교 시간표는 두 학기나 지난 것이었다.

"아, 지금은 그냥 쉬는 단계예요. 그냥요."

"저쪽 찍어도 될까요?" 조이가 응접실을 가리키며 물었다.

"네, 물론이에요."

니콜라는 조이를 따라가 문간에 섰고, 조이가 미색 벽과 반짝이는 흰 목조를 촬영하는 모습을 지켜보았다. 이곳엔 색 바랜 파란 소파, 벽에 딱 붙인 오래된 피아노, 금속 스탠드 램프, 가짜 석조 벽난로 위의 금테두리를 두른 작은 거울, 그리고 나이 많은 사람들 집에나 있을 법한 등받이 높은 의자가 있었다.

"그런데 여기 인테리어 새로 하는 거, 집주인이 뭐라 안 했어요?" 조이가 물었다.

"좋아하던데요. 비용을 반반 내서 했거든요. 인테리어하기 전엔 단 일 초도 더 살고 싶지 않을 만큼 싫었죠. 여기 죄다 노란색이었어요. 벽도 노랬죠! 상상이 가세요?"

조이는 어깨를 으쓱하며 미소를 지었다. 노란색 벽을 딱히 좋아한다고는 할 수 없지만 생기라고는 없는 이 집이라면 적어도 얼마간의 따스함과 햇살을 줄 수 있었을 텐데.

"앨피가 새로운 일 잡았다니 기쁘네요. 도시에선 괜찮은 사람 찾기가 힘들어요. 벽촌에서는 비교적 쉬운데."

"그럼 이전에 시외에서 사셨나 보네요?"

"그야말로 여기저기 어디서나 살았죠. 한때는 런던 동부에서도 살았어요. 지금 생각하니 머리카락이 쭈뼛 서네요."

"그 정도예요?"

"세상에나, 그럼요. 톰네 학교 입학생의 90퍼센트가 벵골인이었어요. 다행히 우리는 좀 먼 곳에 있는 비싼 동네에 살았죠. 정말이지 캘커타 같았다니까요!"

"맙소사!" 조이가 말했다. 그녀는 니콜라가 자신의 얼굴을 보지 못하게 등을 돌리고는 나직이 다시 한 번 내뱉었다. "맙소사." 톰의 아내는 무례한 소도시 차별주의자였다. 그런데도 혜택받지 못하는 학생들에게 더 나은 장래를 선사하기 위해 자신의 일생을 바치는 남자, 카리스마 가득한 자애로운 남자와 결혼했다고? 그게 어떻게 가능하지?

"이제 여기서 계속 사실 거예요? 브리스톨에?" 조이가 물었다.

"아닐걸요. 톰은 정복하고, 승리를 거두고, 기반을 확실히 다진 후 다음 학교로 넘어가는 걸 즐겨요. 안타까운 일이에요. 저는 여기가 좋은데."

"원래 어디 출신이세요?"

"원래는 더비 출신이에요. 주로 버턴어폰트렌트에서 성장기를 보냈고요."

"그럼 톰은요?"

"턴브리지웰스요. 남부지방 출신인데 꽤나 화려한 가문 사람이죠. 기숙학교를 다녔고요. 어머님이 훌륭한 분이었어요. 저는 비교가 안 될 정도로 우아하셨죠. 어쨌거나⋯⋯." 니콜라가 말을 이었다. "다 찍으셨어요?" 그녀의 기분이 달라져 있었다. 지금 당장 조이를 내보내고 싶어 하는 듯 보였다. 조이 역시 이만 나가게 되어 기뻤다. 이 집이 마음에 들지 않았다. 그리고 니콜라도.

"네! 거의 다 했어요. 층계참만 찍으면 되는데, 괜찮을까요? 금방 찍고 올게요." 조이가 밝게 말했다.

"물론이죠." 니콜라는 조이가 나오기도 전에 불을 끄며 말했다.

계단을 헐겁게 덮은 회색 카펫이 보건과 안전을 위협하는 것 같아 조심스럽게 발을 내디뎠다. 층계참에는 문이 세 개 있었다. 하나는 욕실, 하나는 작은 방 같았고, 나머지 하나는 좀 더 큰 방인 것 같았다. 위쪽 마룻바닥에서 삐걱대는 소리가 나는 것으로 보아 이 집 아들이 숨어서 엿듣고 있는 모양이었다.

최대한 빨리 사진을 찍고 내려오던 중 계단이 꺾이는 곳에 잠시 멈췄다. 뒤뜰과 '비밀의' 숲을 향해 난 기다란 창문 밖으로 시선을 던졌다. 여기서 보니 지난 토요일 아침 울타리 틈으로 훔쳐본 이 집 정원 문이 아주 잘 보였다. 손가락으로 창문 유리를 잠시 만진 후 계단을 마저 내려왔다.

니콜라가 현관 옆에서 기다리고 있었다. "자, 만나서 반가웠어요. 앨피에게 안부 전해주세요."

"네, 그럴게요. 톰에게도 제 안부 전해주시고요." 그 이름을 발음하는데 목소리가 목에 걸렸다. 과연 톰이 자신과 함께했던 이웃 간의 만남을 아내에게 언급하기나 했을까 궁금했다.

니콜라는 동요 없이 미소를 지으며 말했다. "네, 당연히 그래야죠. 집에 오면 말이죠. 근무시간이 워낙 기상천외해서요."

"네, 상상이 가네요."

조이는 톰의 집을 빠져나오며 고개를 들어 다락방 창문을 올려다봤다. 그 순간 남자애가 재빨리 시야에서 사라졌다.

46

3월 22일

수요일, 베스는 학교에 오지 않았고 핸드폰 메시지를 보내도 전혀 답장이 없었다. 제나는 방과 후 바로 베스네 집으로 향했다.

베스도 제나처럼 엄마랑 단둘이 살았다. 그렇지만 제나와는 달리 형제가 있지도, 어디 다른 데 사는 아빠가 있지도 않았다. 베스도, 베스 엄마도 아빠가 누군지 잘 몰랐다. 이름이 아마 패트릭이었다고 했나? 아줌마가 베스를 임신했을 때는 고작 열여덟이었고, 그래서 모녀는 유대감이 대단했다. 언제나 똘똘 뭉쳤다. 제나는 그런 관계가 부러웠다. 자신과 엄마의 관계는 엄마의 정신 건강에 맞춰 천천히 추락하는 중이었다.

베스의 엄마는 도시에 있는 큰 미용실의 미용사로 일했다. 베스네 아파트는 자선협동조합 소유라 거주하면서 내야 하는 돈이 거의 없었다. 작지만 예쁜 아파트다. 금테두리 거울에 푹신푹신한 쿠션, 꼬마전구에 향초까지. 베스의 엄마는 심지어 주방을 밝은 핑크색으로 칠했다. 이곳은 열다섯 나이에 교장선생님 애를 임신한 여자애가 살 만한 아파트가 아니다. 베스의 엄마 또한 딸이 열다섯 나이에 교장선생님 애를 가지게 내버려둘 분이 아니다. 베스는 열다섯 나이에 교장선생님은 고사하고 누구의 아이도 가질 애가 아니다.

베스 집에 도착하니 아줌마의 작은 차는 언제나 똑같은 자리, 건물 뒤 작은 주차장에 있었다. 그러나 아파트 2층에는 불이 꺼져 있었다. 제나는 벨을 누른 후 잠시 기다렸다가 다시 한 번 눌렀다. 아줌마는 아마 아직 근무 중이겠지. 핸드폰을 꺼내 베스에게 전화를 걸었다. 그러나 곧장 음성사서함으로 넘어갔다. 이번에는 스냅맵을 열었지만 베스는 로그인 상태가 아니었다. 루비에게 문자를 보냈다. *베스 어디 있는지 혹시 알아?*

아니, 티아나한테 물어봐.

티아나도 모른다고 했다.

시계를 보니 거의 5시였다.

스냅맵을 다시 열었다. 지난주 리센든에 위치한 그 집에 루비가 있는 게 보였다. 제드의 집.

제나는 방향을 돌려 버스정류장으로 향했다.

제드의 집은 고운 자갈과 시멘트를 섞어 외벽을 칠한 회색 집으로, 그 단지에는 전후에 지어진 비슷한 집들이 모여 있었다. 집 앞에 파란색 밴과 오래된 초록 마쓰다 MX5가 주차돼 있었다. 이 아래에서도 위층에서 애들이 웃고 떠드는 소리가 들렸다. 벨을 누르자 적갈색 긴 머리에 코걸이를 한 여자가 나왔다.

"안녕하세요. 여기 베스 있나요?"

"베스? 키 작은 금발머리?"

"네, 맞아요."

"좀 전까지 있다 갔어. 떠난 지 한 시간 반 정도 됐을걸."

"어디 갔는지 아세요?"

"전혀 모르지."

"그 애, 괜찮아 보였어요?"

여자가 어깨를 으쓱했다. "그런 것 같던데. 큰 소리로 간다고 인사했어. 나갈 때 내가 문을 열어줬거든. 괜찮아 보였어. 너도 루비 친구니? 학교 친구?"

"네." 제나가 대답했다.

"루비는 여기 있어." 그녀가 자기 뒤에 있는 계단을 턱으로 가리켰다. "올라가서 직접 물어보는 게 어때?"

베스가 어디 있는지 모른다고 답장했던 루비의 메시지가 떠올랐다. 위층에서 또 한 번 사춘기들의 웃음소리가 터져 나왔다. 제나는 미소를 지으며 고개를 저었다. "아니요. 괜찮아요. 신경 쓰지 마세요. 제가 찾아볼게요."

"그 애 아빠가 차에 태우고 간 것 같았어."

"걔는 아빠 없는데요." 제나가 놀라서 말했다.

"흠, 누군가 태우고 간 건 맞아. 아저씨였는데 사실 제대로 보진 못했어. 택시였을 수도 있고."

"차종이 뭐였어요?"

"큰 차였어. 검은색."

"BMW요?"

"그건 모르겠다. 그런 거 같기도 하고. 대충 그런 종류였어." 여자는 말을 끊고 마치 딸을 대하듯 걱정스러운 표정으로 제나를 바

엿보는 마을

라보았다. "괜찮은 거니? 베스한테 문제가 생긴 거야?"

제나가 고개를 저었다. "아니에요. 아니요. 그냥 베스랑 할 얘기가 있어서요."

심문 녹취록

날짜 : 2017년 3월 25일

장소 : (우편번호 BS2 0NW) 브리스톨, 트리니티 로드 경찰서

담당 : 서머싯/에이번 경찰서 경찰관

경찰 이 심문은 녹음되고 있습니다. 저는 트리니티 로드 경찰서 강력반의 로즈 펠럼 경장입니다. 성함을 말씀해주시겠습니까?

FT 프랜시스 앤 트립입니다. 직업용으로는 프랭키 밀러라는 이름을 사용합니다.

경찰 직업용이요?

FT 모델 일을 했었고, 최근에는 작은 역할을 맡아 연기를 조금 하고 있거든요.

경찰 그러시군요. 주소는요?

FT 우편번호는 BS126YH, 브리스톨 로어 멜빌, 벨뷰가Bellevue Lane 8번지요.

경찰 감사합니다, 트립 씨. 어젯밤 7시에서 9시 사이에 어디에 계셨습니까?

FT 저는 톰 피츠윌리엄의 집 바깥에 있었어요.

경찰 바깥에요?

FT 네. 집 맞은편에 작은 나무들이 있는 곳이요. 접이식 의자랑

카메라를 가지고 갔죠.

경찰 그렇군요. 왜 접이식 의자랑 카메라를 가지고 가서 피해자 집 바깥에 있는 관목 사이에 숨어 있었던 건지, 이유를 말씀해주시겠어요?

FT 네, 말씀드리죠. 이 모든 얘기를 진지하게 들어주시니 드디어 마음이 놓이네요. 얼마나 오랫동안 이 남자 이상하다고, 신경 좀 써달라고 해왔는지 알고는 계신가요? 그런데도 전 계속 무시당하고 비웃음만 샀죠.

경찰 트립 씨, 제 질문에만 답해주시기 바랍니다. 피츠윌리엄 씨 집 바깥에서 뭘 하고 계셨습니까?

FT 제보가 들어왔어요. 채팅방에서요.

경찰 채팅방이요?

FT 네. 저는 집단 스토킹을 당하고 있거든요. 사실 수천 명이 당하고 있죠. 하지만 아무도 그 얘기를 하지 않아요. 국가적 망신이죠.

경찰 트립 씨? 채팅방이라니요?

FT 네. 지역 채팅방이 있는데 거기에 몰드 출신 여자가 있어요. 이름은 저도 모르고요. 몇 년 전에 그 여자 학교에 톰이 교장으로 부임했었대요. 그래서 제가 무슨 일을 다루고 있는 건지 알더군요. 어쨌든, 어제저녁 6시 즈음 문자를 받았어요. 확실한 소식통한테 들었는데 톰의 집에서 거대한 모임이 있을 예정이라고, 스토킹 조합 사람들이 모두 모인다는 내용이었어요. 그래서 저더러 가서 현장을 사진으로 남기라고 하더라고요. 전체 다요. 그래서 그 말대로 한 거예요.

경찰 그렇다면 무엇을 봤는지 정확하게 묘사해주실 수 있습니까? 그곳에 도착한 순간부터 시작하시죠.

FT 네, 당연히 그래야죠.

47

3월 22일

프레디가 학교를 파하고 집으로 돌아온 것은 한 시간 전, 그때 엄마는 머리를 하나로 묶고 후드티와 잠옷 바지를 입은 채 주방 탁자에 앉아 유아용 이불을 뜨고 있었다.

"엄마, 옷 좀 제대로 입고 있을 생각 없어?"

"여태껏 침대에 있었어." 엄마가 뜨개질감을 탁자에 내려놓고 하품을 했다. "방금 일어났거든."

"무슨 일 있어? 어디 아파?"

"응, 독감에 걸린 거 같아." 엄마가 가냘픈 표정으로 프레디를 보았다.

프레디도 엄마를 보았다. "아빠도 알아?"

"아니. 아빠 나간 후에야 증상이 시작됐어."

"약 좀 줄까?"

"먹었어."

터무니없이 화가 났다. 엄마는 독감에 걸린 게 아니다. 그건 거짓말이다. 독감에 걸린 상태로 뜨개질 같은 작업에 집중한다는 건 말이 안 된다. 프레디도 열한 살 때 독감에 걸려봤는데, 뜨개질 같은 건 고사하고 제대로 앉아 있을 수도 없었다. 엄마는 그저 하루종일 집에서 기괴하고 비참하게 있기 위해 적절한 이유가 필요했을 뿐이다. 늘 모두가 자기를 불쌍히 여겨주기를 바라는 엄마. 하지만 이건 멍청한 생각이었다. 만약 목에 난 상처에 대해 진실을 말했다면, 프레디는 엄마를 훨씬 더 불쌍하게 생각했을 테니까. 프레디는 버터 바른 크럼펫 팬케이크와 캐모마일 차가 담긴 머그잔을 들고 방으로 들어가 문을 닫았다.

그리고 지금, 속옷까지 싹 갈아입고 할머니가 크리스마스 선물로 주신 푹신푹신한 가운을 입은 채 크럼펫을 먹고 캐모마일 차를 마시며 핸드폰으로 로몰라의 사진을 넘겨보고 있다.

엄마가 주말에 데벤함스 백화점에서 사온 새 옷이 뒤편 옷장에 걸려 있다. 그 아래에는 역시 데벤함스에서 구입한 빛나는 검은 신발 한 켤레가 놓여 있다. 옷과 신발의 진열이 흡사 누군가 목매달고 있는 것처럼 보였다. 프레디는 여전히 로몰라에게 짝이 되어달라는 말을 하지 못했다. 매번 뒤를 따라 가까이 가다가도 막판에 주눅이 들어 중얼중얼 자신에게 욕을 퍼부으며 속도를 낮췄다. 무도회는 고작 이틀 남았는데. 지금 아니면 기회는 없다.

창문으로 다가가 쌍안경의 초점을 제나 트립의 집 쪽으로 맞췄다. 문득 그런 생각이 들었다. 제나 트립은 알 텐데. 그 애라면 무도회 신청하는 법을 제대로 알 것이다. 그 애라면 끊임없이 신청을 받아봤을 테니까. 프레디는 다음 날 아침 학교 가는 길에 반드시 제나와 마주쳐 물어봐야겠다고 다짐했다.

바로 그때 버스정류장에서 두 명의 여자가 활기차게 대화를 나

엿보는 마을

누는 모습이 눈에 띄었다. 한 명은 제나 트립의 엄마다. 모자 끝에 자주색 털이 달린 헐렁한 패딩을 입은 채 전자담배를 피우고 있었다. 여기서도 아줌마가 내뿜는 거대한 담배 연기가 분명하게 보였다. 연기가 사라질 때쯤 아줌마에게 말을 하는 상대방의 얼굴을 확대했다. *좀 젊음, 갈색머리, 커다란 검은색 코트, 약간 비만.* 상대 여자가 코트 주머니에서 종이 한 장을 꺼내 뭔가 적는 모습이 보였다. 보아하니 제나 엄마가 뭔가를 받아 적으라고 한 모양이다. 둘은 곧 헤어졌다. 제나 엄마는 집 쪽으로, 뚱뚱한 여자는 다른 방향으로 걸어갔다. 본능적으로 그 둘의 만남을 촬영한 프레디는 멜빌 일지에 기록할까 잠시 고민했다.

곧 마음을 바꿨다.

이제 더 이상 나이 든 마을 사람들의 지루한 일상 따위 관심 없어. 나한테는 오직 로몰라 브룩뿐이야.

48

이날 아침 조이는 버스정류장에 앉아 있었다. 곧 경적 소리가 들렸고, 반대편 차선에서 차창을 내리고 이쪽으로 다가오라고 몸짓을 하는 톰이 보였다.

위장이 주먹을 쥐듯 조여왔다.

천천히 일어서 길을 건넜다. 열린 차창 안으로 시선을 둔 채, 톰이 입을 열기를 기다렸다.

"타세요. 직장까지 태워드리죠."

"괜찮으시겠어요? 그러면 학교에 늦지 않으실까요?"

"아마 그러겠죠. 그렇지만 제가 보스 아닙니까. 누가 뭐라 하겠어요?" 조이는 조수석으로 미끄러지듯 올라탔다. 숨이 턱에서 걸렸다. 말을 할 수가 없었다. 겨우 숨만 쉴 뿐이었다. 달리는 차 안은 잠시 침묵으로 가득 찼다. 이미 어색한 상황에서 어떻게 하면 자연스럽게 침묵을 깰 수 있을까 고민했지만 허사였다.

마침내 톰이 라디오를 끄고 입을 열었다. "우리 아무래도 얘기를 해야 할 것 같죠? 이 문제에 대해서 말입니다."

엿보는 마을

조이는 숨을 내쉬며 고개를 끄덕였다. 온몸이 안도감으로 채워지는 느낌이었다. "금요일 밤 일, 말씀하시는 거죠?"

"네, 그 일요. 저는 너무도 혼란스러웠다는 얘기를 하고 싶었어요. 그러니까, 이런 적이 단 한 번도 없었거든요……."

조이가 다시 끄덕였다.

"저는 그런 부류의 남자가 아닙니다……. 진짜, 아니에요. 오해하지 않아주셨으면 좋겠어요. 제가 습관적으로 부적절한 성적 행위를 하는 사람이 아니라는 걸 믿어주시는 게 저한테는 정말 중요한 일입니다."

조이는 그런 생각을 해본 적이 없다는 듯 고개를 저었다.

"그렇지만, 저도 모르겠어요. 당신에게는 뭔가 있어요. 아니, 더 중요한 게 뭐냐면, 펍에 갔던 날 당신이 그랬던 날부터……."

"성추행한 날이요?"

톰이 웃자 날 선 대화가 약간은 부드러워졌다. "아니, 저는 그렇게 생각하지 않는데요. 그렇지만 네, 그랬던 날 이래로, 당신에 대한 생각을 멈출 수가 없어요. 금요일 밤에 대해선 사과드리고 싶어요. 그날 제 본능이 저를 장악하고 말았죠. 와인 가게에서 당신을 봤을 때 머릿속에는 그저 우아, 우아, 우아 하는 생각밖에 없었어요. 그다음에 일어난 일은, 결코 단 한순간도 작정하고 저지른 게 아니에요. 그건 원초적 본능처럼 저 밑에 깔린 충동이었어요. 제가 할 수 있는 건 사과뿐입니다. 진심으로요. 너무 죄송합니다."

"톰, 저한테 사과하실 필요 없어요. 저는 정말로……."

"그거 아시나요." 톰이 말을 끊었다. "전 며칠 동안 기를 쓰고 당신을 피했어요, 이 감정이 사라지길 바라면서요. 그런데 오늘 아침 침실 창밖으로 집을 나서는 당신 모습을 본 순간, 그저 안 본다고 해서 달라지는 건 아무것도 없다는 걸 깨달았습니다. 아니, 오히려 더 심각해지더라고요. 그래서 질문은 이겁니다. 우리, 어쩌면 좋을까요?"

잠시 조용해졌다. "어쩌자니요?"

톰이 강렬하게 바라보았다. "제 생각에는 우리가…… 우린 그만해야 할 것 같습니다." 그는 잠시 멈췄다가 이어나갔다. "그렇지만 그렇게 하려면, 일단 한번은 해봐야 한다는 생각이 들어요. 그래서 마음 가는 대로 감히 객실을 하나 잡았습니다. 호텔에요. 제 생각은, 어쩌면, 퇴근 후에 거기서 만날 수 있지 않을까 해서요. 금요일 밤에요."

조이는 급하게 숨을 들이쉬었다. "금요일에요?"

"네, 그게 좋은 방법이라고 생각하신다면요. 그러니까, 맙소사, 저도 모르겠습니다. 끔찍한 방법일 수도 있겠네요. 그렇지만 저는 그냥은…… 그냥은 흘려보낼 수 없습니다. 당신을 그냥 보낼 수는 없어요."

"그러면, 그 후에 우리는……?"

"멈추는 겁니다. 네."

"그런데 그러고 싶지 않으면요?"

"그래야만 합니다."

"하지만……." 조이는 멈칫했다. 머릿속에서는 이 방법이 형편없다고 아우성치고 있었다. 그렇지만 몇 주 동안이나 몸 속 깊은 곳에서 느끼던 고통은 다른 말을 하고 있다. *가지 않으면 죽을 거 같아.* "약속은 못 하겠어요, 톰. 멈추겠다는 약속은 못 하겠어요."

"약속을 해달라는 게 아닙니다. 그냥 노력이라도 해주세요."

조이가 고개를 끄덕였다.

"그래서, 하시겠다는 건가요? 저를 만나줄 건가요? 오후 7시쯤, 호텔에서?"

싫다고 말해, 싫다고 말하라고! 내면의 목소리가 비명을 질러댔다. 그 소리를 들으려 노력했지만, 고통이 연주를 시작하자 화음이 쌓이며 선율이 만들어졌다.

"네." 결국은 대답하고 말았다. "금요일, 좋아요."

심문 녹취록

날짜 : 2017년 3월 25일

장소 : (우편번호 BS2 0NW) 브리스톨, 트리니티 로드 경찰서

담당 : 서머싯/에이번 경찰서 경찰관

경찰 멀런 씨, 어젯밤 얘기를 해봅시다. 3월 24일 금요일. 브리스톨 하버 호텔 121호실에서 당신과 피츠윌리엄 씨가 자리에 앉아 대화를 나눴다고 하셨죠. 정확히 무슨 얘기를 하셨는지 말씀해주실 수 있습니까?

JM 아니요.

경찰 왜 안 되죠?

JM 안 되는 게 아니라, 그냥, 우린 수다를 떨었어요. 이것저것 다양한 주제로요.

경찰 어떤 대화였죠?

JM 기억이 안 나네요.

경찰 자, 피츠윌리엄 씨가 금요일 밤 호텔에서 만나자고 하셨죠? 뭘 하기 위해서였나요?

JM 그의 말로는…… 한번 속 시원히 저질러서 그걸 떨쳐내야 한다고 했어요.

경찰 '그거'라면……?

JM 서로 성적으로 끌리는 문제요.

엿보는 마을

경찰 그러니까 그는 그날 밤 당신과 잠자리를 할 의향이 있었다는 거군요?

JM 저는 그렇게 받아들였어요, 네.

경찰 당신 또한 잠자리를 할 의향이 있었습니까?

JM 잘 모르겠어요. 결정을 못 내린 상태였어요.

경찰 결과는요? 그날 밤 피츠윌리엄 씨와 잠자리를 했나요?

JM 그 질문에는 대답하지 않겠습니다.

49

3월 22일

"그거 아니?" 그날 저녁 아빠가 말했다. "너 머리 스타일 점점 맘에 든다."

프레디는 아빠에게 싸늘한 시선을 보냈다. "여태까지 아빠가 한 말 중에서 한심할 정도로 서투른 말 1위인데요. 그동안 아빠 노릇 한다고 그런 형편없는 말 많이 한 거 아시죠?"

아빠가 웃었다. "아빠 노릇 하려고 노력하는 거지, 너도 알겠지만⋯⋯."

프레디는 아빠 입을 손으로 막았다. "하지 마요. 그냥 하지 마요. 아빠한테는 그런 말재주가 없어요, 그러니 시도를 안 하는 게 나아요."

"알았다. 오케이. 후퇴. 근데 진짜 멋있어 보인다니까."

프레디는 끄덕이는 것으로 칭찬을 받아쳤다. 이 대화가 프레디를 불안하게 했다. 아빠가 옆에 없을 때, 아빠에 대해서 생각만 할 때, 엄마 목에 있는 상흔을 볼 때, 제나 트립과 아빠에 대해 얘기할 때, 이럴 때면 의식 속 아빠는 성난 곰의 모습으로 나타나곤 했

엿보는 마을

다. 어둡고 치명적이고 무엇이든 할 수 있는 존재. 그러나 부드럽게 으스러지는 저녁 빛 속에서 라디오 소리가 잔잔하게 흐르는 지금, 아빠는 밝은 하늘색 양털 스웨터를 입고 말없이 차분하게 앉아 있다. 이 모습은 아빠가 포식자거나 가정폭력범일 수도 있다는 쓸쓸한 생각에 달달함을 추가했다. 이 모든 것이 조금 우스꽝스럽게 느껴졌다.

"좋아하는 여자애가 있어요." 프레디는 저도 모르게 고백했다. "이름은 로몰라에요."

"오!" 아빠가 눈을 동그랗게 뜨고 노트북에서 고개를 들었다. "그렇구나. 어떤 애야?"

"세인트 밀드레드 다녀요. 10학년이고 전학생이에요."

"그리고? 어떻게 됐어? 데이트 신청은 했어?"

"아니요. 아직 안 했어요. 춤 같이 추자고 하고 싶은데."

"너무 옛날식이다."

"아니, 그렇지 않아요. 여자한테 춤추자고 하는 게 왜 옛날식이에요? 그건 유행을 타지 않잖아요, 안 그래요? 그럼 아빠는?" 대화에서 조금 더 파고들 구석이 보이자 질문을 던졌다. "엄마랑 첫 번째 데이트 어떻게 했어요?"

"흠, 제대로 된 첫 번째 데이트 같은 건 없었다고 해야겠지. 우린 그냥 버스 안에서 대화만 했거든. 네 엄마가 학창시절에 봤던 나를 알아본 거야."

"엄마가 아빠네 학교에 다녔다는 얘기죠?"

아빠가 발끈하지나 않을까 자세히 관찰했다. "우리 학교? 내가 가르친 곳 말하는 거야?"

"네."

아빠가 노기를 띤 게 확실했다.

"아니, 흠, 확실한 건 모르겠어. 내 재직기간과 엄마 학창시절이 잠깐 겹쳤을 수도 있긴 하지만, 난 당시에는 네 엄마를 몰랐어. 그러다 버스에서 마주친 거지. 나머지 얘기는 알고 있는 그대로고."

"엄마는 열아홉 살이었겠네요?"

"응, 열아홉이었지."

"그럼 아빠는 서른다섯?"

"응, 대략 그 정도였지."

"뭐라고 하는 사람은 없었어요?"

"뭐라고 하다니?"

"그니까, 엄마네 가족이 싫어할 수도 있잖아요. 나이 든 선생님이랑 데이트하는 거 말이에요. 그분들이 이상하다고는 안 했어요?"

"안 하던데?" 아빠는 너무 빨리, 너무 단호히 대답했다. "전혀 그런 게 아니었으니까. 난 너희 엄마 선생님이 아니었어. 가르친 적이 없었지. 내가 재직했을 때 엄마가 마침 그 학교에 다녔을 뿐이야. 그게 다야." 아빠는 노트북을 쾅 닫고 일어섰다.

"혹시 바람피운 적 있어요, 아빠?"

"뭐라고!"

"내 말은, 엄마 몰래 누구 만난 적 있냐고요."

"도대체……? 아니 도대체 그런 질문은 왜 하는 거야?"

"왜냐면 여자들이 아빠를 좋아하는 거 같아서요. 그리고 엄마는 좀 짜증나는 스타일이잖아요. 어쩌면 아빠가 엄마 말고 다른 여자 만날걸, 하고 후회할 수도 있잖아요."

아빠가 천천히 고개를 저었다. "프레디 피츠윌리엄, 너 지금 되게 이상한 말 하고 있는 거 알지?"

"왜 이상해요? 지극히 멀쩡한 얘기죠. 수많은 남자들이 부정을 저지르고, 심지어 진짜 못생기고 거지같은 직업을 가진 남자도 불륜을 저지르잖아요. 근데 아빠는…… 뭐, 못생기지도 않았고 직업도 거지같지 않으니까."

"세상에, 고맙기도 하구나, 프레디. 영광이야."

"칭찬하려는 말 아니에요."

"그래, 프레디. 칭찬하려는 말 아니라는 건 나도 알아." 아빠가 노트북을 충격방지 케이스에 넣으며 프레디를 쳐다보았다. "난 한 번도 엄마 몰래 누구 만난 적 없어. 그러고 싶다는 생각을 해본 적도 없고."

"비바도요?" 프레디는 순전히 추측으로 질문을 던졌다.

"비바?"

"네, 아빠네 학교 다녔던 애요, 그 애 엄마가 레이크 디스트릭트에서 아빠 때렸잖아요. 만약 그게 맞는다면 그 아줌마가 왜 그렇게 화가 났던 건지 이해가 가거든요."

프레디는 전혀 굴하지 않고 아빠를 쳐다봤다. 이것은 지금까지 아빠한테 한 말 중에서 최악에 해당하는 말이었다. 아빠가 입가를 씰룩거리는 게 보였다. 상냥함이라는 보드라운 숄이 벗겨지고 있었다. 성난 곰이 거기 있었다. 바로 거기.

"네가 지금 무슨 말 하는지 전혀 모르겠는데. 비바라는 사람이 누군지, 누구였는지도 전혀 모르겠고. 난 지금까지 학생과 바람피운 적 없고, 앞으로도 그런 일은 생각조차 안 할 거야."

50

3월 23일

처음 봤을 때 제나는 그 애를 알아보지 못했다. 머리를 다 민 그 애는 남의 핸드폰을 잡아채고 달아날 사람처럼 약간 불온해 보였다. 잠시 못 본 척할까 고민했다. 저 애는 좀 거북한 면이 있었다. 그런 느낌이 제나를 불편하게 했다. 하지만 억지로 발걸음을 서두르지는 않았다. 곧 그 애가 헐떡이며 옆에 도착했다.

"제나? 제나 트립."

"응, 나 맞아."

"조언이 필요해."

오른쪽 왼쪽을 번갈아 보며 혹시라도 누군가 이 이상한 대화를 목격하지는 않을까 둘러보았다. "그래." 제나는 조심스럽게 대답했다.

"무도회에 여자애를 데려가고 싶거든. 너 말고 다른 여자애니까 걱정 말고. 물론 너도 예뻐. 그렇지만 나보다 나이도 많고, 키도 너무 크지."

"그래……."

"그래서 물어보고 싶은데, 넌 매력이 많은 여자애니 경험이 있을 거 아냐. 무도회 초대받을 때 남자가 어떤 식으로 다가오는 게 좋아?"

제나는 이게 무슨 장난인가 싶어 눈을 가늘게 떴다. 남자애는 악의 없는 눈으로 시선을 받아냈다. 그 모습에 제나는 한숨을 쉬며 질문에 대해 생각했다. "그 여자애가 널 좋아하는지 여부에 따라 대답이 달라져."

"걘 나라는 사람의 존재도 몰라."

"그렇구나. 그럼 그 애는 전혀 예상도 못하고 있겠네?"

"응, 전혀."

"그런 경우라면…… 직접 만나서 물어보는 건 좋지 않아. 나라면 문자를 보낼 것 같아. 아니면 메시지 같은 거. 편하게 거절할 수 있도록 여지를 주는 거지. 만약 그 애가 거절한다는 가정하에."

프레디는 크게 뜬 눈을 깜빡이지도 않고 고개를 힘차게 끄덕였다. "멋진데! 완전 멋져! 너는…… 대단해."

"별말씀을."

프레디는 이만 몸을 돌렸다가 다시 제나를 향해 돌아봤다. "이제 학교 가야겠다. 또 봐."

제나는 잠시 동안 그 애가 도시 쪽으로 발걸음을 재촉하는 모습을 바라보았다. 그리고 미소를 지었다.

다른 친구들은 베스의 '임신'에 대해 알고 있을까? 아니, 애초에 걔가 섹스를 한 사실을 알고 있을까? 어쩌면 피츠윌리엄 선생님이 아닐 수도 있잖아. 그냥 또래 남자애였을까? 우리 학교 남자

애나 아니면 다른 학교, 그러니까 프레디네 학교처럼 상류층 학교 남자애는 아닐까? 혹시 제드인가? 아니, 아닐 거야, 베스는 제드가 멍청하다고 했잖아. 그런데 또래 남자애랑 자서 임신 가능성이 있는 거라면, 지금이 가장 친한 친구의 도움이 필요할 때가 아닌가? 도대체 뭐 때문에 날 멀리하는 거지? 제나는 도무지 베스를 이해할 수 없었다.

어쩌면 베스는 제나가 고상한 척할 거라 겁내는 건지도 몰랐다. 자신을 판단할까 봐, 어떤 이유로든 자신의 선택을 탐탁잖아할까 봐 걱정하는 건지도 몰랐다.

아니면 베스가 나보다 더 어른스러워진 걸까?

하지만 이건 가당찮은 생각이다. 친구들 사이에서 늘 '성인'처럼 행동하는 건 바로 제나니까. 제나는 언제나 베스가 물에 가라앉지 않게 해주었고, 곤란한 일에 엮이지 않게 해주었고, 세상에 대해, 세상이 어떻게 흘러가는지에 대해 설명해주곤 했다. 형제자매가 없고, 엄마라기보다 노느라 정신없는 큰언니 같은 엄마를 둔 베스에게는 이런 배려가 필요했다. 그러니 베스가 제나의 영향력에서 벗어날 만큼 마음의 준비가 됐을 리 없다. 베스는 제나의 안내 없이 좋은 선택을 할 리가 없다. 물론이지!

목요일 점심시간 후, 티아나와 루비가 함께 화장실에서 나왔다.
"너네 베스랑 같이 있어?" 제나가 물었다.
"아니. 푸드 테크 수업 이후로 안 보이던데?" 티아나가 대답했다.
"점심 같이 먹었어?"
"아니."

엿보는 마을

"무슨 일이야, 젠? 너 왜 베스를 스토킹하고 다녀?" 루비가 웃으며 물었다.

"스토킹 아니야. 그냥, 너희 지금 개한테 무슨 일 있는지 알지? 그렇지?"

두 친구의 표정과 몸짓에서 뭔지 알고 있다거나 감추려는 기색이 있지 않은지 살폈다. 그러나 둘 모두 멍하니 제나의 얼굴만 바라봤다. 티아나가 물었다. "무슨 일?"

"아무것도 아니야. 그냥 개인적인 일이야. 너네한테 얘기한 줄 알았는데. 신경 쓰지 마."

루비의 눈이 커졌다. "말해봐! 뭔데? 무슨 일인데?"

제나는 대답을 기대하며 눈을 동그랗게 뜨고 자신을 뚫어지게 보는 루비와 티아나로부터 몸을 돌려 멀어졌다.

지난 몇 주간 아이들이 베스와 어울려 다녔으면서도 베스한테 무슨 일이 있는지 모른다는 사실은 더 안 좋은 징조다. 따져보자면, 이론상 상황이 가장 안 좋은 지점에 있다는 게 확실하다. 만약에 베스가 또래 남자랑 잤다고 치자. 너무 당황한 나머지 계획보다 2년 일찍 성에 눈을 떴다고 제나에게 털어놓지 못한 거라면, 다른 친구들한테라도 얘기를 했어야 했다. 그러나 그러지 않았다. 이 사실이 제나의 마음에 요란스런 경종을 울렸다. 제나는 사물함에서 지리학 교과서를 꺼내 138호 교실로 향했다. 교무실을 지나치다가 몰래 안을 들여다보니, 저 끝에 피츠윌리엄 선생님 사무실 문이 눈에 들어왔다. 그 순간 문이 열리며 베스가 밝게 미소 띤 얼굴로 나왔고, 그녀의 팔에 피츠윌리엄 선생님의 손이 얹혀 있는 게 보였다.

"그럴게요. 제가 그럴 거라는 거 선생님도 아시잖아요." 베스의
목소리가 들렸다.

"역시 우리 베스야. 역시 우리 베스야." 피츠윌리엄 선생님의 목
소리였다.

51

프레디는 어반 아웃피터스에서 산 드레스를 포장지로 싼 후 배낭에 넣었다.

다림질이 필요 없지만 어젯밤에 굳이 다린 교복 셔츠를 입고, 미술시간에 튄 아크릴 물감 흔적도 없고 단을 내리지 않아도 되는 가장 괜찮은 바지를 골라 입었다. 희미하게 고개를 드는 반항에 부응하는 의미로 신발은 검은색 운동화를 신었다. 너무 낡아 달릴 때마다 발뒤꿈치가 삐져나오는 끈 달린 신발, 쓰레기 같은 그 신발을 신을 수야 없지! 만약 복장 위반으로 걸린다면 신발이 다 망가졌다고 핑계를 대면 그만이었다. 특별히 치실도 하고, 데오도란트도 과하게 뿌렸다. 아빠의 향수병 끝을 손가락으로 건드렸다가 목 뒤쪽에 발랐고, 엄마의 파운데이션을 얼굴 반점에 살짝 발랐다가 오히려 더 눈에 띄자 닦아냈다.

지금부터 하교시간까지 여덟 시간을 견뎌야 한다. 프레디는 단호하게 꽉 다문 입을 하고 학교로 향했다.

4시 15분, 세인트 밀드레드 학교 근처에 서서 정문으로 밀려나오는 여학생들을 바라보았다. 감청색과 회색의 물결, 공연히 나부끼는 머리카락, 칸켄^{KANKEN} 배낭, 올 풀린 스타킹, 스키니딥^{Skinnydip} 핸드폰 케이스, 그리고 시끄럽고 시끄러운 목소리들.

제나 트립은 문자로 데이트 신청을 하라고 조언했다. 그래야 여자 쪽에서 거절할 때 부담이 없다며. 그런데 정말 부담 없이 거절해버리면 어쩌지 싶어 얼굴을 맞대고 초대할 작정으로 이곳까지 왔다.

로몰라의 집 밖에서 봤던, 고약하게 생긴 여자애들이 눈에 띄자 자세를 똑바로 했다. 그중 한 명은 인스타그램에 어반 아웃피터스 옷 사진을 올린 루이자였다. 당연하게도 곧바로 로몰라가 뒤따라 나왔다. 혹시나 애들이 뭉쳐서 어디론가 갈까 봐, 그래서 카페 네로 밖에서 애들이 헤어질 때까지 한 시간을 기다려야 할까 봐 걱정이 됐다. 그러나 로몰라의 목소리를 듣자 마음이 놓였다. "다들 내일 봐." 프레디는 고약한 여자애들로부터 떨어져 나온 로몰라 뒤로 길 끝까지 따라간 후 그녀와 보폭을 맞춰 걸었다.

침대에 누워 밤새 연습을 한 터였다. 백 번, 이백 번 예행연습을 했다. 타이밍과 말투를 고민하고, 좀 더 정확한 단어를 고르며 대사를 다듬었다. 속이 시원했고 기분이 괜찮아졌다. 최악의 일이 생긴다면 그것은 로몰라의 거절이다. 거절이란 현실에서 피할 수 없는 요소다. 좋은 요소는 아니다. 프레디는 무언가를 해내고 싶다면 이 사실을 인정해야 한다는 걸 알 만큼 똑똑하다.

"저기." 프레디가 말을 걸었다.

뒤돌아본 로몰라는 앗, 하는 표정을 지었다. 이게 겁을 먹어야

엿보는 마을

하는 상황인지 판단하는 듯하더니, 프레디의 교복 재킷에 박힌 마크를 보고는 혹시나 아는 애가 아닐까 갸웃거렸다.

"귀찮게 해서 미안한데, 내 이름은 프레디야. 프레디 피츠윌리엄." 악수를 위해 손을 내밀었지만 로몰라는 머뭇거리다가 보는 사람이 없나 주변을 살핀 후에야 손을 내밀었다. 로몰라의 손은 부드럽고 얼음장처럼 차갑고 불쏘시개마냥 뼈밖에 안 느껴졌다. "난 폴리시 홀에 다녀." 이렇게 말하며 과장된 동작으로 재킷을 가리켰다. "그냥 딱 봐도 알겠지만."

"우리 아는 사이야?" 로몰라가 물었다.

"아마 다니다가 나를 봤을 수는 있어." 프레디는 대담하게도 각본에서 벗어난 대사를 쳤다. "그렇지만 아니. 넌 나를 몰라. 적어도 아직은 몰라."

프레디는 미소를 지었고, 로몰라는 다음에는 무슨 말이 나올지 두렵다는 듯 생각에 잠긴 채 그를 쳐다보았다.

"있잖아, 이게 좋은 생각인지 아닌지 모르겠는데, 나한테 내일 밤에 있을 무도회 표가 있어서 말이야. 원래는 자립심 강한 사람처럼 쿨하게 혼자 가려고 했거든. 근데 겁이 나더라고. 그리고 혹시 하는 생각이 들었어. 다니면서 너를 봤는데, 너는 진짜로 예쁘거든. 그래서 하는 말인데, 나랑 같이 가주지 않을래?"

"그 말은 데이트 상대로 가자는 얘기야?"

"응. 데이트 상대로." 프레디가 단호하게 대답했다.

로몰라의 얼굴이 살짝 아래로 숙여졌다. 이미 머릿속에 쌓인 매너 있는 버전의 거절 대사를 훑고 있는 것이리라. "아니어도 되고." 프레디가 재빨리 덧붙였다. "꼭 데이트 상대일 필요는 없어.

나는 그냥, 그런 거 있잖아, 보호자로 따라가도 돼."

이 말에 로몰라가 미소를 지었다. 프레디는 너무도 부드럽게 대화 방향을 바꾼 자신을 향해 마음속으로 주먹인사를 날렸다.

"그게 되게 구식 사고방식인데."

"그렇지. 복고풍이야. 빈티지 같은 거. 너도 알지."

로몰라가 다시 미소를 보였다. 프레디는 저울추가 자기 쪽으로 유리하게 기울어지는 것을 느꼈다.

"프레디라고 했지?"

"응, 프레디. 너는?"

"로몰라."

"로몰라." 처음 듣는다는 듯 반복해 불렀다. "이름 멋진데."

"고마워. 여배우 이름을 딴 거야."

"사람들이 널 로몰라라고 부른다는 거지?"

그녀가 웃었다. "응! 그래서 날 로몰라로 불러!"

맙소사, 우쭐한 마음이 들었고 일이 잘 풀릴 것 같다는 느낌이 들었다. *내 그럴 줄 알았지!*

"그래서……." 프레디는 손을 주머니에 넣고 뒤꿈치에 무게를 실었다. "어떻게 할래? 이번 무도회에 너의 보호자가 될 영광을 주겠어?"

"하지만 데이트 상대는 아니라는 거지?"

"흠, 악보 없이 연주를 시작하는 게 어때? 그리고 내가 어떻게 하는지 보는 거야. 그런 다음 데이트 상대로 업그레이드할 수 있잖아? 중간에 말이야."

지레짐작으로 부딪치고 있었다. 순전히 지레짐작으로.

바로 그때 아까 그 표정, 난 너에 대해서 백 퍼센트 확신이 안 가, 하는 표정이 그녀의 얼굴을 스쳐가는 게 보였다.

"잘 모르겠어. 난 데이트 상대를 찾고 있지 않거든. 보호자도 그렇고. 그냥 친구들이랑 놀 계획이었어." 로몰라는 이 거절의 말이 그의 얼굴에 펀치를 가하지나 않을까 두려워하는 듯 보였다.

프레디는 마지막으로 최후의 수단을 썼다. "잠시만. 부담 갖지 마. 충분히 이해해. 나 역시 데이트할까 생각하게 된 게 얼마 안 됐으니까. 네 결정이 어떻든, 이거……." 가방을 열어 포장지로 싼 드레스를 꺼냈다. "너 주는 거야."

"세상에!" 그녀가 눈을 동그랗게 떴다. "세상에, 이게 뭐야?"

"선물이야. 이걸 보는데 네 생각이 나더라고. 받아." 그녀 쪽으로 선물을 내밀었다. "맘에 안 들면 친구한테 줘도 돼."

"안 돼. 네 선물 못 받아. 난 널 알지도 못하잖아."

"제발. 그냥 받아줘."

"아니. 못 받아."

"너 혹시 선물 받으면 나한테 빚지는 느낌이 들까 봐서 그래?"

로몰라가 끄덕였다.

"흠, 내가 약속할게, 로몰라 브룩. 이 선물 받고 떠나서 다시는 내 존재 따위 모른 척해도 돼."

뭔가가 그녀의 심기를 건드렸다. 로몰라는 머리를 똑바로 들고 물었다. "너, 내 성 어떻게 알았어?"

"아, 그렇다. 치명적인 실수다."

"그게 무슨 말이야?"

"그러니까, 애써 침착하게 행동하면서 네가 누군지 모르는 척한 거야. 사실은 너를 잘 알아."

"날 안다고?"

"응, 널 위한 선물을 준비한 것 보면 당연하잖아."

"그렇구나. 일리가 있네."

"그래서, 받아줄 거야?"

로몰라는 어색하게 끄덕였다. "응, 그럴게." 그러더니 고개를 들고는 청회색 눈동자로 뚫어지게 바라보며 말했다. "갈색 치마 보낸 것도 너야?"

"응."

"내가 어디 사는지도 아는 거네?"

"응."

"아, 그렇구나."

"꽤 전부터 널 좋아했어." 프레디가 설명조로 말을 했다.

"확실히 그래 보이네." 로몰라는 다시 부드러워진 태도로 프레디를 좀 더 나긋하게 바라봤다. "프레디, 너 아스퍼거 증후군 있어?"

"뭐라고?"

"아스퍼거 증후군 있냐고. 자폐 범주성 장애 있어?"

"뭐? 아니. 당연히 아니지."

"나는 있는데. 그래서 물어본 거야. 네가 말하는 거, 말하는 방식, 서 있는 모습, 뭔가 바라보는 모습, 많은 것들이 아스퍼거 증후군이랑 비슷해서."

"너한테 아스퍼거 증후군이 있다고?"

"응, 심한 건 아니야. 그렇지만……."

그는 경외와 감탄의 마음으로 그녀를 바라보았고, 몸 깊숙한 곳에서 다년간의 부정 속에 깊이 파묻힌 무언가가 솟구쳐 올랐다. 맨체스터에 있는 작은 사립초등학교에 다니던 어느 날, 교실 밖으로 불려나간 그는 클립보드와 이상한 장난감을 든 어떤 여자로부터 관찰을 당했고, 부모님이 불려 들어갔고, 안내데스크에서 일하는 여성분과 사무실 밖에 앉아서 사과를 먹었고, 부모님이 밖으로 나왔는데 뭔가 걱정되는 표정을 하고 있었고, 엄마 아빠는 밖으로 나가 프레디에게 차를 사주었고, 분위기가 좋지 않아 이상했던 기억. 그때 엄마가 말했다. *선생님께서 네가 특별한 뇌를 가진 것 같다고 하셨어.* 그러자 아빠가 말했다. *아니, 니콜라, 그렇게 말씀하지 않았어. 프레디, 선생님은 네 뇌가 특별한 방식으로 작동한다고 하는구나.* 그러자 엄마가 말했다. *그게 그거야, 틀림없어.* 아빠가 말을 이었다. *아니, 그렇지 않아. 하지만 중요한 건 이거야. 선생님들은 네 뇌가 작동하는 특별한 방식에 이름을 지어주고 싶어해. 이름으로 부르고 싶어 하지. 그들은 이걸 아스퍼거 증후군이라 부르는데, 이건 오스트리아 의사의 이름을 딴 거야. 그 의사가 세상을 특별하게 대하는 아이들의 존재를 발견했거든. 그렇지만 엄마랑 나는, 흠, 우리는 네 두뇌가 작동하는 방식에 이름을 붙이고 싶지 않구나. 왜냐하면 프레디의 뇌는 가장 특별하니까. 사람들의 두뇌는 모두 특별하지만, 네 뇌는 그 누구의 것보다 더 특별해. 너는 그저 네 두뇌로 할 수 있는 일이 무엇인지에만 집중하고, 꼬리표나 이름에는 신경 쓰지 않는 게 좋아. 앞으로 수년 동안 사람들이 나쁜 소리를 퍼트리는 걸 들을지도 몰라. 텔레비전에 아스퍼거 증후군 있는 사람들이 나오면 네 얘기를 하는 것 같아 걱정될 수도 있어. 하지만 걱정은 금지야. 왜냐하면 엄마랑 나도 걱정*

안 하거든. 우리는 너를 사랑하고, 네가 특출나다고 생각해. 너는 언제나 그런 꼬리표가 필요 없는, 너무나 멋진 사람이 될 거야. 알 겠지?

아빠가 머리와 뺨, 턱 아래를 톡톡 치던 게 떠올랐고, 자기처럼 똑똑한 사람에게는 그런 꼬리표를 붙이는 게 아니구나, 라고 생각 했던 것도 기억났다. 그 후로 그 생각은 거의 안 했다. 지금까지는. 그런데 지금 내 앞에 있는 예쁜 소녀는 자기 자신에게 그 이름을 붙이고 그걸 자랑스러워한다니!

"나도 맞는 거 같아." 마침내 프레디가 말했다. "아스퍼거 증후 군이 확실해. 그렇지만 그 얘기를 안 했던 건 그게 나에 대한 것들 중 가장 재미없는 부분이라서 그래."

로몰라가 웃었다. "재밌네. 나한테는 그게 가장 흥미로운 부분 인데."

"그래?"

"응, 완전히."

"너의 아스퍼거 증후군에 대해 더 알고 싶어."

"정말?"

"응."

둘은 잠시 침묵했다. 잠시 후 로몰라가 선물에 손을 댔다. "받을 게. 춤추러 가는 것도 생각해볼게. 데이트 상대를 원하는지 보호 자를 원하는지도 고려해볼게. 그리고 그 치마 고마워. 나한테 잘 어울리더라."

로몰라는 프레디가 대답할 틈도 주지 않고 인사도 하지 않았다. 그냥 발을 돌려 멀어져갈 뿐이었다.

52

제나는 멜빌 하이츠 언덕에 있는 프레디 피츠윌리엄을 보았다. 이곳에서도 뭔가 다른 분위기를 풍기는 게 느껴졌다. 단순히 머리 모양이 달라서가 아니었다. 횡단보도를 건너자마자 그를 불러 세웠다.

프레디는 몸을 돌리고 인사를 하듯 손을 들어 보였다.

"바빠?"

"아니. 아닌 것 같아." 프레디가 제나를 쳐다보았고, 제나는 처음으로 그의 눈 속에서 반짝이는 당당함을 보았다. 마치 그의 아빠처럼.

"어디서 얘기 좀 할 수 있어?" 제나가 물었다.

"지금?"

"응, 지금."

"그렇다면 우리 집에 가도 돼. 너만 괜찮다면." 프레디는 멀리 있는 자신의 집을 눈짓으로 가리켰다.

"집에 아빠 계셔?"

"아니. 저녁 8시까지는 절대 안 와. 가장 빨라야 그 정도야."

"엄마가 싫어하시진 않을까?"

"아니. 집으로 데려올 만큼 친한 친구가 생겼다며 좋아하실걸. 엄마들 어떤지 알잖아."

제나는 언덕 위의 집, 오후의 어둑함 속에서 창백한 금빛으로 빛나는 집을 향해 고개를 들었다. 멜빌 하이츠에 있는 집에 들어가본 적은 한 번도 없었다. 엄마는 가봤다고 했다. 초등학교 단짝이 있었는데(지금은 가족 모두 이사 간 지 오래됐지만) 그분이 분홍색 집에 살았었다. 엄마는 수십 번이나 그 집 창가 자리에 무릎을 꿇고 앉아 동네를 내려다보며, 마치 인형의 집 모형처럼 작은 사람들에 대해 이야기를 만들어내며 오후 시간을 보냈다고 했다.

"확실해?"

"확실해."

프레디네 집은 추웠다. 제나는 프레디를 따라 걸으며 패딩을 단단히 여몄다. 타일 시공한 넓은 복도는 뒤쪽 주방으로 이어져 있었다.

"엄마는 어디 계셔?"

프레디는 어깨를 으쓱하더니 가방을 내려놓고 나무 옷장 옷걸이에 코트를 걸었다. "침대에 계실걸. 독감 걸렸다고 했거든."

"오, 힘드시겠다."

"뻥으로 부풀리는 거야." 말이 날카롭게 튀어나왔다. "관심을 구걸하는 거지."

"오!" 제나는 똑같은 반응을 반복했다.

엿보는 마을

"코트 벗을래? 차 끓여줄게. 너만 좋다면."

"차 좋아해."

"좋았어."

제나는 겉옷과 가방을 프레디의 옷과 가방 옆에 두고 그를 따라 주방으로 갔다.

"잉글리시 브랙퍼스트, 캐모마일, 페퍼민트, 얼그레이, 루이보스."

제나는 마지막 차가 뭔지 몰랐지만 고개를 끄덕이며 말했다. "그냥 평범한 걸로 줘."

프레디는 상자에서 잉글리시 브랙퍼스트 티백을 꺼내 머그에 넣었다. 그리고 혹시 우유가 필요하냐고 물었다. 제나는 그렇다고 대답했다. 패딩을 벗고 있으려니 아까보다 더 추웠다. 주방 뒤로 확장한 유리온실의 창문 하나가 끈으로 매달려 있는 게 보였다. 찬바람에 끈이 이리저리 흔들리고 있었다.

"저 창문 고쳐야겠다. 여기 얼어 죽을 것 같아."

프레디가 제나를 흘끗 보았다. "아빠는 집이 추운 걸 좋아해. 그러면 생각할 때 집중이 잘 된대."

"춥다는 사실에만 집중할 것 같은데?" 제나는 스웨터 소매로 손을 넣고 덜덜 떨며 말했다.

프레디가 차를 타는 모습을 지켜보았다. 동작이 거의 로봇처럼 자로 잰 듯 정확했다. 다 우러난 티백을 짜지도 않고 머그에서 꺼낸 다음 쓰레기통으로 가져가는 바람에 물이 뚝뚝 떨어졌다.

"너 그 애한테 물어봤어? 무도회 같이 가자고."

"물어보고말고. 응, 좀 전에 물어봤어. 30분이나 됐으려나? 같이 가겠다고는 얘기 안 하더라. 그렇지만 싫다고도 하지 않았어. 그 애는 아스퍼거 증후군이 있대."

제나는 점잖게 끄덕이며 머그잔을 받았다. 프레디가 식탁에도 차를 흘려서 제나는 스웨터 소맷동으로 닦아냈다. 그리고 아스퍼거 증후군에 대해 뭐라고 말해야 할지 몰라 그냥 입을 다물고 있었다. 혹시 프레디도 아스퍼거 증후군인가 궁금했지만 물어보기가 저어됐다.

"그래서……." 프레디가 옆에 앉아 얇은 다리를 높게 꼬며 말했다. "나랑 무슨 얘기를 하고 싶은 거야? 남자애들에 대해 궁금한거 있어?"

제나는 살며시 웃었다. "어, 아니. 그건 아니야. 아니지. 그게 말이야……." 제나는 말을 멈췄다. 이 말을 어떻게 꺼내야 한담? 그것도 이 집에서? 애네 엄마는 지금 아파서 침대에 있는데? 제나는 차를 홀짝이고 머그를 내려놓았다. 그리고 나직한 목소리로 읊조렸다. "너희 아빠에 대해 얘기하고 싶어."

눈 깜짝할 새 프레디의 태도가 완전히 바뀌었다. 꼬았던 다리를 풀고 그녀 쪽으로 몸을 기울이고는 걱정이 가득한 눈을 하고 물었다. "우리 아빠가 왜?"

이러면 안 된다. 프레디에게 차 잘 마셨다고 인사하고 복도에서 가방이랑 패딩을 챙겨 나가야 한다. 그러나 예전의 장면들이 떠올랐다. 피츠윌리엄 선생님이 베스의 팔에 손을 얹으며 '우리 베스'라고 부르던 모습. 지난주 제드의 집에서 베스를 태워갔다던 검은 BMW 차량의 남자. 베스와 피츠윌리엄 선생님이 밤늦게 동네에서, 그리고 세비야의 호텔 층계참에서 대화하던 것. 피츠윌리엄 선생님 얼굴 사진에 베스가 하트 표시를 했던 것, 자신이 임신했다는 생각에 화장실에서 울던 베스. 또한 피츠윌리엄 선생님이 제나 자신을 바라보던 모습, 그 강렬한 눈빛, 벨벳과 같은 목소리, 부드러운 스웨터, 정확한 자리에 놓인 갑 티슈, 대화 속에서 튀어나오던 반갑지 않은 친밀감……. 또한 레이크 디스트릭트에서 봤던 여자, 그토록 피츠윌리엄 선생님을 미워하여 몸 속 깊은 곳에서 비명을 뿜어내고 *잘못됐어, 잘못됐어, 잘못됐다고!* 라고 외치던 여자가 떠올랐다. 제나는 프레디의 눈을 똑바로 바라보며 말했다. "너네 아빠가 어린 여자애들 좋아하는 거 같아?"

제나는 아랫입술을 깨물며 프레디의 반응을 살폈다. 그러면서 분노에 대응할 준비, 혹은 고통을 느낄 준비를 마쳤다. 그러나 프레디는 음모를 꾸미는 표정을 하며 물었다. "넌 그렇다고 생각해?"

"나도 모르겠어." 제나가 속삭였다.

프레디가 일어나 주방을 가로질러 가서 문을 닫았다. 잠시 후 돌아와 다시금 옆에 자리를 잡았다. "아빠가 너한테 무슨 짓이라도 했어?"

"나한테? 아니."

"그럼 누구?"

"내 친구. 베스 리들리."

제나는 프레디에게 모든 것을 처음부터 다 얘기했다. 고개를 끄덕이며 제나의 말을 듣는 프레디는 이상하게도 놀라는 것처럼 보이지 않았다. 오히려 제나가 무언가를 말하기 이전에 무슨 말을 할지 이미 아는 듯 보였다. 제나가 세비야 호텔 층계참에서 본 것을 얘기했을 때 프레디는 "이상하긴 했어"라고 말했다. "그 여행 따라간 거, 뭔가 숨은 이유가 있을 것 같더라고."

제나가 말을 마치자 그는 탁자에 기댄 채 공기로 볼을 부풀렸다. "맙소사."

"이런 말 해서 미안. 너한테는 너무 힘들지. 당연해. 지금 얘기하는 사람은 다름 아닌 너희 아빠니까."

"난 아빠를 좋아해. 여러모로 봤을 때 내가 아는 사람 중에 가장 대단한 분이야. 그렇지만 한편으로는……."

제나는 어떤 내용이 튀어나올지 불안해하며 이어질 말을 기다렸다.

"아빠가 어린 여자애를 좋아하는지 아닌지는 나도 몰라. 근데 아빠가 엄마를 때리는 것 같아."

제나가 움찔했다.

"가끔씩 말이야……." 프레디는 천천히, 신중하게 말을 시작했다. "밤에 무슨 소리가 들려, 부모님 방에서. 쿵 하는 소리처럼 이상한 소리가 났다가 애써 속삭이는 소리가 들리고 불현듯 무지조용해지는데, 가끔은 토하는 소리도 나고, 그러고 난 다음 날이면 엄마가 목폴라를 입거나 스카프를 매고 있을 때가 많아. 손목에 심한 멍이 보이기도 하고. 그러면 엄마는 매일 하던 조깅을 멈추고 더 이상 웃지도 않지. 며칠 전에도 목에 멍이 크게 났는데 엄마는 그거에 대해 실토를 안 할 거야. 그리고 말이야, 난 아빠가 대단한 분이라고 생각하면서도, 동시에 어쩌면 질 나쁜 사람에 속할수도 있겠다는 생각이 들어. 한편으로는 나도 알고 싶어. 사실을 기반으로 아빠에 대한 나쁜 면을 알고 싶어. 그래야 아빠에 대해제대로 판단할 수 있으니까. 동시에 상반된 의견, 상반된 감정을 갖는 건 너무 힘들거든. 난 그냥 한쪽 의견만 가지고 싶어."

제나는 문득 요전날 화장실에서 베스를 안아주려 했을 때 그녀가 움찔하고 놀랐던 게 떠올랐다.

"엄마한테 물어본 적은 없어? 엄마한테 아빠에 대해 물어본 적 없어? 멍이 왜 났는지 안 물어봤어?"

"물어봤지. 근데 우리 엄마는 아빠가 완벽하다고 생각해. 엄마의 관심은 온통 아빠한테 쏠려 있어. 엄마는 나를 사랑해. 하지만 아빠를 더 챙겨. 우리 집의 음식은 죄다 아빠를 위한 거야. 다 아빠가 좋아하는 음식뿐이지. 히터를 꺼놓는 것도 아빠를 위해서인데, 아빠는 따뜻한 걸 싫어하거든. 나는 따뜻한 게 더 좋은데. 우리 가족이 여행을 안 가는 것도 아빠가 싫어해서야. 난 여행도 좋아하는데. 내 맘은 중요하지 않다는 거지. 우리 집에서 중요한 사람은 아빠뿐이야. 엄마는 아빠에 대한 나쁜 얘기는 절대로 입 밖에 꺼내지 않을걸. 절대로."

제나는 문득 프레디의 손을 잡고 팔로 어깨를 감싸주고 싶었다. 그렇지만 그가 어떻게 반응할지 짐작이 안 됐다. 프레디가 울지도 몰랐다. 그러나 그는 고개를 들고 이렇게 말했다. "그러니까 우리 아빠에 대해 나쁜 얘기 하는 거 걱정하지 마. 난 받아줄 수 있으니까. 정말이야."

잠시 침묵이 내려앉았고, 제나는 정원을 내다보았다.

"있잖아……." 프레디가 입을 뗐다. "우리 엄마는 아빠 학교 학생이었어. 아빠는 거기 영어 선생님이었대. 아빠 말로는 엄마가 열아홉이 되고 나서 만났다고 하는데, 그건 의문의 여지가 있지. 그렇지 않아?"

"그럼 두 분 사이에서 무슨 일이 있었던 거라고 생각해? 너희 엄마가 아직 학생이었을 때?"

"나도 모르겠어. 그럴 수도 있지. 나는 가끔 무슨 생각을 하냐면……." 프레디는 말을 멈추고 손가락으로 입술을 문질렀다. "가끔은 내가 부모님 두 분에 대해 전혀 모르는 게 아닐까, 라는 생각을 해. 아, 그리고 또." 그가 다시 목소리를 낮췄다. "우리 엄마가, 얼마 전에 이상한 얘길 하셨어. 호숫가에서 화내던 여자에 대해 물어보고 있었는데 엄마가 뭐랬냐면……." 프레디는 여기서 갑자기 믿을 수 없을 정도로 설득력 있게 성대모사를 했다. "*아빠가 그 여자 딸을 퇴학시켰거나, 아니면 딸의 마지막 성적표가 엉망이었거나 그랬겠지. 부모들이 지나칠 정도로 극성 떠는 거 너도 알잖아. 그러니까 우리 엄마는 말이야, 그 여자가 누구고 무슨 일이 있었는지 나한테 말한 것보다 더 많이 아는 게 분명해.*"

제나가 눈을 동그랗게 떴다. "정말 그렇게 얘기하셨다고?"

"응, 맹세해."

"있잖아, 틀림없이 인터넷에 관련 정보가 있을 거야. 너희 아빠가 근무했던 학교 이름 알아?"

"어, 응. 어느 정도는. 적어도 아빠가 살았던 지역 이름은 아는데, 아마 학교 이름 보면 기억이 날 것 같아."

"노트북 있어?"

"응, 지금 가지고 올게. 넌 여기 있어. 여기서 기다려. 움직이지 말고."

제나가 미소 지었다. "안 움직일게. 약속해."

프레디는 일이 분 정도 자리를 비웠다. 제나는 자신이 교장선생님네 주방에 있다는 기묘한 감정에 마비되어 손가락 하나 깜짝하지 않았다. 노트북을 들고 돌아온 프레디는 뒤에 있는 벽에 플러그를 꽂고 화면을 열었다.

"됐다." 그가 브라우저를 열면서 말했다. "아빠가 처음 교직생활한 곳은 버턴어폰트렌트야. 거기서 엄마를 만났지. 그 지역 학교들을 검색해보자."

프레디가 검색 결과를 스크롤하기 시작했다.

"저기다. 저거야. 로버트 서튼 고등학교. 부모님이 여기 얘기한 걸 들은 적 있어."

"좋아. 이제 학교와 너희 아빠 이름을 같이 검색해보자."

프레디는 검색을 실행했다. 동호회, 수상기록, 여행, 연극과 관련한 지역 뉴스가 다뤄진 수많은 소식지를 훑었다. 그렇지만 그 어디에도 피츠윌리엄 선생님이 학부모를 화나게 해서 구타를 당했다는 내용은 없었다.

"거기에 '비바'를 추가해봐." 제나가 말했다.

프레디가 그녀를 흘끗 보았다. "좋은 생각이야. 진짜 좋은 생각이야."

그는 검색어에 비바를 추가한 후 클릭했다. 둘은 검색 결과의 첫 줄을 보자마자 서로에게 들릴 정도로 크게 숨을 들이마셨다. 그리고 서로의 얼굴을 쳐다보았다.

"오, 맙소사!" 제나가 중얼거렸다.

프레디는 결과 목록 옆에서 반짝거리는 커서를 보며 트랙패드 위에서 손가락을 꼼지락거렸다.

"눌러봐. 클릭해."

"겁나."

"내가 대신 해?"

프레디가 고개를 끄덕이자 제나는 노트북을 자기 쪽으로 당겼다. 그리고 링크를 클릭했다.

53

따스한 오후였다. 3월이라기에는 따스한 날씨. 조이는 코트 단추를 풀고 햇살이 내리쬐는 길을 따라 걸었다. 막 퇴근해서 옷을 사러 가는 길이다. 내일 입을 옷. 톰 피츠윌리엄과 약속한 호텔에서의 섹스를 위해. 그런 일은 일어날 수도, 일어나지 않을 수도 있다. 아직 마음의 결정을 내리지 못한 상태다. 호텔에서 톰과 잠자리를 할 수 있다. 그러지 않을 수도 있다. 아니면 아예 호텔에 가지 않을 수도 있다. 머릿속에서 백 가지 목소리가 동시에 서로 다른 답을 내놓으며 아우성쳤다.

  엄마가 돌아가셨을 때 조이의 머릿속 허리케인이 멈췄다. 완전히 사라졌다. 어렸을 때부터 줄곧 거기 있었는데. 중등교육자격 검정시험을 실패한 것은 그 이유였다. 학교 두 곳에서 퇴학을 당한 것도 그 이유였다. 연애를 한 사람하고만 하지 못하는 것도. (심지어 미친듯이 사랑에 빠진 사람과도 그랬다.) 친구들과의 우정이 오래가지 못하는 것도 그 이유였다. 속옷이 닳아 해지고 은행 계좌가 텅 비고 직업이 거지같고 뿌리 염색을 하지 않아 새로 난 머리가 거의 3센티미터가 된 것도 그 이유였다. 왜냐하면 자신의 바탕이 되는 모든 존재가 세탁조 속 빨랫감처럼 머릿속에서 빙글빙글 돌며 끊임없이 뒤틀리고 뒤집어졌다가 이리저리 부딪히며 열 개가 넘는 다른 형태로 모습을 드러냈기 때문이다. 10시에는 좋은 생각 같았던 것이 10시 반이 되면 최악이라 느껴졌다. 언젠가 좋은 결정을 내리는 것이 행복한 인생의 비결이라고 말한 사람이 있었다. 그렇지만 좋은 결정을 내리는 것은 너무 힘에 부치는 일 아닌가. 언제나 무한에 가까운 결과들이 등장하고 그것 모두가 적어도 한 번씩은 다 좋아 보이기 때문이다. 그렇다, 죽어도 같이 있기 싫은 사람들을 휴일에 초대하겠다고 생각할 수도 있다. 그렇지, 못 할 이유가 뭔가, 해보면 괜찮을 수도 있겠지. 조이는 괜찮지 않은 일에도 괜찮다고 대답하곤 했다. 왜냐하면 자신의 본능에 집중하는 법을 전혀 모르고, 자신의 운명을 통제할 능력이 없기 때문이다.

엄마는 늘 애정을 담아, 그러나 진이 다 빠진 모습으로 말하곤 했다. 너에게 있어 최악의 적은 바로 너 자신이라고.

하지만 엄마의 죽음 이후로, 그 부서진 몸에서 마지막 생명줄이 끊어지는 것을 본 이후로 모든 것이 분명해졌다. 빙글빙글 돌던 머리가 멈추고 모든 것이 잔잔한 연못으로 변했다. 곧 있으면 스물일곱 살, 이제는 좀 더 성숙한 존재로 나아갈 시간. 조이는 결혼과 동시에 호텔에 사직서를 냈고, 브리스톨에 돌아와 브리스톨에 사는 성인 여성이 할 법한 일들을 하며 사는 모습을 상상했다. 번듯한 직업과 괜찮은 아파트를 얻고, 요리를 하고, 아빠 오빠와 함께 시간을 보내고, 헬스클럽을 다니고, 갭이어 동안 약이나 까먹으며 보내는 귀염둥이들과 순간적인 우정을 나누는 대신 친구를, 꽤 든든한 친구를 사귈 것이다. 어쩌면 독서 모임에 참여하거나, 정기적으로 미용실 예약을 하고, 차를 사고, 세차장에 가고, 애완동물을 두 마리 키우고, 식물을 키우고, 매니큐어를 받고, 샐러드를 먹고, 아이를 갖고…….

그런 마음으로 이곳에 돌아온 조이는 깨달았다. 자신은 괜찮은 아파트를 구할 형편이 안 된다는 것을, 괜찮은 아파트 없이는 맛있는 음식을 요리할 수 없고, 유쾌한 친구들과 재미있는 독서 모임도 할 수 없다는 것을. 또한 번듯한 직업을 가질 능력이 없고, 헬스클럽에 등록하거나 차를 구입할 돈도 없으며, 멋지고 유쾌하고 든든한 친구를 사귀는 것은 생각보다 어렵다는 것을 깨달았다. 머릿속 허리케인이 서서히 다시 꿈틀거리기 시작했다. 바로 그때 소용돌이와 뒤엉킨 생각 위로 키 크고 잘생긴 톰 피츠윌리엄이 스포트라이트를 받는 듯 밝은 모습으로 나타났다. 그를 떠올리기만 해도 자신의 변변찮은 직업과 염색을 밀고 나오는 머리카락을 잊을 수 있었다. 또한 한 사람 몫을 너끈히 해내는 성인이 되기 위해 내디뎌야 하는 발걸음을 두려워하는 자신의 어리석음을 잊을 수 있었다. 톰, 내 목을 만지던 그 손, 멜빌 하이츠의 어두운 구석에서 바짝 밀착했던 그의 몸을 생각하는 동안만큼은, 갈지 말지 아직 결정하지 못한 그 잠자리 약속을 위해 무슨 색 브라를 살지 고민하는 동안만큼은, 앨피가 아이를 원한다는 사실, 그리고 마음속 깊은 곳에서 일말의 의심도 없이 느껴지는 사실…… 바로 그와의 결혼이 잘못됐다는 것과 아마도 곧 앨피의 완벽한 심장을 취해 완전히 두 조각으로 깨뜨릴 거라는 것을 잠시나마 잊을 수 있었다.

파란색, 프리마크 매장에서 뻣뻣한 레이스가 달린 볼륨업 브라를 만지며 생각한다. 파란색, 팔에 끼운 천으로 된 쇼핑 바구니에 브라를 넣으며 생각한다. 파란색으로 하자.

엿보는 마을

54

십 대 소녀 자살로 판명

학교 교사, 심문을 위해 억류 중

지난 4월, 도심지 워털루가街의 버려진 치킨 요리 전문점에서 죽은 채 발견된 14세의 지역 여학생 제너비브 하트(친구와 가족들은 '비바'로 칭했다)의 사인이 어제 자살이라고 판명났다. 교복 스타킹을 이용해 목을 맨 것으로 보인다. 경찰은 하트 양의 사망 직후, 일기 내용에 근거해 부정을 저지른 것으로 추정되는 성명 미상의 학교 교사를 취조했으나 30분 후 기소 없이 풀어주었다. 하트 양의 측근에 따르면 그녀는 학교에서 오랫동안 괴롭힘을 당했다고 한다. 또한 유서를 남기지 않았고, 목숨을 끊기 직전 가위로 자신의 머리카락을 잘랐다고 언급했다.

제나는 머릿속에 자리 잡은 이미지를 몰아내기 위해 천천히 눈을 깜빡였다. 어린 소녀가 자신의 스타킹으로 목을 맨 모습, 흔들리는 다리 아래 바닥에 머리카락이 쌓여 있는 모습. 자기도 모르게 머리카락을 만지며, 자신의 머리를 직접 잘라낸다면 어떤 느낌일까 상상했다. 어떤 느낌일까……. 어떤 소리가 날까……. 야만적 행동으로 느껴져 상상이 불가능했다. 침을 꿀꺽 삼키고는 입에 주먹을 가져다 댔다. "너무 슬프다."

프레디가 끄덕였다. "끔찍하네." 그러더니 그가 자세를 바로하고 말했다. "그렇지만 이건 우리 아빠 아니야. 그렇지?"

제나는 기사를 보며 사람들이 기소되지 않았다고 해서 범죄를 저지르지 않았다는 의미는 아니라는 생각을 했다. 그저 범죄를 저질렀다는 것을 증명할 만큼 충분한 증거가 없다는 의미일 뿐이다. 그렇지만 이 생각을 입 밖으로 뱉어내지는 않았다. 대신 미소를 띠며 말했다. "그런 거 같지는 않아."

"괴롭힘을 당하고 있었다잖아." 프레디가 관련 내용을 가리키며 말을 이었다. "그래서 그런 거 아닐까? 그런 경우 많잖아, 그렇지? 학교에서 괴롭힘당하던 애들이 자살하는 거 말이야."

"응, 그건 그렇지." 제나가 모호하게 대답했다.

"그러니까, 그것 때문에 생긴 일일 거야. 안 그래?"

"응." 그렇지만 그런 경우라면, 비바의 엄마가 피츠윌리엄 선생님을 때린 건 왜일까? 딸을 괴롭혀 죽게 만든 가해자들을 때리는 게 낫지 않나? 비바가 일기장에 뭐라고 썼길래 피츠윌리엄 선생님이 비바를 죽게 만들었다고 생각한 걸까? 이걸 알 방법은 없다. 일기 내용을 아는 사람은 오직 가족뿐이겠지. 하트가※ 사람들.

"자……." 제나가 화면을 자기 쪽으로 돌려 뒤로가기 버튼을 눌렀다. "또 뭐가 있는지 찾아보자." 검색 결과를 훑던 제나는 사진이 있는 기사 하나를 찾아냈다. 사진을 확대하고 한참을 뚫어지게 바라보았다. 짙은 색깔의 긴 머리카락과 커다란 눈을 가진, 금방이라도 웃음을 터트릴 듯한 분위기의 소녀였다. 친절하고 배려심도 깊어 보였다. 운영이 중단된 우중충한 치킨 요리점에 가서 가위로 머리를 다 잘라내고 스타킹으로 목을 매는 소녀의 모습은 도무지 상상할 수 없었다. 이 소녀가 지금 죽어 있다는 걸 상상할 수가 없었다.

기사에는 엄마의 이름이 기재되어 있었다. 산드라. 아버지에 대한 언급은 없었다. '산드라 하트'를 검색해봤지만 아까와 똑같이 온통 비바에 관한 기사만 나왔다. 이번에는 페이스북에 가서 '산드라 하트'라는 이름으로 검색했더니, 다들 너무 어리거나 너무 나이가 많거나 혹은 제너비브 하트와는 전혀 관련이 없어 보였다. 그러다 1957년 더비에서 태어나 셰필드에서 살고 있다는 산드라 하트를 발견했다. 그녀의 담벼락은 비공개였기에 볼 수 있는 건 친구 명단뿐이었다.

친구는 고작 스물두 명. 한 명 한 명 살펴보던 중 마침내 '리베카 루이즈 하트'라는 이름의 젊은 여성을 찾아냈다. 담벼락은 비공개였지만 개인정보가 오픈돼 있었다. 리베카 루이즈 하트는 1981년 버턴어폰트렌트에서 태어나 현재 차터 레드우드Charter Redwood 재무관리 회사에서 시스템 분석가로 근무 중이었다.

"잠깐만……." 프레디가 화면으로 몸을 숙이며 말했다. "나 이 여자 알아. 나 알아! 나…… 나는…… 잠시만." 그가 재킷 주머니에서 핸드폰을 꺼내 화면을 깨웠다. 화면을 휙휙 넘기며 사진을 확인했다. 제나가 흘끗 보니 모두가 한 사람의 사진이었다. 갈색 머리칼에 감청색 교복 재킷을 입은 예쁜 소녀. "여깄다." 프레디가 화면을 보여주었다.

장소는 멜빌 외곽 버스정류장, 검은색 코트 차림의 여자가 제나 엄마와 대화하는 모습을 멀리서 찍은 사진이었다.

"봐봐. 이 여자야. 맞지? 같은 사람이지? 너희 엄마랑 얘기 중이야."

"잠깐, 잠깐." 제나는 비틀비틀 몸을 뒤로 하고 잠시 눈을 감았다. "이건…… 이게 무슨 일이지?" 다시 화면을 봤지만 사진은 여전히 그대로다. 진짜로 엄마였고, 진짜로 저 여자는 페이스북 프로필 사진이랑 똑같은 여자였고, 진짜로 두 사람은 멜빌 외곽에 함께 서 있다.

"이거 언제 찍은 거야?"

"어제."

"근데 왜……." 제나는 두 손을 관자놀이에 갖다 댔다. "근데 왜 이걸 찍은 거야?"

"신기했으니까."

"신기했다고?"

"응, 난 너희 엄마가 신기해. 너희 엄마가 다른 사람한테 얘기하는 것도 신기하고."

"그래서 너……." 깨달음이 그녀를 덮쳤다. "그래서 우리 엄마 사진을 찍는 거야? 그래서 그런다고?"

"응, 자주는 아니야. 사실은 거의 안 그래."

"엄마는 늘 네가 여기 창문에서 쳐다본다고 했는데 나는 매번 착각이거라고 했거든."

"흠, 착각은 아니야. 내가 그런 건 맞아. 그렇지만 너희 엄마도 똑같이 나빠. 너도 알지? 늘 저 아래서 여기를 올려다보신다고, 항상. 가끔은 우리 집 근처에 자리를 잡고 앉아 계신다니까. 난 그렇게까지는 안 해."

제나는 머리를 왼쪽에서 오른쪽으로 가볍게 흔들었다. 지금 당장은 이 사실을 제대로 받아들일 수 없다. 가장 시급한 현안으로 생각을 옮겼다.

"저 여자분 어디 사는지 궁금해. 낯이 익어. 어디서 본 게 확실해."

"뭐, 안 보고 지나가기 힘든 사람이긴 하지. 꽤 뚱뚱하잖아."

제나는 사진을 보며 프레디에게 혀를 찼다. "뚱뚱하지 않아." 그녀의 말에도 확신은 없었다. "봐봐." 여자의 검은 코트 윤곽을 가리키고 보니 옆모습이 B 모양이었다. "임신했네."

프레디는 자세히 들여다보았다. "세상에, 네 말이 맞아. 역시 그랬어!" 그가 손가락으로 딱 하는 소리를 냈다. "나 저 여자 누군지 알겠어. 옆옆집에 사는 사람이야. 우리랑 완전 이웃이라고!"

* * *

제나는 프레디의 집을 나와 곧장 베스의 집으로 향했다. 벨을 누르는 손이 벌벌 떨리고 심장도 마구 뛰었다. 인터콤으로 연결된 건 베스의 엄마였다.

"안녕하세요, 헤더 아줌마, 저 제나예요. 베스 집에 있어요?"

"당연하지! 올라오렴."

베스는 모조 아스트라한 모피 쿠션에 둘러싸인 채 꼬마전구의 빛을 받으며 커다란 더블베드에 앉아 있었다. 침대 옆 협탁에 놓여 빛을 발하는 유리병 속 빨간 향초 덕에 마치 크리스마스 냄새가 나는 것 같았다. "무슨 일이야?" 베스는 제나의 불안해하는 모습을 보며 물었다.

"베스. 이건 진짜로 심각한 일이야. 내 얘기 잘 들어. 그리고 진짜 솔직하게 말해줘야 해."

베스가 침을 삼키고 어깨를 으쓱해 보였다. "뭔데?"

"얘기하자면 너무 길어. 그렇지만 짧게 얘기하자면 이래. 저 위 멜빌 하이츠에 어떤 여자가 사는데……." 제나는 손가락질을 하며 말했다. "그 여자가 어렸을 때 여동생이 자살했대. 근데 왜 자살했는지 알아?"

베스가 다시 어깨를 으쓱했다. "왜 그랬는데?"

"왜냐하면 피츠윌리엄 선생님이랑 그렇고 그런 관계여서."

베스가 눈을 가늘게 떴다. "뭐라고?"

"그 자매는 북쪽에 있는 학교에 다녔는데 피츠윌리엄 선생님이 거기 선생님이었고 여동생이 선생님이랑 그런 관계였는데, 어느 날 그 애가 죽은 채 발견된 거야. 근데 그게 다가 아니야. 듣자하니 피츠윌리엄 선생님이 부인을 때리는 거 같아."

베스가 의심의 눈초리를 보였다. "나한테 이 얘길 하는 이유는?"

제나가 한숨을 쉬었다. "왜인지 알잖아, 베스. 너 잘 알고 있잖아."

"어, 아니거든. 진짜로, 나 모르겠는데?"

"베스, 제발. 거짓말 좀 하지 마. 너하고 피츠윌리엄 선생님, 둘 사이에 일어나는 일 말이야."

베스가 멍하니 제나를 바라보았다. "세상에! 와우! 젠, 우리 사이엔 아무 일 없어. 너 정말 미친 거 아니야?"

엿보는 마을

"그럼 그렇게 몰래 만나고 그런 건 뭐 때문이야?"

"몰래 만나고 그런 게 없었다니까!"

"아니, 있었잖아! 그날 밤 11시쯤 약국 주변에서 둘이 있는 거 내가 봤어. 오늘 오전에도 너 선생님 사무실에서 나오는 거 봤고, 선생님이 널, 이렇게 네 팔을 만졌다고."

"이런 빌어먹을, 젠. 우리 대화 주제는 너였어."

제나는 몸이 굳었다. "나라고?"

"그래. 너랑 너희 엄마 얘기. 만약 너희 엄마가 정신과 입원 치료를 받게 되면 너한테 무슨 일이 생길지에 관한 내용이었어. 나랑 우리 엄마가 너를 데리고 살 수 있는지 물어보셨어. 그래. 그렇게 하면 네가 학교에도 남을 수 있고 아빠 쪽으로 이사 가지 않아도 되니까. 그게 다야. 말 그대로 그게 다라고. 내가 말을 안 한 건 네가 상황 파악을 제대로 못 할 거라는 걸 알아서 그랬어. 내가 말했잖아, 젠. 선생님은 배려심이 깊은 사람이라니까! 나는 멜빌 하이츠에 있는 그 여자가 누군지도 모르겠고 그분 여동생이 불쌍하긴 하지만, 그렇지만, 나 맹세하는데, 피츠윌리엄 선생님은 그 일이랑 전혀 관계없어. 그럴 리 없지."

"그럼 그건 왜……." 제나가 베스의 배를 슬쩍 가리켰다. "임신했다는 거 말이야. 그러니까, 그럼 그건 누구 애야?"

"애 같은 건 없어!"

"그렇지만…… 나는 뭐가 뭔지……."

"들어봐." 베스가 한숨을 쉬며 머리를 귀 뒤로 넘겼다. "나는 그냥…… 어떤 애를 만났어. 루비 사촌. 제드 말이야. 우리는 진도를 꽤 많이 뺐어. 아주 많이. 그랬는데 그 애의, 그거 알지, 그거,

그……."

제나가 코를 찡그렸다. 제드의 그거에 대해서는 조금도 알고 싶지 않았다.

"걔가 그걸 내 배에 흘린 거야. 그랬는데 생리가 시작을 안 해서 완전 겁먹었지. 혹시 그게 그쪽으로 흘러 들어갔을까 봐 걱정했거든. 바보 같다는 거 나도 알아. 나도 안다고. 그래서 얘기를 안 하려고 했던 거야. 얘기했으면 나한테 멍청이라고 했을 테니까."

"내가 그럴 리가 있냐."

"응, 그랬을걸. 그렇지만 너는 너고 나는 나고, 그게 우리 방식이니까 괜찮아. 어쨌든, 오늘 아침에 생리 터졌어. 그러니까. 무슨 말인지 알지? 앗싸."

"그러니까, 너 아직 처녀란 소리야?"

"응, 나 아직 처녀야."

"그리고 너 임신한 거 아니고?"

"응, 임신 안 했어."

"피츠윌리엄 선생님이랑 그렇고 그런 사이도 아니고?"

"응, 아니야. 정말 그렇게 된다면 모든 걸 망치게 될 텐데, 난 선생님이 너무 좋아서 그런 일은 절대 하지 않을 거야."

"그럼 선생님이, 그러니까, 시도를 하려거나……?"

"아니! 절대 없었어."

"그럼 너하고 제드는. 걔가 너 남자친구야?"

"아니. 말했잖아. 걔 멍청이라고. 너무 잘생기긴 했지. 그냥 그렇게 잘생긴 남자애랑 키스하면 어떤 느낌일지가 궁금했어. 그랬다가 생각보다 진도를 너무 많이 나가긴 했지만. 그건 그냥 딱 한 번 그런 거야. 이제는 그냥 친구고." 베스는 말을 멈추고 제나를 보며 미소를 지었다.

그렇지만 제나에게는 궁금한 게 하나 더 있었다. "저번에 화장실에서, 내가 너 안아줬을 때, 너 움찔했잖아. 네가 몸을 뗐어. 아프다는 듯이. 아니면 다쳤다는 듯이. 그건 왜 그랬어?"

베스가 어깨를 으쓱했다. "가슴이 아파서 그랬나? 그때 가슴이, 오, 맞아, 슬쩍 닿기만 해도 아팠어. 너무너무 아팠다니까."

제나는 잠시 친구를 바라보았다. 다정한 베스. 세상에서 가장 멋진 소녀. 둘 사이에 있었던 끔찍한 거리감이 고무밴드 튕기듯 문득 제자리로 돌아온 것 같았다. 지난 몇 주의 일이 아예 없었던 것 같은 느낌이었다.

제나는 베스를 향해, 베스는 제나를 향해 팔을 뻗어 서로 껴안았다.

"걱정하게 해서 미안해." 베스가 말했다.

"괜찮아. 난 네 걱정 하는 거 좋아해. 뭔가 할 일이 생기는 거잖아."

베스는 잠시 웃더니 정색하고 말했다. "그런데 말이야, 우리 엄마가 너 우리 집에 들어와서 같이 사는 거 완전 괜찮다고 하셨어. 만약에, 알지? 너희 엄마가……."

"알아. 그리고 고마워. 그런 일이 없었으면 좋겠지만 만약 그렇게 된다면……." 제나는 베스를 다시 껴안았다. "사랑해, 베스 리들리."

"나도 너 사랑해, 제나 트립."

제나는 절친을 품에 안았다. 친구가 안전하다는 사실에 안도감을 느끼며 눈을 감았다. 그러나 감은 눈 속에 펼쳐진 것은 천장에 매달린 제너비브 하트와 더러운 바닥에 흩어져 있는 그녀의 아름다운 짙은 머리카락이었다.

55

프레디는 엄마 침실에 불쑥 들어가 아프다는 사람 앞에서 끔찍한 얘기를 할 생각에 기분이 좋지 않았다. 그러나 너무나 많은 것들이 머릿속에 밀려들어와 요동치고 있었다. 그걸 다른 곳에 풀지 않으면 휩쓸리게 될 지경이었다.

주방 과일바구니에서 오래된 바나나 하나를 꺼내고 크랜베리앤 라스베리 차를 만들어 엄마에게 가지고 갔다. 커튼은 닫혀 있고 방 안에서는 탁한 숨결과 낡은 이불 냄새가 났다. 조심스럽게 침대 협탁에 차를 내려놓고 엄마에게 바나나를 권했다. 엄마는 고개를 저으며 살짝 끙, 하는 소리를 냈다.

"할 얘기가 많아, 엄마." 프레디는 침대 끝에 앉아 몸을 숙이며 입을 열었다. 우유부단하게 망설일 필요가 전혀 없다. 거의 7시가 다 된 시각이라 언제 아빠가 들이닥칠지 모른다.

"오, 내 아들. 내가 지금 수다 떨 힘이 있을까 모르겠는데."

프레디는 엄마 이마에 손을 대고 자기 이마에 댔다가 다시 엄마 이마를 확인했다. "안 뜨거운데. 엄마가 생각하는 것만큼 아픈 건 아닌 거 같아."

"방금 파라세타몰을 몇 알 먹었거든. 그래서 열이 내린 거야. 정말이야, 나 상태 최악이야."

"그렇지만, 어려운 얘기를 하자는 건 아니야."

엄마가 다시 신음소리를 냈다. "뭔데? 무슨 얘긴데?"

"첫 번째 주제. 나 아스퍼거 증후군이야, 아니야?"

"뭐라고?"

"아스퍼거 증후군. 나 그거 맞아? 왜냐하면 오늘 아스퍼거 증후군이 있는 애를 만났는데 걔가 어쩌면 나도 그런 것 같다고 하더라고. 그 말 들으니까 옛날 유치원 때 일이 생각났어. 그 선생님, 모리슨 선생님이었나 이름은 잘 모르겠는데, 나한테 뭔가 문제가 있는 것 같다고 하셨잖아. 그러고 나서 엄마가 나한테 차를 사줬고, 아빠는 꼬리표 따위는 잊어버리라고, 내가 똑똑하다는 것에만 집중하고 다른 사람이 내가 어떻다고 말하든지 신경 쓰지 말라고 하셨어. 그때 아빠가 분명히 아스퍼거라는 단어를 썼어. 구글에 검색해봤더니 다 들어맞더라고. 처음에는 엄마 아빠가 나한테 꼬리표가 붙지 않기를 바라는구나 생각했는데, 어쩌면 꼬리표가 붙었으면 좋았을지도 몰라. 학교에 맥스라는 애가 있는데 걔는 우리가 비슷하대. 근데 전혀 비슷하지 않거든. 걔는 전혀 특별하지 않고, 아스퍼거 증후군도 없으니까. 난 내가 그거 맞는 거 같아."

엄마는 조금씩 몸을 일으키더니 똑바로 앉아 아들을 응시했다. 엄마 눈에서 눈물이 차올랐다. '아픈 척'하는 행동이 사라지고 있다. "누구한테 들은 거야?"

"어떤 여자애. 내가 걔한테 내일 무도회 같이 가자고 청했거든.

나랑 같이 가줄 것 같아."

"그 애가 아스퍼거 증후군이 있다고?"

"응, 근데 꼬리표가 달리는 걸 두려워하지 않더라고."

엄마가 한숨을 내쉬었다. "뭐, 그렇다니 좋겠네. 그렇지만 나랑 네 아빠는……."

프레디가 말을 끊고 단호히 말했다. "엄마는 아니었어. 나한테 꼬리표가 없어야 한다고 생각한 건 아빠였어. 엄마는 그냥 동조해 준 거고. 늘 아빠가 하는 말에 끌려가니까."

"그건 사실이 아니야."

"사실 맞아. 엄마도 사실이라는 거 알잖아. 그러니까 지금 엄마를 봐. 이렇게 추운 방에 누워 있잖아. 아픈 척하면서. 지난주에 무슨 일이 있었는지는 모르겠지만 바로 그 일 때문에 말이야. 아빠가 한 행동 때문에."

"난 아니……."

"그런 거 맞잖아. 엄마 인생은 죄다 아빠를 중심으로 돌아가. 아빠, 아빠, 아빠. 세상에서 가장 중요한 사람은 오직 아빠뿐이라는 듯이 행동하지. 마치 아빠만 다치고, 아빠만 슬픔을 아는 사람인 양. 아빠만 배고프고, 덥고, 춥다는 듯이. 다른 사람들은 그냥…… 배경처럼 말이야. 근데 말이야…… 아빠는 엄마를 행복하게 해주는 것 같지 않아. 엄마를 웃게 하지도 않잖아. 엄마를 위해 뭔가 멋진 행동을 한 적도 없어. 밖으로 데리고 나간 적도 없고. 아빠는 그냥 엄마를 여기, 이렇게 크고 차가운 집에 내버려뒀는데, 저번에 앨피라는 남자가 왔을 때 엄마를 웃게 하고 행복하게 해주는 걸 봤어. 난 엄마의 그런 모습을 처음 봤어. 최초였다고. 그러니까 엄마는 재미를 모르는 사람이 아니야. 그런데도 매일 아침 일어나 재미없는 삶을 선택하는 거 같아."

"맙소사, 프레디! 난 네가 무슨 얘길 하는 건지 모르겠다."

"아니, 엄마는 알고, 엄마가 안다는 걸 나도 알아. 엄마, 아는 거 맞잖아. 아빠가 좋은 사람이 아니라는 거 알잖아. 아빠가 나쁜 짓 했다는 것도 알잖아. 엄마에게 상처 주잖아."

"아빠가 엄마한테 상처 준다고?"

"응, 그리고 다른 사람에게도 상처를 주지. 그래서 그 여자애가 자살하게 된 거고."

"여자애라니? 프레디! 여자애라니?"

"무슨 여자애 말하는지 알잖아. 비바. 그 여자애 말이야. 사건 뉴스 읽었어. 신문 기록 말이야. 엄마는 늘 호숫가의 그 여자는 단지 정신이 나가서 그런 거라고 했지. 그렇지만 그분은 미친 게 아니었어. 그 아줌마가 비바의 엄마야. 비바는 아빠가 버턴어폰트렌트에서 교사로 있던 학교 학생이었고. 엄마도 아빠를 거기서 만났지. 내 말은, 맙소사! 어쩌면 엄마도 그 여자가 누군지 알지도 몰라! 어쩌면 엄마랑 같은 반이었을 수도 있어. 그 일이 일어나는 동안 엄마가 거길 다녔을 수도 있어. 신문에 났을 때 말이야. 그때 아빠는 심문을 당했어. 분명히 모두가 그 얘기를 했을 거라고. 그러니까 누구 얘긴지 모르겠다는 말은 하지 마. 엄마는 백만 퍼센트 완벽하게 알고 있어."

엄마는 찡그리며 한숨을 내쉬었다. "맞아. 나도 그 여자애랑 같은 시기에 학교를 다녔어. 그렇지만 아는 애는 아니었어. 그 애도 나를 몰랐고. 그 일은 말 그대로 네 아빠와는 아무런 상관이 없어.

왜냐하면, 있지, 모두가 알았어. 모든 사람이 무슨 일인지 다 알았어. 그 비바라는 애가 아빠한테 푹 빠진 거지. 아빠를 줄곧 따라다녔어. 그야말로 스토킹을 한 거야. 그렇지만 아빠는 관심도 안 줬어. 그래서 자살한 게 아닐까 해. 그렇지만 누구도 그렇게 인정하려 들지를 않았지." 엄마가 길고 깊은 숨을 들이마셨다. 그리고 손가락으로 이마를 문질렀다. "그 애가 자살한 건 아빠와 관계없는 일이야. 전혀 관계없지."

"엄마." 프레디는 뱃속에서, 머리에서, 가슴에서 열감이 솟아나는 걸 느꼈다. "도대체 왜 아빠를 보호하는 거야? 왜 아빠한테 그렇게 집착하는데? 왜 모두가 아빠한테 그렇게 집착하는 거야?"

"사람들은 집착 같은 거……."

"하는 거 맞아, 엄마! 그 비바라는 애도 그렇고. 엄마도 그렇고. 14번지에 사는 그 여자도 그렇고. 조이 말이야. 그 여자는 늘 달처럼 동그랗게 눈을 치켜뜨고 어슬렁거린다고."

"오, 말도 안 되는 소리 마."

"아, 맞다니까! 엄마, 그 여자가 우리 집 근처에서 위를 올려다보며 서 있는 사진도 있는걸. 아빠가 그 여자를 차에 태워준 적도 있어. 지난번 아빠랑 같이 펍에 있던 날. 그리고 가끔은 자기네 정원 끝에 서서 우리 집을 올려다보기도 해. 아빠 차를 지나칠 때 차를 만지기도 하고. 그리고 우리가 어디에서 살든지 주변에선 꼭 무슨 일이 일어나. 엄마도 알지, 아스퍼거 증후군 사람들은 변화를 힘들어하고 친구도 잘 못 사귄다는 거, 그런데도 아빠는 나한테 꼬리표가 없어야 한다고 했어. 그놈의 명성 때문에 우린 늘 방방곡곡 떠돌아다닌 거야. 그러지 말았어야 했어. 나는 한곳에서 머물러야 하는 사람이라고. 하지만 안 그랬지. 아빠 때문에. 모든 건 빌어먹을 아빠 때문이야."

프레디는 말을 멈췄다. 원래 얘기하려던 것보다 열 배는 더 많이 말을 쏟아냈다. 그렇지만 엄마는 여전히 듣고 있었다. 이런 식으로 얘기할 수 있는 건 이번이 마지막일 수 있었다. 프레디는 볼을 빨아들였다가 힘을 뺐다. "엄마가 아빠랑 만났을 때 엄마는 어렸어. 아빠는 엄마의 선생님이었잖아. 생각해보면 그건 아주 나쁜 거야, 비록 결과가 좋았지만 말이야. 그렇지만 그것만 봐도 알 수 있어. 아빠는 꽤 나쁜 짓, 책임감 있는 어른이라면 하지 않을 짓을 하는 사람이라는 걸. 저 아랫동네에 여자애가 하나 있어, 엄마. 걔는 열다섯 살이고, 우리 아빠한테 푹 빠졌는데, 가끔씩 아빠는 걔를 만나고, 학교에선 사무실에서도 둘이 따로 만나곤 해. 아빠가 세비야에 따라간 것도 다 걔 때문이야! 내 친구가 그러는데 걔가 아빠 애를 가졌을 수도 있대!"

엄마는 움찔했다. 마치 프레디가 그녀의 얼굴에 물을 흩뿌리기라도 한 듯. "제발, 프레디. 거기까지 해. 그만해. 그만 좀 해."

"그만하고 싶지 않아. 멈출 수가 없어. 막 밖으로 쏟아져 나와서 멈출 수가 없다고."

"프레디, 제발. 나가렴. 아픈 나한테 고약하게 굴지 말고. 더 이상 받아줄 수가 없구나."

"고약하게 구는 게 아니야, 엄마. 진실을 말하는 거야. 정직하게 구는 거라고. 고약하게 구는 사람이 있다면 그건 엄마랑 아빠야. 매번 거짓말을 늘어놓잖아. 나에 대해서. 모든 것에 대해서."

"프레디, 나가!"

엿보는 마을

"싫어! 안 나갈 거야."

"아니, 넌 나가는 거야. 당장!"

"싫어." 프레디는 가슴 앞으로 팔짱을 꼈다. "안 나가."

엄마가 갑자기 꼿꼿하게 앉더니 프레디의 얼굴에 바짝 대고 소리 질렀다. "지금 나가, 이 빌어먹을 새끼! 당장!" 그런 후 아들의 배를 세게 밀쳤다. 프레디는 방금 들이마신 공기가 딱딱한 공으로 바뀌어 척추 아래를 강타하는 걸 느끼며 뒤로 넘어졌다. 그리고 엄마의 표정을 살폈다. 방금 엄마가 저지른 짓에 지레 놀라 표정을 누그러뜨릴 거라 생각했다.

그러나 엄마는 미동도 하지 않았다. 그저 그를 바라보며 아주 침착하게, 몹시 단호한 목소리로 말했다. "일어나서 내 방에서 당장 꺼져."

프레디는 그 말을 따랐다. 서둘러 일어나서 성큼성큼 문으로 걸어가 한 번에 세 단씩 계단을 오르며 방으로 달려갔다.

56

앨피가 퇴근해서 집에 도착한 건 자정이었다. 침대에 미끄러져 들어오는 그에게서 냄새가 났다. 샤워젤, 치약, 그리고 뭔가 다른 냄새, 뭔지는 모르겠지만 사람을 이상할 만큼 초조하게 만드는 냄새다.

조이는 자신을 향해 팔 벌린 남편의 가슴으로 기어들어 단단한 가슴 근육에 얼굴을 묻었다. 숨을 깊게 들이마시며 해방감과 안도감을 느꼈고, 동시에 내일 밤 이 시간쯤이면 견딜 수도 없고 되돌릴 수도 없는, 엄청 잔인하고 충격적인 일을 저지르게 될 거라는 생각에 슬퍼졌다. 뺨 아래에서 뛰는 그의 심장, 느리게 최면을 거는 듯한 맥박, 생명력의 리듬, 순수함, 청렴함이 느껴졌다. 조이는 한숨을 쉬며 더욱 세게 껴안았다. 그를 보내고 싶지 않았다. 그렇지만 톰에 대한 감정 또한 떠나보내고 싶지 않았다.

"밤근무 어땠어?" 그의 가슴에서 달콤한 냄새를 풍기는 솜털을 입술로 가볍게 부비며 물었다.

"그러니까……." 앨피가 말을 멈췄다. 순간 그의 몸이 굳고 심장

엿보는 마을

이 조금 더, 아주 조금 더 빨리 뛰는 게 느껴졌다. 이윽고 힘을 푼 그가 조이의 귀 뒤에 키스하며 말했다. "괜찮았어. 바빴는데, 그렇지만 좋았어."

"다행이네." 조이는 그의 몸을 더욱 파고들며 턱을 양손으로 감았다. 마음을 진정시키려고 숨을 깊이 들이마셨다. 그 순간 아주 명백하고 확실한 사실이 떠올랐다. 앨피에게서 나는 향기. 그건 샤워젤이 아니다. 앨피는 샤워젤을 쓰지 않는다. 이건 향수다. 조이에게는 없는 향수.

57

그날 밤 아빠가 집에 온 건 아주 늦은 시각이었다.

프레디는 침대 위 시계를 보며 시간이 천천히 흐르는 것을 몇 분 동안 지켜보았다. 너무 무서워서 아래층에는 내려가지 못했다. 저녁시간 내내 방 안에 박힌 채, 엄마가 부드러운 발소리를 내며 올라와 화해를 시도하기를, 혹은 빌어먹을 새끼라고 불러서 미안하다고 해주기를, 아니면 저녁을 가져다주기를 기다렸다. 엄마는 그러지 않았다. 집은 계속 조용했다. 배 속에서 꼬르륵 소리가 났다. 김이 모락모락 나는 매기 치킨라면과 버터를 두껍게 올린 토스트 생각이 간절했다. 이삼 일 전 아빠가 학부모에게 감사 선물로 받은 커다란 초콜릿 상자가 떠올랐다. 에스프레소 원액과 마티니를 넣은 둥근 초콜릿도 있었는데 지금 먹으면 안성맞춤일 것 같았다. 부드러운 헤이즐넛 무스도.

프레디는 아래층에 내려가기가 왜 이리도 두려운지 이유를 알 수가 없었다. 바보 같은 일이다. 그렇지만 집 안에 굶주린 사자가 있는 것처럼, 부모님 침실 문 뒤에 어둡고 예측할 수 없는 무언가가 갇혀 있는 것처럼 느껴졌다.

몇 시간 전에 제나의 문자가 왔다. 자신의 친구는 임신한 게 아니고 프레디의 아빠와도 불륜관계가 아니라는 내용이었다. 엄마에게 자신의 생각과 아빠에 대한 끔찍한 얘기를 쏟아낸 게 떠올라 죄책감이 몰려왔다. 모든 것에 대해 오해를 풀고 싶다. 엉망진창인 상황을 바로잡고 싶다.

차 문 닫히는 소리가 집 밖에서 넘어왔다. 프레디는 침대에서 뛰어나가 아래층으로 내려갔다. 현관문 열리는 소리가 났고 주방 불이 켜졌다.

"아빠." 프레디가 어둠을 향해 속삭였다.

"프레디! 늦었는데 안 자고 있었네."

주방에 살살 다가가 벽에 몸을 기댔다. "배고팠어요. 저녁 안 먹었거든요."

"왜?"

"엄마랑 말다툼했어요. 화해의 의미로 엄마가 뭐 좀 갖다주실 줄 알았는데 안 그러더라고요."

"말다툼을 했다고? 뭐 때문에?"

"아빠 때문에요. 나한테 아스퍼거 증후군이 있다는 거 얘기 안 해준 거 때문에요. 그리고 다른 얘기도 했고요."

아빠는 찬장을 열어 식빵 한 덩이를 꺼냈다. "토스트 먹을래?"

"네, 세 조각 먹을래요."

"흠, 토스터에는 한 번에 네 쪽밖에 못 넣으니까 우선 각자 두 조각씩 먹는 게 어때?"

"좋아요."

아빠는 토스터 앞에 서서 안을 들여다보았다. 하루 종일 의자에 눌린 셔츠 뒷면이 온통 구겨져 있었다. 프레디는 아주 작은 소음만으로도 고요함이 깨질까 숨을 죽였다.

마침내 아빠가 몸을 돌려 프레디를 보았다. "그래서, 아스퍼거 증후군은 갑자기 왜?"

"오늘 누가 묻더라고요, 나한테 그거 있는 거 아니냐고. 그랬는데 맨체스터에 있던 선생님이 아스퍼거 증후군을 말한 게 기억났어요. 아빠랑 엄마가 차를 사주면서 꼬리표가 없어야 한다고 말했던 것도요. 검색해봤더니 증상이 저랑 너무 비슷하더라고요. 목소리 음정이 너무 높다거나, 가끔 사람들 눈을 쳐다보는 게 힘들다거나, 뭔가에 집중하는 걸 좋아한다거나 하는 거요. 체스를 엄청나게 잘 두는 사람도 있대요. 전 언어와 말씨에 집중을 잘하고 능하기도 하잖아요. 종합적으로 보면, 저는 아스퍼거 증후군 증상에 해당되는 게 많아요. 솔직히 꼬리표를 가진다는 게 꽤 멋지다는 생각도 들어요. 그 꼬리표 덕에 저를 더 잘 이해할 수 있을 테니까요. 지금까지 그렇지 못했다는 것 때문에 진짜로 짜증이 났어요."

그때 토스트가 튕겨져 나왔고 아빠는 그쪽으로 가서 빵과 버터를 가지고 돌아왔다. 아빠가 제일 좋아하는(당연하지 않은가) 곡물 씨와 견과류로 가득 덮인 빵. 단 한 번도 플레인 식빵을 먹은 적이 없어 불공평하다는 것은 말할 것도 없다. 평소에는 씨와 견과류를 이유로 빵을 거절하곤 했지만 그러기에는 지금 너무 배가 고팠다.

아빠는 빵을 포개서 한 번에 자른 뒤 두 조각을 프레디에게 주었다. 프레디는 빵 껍질 부분을 살살 떼어내고 입으로 쑤셔넣었다. 아빠가 자리에 앉아 피곤한 기색이 담긴 초록빛 눈으로 프레디를 보았다. "정말, 정말 미안하구나."

아빠가 미안하다는 말을 할 거라고는 예상하지 못했다. 그래서 어떤 반응을 보여야 할지도 몰랐다.

"그러니까 말이다, 그건 너무 오래전 일이고 너는 너무 어려서 꼬리표를 달기에 너무 이르다는 생각이 들었어. 기다리면서 상황을 보고 싶었다. 어떻게 흘러갈지 말이야. 매번 널 새로운 학교로 전학시킬 때마다 혹시 누군가 뭐라고 말하지나 않을까, 학교에서 우리를 불러 얘기하자고 하진 않을까 지켜봤지. 근데 아무도 그러지 않았어. 아, 다는 아니구나."

"다는 아니라뇨?"

"어, 몰드에 있는 학교 선생님 한 명이 집어내긴 했지. 카밀레리 선생님, 기억하니?"

"네, 몰타 분이었어요. 〈생일 축하합니다〉 노래를 몰타어로 가르쳐주셨죠."

"그래, 맞아. 그분은 학부모 면담 때 뭔가 얘기를 해주셨어. 네가 진단을 받은 적이 있냐고 묻더라고. 그렇다고 했지. 그랬는데 그분이 3주 후에 몰드를 떠나서 얘기를 계속 이어갈 수 없었단다. 7년, 8년 동안 그걸 집어낸 사람은 딱 한 명이었어. 게다가 넌 잘하고 있고. 아빠는 그냥…… 내가 옳은 일을 하고 있는 줄 알았다."

"아빠 같은 전문 교육인이 그런 진단을 무시하기로 했다는 게 놀라운데요."

"프레디, 난 그걸 무시한 게 아니야. 기다리면서 상황을 본 거지. 널 지켜봐왔다. 지금까지 쭉. 네가 하는 모든 걸 지켜보면서 혹시나 우리가 개입해서 추가 지원을 해줘야 할 때가 올까 기다렸지.

그렇지만 그럴 필요가 없더구나. 왜냐하면 말이다. 프레디 네가 정말 특출나서 그래. 아빠는 네가 몹시 자랑스럽다."

프레디는 온 힘을 다해 미소를 지었지만 고작 잠깐의 미소가 스쳐 지나갔다. "전 똑똑해요. 그렇지만 쑥스러움도 많이 타고 친구 사귀는 것도 힘들어요. 사람들한테 안 좋은 실수를 많이 하는 것 같고, 사람들을 오해하기도 하고요. 그래서 별도의 도움을 받으면 좋을 것 같아요. 꼬리표를 갖고 싶어요."

"집에서?" 아빠가 주방 식탁을 가리키며 물었다. "아니면 바깥 세상에서?"

"바깥 세상에서요. 학교에서요. 네."

아빠가 끄덕이고는 토스트를 한입 먹었다. "학교와 약속을 잡을게. 다음주에. 해결을 보자구나. 그리고 프레디?"

"네?"

"정말로 미안하다. 아빠는 그게 최선이라 생각했어."

"괜찮아요, 아빠."

"그래서, 이거 말고 또 뭐 때문에 엄마랑 다툰 거야?"

프레디는 아빠를 쳐다보았다. 아빠는 지금 내재된 성난 곰과는 정반대 사람이 되어 있었다. 부드럽고 친절해 보인다. 테디베어처럼, 친절한 아빠처럼. 나쁜 사람이 아니다. 십 대를 임신시켜 자살하게 만들고, 밤에 침대에 있는 아내의 목을 조르고, 빨간 스웨이드 부츠를 신은 금발 여자와 불륜을 저지르는 사람이 아니다.

"아무것도 아니에요. 그게 다였어요. 그랬는데 엄마가 진짜로 진짜로 화가 나서는 절 밀어 넘어뜨리고 빌어먹을 새끼라고 했어요."

아빠가 한숨을 내쉬었다. "요즘 엄마 기분이 좀 이상하더구나.

아주 이상해. 너한테 그걸 쏟아냈다니 안타깝구나."

프레디는 어깨를 으쓱한 후 반으로 자른 마지막 토스트 조각을 집었다. "괜찮아요. 신경 안 써요."

아빠는 프레디를 향해 미소를 지었고, 프레디도 미소로 화답했다. 그렇지만 머릿속에 드는 생각은 오로지 하나였다. *아빠, 제너비브 하트한테는 대체 무슨 일이 있었던 거예요?*

58

조이는 돈에게 쾌활하게 작별인사를 하고 나왔다. 새로 산 싸구
려 브라 레이스 아래로 가슴이 쿵쿵 뛰었다. 금요일 밤 톰을 만나
러 가는 길, 너무나 두려워 토하고 싶을 정도였다. 톰은 항구에 위
치한, 입이 떡 벌어질 정도로 아름다운 호텔에 객실을 예약해놓았
다. 브리스톨 하버 호텔처럼 웅장한 곳을 기대하지는 않았다. 홀
리데이 인이나 노보텔 같은 곳에서의 정사를 상상한 터였다. 좀
더 현대적이고 간편한 장소. 그렇지만 여기는 높은 천장, 아치형
창문, 청록색 벨벳, 청동의 조명 부품이 있고 향초 향이 가득한 화
려한 부티크 호텔이다.

"예약했어요. 다윈이라는 이름으로요." 조이가 데스크 직원에게
말했다.

직원이 컴퓨터를 보며 말했다. "네, 하루 묵으시네요?"

"네, 하룻밤이죠."

접수 담당자에게 카드를 내밀었다. 톰은 자신이 현금으로 돌려
주겠다고 말한 터였다. 그게 깔끔하고 간단할 거라며.

객실은 이층이었다. 반짝이는 도시의 불빛이 한눈에 보이는 곳. 높다란 금색의 벨벳 침대헤드에는 중간 중간 버튼이 박혀 있었고, 빨간색 벨벳 안락의자에는 청록색 실크 쿠션이 놓여 있었다. 가본 호텔 중 가장 좋은 곳이다. 부츠를 벗고 무늬가 있는 부드러운 러그에 발을 묻었다.

집에 오는 길이야? 앨피가 또 문자를 보냈다.

아니, 쇼핑하러 가는 길. 조이가 답을 보냈다.

먹을 거 사?

아니. 옷이랑 이것저것.

얼마나 걸려?

모르겠어. 걸릴 만큼 걸리겠지.

집에 올 때 문자 줘.

그럴게.

사랑해.

조이는 차마 그 말에 응답할 수 없어서 하트 모양 이모티콘으로 대신한 다음 핸드폰을 꺼버렸다.

톰은 가능할 때 빠져나오겠다고 말했다. 오는 길에 문자를 보내겠다고. 지금은 7시 20분이다. 미니바 안을 들여다봤다. 음식 가격을 보고는 손을 대지 말자 마음먹었다. 칫솔과 치약을 대리석 욕실에 두었다. 거울 속 자신의 모습을 확인했다. 괜찮아 보였다. 어제 거칠게 휘몰아치는 우울한 공황상태에서 고른 옷은 꽤 예뻤다. 피부도 괜찮다. 머리카락도 말썽을 부리지 않았다. 조이는 빨간 립스틱을 덧바르고 나와서 침대에 앉았다.

불안감이 스멀스멀 피어오르기 시작했다. 두려움과 미심쩍음이라는 파도가 크게 몰아치며 구역질을 불러일으켰다.

도대체 여기서 뭘 하고 있는 거지? 대체 무슨 목적으로 여기 온 거지? 톰은 그냥 딱 한 번만 저지르고 잊자고 했다. 그런데 정확히 뭘 잊자는 거지? 그들은 앞으로도 이웃으로 지낼 것이다. 와인 가게에서 마주치겠지. 멜빌 바에서도 볼 확률이 높다. 이삼 년, 아니면 그보다 더 오래, 사람을 말릴 듯이 어색한 시간이 지나고 톰과 이상한 아내, 특이한 아들이 다른 장소, 다른 학교로 떠나야만 다시 보지 않게 될 것이다.

조이는 문득 자신 안에 있는 통증이, 지난 석 달간 자신의 존재를 온통 흔들어버린 욕망의 타오르는 불꽃이 그다지 깊지 않다는 것을 깨달았다. 유의미한 것도 아니었다. 단순히 긁으면 끝날 가려움이고, 다른 가려움보다 더 심하지도 않다. 분명한 건, 만족 없이 가려운 곳을 긁으며 사는 것보다는 더 나은 삶을 살아야 한다는 점이다.

시계를 보았다. 거의 7시 반. 손을 몸에 대고 지난 몇 주간 느꼈던 뜨겁고 팽팽한 긴장감이 남았는지 확인했다. 그러나 없었다. 썰물처럼, 가랑비 같은 감정의 찌꺼기만이 조금 느껴질 뿐이다.

바로 그때 가볍게 문 두드리는 소리가 났다.

59

들어가는 순간 로몰라가 보였다. 프레디가 준 드레스를 입고 있었다. "내 드레스 입었네."

로몰라가 이상하다는 듯 쳐다보았다. "아니. 이건 네 드레스 아니야. 내 드레스지. 네가 나 준 거잖아."

"그렇네. 그거 입으니까 예쁘다."

"고마워. 너도 되게 멋있어."

프레디는 자신이 입은 검은색 정장과 빨간 타이, 그리고 반짝이는 검은 신발을 보았다. "고마워. 근데 너 아직 데이트 상대로 같이 가는 건지 아닌지 말 안 해줬어. 그래도 일단 온 거야."

로몰라가 미소를 지었다. "네가 와서 기뻐. 마음이 정해지진 않았는데, 뭐라고 말은 해줘야 한다고 생각하긴 했어. 내 대답을 기다릴 게 확실했으니까. 근데 엄마가 그냥 운명에 맡기라고 하더라고. 그래서 그렇게 하기로 했지."

"운명?"

"응, 일단 춤을 추러 간 후에 네가 오는지 보고, 그러고 나서 결정하래."

"그래서 결정했어?"

로몰라가 프레디를 위아래로 훑어보며 미소를 지었다. "응, 지금 막 내린 결정. 네가 나의 데이트 상대가 돼주면 좋겠어."

60

그는 탈진한 표정으로 잠시 문가에 수줍게 서 있다가, 침대에 앉은 조이로부터 두 뼘이 채 안 되는 거리에 털썩 주저앉았다. "맙소사, 진이 다 빠졌네요."

조이는 어떻게 반응해야 할지 몰라 벌떡 일어나 탁자에 있는 룸서비스 메뉴를 집어 들었다. "칵테일 드실래요? 아니면 와인?"

"아니요. 운전을 해서요. 술은……."

"안 되겠군요."

"당신은 드셔도 돼요. 주문하세요."

조이가 다시 앉으며 말했다. "아니에요. 괜찮아요."

그러자 갑자기, 예열 과정도 없이 톰이 몸을 구부려 조이의 입술에 키스했다.

조이는 몸을 뒤로 빼고 그를 바라보았다. "톰, 저는……." 무슨 말을 해야 할지 알 수 없었다. *피곤하면 안 해도 돼요*, 혹은 *그냥 대화만 해도 돼요*, 라는 말을 하면 좋을까? 그러나 한 음절을 내뱉기도 전에 톰은 다시 그녀에게 입을 맞췄다. 그에게 몰두해보려고 애를 썼다. 자신의 뇌가 보내는 생각의 흐름에 따라 몸이 반응해주길 바랐다. 이것이 바로 내가 원하는 것이라고, 그렇다, 의구심이 좀 있었다고, 그렇다, 그에게도 의구심이 있을 수 있다고, 그러나 오랜 시간 충분히 키스를 하다 보면 어떻게든 스파크가 다시튈 거라고.

몇 분간 키스했지만 조이의 몸은 뇌를 따라 반응하지 않았고, 사실 키스를 즐기지도 못했다. 거추장스럽고 약간 시큼한 키스. 톰은 책상에 앉아 점심을 먹고 하루 종일 차와 커피를 마시다가 이곳으로 바로 온 터였다. 양치질을 하지도 않았다. 조이는 자신의 몸에게 지금 벌어지는 일에 반응하라고 살살 달래보았다. 그에게 가까이 다가가 자신의 가슴을 몸에 밀착하고 허리춤에서 셔츠자락을 꺼내 손으로 맨등을 만졌다. 버스 안에서 차장을 통해 봤던 그의 모습, 스웨터가 들려서 맨살을 봤던 것과 그 모습이 강렬하게 다가왔던 순간을 떠올렸다. 그 생각에 자극을 받아 톰의 셔츠 단추를 끌러 풀어헤쳤다. 그런데 그때 톰이 뒤로 물러섰다. 그를 바라보자 이전에 보지 못한 무언가가 두 눈에 가득했다.

"왜 그래요? 혹시……." 조이는 그의 몸에 있는 상처를 보고 말을 멈췄다. 긁힌 자국, 멍, 그리고 물었던 흔적, 실제 치아 모양으로 들쑥날쑥한 상처. "세상에나, 톰……."

톰은 셔츠를 추슬렀지만 조이가 다시 열었다.

"이게 다 뭐예요?"

"아무것도 아니에요. 그냥…… 운동장에서 난 싸움을 말리다가 그런 거예요. 그런 거죠."

"하지만 톰, 이건 치아 자국이잖아요."

　　　　　　　　　　　　　　엿보는 마을

"네, 맞아요."

"누가 문 거예요, 톰? 누가 이랬어요?"

그는 힘을 빼고 앉았다. 고개를 가슴 쪽으로 숙이자 복부의 부드러운 살이 허리밴드 위에서 두 줄의 층을 만들어냈다. 그는 지쳐 보였다. 낙담한 것 같았다. "니콜라가 그랬어요. 니콜라는, 저도 모르겠어요, 과하게 감정적이에요. 질투심도 너무 강하고, 가슴속에 분노가 가득해요. 보통은 그냥 안에 잘 담아두고 지내지만, 가끔 그러지 못할 때가 있죠…… 그러면 그걸 저한테 풀어요."

"아내분이 폭행을 한다고요?"

톰이 끄덕였다.

"근데 그냥 내버려둔다는 거예요?"

"대부분은 내버려두죠. 네."

조이는 그의 입에서 나온 불쾌한 말을 받아들이기 위해 잠시 멈췄다. "그렇지만, 어떻게요? 어디서요?"

"집. 우리 방에서요. 밤에요. 아내는 제 말이나 행동 때문에 그러는 거라 말하죠. 이거는요……." 톰은 자신의 상처를 내려다봤다. "이건 동네에서 학생과 말하는 걸 봤다고 해서 그런 거예요. 다해봤자 30초 정도 얘기했을까 싶은데. 그렇지만 아내는 뭔가 더 있을 거라고 확신하더군요. 그 학생은 고작 열다섯 살인데, 세상에 나! 열다섯이라고요!"

"그런데도 오늘 여기 오신 거예요? 이거 일부러 이러시는 건가요? 도와달라는 의미로? 이걸 제가 볼 거라는 거, 아셨을 거 아니에요? 이걸 보면 제가 캐물을 거라는 거, 아셨을 거 아니에요?"

톰은 고개를 푹 숙였다. 그의 정수리, 머리카락 안으로 보이는 분홍빛 두피가 눈에 띄었다. 조이는 손을 뻗어 그의 정수리를 만졌다.

"맞습니다." 톰이 천천히 주억거렸다. "네, 그럴 거라 생각했지요. 제가 15년 동안 짊어지고 산 끔찍한 기능 장애가 바로 이겁니다. 이토록 일그러지고 엉망이 되었네요. 아내는 날 사랑하는 만큼 증오하는 것 같은데, 그 증오를 통해 열정을 얻는 것 같습니다. 증오 때문에 감정을 느끼고, 그럴 때면 저를 해치고 싶어 하죠. 그런데 아내가 저를 다치게 하면 저도 아내에게 해를 가하고 싶어져요. 이 끔찍한 순환, 이제 그만하고 싶어요, 조이. 이제 지긋지긋해요."

"당신도 아내를 폭행하나요?"

"가끔은요……." 톰은 절망적인 눈빛으로 조이를 올려다보았다. "그렇지만 제 말을 믿어주세요, 저는 절대로 고삐 풀린 망아지처럼 굴지는 않습니다. 그건 정당방위예요. 저는 아내에게 이런 짓은 안 합니다." 톰은 자기 상처를 보이며 말했다. "모든 게 잘못됐어요. 불쌍한 제 아들, 프레디, 그 애는 지금 뭔가 이상하다는 걸 알고 있어요. 분명합니다. 좀 있으면 열다섯이거든요. 세상에서 무슨 일이 일어나는지 볼 수 있는 나이가 되었죠. 질문도 하고요. 그리고 지금, 아내는 아들에게까지 잔인하게 굴기 시작했어요. 어제는 아들을 다치게 했더군요. 프레디를 밀치고 빌어먹을 새끼라고 욕했대요. 사랑스런 아이인데, 놀라울 만큼 사랑스러운 소년인데 말이죠. 그리고 저는…… 이제는 더 이상 이러고 싶지 않아요. 아내는 잔혹하고 어두운데, 당신은, 당신은 완전 반대예요! 멜빌의 바에서 처음 본 순간부터, 당신이 그 전단지를 떨어뜨렸을 때부터 저는 알 수 있었죠. 당신은 너무 착하고 너무 밝고 너무 순수하다는 걸요. 니콜라에게는 그런 면이 없어요. 저는 당신을 너무나도 원했어요. 제 인생에서 이렇게 뭔가를 원해본 건 처음이에요."

톰은 울기 시작했다. 조이는 그의 목에 팔을 두르고 자신의 어깨에 기대게 한 후 머리를 쓰다듬었다. 톰 피츠윌리엄이 조이를 이곳에 데려온 것은 가려운 곳을 긁어주기 위함이 아니었다. 그건 자신을 구해달라는 의미였다.

"아내를 사랑하세요, 톰?"

그가 고개를 젓는 게 느껴졌다. "아니요." 톰은 얇은 드레스 천에 대고 웅얼거렸다. "아니요. 전 니콜라를 사랑한 적이 없어요. 가끔 느끼는 감정은 증오뿐입니다."

"그런데 왜……?"

"모르겠어요. 니콜라는 언제나…… 언제나 거기 있었어요."

"거기요?"

"네, 니콜라가 열아홉이었을 때 버스에서 저한테 다가왔어요. 안녕하세요, 피츠윌리엄 선생님, 하고 인사했는데, 바로 그 순간부터 시작된 거예요. 갑자기 임신을 하더군요. 만나고 고작 몇 주 후였어요. 서른다섯이었던 저는 그런 생각을 했어요. 잘은 모르겠지만, 정착하기 좋을 때인 것 같다고요, 아마도." 그가 쓴웃음을 지었다. "있잖아요, 니콜라는 저를 학교에서 봤을 때 사랑에 빠졌다고 말했어요. 열네 살 나이에요. 언젠가 저랑 결혼할 거라고 결심했대요. 니콜라를 막을 수 있는 건 아무것도 없었죠. 그런데도 여태껏 학교에서 니콜라를 본 기억이 전혀 안 나요. 저한테는 눈에 없는 존재였어요. 그게 저한테는 경고였을 텐데."

"톰, 계속 이런 식으로 살 수는 없어요. 이건…… 미친 짓이에요!"

"압니다. 이렇게 살 수는 없죠. 그렇지만 방법이 있나요? 어떻게 하면 탈출할 수 있을까요? 제가 아내를 떠나면 이 모든 게 다 드러날 거예요. 아내는 우리 사이에 있던 역겨운 일들을 사방팔방 떠들어대겠죠. 니콜라는 그럴 거예요. 그럼 프레디도 알게 되고, 학교도 알게 되고, 온 세상이 알게 될 겁니다. 그런 다음에는? 무슨 일이 생길까요? 저는 끝장나는 거예요. 제가 했던 모든 일. 저에게 소중한 모든 것들까지도요. 저는 덫에 빠진 거예요, 조지핀. 완전히 갇혀버렸다고요."

"저는 당신을 구원할 수 없어요, 톰. 아시겠어요? 저는 당신을 구할 수가 없다고요. 혼자서 직접 하셔야 해요."

"맞아요. 그 말이 맞는다는 거, 저도 압니다. 그럴 거예요. 저 자신을 구할 겁니다. 방법을 찾아야죠. 반드시 그럴 겁니다."

조이의 품에 있던 그가 말했다. "아무래도 집에 가야겠습니다. 도대체 무슨 생각이었는지 모르겠네요. 제가 벌여놓은 멍청한 난장판을 고쳐보겠다고 당신처럼 아름답고 젊은 여인을 이용하다니. 너무 미안해요."

"아니에요, 톰. 그러지 마세요. 미안해하지 마요. 저도 당신을 이용했어요. 제가 벌인 난장판을 수습하겠다고요. 집으로 가세요. 이 대화는 나중에 마무리해요."

조이는 톰이 셔츠 단추를 채우고 끝자락을 바지 안에 넣는 것을 보았다.

"제발 저에 대해서 나쁘게 생각하지 마세요."

"안 그래요, 톰. 제 말 믿으셔도 돼요. 난 누구를 나쁘게 생각하고 말고 할 처지가 아니에요."

조이는 톰이 떠나는 것을 보았다. 어쩐지 더 왜소하고, 더 나이 들어 보이는 모습으로.

톰이 떠난 후 조이는 잠시 누워 눈을 감았다. 그 순간 머릿속에 니콜라가 나타났다. 톰의 살을 무는 그녀의 치아, 톰의 살을 할퀴는 손톱, 분노로 꽁꽁 뭉친 니콜라의 작은 얼굴이 떠올랐다. 그리고 톰이 했던 말도. *저 자신을 구할 겁니다. 반드시 그럴 겁니다.*

조이는 똑바로 앉았다. 숨이 목에 턱 하고 걸렸다. 재빨리 소지품을 그러모아 핸드백에 넣고 호텔을 뛰쳐나왔다.

61

프레디는 마치 〈레이첼 페이퍼스〉*에서 마침내 레이첼을 침대로 데리고 간 찰스가 된 기분이었다. 로몰라를 침대로 데리고 갔단 의미는 아니다. 그럴 의도가 있었다는 의미도 아니다. 그렇지만 뭐라도 된 듯 의기양양한 기분이 들었다. 그들은 춤을 추었다. 꽤 서투르게 보였겠지. 로몰라의 고약한 친구들은 질겁하고 역겨워하는 표정으로 구경했다. 로몰라는 여긴 자극이 너무 많고 감각에 과부하가 걸릴 것 같으니 어디 조용한 곳으로 가고 싶다고 했다. 그래서 그곳을 나왔다. 벤치에 잠시 앉았고, 로몰라는 프레디의 정장 재킷을 어깨에 걸쳤다. 프레디는 그녀의 몸에 손끝 하나 대지 않았다. 로몰라는 접촉을 조금 불편해하는 것 같았다. 그게 다 아스퍼거 증후군 때문이라고 했다. 프레디는 접촉이 전혀 안 불편하고 오히려 포옹과 애착을 좋아한다고 말했다. 로몰라가 대꾸했다. *우린 완전 다르네.*

* *The Rachel Papers*(1989), 영국의 로맨스 영화.

　　　　　　　　　　　　　　엿보는 마을

프레디는 로몰라를 시 외곽에 위치한 작은 집으로 데려다주었다. 작은 개가 마구 짖었다. 로몰라는 인사도 없이 집으로 뛰어들었지만, 그건 무례한 게 아니라 아스퍼거 증후군 때문이었다. 그래서 프레디는 괜찮았다.

아빠 차를 타고 갈 수 있을까 하는 마음에 전화를 걸었다. 그러나 전화를 받지 않아 걷기 시작했다. 마을에 도착할 때까지 줄곧 걸었다. 멜빌 하이츠를 향해 언덕을 올랐고, 집 안으로 들어갔고, 인기척을 따라 주방으로 갔다. 거기 엄마와 아빠가 있었다.

엄마는 바닥에.

피가, 아주 많은 양의 피가 있었다.

프레디의 뇌, 크고 영리한 뇌는 자신이 보고 있는 것을 해독하지 못했다, 얼마 동안은.

마침내 해독이 끝나자 비명이 터져 나왔다.

심문 녹취록

날짜 : 2017년 3월 25일
장소 : [우편번호 BS2 0NW] 브리스톨, 트리니티 로드 경찰서
담당 : 서머싯/에이번 경찰서 경찰관

경찰 자, 프랜시스 트립 씨, 금요일 밤 멜빌 하이츠에 도착한 후 무슨 일이 있었는지 말씀해주시죠.

FT 보자, 잠시 동안 톰 피츠윌리엄의 집 밖에 앉아 있었어요.

경찰 바깥이요?

FT 네. 그 집 맞은편에 수풀이 무성한 곳이 있거든요. 접이식 의자랑 카메라를 갖고 있었죠. 몰드에 사는 여자가 모임은 저녁 7시에 시작한다고 했어요. 저는 6시 45분에 도착했죠. 남자애 하나가 6시 48분쯤 집에서 나왔고요.

경찰 '남자애'라 하심은?

FT 그 집 아들이요. 걔도 일당 중 하나예요. 방에 앉아서 저를 쳐다봐요, 매번 그러······.

경찰 트립 씨, 그날 보신 것만 말씀해주시죠.

FT 흠, 다들 정장에 타이까지 잘 차려입었더라고요.

경찰 그가 당신을 봤습니까?

FT 아니요. 그때쯤엔 어두워져서 몸을 잘 숨기고 있었지요.

경찰 그래서 뭘 보셨나요?

엿보는 마을

FT 어, 아무 일 없었어요. 한참 동안은요. 7시가 지나고, 7시 반이 되었죠. 그런데 8시에 금발머리 여자가 왔어요.

경찰 금발머리 여성분에 대해 묘사해주실 수 있습니까?

FT 이름은 몰라요. 그 집에서 두 집 떨어진 곳에 산다는 것만 알죠. 14번지에요. 그 심장 전문의 부부 집에 같이 사는 사람요.

경찰 이게 그 여자분입니까? 녹음을 위해 언급하자면 우리는 지금 트립 씨에게 조지핀 멀런의 사진을 보여주고 있습니다.

FT 네, 그 여자 맞아요.

경찰 이분이 그때 뭘 입었는지 얘기해주실 수 있나요?

FT 흠, 뭘 입었는지 보여드릴 수 있어요. 사진이 있거든요.

경찰 녹음을 위해 멀런 씨가 입은 옷을 직접 말로 설명해주시겠습니까?

FT 네. 검은색 가죽 재킷에 커다란 스카프를 매고 몸에 딱 맞는 드레스를 입었네요. 부츠를 신었고요. 색깔 있는 부츠인데 굽이 달렸네요.

경찰 부츠에 혹시 장식이 달려 있습니까?

FT 네, 있네요. 술 같은 거예요.

경찰 감사합니다, 트립 씨. 그러니까 피츠윌리엄 씨 댁 바깥에서 저녁 8시에 조지핀 멀런 씨를 보셨다는 건데요. 목격하신 장면을 설명해주시겠습니까?

FT 네. 그 여자가 탄 택시가 언덕 아래에 섰어요. 숨이 가쁜 모양이더군요. 언덕을 아주 급하게 올라온 거지요. 거의 뛰다시피요. 자기네 집 앞에 서서 몸을 돌렸는데, 반대편 길에서 뭔가를 찾는 사람 같았어요. 그러더니 천천히 톰 피츠윌리엄의 집으로 걸어가서 손을 잠시 초인종 가까이 두고 서 있더라고요. 그리고 핸드백에서 핸드폰을 꺼내 들여다봤어요. 누군가한테 전화할까 하다가 생각을 바꾼 거 같더라고요. 톰 피츠윌리엄의 집 창문을 올려다보더니 곧 자기네 집으로 되돌아갔어요. 그 즉시 이 여자도 한패라는 것을 깨달았죠. 분명히 모임에 초대받았는데 무슨 이유에선지 문을 두드리지 않은 거예요. 어쩌면 거기에 톰 피츠윌리엄의 차가 없는 걸 보고는 기다리기로 마음먹은 걸 수도 있고요.

경찰 그러니까 저녁 8시에 톰 피츠윌리엄의 차는 거기 없었다는 거죠?

FT 네, 없었어요. 그래서 그가 올 때까지 좀 더 기다렸죠. 금발머리 여자는 분명히 그가 집에 있을 거라고 생각했던 거 같아요. 바로 그때 떠올랐죠. 어렸을 때 멜빌 하이츠에 사는 친구가 있었거든요. 그 애는 3번지 분홍 집에 살았죠. 자주 가서 놀곤 했는데 거기에는 비밀의 정원이라고 해야 하나, 집 뒤에 그런 게 있었어요. 작은 수풀 지역이었죠. 뒷문을 통해 가면 모든 집에 접근이 가능했어요. 언덕 아래 공중전화 부스 뒤부터 거기까지 오솔길이 이어진다는 게 떠올랐죠. 그때 깨달은 거예요. 아시겠죠, 그들 모두 대담하게 정문을 통해 드나들지 않을 거라는 사실을요. 틀림없이 금발머리 여자도 그렇게 가려나 보다 생각했어요. 자기네 집을 통해 들어가서 뒤로 돌아가는 거 말이에요. 그래서 카메라를 들고 수풀길 입구까지 내려갔는데, 그땐 진짜 어두웠어요. 제대로 안 보였죠. 근데 제 앞에서 어떤 사람이 집 뒷문으로 나오는 게 보

엿보는 마을

였어요. 저는 어두운 곳에 몸을 숨긴 터라 그 사람은 저를 못 봤을 거예요.

경찰 그 사람이 어느 집에서 나왔는지 보셨나요?

FT 노란 집이었어요. 톰 피츠윌리엄의 집이요.

경찰 그 사람은 톰 피츠윌리엄의 집에서 나와 어디로 갔습니까?

FT 옆옆집으로 가던데요. 파란색 집 뒷문으로요. 심장 전문의 집 말이에요.

경찰 누군지는 알아보셨습니까?

FT 그건, 금발머리 여자였어요. 방금 저한테 사진 보여준 그 여자요. 그 여자 아니면 누구겠어요?

경찰 카메라 갖고 계셨다고 하셨잖아요. 혹시 그 여자를 찍으셨나요?

FT 네, 찍었죠. 딱 한 컷이요. 너무 흔들리지 않았나 싶은데. 그래도 보시겠어요?

경찰 네, 트립 씨. 보여주세요.

62

3월 24일

주방 바닥은 온통 피바다다. 엄마는 흥건한 피에 얼굴을 묻은 채 엎드려 있다. 아빠는 피 웅덩이에 앉아 흐느끼며 신음하고 있다.

"프레디." 아빠가 탁하고 이상한 목소리를 뱉어냈다. "네 엄마가! 엄마가⋯⋯."

아빠가 일어섰다. 두 손 여기저기에 피가 흥건하다. 옷 역시 피로 젖어 있다. 양쪽 뺨에도 핏줄기가 있고, 그 위로 다시 눈물이 지나간 흔적이 보인다.

"아빠, 무슨 짓을 한 거예요?" 프레디가 부드럽게 물었다.

"세상에, 프레디, 내가 한 게 아니야! 내가 아니라고! 누군가 다른 사람이 한 거야!" 아빠는 손등으로 코 밑을 문지르면서 또 다른 핏자국을 남겼다.

"죽은 거예요? 엄마 죽은 거예요?" 위장이 꽉 뭉치는 듯했다. 구역질이 났다. 소리치고 싶었다. 엄마를 깨워 죽은 상태에서 일어나게 하고 싶었다.

"응." 아빠는 크게 터져 나오는 울음을 삼키며 목이 졸리는 듯한

엿보는 마을

소리로 대답했다. "응, 죽은 거야. 근데 봐봐!" 손에는 사진을 인쇄한 커다란 종이 한 다발이 들려 있다. "이게 엄마 몸 위에 놓여 있었어. 이해가 안 가!"

프레디는 종이를 흘끗 보았다. 자신이 찍은 사진이었다. 제나, 그리고 베스. 오랜 시간 관심도 두지 않았던 사진을 이렇게 확대된 형태로 보니 음란하고, 상스럽고, 뒤틀려 보인다.

"그거 제 거예요." 프레디가 작고 힘없는 목소리로 말했다.

"무슨 소리야?"

"그러니까, 제가 찍은 사진이라고요. 컴퓨터에 있던 건데."

"네 컴퓨터에……?" 아빠는 혼란스러운 표정을 지었다. "네가 찍었다고?"

프레디가 끄덕였다. "죄송해요. 그냥 일지 같은 거였어요. 멜빌 일지라는 제목으로, 이웃들 모습을 담은 거예요. 그냥 한 건데, 딱히 무슨 이유가 있는 건……."

아빠가 말을 잘랐다 "프레디, 이거 없애야 해. 경찰에 신고해야 하거든. 근데 이거 없애기 전에는 못 한다. 파쇄해. 무슨 말인지 알지?"

프레디가 끄덕였다.

"내 손에는 피가 묻었으니 이 일은 네가 해라. 알겠지?"

프레디는 10분 동안 조용히 파쇄기에 종이를 차례차례 넣었다.

"잘했다. 잘했어." 아빠가 말했다.

마치 엄마가 없다는 분위기였다. 바닥에, 강낭콩 모양으로 퍼진 피 웅덩이 안에, 엄마가 죽어 있지 않다는 듯이. 이런 현실을 인지하고 있는 뇌를 얇게 잘라낸 것 같았다. 프레디가 여자애들을 파쉐기에 다 넣고 나자 아빠는 다시 한 번 주방을 둘러보았다. 그는 땀을 흘리고 있었다. 머리카락이 이마에 붙어 있었다. "좋아, 이제 경찰을 부를 거다. 경찰이 오면, 무슨 일이 있어도 사진에 대해서는 함구해라. 알았지?"

프레디가 끄덕였다. 이제야 이해가 갔다. 누군가 엄마를 죽였다. 그리고 그게 누구든, 그 사람은 자신의 파일을 해킹한 사람과 동일인이다. 그렇지만 자신의 파일을 해킹한 사람은 아빠인 줄 알았는데? 그렇다면 아빠가 죽였다는 말인데? 아빠일 가능성이 있다. 정말 그렇다. 스스로 목숨을 끊은 그 소녀. 부모님 방에서 흘러나오던 소리. 그리고 멍자국을 보면.

아빠가 죽인 걸 수도 있어.

둘은 복도에 서서 경찰이 오기만을 기다렸다. 아직까지 새로 칠한 페인트 냄새가 났다. 2주 전만 해도 주방에서 앨피 버터와 웃음을 터트리던 엄마를 떠올렸다. 앨피 버터가 그런 건가? 잠시 동안 프레디는 앨피가 엄마를 죽인 거라면 소원이 없겠다는 생각을 했다. 아니면 조이일 수도 있다. 빨간 부츠. 맞아. 그래. 그 여자일 거다, 아빠가 아니라. 그 여자는 늘 주변에 있잖아. 취했을 때는 아빠한테 키스하려고 했고. 우리 집에 들어와 내부 사진을 찍은 적도 있다. 집에 어떻게 침입할지 봐두려고 일부러 방문했던 거겠지. 아빠한테 집착하고 있었으니 혼자 차지하려고 엄마를 죽이려 한 거다. 물론 그렇지. 딱 봐도 뻔하다. 아빠가 엄마를 죽일 리가 없다, 절대로.

"어디 가니?" 자리를 비우는 프레디를 향해 아빠가 물었다.

"아무 데도 안 가요. 소변 보려고요."

"아무것도 만지지 마라. 뭘 하든지. 여긴 범죄 현장이야. 그러니 아무것도 만지지 마라."

프레디는 방으로 달려가 책상 가운데 작은 서랍을 열고 손가락으로 스웨이드 술의 부드러운 감촉을 찾았다. 화요일에 사진 찍으러 온 빨간 부츠가 계단참에 떨어뜨리고 간 거였다. 프레디는 장식 술을 주먹 안에 꽉 쥐고 계단을 내려온 후 주방 문간 사이에 떨어뜨렸다.

그런 다음 아빠 옆에 앉았고, 꽉 마주잡은 두 손을 무릎 위에 두었다. *이제 사람들은 범인이 누군지 알게 될 거야. 나는 경찰을 도운 거야. 이제 그들은 엄마를 죽인 게 절대 아빠가 아니라는 사실을 알게 되겠지. 그 여자라는 걸 알게 될 거야.*

범인은 빨간 부츠다.

심문 녹취록

날짜 : 2017년 3월 25일
장소 : (우편번호 BS2 0NW) 브리스톨, 트리니티 로드 경찰서
담당 : 서머싯/에이번 경찰서 경찰관

경찰 조지핀 멀런 씨, 브리스톨 하버 호텔에서 피츠윌리엄 씨와 만난 후 무슨 일이 있었는지 정확하게 설명해주실 수 있습니까? 그가 떠난 후에 말입니다.

JM 저도 나올 채비를 했어요. 아래층으로 내려왔고요. 택시를 탔어요. 집에 왔고요. 톰의 집 문을 두드릴까 하다가⋯⋯.

경찰 그렇지만 두드리지 않으셨죠.

JM (고개를 끄덕인다.)

경찰 그렇다, 아니다, 말로 대답해주시죠.

JM 아니요. 안 두드렸어요.

경찰 왜 안 두드렸습니까?

JM 저도 잘 모르겠어요. 톰이 아직 안 와서, 문을 두드렸다가는 니콜라와 대화할 수도 있다고 생각했어요.

경찰 무슨 말씀을 하실 계획이었죠? 피츠윌리엄 씨 부인이 나왔다면?

JM 그건⋯⋯ 저도 무슨 말을 하려고 했는지 모르겠네요. 그냥 걱정이 됐어요⋯⋯.

엿보는 마을

경찰 무슨 걱정이요?

JM 그 두 분이 다 걱정됐어요.

경찰 왜 걱정하신 거죠?

JM 그냥요. 톰이 호텔에서 해준 얘기 때문에요.

경찰 무슨 내용이었죠?

JM 그들 관계에 대한 얘기였어요. 가학적인 관계요. 그는 덫에 걸린 듯 느끼고 있었고, 탈출하고 싶어 했어요.

경찰 그래서 걱정하신 내용은…… 뭡니까? 톰 피츠윌리엄이 아내를 해할 수도 있다는 거였나요?

JM (침묵을 지킨다.)

경찰 멀런 씨, 질문에 대답해주시죠?

JM 네, 그렇게 생각했어요. 아니면 반대로 부인이 그를 해할 수도 있다고 생각했고요.

경찰 자기 남편을요?

JM 네. 제가 들은 바에 따르면 그 부부는 서로를 가학적으로 대하고 있었어요. 시도마조히즘 같았어요. 아내 니콜라 쪽이 사디스트고요. 제가 보기에는…… 잘 모르겠네요. 톰은 돌이킬 수 없는 지점에 다다른 거 같았어요. 정말 나쁜 예감이 들었어요. 설명할 수는 없지만요. 그래서 만약 톰이 집에 도착했을 때 제가 간다면, 그러면 나쁜 일이 일어나는 걸 막아낼 수 있을 것 같았죠. 그러다 떠오른 건, 아니, 깨달은 건, 그건 제가 신경 쓸 일이 전혀 아니라는 거였어요. 그래서 마음을 고쳐먹고 집으로 간 거죠.

경찰 집에 가서는 뭘 하셨습니까?

JM 이건 이미 말씀드렸던 것과 같아요. 집에 가서 방으로 올라 갔어요. 남편과 TV를 봤고요.

경찰 집에 도착하셨을 때 말입니다. 위층으로 올라가시기 전에요. 다른 곳은 안 가셨나요?

JM 주방에 갔었어요. 물을 가지러요.

경찰 거기서 본 사람은 없나요?

JM 아니요. 아무도 없었어요.

경찰 밖에는 안 나가셨습니까? 뒤뜰을 통해서?

JM 아니, 아니에요. 제가 뭐 하러 그러겠……?

경찰 조이 멀런 씨, 녹음을 위해 말하자면, 우리는 지금 멀런 씨에 게 증거번호 2198번 사진을 보여주고 있습니다. 이 사진은 멀런 씨 댁, 멜빌 하이츠 14번지 다용도실 세면대 배수구입 니다. 보시다시피, 상당한 양의 진흙이 있죠. 다용도실에서 찾은 정원용 신발 바닥에도 채 마르지 않은 진흙의 흔적이 있었습니다.

JM 그게 무슨 상관인 건지…….

경찰 그 말은 이 집에 사는 누군가가 금요일 밤 이 신발을 신고 밖 으로 나갔다는 의미죠. 살인이 일어난 그 시간 즈음에요.

JM 어, 전 아니에요.

경찰 그렇다면, 당신 생각에는, 그게 누구일 것 같습니까?

JM 음, 이건 리베카 신발이에요. 아무래도 신발 주인이 그랬겠 죠.

경찰 리베카 멀런 씨 말입니까?

JM 네, 제 새언니요.

경찰 그분은 밤새 작업실에서 일했다고 주장하셨습니다. 바로 그 시간에 그 방 창문에서 사람 형체가 보였다는 목격자도 있고요. 그리고 당신이 집에 도착했을 때 새언니가 아래층에 있었다고는 안 했잖아요?

JM 그건 그렇지만…….

경찰 자, 멀런 씨. 지금까지 정리하면 이렇습니다. 피해자가 살해당한 날 밤, 당신은 피해자 남편과 호텔에 같이 있었습니다. 당신이 화요일에 찍은 사진을 보면 가해자가 피츠윌리엄 씨의 집 잠입을 위해 사용할 수 있는 수단이 명확히 보이고요. 깨진 창문 말입니다. 몇 주 동안이나 피츠윌리엄 씨 집을 쳐다보는 당신 모습을 찍은 목격자의 사진도 있고요. 피츠윌리엄 씨의 차를 만지고 있는 사진도 있습니다. 그리고 살인 현장에서 어제 신으신 부츠의 술 장식을 발견했습니다. 살인 발생 당시 집 뒤쪽에서 찍힌 증거 사진도 있고요. 살해 현장에 있는 진흙과 똑같은 종류의 진흙이 마르지 않은 상태로 당신 부츠에 묻어 있었죠. 멀런 씨, 저는 이 시점에서 당신이 변호사 선임의 권리를 행사해야 한다고 강력히 제안하는 바입니다.

63

3월 25일

"잭 오빠!"

"세상에, 조이! 드디어 통화가 됐네. 무슨 일이야? 너 아직 거기 있어?"

"응! 한 시간 넘게 심문받았어!"

"뭐 때문에?"

"경찰은 내가 그랬다고 생각해, 오빠! 변호사가 필요해!"

"경찰이 무슨 생각을⋯⋯?"

"내가 니콜라 피츠윌리엄을 죽였다고 생각한다고!"

"뭐라고! 하지만 그건⋯⋯."

"그러니까 말이야. 미친 거지! 근데 증거가 많더라고! 내 부츠에서 떨어져 나온 장식도 있었어. 그것도 시신 옆에!"

"뭐라고?"

"뭐가 뭔지 하나도 모르겠어. 근데 거기 있더라고. 경찰이 사진을 보여줬어. 피 웅덩이 안에 있더라고."

"조이⋯⋯."

"그냥 변호사나 한 명 불러줘, 오빠. 제발. 구할 수 있는 사람 중에 실력 제일 좋은 사람으로."

"앨피도 여기 있……."

"앨피와 대화하고 싶지 않아. 아무하고도 얘기하고 싶지 않아. 난 그냥, 너무 무서워, 오빠. 너무 무서워!"

잭이 한숨을 쉬었다. "데이비드 모팻한테 연락할게. 좋은 사람을 추천해줄 거야. 그건 나한테 맡겨. 그런데 조이, 잘 들어. 이제부터 누구한테든 한 마디도 하지 마, 한 마디도. 변호사 도착할 때까지 말이야. 약속하지?"

조이가 훌쩍였다. "약속해, 물론 약속하지! 그냥 빨리 불러줘."

잠시 침묵이 흘렀다. 공황상태의 오빠가 주기적으로 내뱉는 숨소리가 들렸다.

"오빠, 이제 끊어야 해. 많이 사랑해. 많이 많이 사랑해."

"나도 사랑해, 내 동생. 몸조심해."

전화가 끊겼다. 조이는 누군가 채갈 때까지 수화기를 느슨하게 쥔 채 앉아 있었다.

심문 녹취록

날짜 : 2017년 3월 25일

장소 : (우편번호 BS2 0NW) 브리스톨, 트리니티 로드 경찰서

담당 : 서머싯/에이번 경찰서 경찰관

경찰 성함을 말씀해주시죠.

TF 토머스 로버트 존 피츠윌리엄입니다.

경찰 감사합니다. 주소는요?

TF 우편번호는 BS12 2GG, 브리스톨, 멜빌 하이츠 16번지요.

경찰 피해자와의 관계는 어떻게 되나요?

TF 남편입니다.

경찰 피츠윌리엄 씨, 어제저녁 6시부터 9시까지 어디 계셨는지 정확히 말씀해주시겠습니까?

TF 저녁 6시부터 7시까지는 학교에 있었습니다.

경찰 그걸 입증해줄 수 있는 목격자가 있습니까?

TF 네, 몇 있습니다. 거의 사무실에만 있었습니다. 잠시 동안 교무실에서 교사들과 어울렸고요. 교감인 커크 씨와 같이 건물을 빠져나왔습니다. 우리 주차 자리가 바로 나란해서요.

경찰 그러면 7시에 멜빌 학교에서 출발하셨다는 거네요?

TF 네. 7시나, 약간 넘어서일 겁니다.

경찰 그런 후에는요?

TF 그런 후에는 동네까지 운전해서 왔습니다.

경찰 정확히 어디에 가셨습니까?

TF 항구에 가서 넬슨 스트리트 주차장에 주차했습니다. 브리스 톨 하버 호텔까지 걸어갔고요. 호텔에 도착한 건 7시 25분쯤 입니다.

경찰 거기 도착해서 누군가와 대화하셨습니까?

TF 아니요. 승강기 타고 바로 객실로 올라갔습니다.

경찰 객실 번호 기억하시나요?

TF 아니, 아니요. 기억이 안 납니다. 2층이었어요.

경찰 객실에 도착해서는 뭘 하셨습니까?

TF 문을 두드렸습니다. 조지핀 멀런이 문을 열어주었고요. 그래 서 안으로 들어갔습니다.

경찰 그런 후에는?

TF 그녀에게 키스했습니다.

경찰 그분도 응하시던가요?

TF 네, 그랬습니다. 처음에는요. 근데 순식간에 둘 다 이 만남을 불편해한다는 걸 확실히 느꼈습니다. 실수였다는 걸 깨달은 거죠. 그래서 저는 그곳을 나왔습니다.

경찰 그게 몇 시였습니까?

TF 대충 7시 40분이었습니다.

경찰 그래서 넬슨 스트리트 주차장에 세워둔 차를 운전하고 집에 왔고요?

TF 맞습니다.

경찰 그 시간 즈음 차량으로 이동하면 대략 20분 정도 걸리죠?

TF 그렇습니다.

경찰 그런데 집에 도착한 것은 8시 17분이었네요?

TF 그랬던 것 같습니다.

경찰 그럼 7시 40분부터 8시 17분까지 뭘 하셨는지 설명이 가능합니까?

TF 드라이브를 했습니다. 그냥 이곳저곳을요. 마음을 가다듬으려고요.

경찰 바로 집에 올 준비가 안 되셨다는 거네요? 사모님을 마주할 준비가?

TF 그렇습니다.

경찰 피츠윌리엄 씨, 두 분의 부부관계가 뭔가 껄끄럽다고 표현해도 괜찮겠습니까?

TF 다른 부부들과 비슷한 정도입니다.

경찰 그 말은, 두 분 사이에는 보통의 부부들이 하는 대화의 선을 넘어, 육체적 측면으로 넘어간 적이 없다는 말씀이죠?

TF 네, 없습니다.

경찰 부인과 사도마조히즘 관계를 갖고 있다는 말을 멀런 씨에게 한 적이 없다는 건가요?

TF 없어요. 전혀요.

경찰 피츠윌리엄 씨, 피해자의 가슴과 등에 수차례 난 자상과 더불어 목에는 멍 자국도 있었습니다. 멍 자국은 일주일이나 2주일이 지난 꽤 오래된 멍이었어요. 이 멍에 대해서 얘기해주실 게 있습니까?

TF 아니요. 저는 거기에 대해 할 말이 없습니다.

엿보는 마을

경찰 그 멍을 낸 게 당신이 아니라는 말씀인가요?

TF 아닙니다. 제가 아는 한은 아닙니다.

경찰 당신이 아는 한은 아니라고요?

TF 아니요. 아니라는 뜻입니다. 제가 아니에요.

경찰 그럼 누가 그랬을지 추측 가는 사람은 없나요?

TF 전혀요.

경찰 경찰 심문을 당하신 게 이번이 처음은 아니시죠, 안 그렇습니까, 피츠윌리엄 씨?

TF (한숨을 쉰다.)

경찰 1997년 4월, 당신이 재직하던 학교의 학생 제너비브 하트의 자살 사건과 관련해 버튼 경찰서의 심문을 받으셨죠.

TF (한숨을 쉰다.) 네, 맞습니다. 그렇지만 이거랑 그거랑 무슨 상관인지…….

경찰 그 학생 부모는 딸과 당신이 부적절한 관계를 가졌다는 증거가 있다고 하던데요.

TF 그들한테는 증거고 뭐고 없습니다. 그 애가 저한테 가진 감정과, 우리의 만남을 심하게 미화해서 묘사한 일기장이 있을 뿐이죠. 하지만 우리 만남은 완전히 정상적이었고 딱히 거론할 것도 없는 것이었습니다.

경찰 당시 의혹이 있었더라고요. 그 학생 일기에 따르면 당신이 그 애가 목숨을 끊은 그곳에서 만나자고 하셨고, 거기서 학생이 당신을 기다렸다, 라고 말입니다.

TF 아닙니다. 그 일기장에는 저와의 만남을 암시하는 어떤 내용도 없습니다. 아무것도 없어요. 그 애는 일기장에 뭔가 약속에 대해 적었는데 그 애 부모가 그걸 저와의 약속이라고 추측한 것뿐입니다. 그렇지만 아니었어요. 저는 절대 깨지지 않는 알리바이가 있었고, 그래서 경찰도 몇 분 만에 저를 풀어줬어요. 그리고 다시 말씀드리는데, 저는 이게 제 아내의 살인사건과 무슨 상관인지 모르겠네요.

경찰 그냥 그림을 그려보는 거지요, 피츠윌리엄 씨, 모든 걸 아우르는 그림을요. 멀런 씨의 진술에 따르면 당신은 이번 주 초 갑자기 만남을 요구하며 특정 장소, 특정 시간을 제시했다고 하는데요. 목적은 섹스를 하는 것, 혹은 적어도 그에 관련한 대화를 하기 위해서요. 이것은 어떤 행동 패턴을 보여줍니다, 피츠윌리엄 씨. 그렇다는 겁니다.

TF 저는 제너비브 하트와 섹스를 위해 만나자고 한 적 없습니다. 만나자고 한 일이 없다고요. 더는 할 말이 없습니다.

경찰 그렇다면, 당신 생각에 누가 그랬을 것 같습니까?

TF (신음소리를 낸다.) 죄송합니다, 경관님들, 정말 죄송합니다, 저는 제너비브 하트에 관한 어떤 질문에도 대답할 준비가 안 되어 있습니다. 더 이상은 하지 마세요. 알겠습니까?

경찰 좋습니다. 좋아요. 그럼 어젯밤 얘기로 돌아갑시다. 당신은 8시 17분에 집에 돌아왔습니다. 그 후에는요?

TF 집으로 들어갔습니다. 아무도 없었어요. 그래서 아내를 불렀죠. 이번 주 내내 아파서 전날에는 계속 침대에 있었거든요. 대답이 없길래 침실로 가봤는데 거기에도 없었죠. 집을 다 뒤지고 다닌 후 아래층으로 내려와 주방문을 열었는데 거기에……

경찰 괜찮습니다, 피츠윌리엄 씨. 천천히 하세요.

TF 거기 있었습니다. 니콜라가요, 바닥에, 죽어 있었어요.

경찰 호흡이나 맥박은 확인해보셨습니까?

TF 네. 네, 물론이죠. 죽은 게 확실해 보였습니다. 그냥 보기만 해도요. 그 피의 양 하며. 그러니까, 아내는 죽은 지 꽤 된 것 같았어요.

경찰 흠, 사실은 말입니다, 피츠윌리엄 씨, 부검 보고서에 의하면 사망 시각은 약 7시에서 8시 반 사이로 추정됩니다.

TF 그렇습니까?

경찰 네, 그렇습니다. 그럼 이제는 긴급 구조대에 전화 건 얘기를 해보죠. 전화는 8시 40분에 왔습니다. 그렇다면 피츠윌리엄 씨, 8시 17분부터 신고전화를 하신 8시 40분까지 뭘 하셨습니까?

TF 흠, 말씀드렸듯이 저는 위층으로 올라갔습니다. 아내를 찾으려요. 그리고 저는⋯⋯ 네, 화장실에 갔습니다. 침실에 있는 화장실에요. 거기서 시간을 좀 보냈던 것 같습니다.

경찰 20분간을요?

TF 아니요, 당연히 20분은 아니죠.

경찰 그렇다면 5분 정도라고 해볼까요? 그러면 될까요? 그런 후 당신은 아래층으로 내려와서 아내를 발견한 겁니다. 그렇다 해도 15분 후에야 긴급 구조대에 전화하신 겁니다. 그 15분 동안 뭘 하신 건지 설명해주실 수 있습니까?

TF 저는⋯⋯ 맙소사, 모르겠습니다. 울고 있었어요. 쇼크를 먹은 상태였다고요. 집 안을 돌아다니며 살인자, 증거를 찾으려고 했습니다. 정원으로 나갔고……(운다.) 온통 흐릿하게 보이더라고요. 그 시간은 15분처럼 느껴지지 않았어요. 그렇게 느껴지지 않았어요.

경찰 그런 다음에는요?

TF 아들이 집에 왔습니다. 어느 순간에요. 언젠지도 정확히 모르겠네요. 아들과 전 복도에 앉아 경찰이 오기만을 기다렸습니다.

경찰 감사합니다, 피츠윌리엄 씨. 여기서 잠시 멈춰 가는 게 좋겠습니다.

64

지난밤 218번 버스를 타고 멜빌 마을로 들어서는 제나의 눈에 경찰차의 푸른 불빛이 보였다. 심장이 쿵쿵 뛰었다. 버스 문이 열리자마자 잽싸게 내려 멜빌 하이츠로 향했다. 도로에 경찰 저지선이 둘러져 있고 경찰관 한 명이 보초를 서고 있었다. "지나가실 수 없어요. 대형사고가 터졌거든요."

"어떤 종류의 사건인데요?"

"말해줄 수 없어요. 저 위에 살아요?"

"아니요. 저 위에 안 살아요."

"그럼 이 주변을 벗어나세요. 경찰 차량을 위해 길을 터놔야 하거든요."

제나는 반대편에 있는 집을 향해 쏜살같이 뛰어갔다. 엄마는 한 손에 전자담배를, 다른 손에는 차가 담긴 머그잔을 들고 거실에 앉아 있었다.

"엄마! 저 위에 무슨 일이래? 멜빌 하이츠 말이야." 제나는 가방을 바닥에 떨어뜨리고 엄마 옆으로 가며 말했다.

"모르겠는데. 왜?"

"경찰차가 왔어! 경찰 저지선도 있고."

"흠, 나 아까 거기 있었는데. 30분쯤 전에 집에 왔거든. 내가 올 때까진 아무 일 없었어."

"거기서 뭐 했는데?"

"그를 지켜봤지."

"누구?"

"톰 피츠윌리엄. 무슨 대단한 모임을 주최할 예정이었어. 그 사람들 모두랑."

"그 사람들 모⋯⋯?" 제나는 말을 끊었다. "엄마, 아무 짓 안 했지? 그치, 엄마? 아무 짓도 안 한 거 맞지?"

"하긴 뭘 해? 당연히 안 했지. 넌 도대체 내가 뭘 했다고 생각하는 거야?"

"아니야." 제나는 한숨을 쉬었다. "아무것도 아니야. 당연히 아니지."

다음 날 아침 뉴스는 온통 그 얘기였다. 멜빌 하이츠에서의 살인. 톰 피츠윌리엄의 아내. 주방에서 적어도 서른 번의 자상을 입음. 남편이 심문을 당함. 도시에 있는 브리스톨 하버 호텔 직원은 목격자로 나서서 간밤에 금발 여인 조지핀 멀런이 체크인한 직후 피츠윌리엄 씨가 왔다고 말했고, 그녀 또한 심문을 받고 있다고 했다. 지역 주민들은 충격에 빠진 상태였다.

제나는 잠옷을 입고 다리를 꼰 채 뉴스를 봤다. 응접실 탁자에 앉은 제나의 엄마도 함께 보는 중이었다.

　　　　　　　　　　　　　　　　엿보는 마을

엄마가 말했다. "저 봐, 너도 봤지! 이제 다 드러나는 거야. 모든 게 말이야. 그 사람이 아내를 죽인 거야. 아내가 너무 많이 알게 된 거지. 사람들이 내 말을 좀 더 일찍 들었어야 했어. 그랬다면 이런 일이 없었지."

제나의 머리가 핑핑 돌았다. 피츠윌리엄 선생님, 제너비브 하트, 옆옆집 여자, 피츠윌리엄 선생님, 제너비브 하트, 옆옆집 여자. 뭔가가 그 모든 걸 아우르고 있었다. 제나는 뭔가가 있다는 걸 알았다. "엄마, 어젯밤 거기서 뭐 했는지 정확히 말해봐."

"말했잖아. 지켜봤다고."

"근데 아무것도 못 봤어?"

"못 봤어. 금발 여자가 집에서 나오는 거 빼고는. 몇 분 있다가 보니까 그 여자가 집 뒤에 있는 비밀의 길로 들어가더라고."

"금발 여자가?"

"응, 봐봐, 사진을 찍었어……." 엄마가 핸드백에서 카메라를 꺼내 전원을 켰다. "여기. 다 포기하고 집에 오기 전에 마지막으로 찍은 사진이야."

엄마가 카메라 액정을 보여주었다. 카메라를 받아 들고 확대 버튼을 눌렀더니 회색과 녹색, 갈색과 검은색이 얼룩덜룩 얽힌 이미지가 나왔다. 뒤쪽에 사람이 한 명 있었는데, 어슴푸레하고 희미하게 보이는 데다 플래시 빛을 받아 눈이 작은 루비처럼 빨갛게 나온 사진이었다. 머리 색깔은 고사하고 남자인지 여자인지조차 알 수 없었다. 그렇지만 플래시 때문에 뭔가가 눈에 띄었다. 정확히 중앙에서 방울 모양으로 빛나는 하얀 빛이었다. 제나는 더 크게 확대했다가 다시 본래 사이즈로 줄였다. 그건 단추, 커다란 단추다. 이런 단추가 달린 옷을 본 적이 있다. 누군가 아는 사람이 입고 있었다. 그때 섬광처럼 기억이 나타났다. 프레디가 보여줬던 사진 속 여자, 엄마와 얘기하던 그 여자다. 그 여자는 검은색 큰 코트를 입고 있었는데, 불쑥 나온 배 바로 위에서 커다란 단추 하나로 여미는 그런 코트였다. 제나의 심장에 얼음이 꽂혔다.

"엄마, 이거 피츠윌리엄 선생님 아내를 죽인 범인일 수도 있어."

엄마가 카메라를 받아 들고는 액정을 바라봤다. "하지만, 아내를 죽인 건 피츠윌리엄 선생이잖아."

"엄마가 어떻게 알아?"

"그냥. 달리 누가 있겠어?"

"엄마, 우리 경찰서에 가야 해. 엄마가 본 거 얘기해야 해. 이 사진도 보여줘야 하고. 지금 당장."

65

조이는 눈을 감은 채 기를 쓰고 생각했다. 이 모든 상황을 타당하게 설명해줄 무언가가 있을 텐데. 변호사가 오기 전에 머릿속에서 상황을 확실히 해두어야 했다.

생각을 해. 자신에게 낮은 목소리로 말했다. *생각을 하라고.*

누군가가 종이컵에 차를 담아 갖다주었다. 자판기 내부의 맛이 느껴졌다. 급하게 마시다가 입을 뎄다. 그러나 신경 쓰지 않았다.

생각을 해, 조이. 생각을 해.

잠시 후 그녀는 탁자를 손으로 세게 쳤다. 문을 지키고 서 있던 여성 경관이 움찔했다.

바로 그거야. 톰 피츠윌리엄이 아내를 죽인 거야! 그렇고말고! *그가 날 호텔로 부른 건 다 계획이었어!* 그 모든 게 설정이었다. 자기 아들이 집에 없을 거라는 걸 알았고, 조이를 호텔로 부른 것은 부츠에서 술을 떼어내 사건에 연루시키려는 심산이었다. 어쩌면 그전에 이미 떼갔을지도 모른다. 차에서 떨어진 걸까? 그걸 보고 이 모든 계획을 세우게 된 걸까? 그런 다음 호텔에서 *아아, 슬*

프도다 장면을 시끌벅적하게 연출해놓고 어둠 속으로 사라진 후 어딘가에 주차를 하고는 조이가 귀가할 때까지 기다린 거다. 그게 아니라면 그가 집에 도착하지 않을 이유가 없다. 5분 먼저 호텔을 나섰으니까. 그가 뒤쪽으로 몰래 잠입해 뒷문을 통해 들어간 후 그리고…….

조이는 신음소리를 냈다.

정원용 신발.

변호사에게 정원용 신발에 대해 어떻게 설명하면 좋담?

톰이 우리 집에 들어와 리베카의 신발을 가져갔을 리 없다. 사람을 헷갈리게 만들기 위해 일부러 그랬을 리 없다. 뒷문은 언제나 잠겨 있고 자물쇠도 이중이니까. 게다가 그의 발은 대단히 크다.

누군가 정원용 신발을 신고 나서 씻어놨다. 잭 오빠는 어젯밤 근무를 했고, 앨피일 리는 없으니, 남는 건 리베카 언니다. 그렇지만 언니는 밤새 자기 방에 있었다고 했다. 목격자도 있고.

생각에 깊게 잠긴 조이의 머릿속에 어떤 이미지 하나가 물에 반사된 햇빛처럼 환하게 번뜩였다. 간밤에 이층 층계참에서 몸을 돌렸을 때, 한 손에 잔을 들고 좀 전에 있었던 일을 생각하느라 머리가 어지러웠을 때 일어난 일. 앨피를 다시 볼 생각에 초조한 마음이 들어 정신을 가다듬고, 마음을 진정시키고, 평소처럼 보이기 위해 노력하며 남은 층계를 오르기 전 마지막으로 숨을 몰아쉬려고 멈춘 그 순간, 살짝 열린 리베카의 작업실을 흘끗 들여다보았고, 연무가 낀 듯 혼란스러운 감정을 느꼈던 게 떠올랐다. 언니는 도대체 왜 잭 오빠의 등신대 판지를 창문 쪽으로 옮겨놓은 걸까?

엿보는 마을

66

로즈 펠럼 경장이 멜빌 하이츠 14번지 앞으로 왔다. 상사인 필립 마킨 경위와 함께였다. 필립 마킨은 멜빌 하이츠를 처음 방문한 터였다. 어젯밤 부모님을 찾아뵈기 위해 뱅고어에 있던 중 처음 신고가 들어오자 가능한 한 빨리 되돌아왔다. 로즈는 내심 기뻤다. 단순한 '아내 살인'으로 보였던(남편은 피해자의 피로 얼룩져 있었고, 그가 집에 와서 신고 전화를 한 사이에는 20분이라는 공백이 있는 데다, 자기 나이 반밖에 안 되는 금발 여자와 불륜을 저질렀고, 이 부부는 사도마조히즘 관계라는 소문까지 있었다) 사건이 지난 몇 시간 동안 갑자기 복잡한 사건으로 변했다. 필립 마킨은 팀 내에서 가장 연륜이 깊은 형사다. 그는 로즈가 이 일을 꿰맞출 수 있게 도와줄 것이다.

멜빌 하이츠 14번지는 매력적인 파란색 주택이었다. 일층과 이층이 명확히 구분되어 있고, 이층 창문의 스테인드글라스 사이로 계단 윤곽이 보이는 집. 그 옆집은 암적색으로 정면이 납작했고, 주인은 현재 일 년 동안 샌프란시스코로 파견된 상태라 내부는 비어 있다. 바로 그 옆집이 16번지, 피츠윌리엄의 집인데, 여전히 경

찰 저지선으로 둘러져 있었다. 바깥에 주차된 두 대의 경찰차에
서는 파란 불빛이 느릿느릿 돌고 있다. 로즈 경장은 아침 일찍 이
미 14번지를 방문한 터였다. 집 뒤로 접근할 수 있는 방법을 조사
하고 심문을 위해 조지핀 멀런을 연행하기 위해서였다. 그때 문을
열어준 것은 조지핀 멀런의 오빠 잭 멀런이었다. 자다 깨 흐트러
져 있던 그는 소년 같은 매력이 철철 넘치는 잘생긴 남자였다. 조
지핀이 옷 갈아입는 걸 기다리는 동안 잭은 빛나고 시끄러운 기계
로 카푸치노를 만들어주었다. 심지어 카푸치노 위에 초콜릿 파우
더도 뿌려주었다.

"있잖아요……." 잭은 주방식당 맞은편에 앉은 로즈 경관을 부
드러운 하늘색 눈빛으로 진지하게 바라보았다. "제 동생은 절대
이 일과 관련이 없어요. 제 말은, 동생은 그야말로 세상에서 제일
따스하고, 순하고, 사랑스러운 아이예요. 진짜로요."

오, 로즈는 그 말을 얼마나 믿고 싶었던가!

하지만 몇 시간이 흐른 지금, 이 집의 문을 열어준 것은 여자였
다. 그녀는 눈을 깜빡이며 물었다. "누구시죠?"

"안녕하세요, 실례합니다. 리베카 멀런 씨인가요? 저는 로즈 펠
럼 경장이고요, 이쪽은 필립 마킨 경위입니다. 잠시 들어가도 될
까요?"

"물론이죠. 들어오세요." 리베카는 손가락으로 문가를 꽉 쥐고
있다가 곧 천천히 놓았다.

"감사합니다." 그들은 매트에 발을 비비고 들어왔다. 계단이 왼
쪽으로 꺾이는 모습이 멋졌고, 스테인드글라스 창문으로 들어온
빛이 계단 중앙에 깐 색 바랜 연두색 양탄자에 알록달록한 빛 웅

덩이를 만들어냈다. 왼쪽에는 청동색과 상아색으로 된 앤티크 코트걸이가 있었다. 로즈 경장은 집 안 풍경을 재빨리 훑어보며 머릿속에 담았다. 정면에는 오늘 아침 잭 멀런이 카푸치노를 만들어준 주방이 있고, 왼쪽으로는 커다란 거실이 있다. 리베카가 주방을 향해 소리쳤다. "잭, 경찰분들이 또 오셨어!"

잭 멀런이 아침보다는 덜 흐트러진 모습으로 회색 티셔츠에 짙은 색 청바지를 입고 나타났다. 얼굴에 초조한 미소가 떠올라 있었다. "제 동생은 괜찮은가요? 변호사가 왔나요? 동생을 풀어주셨나요?"

"아직 아닙니다, 멀런 씨. 동생분 변호사는 약 한 시간 전에 도착했어요. 그래서 저희가 두 분과 잠시 대화를 나눴고요. 이제 상황 정리가 시작된 참이에요. 머지않아 끝날 거예요."

"좋습니다. 정말 다행이네요. 아까 전화로 통화할 때 완전히 겁먹은 것 같더라고요."

"우리 저기 앉을까, 잭?" 리베카가 거실을 가리키며 말했다.

"아니." 잭이 단호히 대답했다. "주방에 앉지. 더 아늑하니까."

아늑하다니. 그 말이 로즈의 귀에 꽂혔다. 살인사건 조사과정에서 자주 들을 수 있는 말은 아니었다.

잭이 커피를 권했지만 로즈는 물을 청했다. 커피를 마시기에는 늦은 오후였다. 잭과 리베카는 식탁 한쪽의 긴 의자에 나란히 앉았다. 로즈와 필립은 색 바랜 천을 씌운 맞은편 의자에 자리했다.

로즈는 리베카 멀런의 얼굴을 유심히 보았다. 잭 멀런을 먼저 본 후 상상했던 아내의 모습이 아니었다. 잭은 속이 꽉 차고 따스하고 쾌활하다면, 리베카는 쌀쌀맞고 창백하고 긴장감이 느껴졌다. 임신한 그녀는 남색 셔츠드레스를 입었는데, 불룩한 배 바로 위에 끈으로 된 허리띠가 있었다. 한쪽으로 가르마를 탄 짙은 머리를 갈색 고무줄로 묶었다. 결혼반지를 끼고, 목걸이에는 사진을 넣는 로켓이 있다. 창백한 두 손을 탁자 위에 포개고 있었지만 리베카의 플랫슈즈가 식탁 다리를 톡톡 두드리는 소리가 로즈의 귀에 들렸다.

"일단은요." 로즈가 인터뷰를 시작하겠다는 의미로 필립에게 동의의 눈빛을 보냈다. "멀런 씨, 필립 경위를 위해 오늘 아침 저에게 말씀해주신 내용, 그러니까 어제 점심 때 피츠윌리엄 씨 부인이 찾아온 것에 대해서 다시 한 번 말씀해주실 수 있을까요?"

"그럼요." 잭이 활기차게 대답했다. "물론이죠. 어, 아마 2시쯤이었을 거예요. 제가 출근하려던 참이었거든요. 그때 문 두드리는 소리가 나서 나가봤더니 피츠윌리엄 씨 부인이더라고요. 그분은 좀 뭐랄까…… 좀 추레해 보였어요. 평소 모습이 아니었죠. 독감에 걸렸지만 집에서 나오려고 애를 쓴 거래요. 선물을 가지고 왔더라고요."

"마킨 경위님께 그걸 좀 보여주시죠?"

"네, 그래야죠. 잠시만요. 그게 여기 어디 있을 텐데…… 여기 있네요." 잭이 뒷문 옆 선반에서 선물을 가져와 건넸다. "이겁니다."

노랗고 파란 방울이 달린 직접 뜬 미색 이불이었다. 방울은 분명히 토끼를 뜬 것 같았지만, 아침 심문 때 잭 멀런이 설명해주지 않았다면 로즈는 그게 뭔지 몰랐을 것이다.

"아기를 위한 선물이라 했어요. 직접 뜨개질을 했다고 했죠. 뜨개질이 처음이라 서툴러서 미안하다고 하더라고요."

"그럼 리베카 씨, 그때 부인도 계셨나요?"

"네." 리베카가 끄덕였다. "저도 있었어요. 방에 있던 저를 잭이 내려오라고 불렀거든요."

"그래서 모두 복도에 계셨고요?"

"네, 저희는 복도에 있었습니다." 잭이 대답했다.

"피츠윌리엄 씨 부인을 안으로 들이지 않았다는 거예요?"

"그렇습니다." 잭이 무겁게 고개를 저었고 흐느낌이 목 뒤에 걸리는 소리가 났다. "그래서 너무 죄스럽네요. 그건 그냥…… 그분은 독감에 걸려 너무 아파 보였고, 리베카는 임신한 상태라 제 생각에는…… 아니, 우리 생각에…… 어쨌든 안으로 들이질 않았습니다. 안 들였어요." 잭이 훌쩍였다. 로즈 경장은 그의 눈에 맺힌 눈물을 보았다.

"그래서 니콜라 씨가 선물을 주셨고, 선물을 받고 나선 어떻게 하셨습니까?"

"저희는 한껏 감사 표현을 했습니다. 오늘 밤 가족들한테 따스한 보살핌을 받길 바란다고 얘기했고요. 그분은 남편은 퇴근이 늦을 거고 아들은 처음으로 학교 무도회에 갔기 때문에 그러기 힘들 거라고 대답했어요. 그래서 대화를 좀 더 이어나갔죠. 아들이 여학생을 어떻게 초대했는지, 그래서 얼마나 흥분해 있는지에 대해서요. 그러고는 언젠가 저희 부부를 저녁식사에 초대해야겠다고 하더군요. 그런 다음 좀 황급히 떠났고요."

"그런 후에는요?"

"저는 출근을 했죠."

"리베카 멀런 씨는요? 뭘 하셨습니까?"

"저는 다시 작업실로 올라갔어요. 일을 계속했죠."

"하시는 일은요?"

"저는 재무관리 회사에서 시스템 분석가로 일하고 있어요."

"아, 그럼 기계 다루는 데 능숙하시겠네요?"

"저희 또래 사람들이 하는 정도죠."

"그리고 매부 되시는 앨피 버터 씨 말입니다. 그분 말씀으론 본인 어머니 댁에 7시 정도에 도착했다는데요. 그분이 귀가하셨을 때 보거나 소리를 들으셨습니까?"

"아니요."

"그럼 시누이인 조지핀 멀런 씨요, 그분은 8시 정도에 집에 왔다고 하는데, 그분도 못 보셨습니까?"

"네, 저는 9시쯤까지 작업실에 있었어요. 그때 언덕에서 사이렌 소리가 들렸고요."

로즈 경장은 질문의 방향을 급격히 돌리기 전, 마음을 가다듬기 위해 숨을 들이쉬었다. 수첩을 보고, 미소를 짓고, 다시 아래를 보고, 헛기침을 했다. "시누이 되시는 조이 멀런 씨 말로는, 간밤에 계단을 올라가다가, 그때가 8시를 막 넘긴 시각이었는데, 리베카 씨가 남편분 모습의 등신대를 퇴창 쪽으로 옮겨놓은 걸 봤다고 하던데요."

침묵이 파편처럼 흩어졌다.

"뭐라고요?"

"간밤에 작업실을 지나가다 남편분 모습의 등신대가 방구석에서 퇴창으로 옮겨져 있는 걸 봤대요."

"아니에요." 리베카가 말했다. "아니요. 그렇지 않아요."

엿보는 마을

로즈가 숨을 들이쉬며 웃었다. "실례가 안 된다면, 잠깐 훑어봐도 될까요?"

"물론이죠. 제발 그래주세요."

리베카는 배가 불룩한 임신부치고는 가벼운 몸짓으로 계단을 올랐다. "자요." 그녀가 작업실 문을 밀었다. 이쪽 벽에는 책상이, 다른 벽에는 작은 소파가 있고, 선반이 많았다. 로즈는 방을 둘러보며 뭔가 눈에 띄는 게 있나 살펴보았다. 책상 위에 머리카락이 길고 검은 십 대 소녀가 한 팔로 보더콜리를 감싼 채 미소 짓고 있는 사진이 있었다. 잭 멀런의 등신대는 구석에 처박혀 있었다. 로즈는 퇴창으로 다가갔다. 로어 멜빌이 한눈에 내려다보였다. 거울에 비친 피츠윌리엄의 집 퇴창도 볼 수 있었다. 어젯밤 트립 부인이 수풀 사이에 앉아 멜빌 하이츠 집을 주시했던 자리를 내려다본 후, 리베카의 책상과 그 아래 단정하게 집어넣은 의자를 바라보았다.

"감사합니다, 멀런 부인. 멋지네요."

계단을 다 내려왔을 때 로즈가 잠시 멈춰 섰다. "멀런 부인, 이거 부인 코트인가요?" 목깃 주변에 암적색 스카프가 둘러진 검은색 긴 울코트를 가리키며 물었다.

"네." 리베카의 대답에 헉 하는 소리가 섞였지만 목소리에 묻혀 잘 들릴 정도는 아니었다.

"실례지만, 저희를 위해 한번 입어봐 주실래요?"

잭이 한 발 앞으로 나섰다. "어, 뭐라고요?"

"저희는 그냥 할 일을 하는 거예요. 조사 항목 하나를 없애는 의미죠."

"조사 항목이라뇨? 제 아내 코트가 왜요?"

"아무것도 아닐 겁니다, 멀런 씨. 목격자가 진술한 내용 때문에 그래요. 저희는 그냥 코트를 확인하고 조사 항목에서 제외하면 됩니다. 폐가 안 된다면요."

잭과 리베카는 시선을 교환했다. 잭이 어깨를 으쓱하자 리베카는 고리에서 코트를 빼냈고 필립의 도움을 받아 코트를 입었다. 로즈는 불룩 나온 배 위로 커다란 단추 하나가 있는 모습을 머릿속에 담았다. 필립과 짧게 눈빛을 교환하고는 미소를 지었다. "다 됐네요." 로즈가 명랑하게 말했다. "감사해요! 지금 질문이 좀 더 남았는데, 두 분 괜찮으시다면요."

그들은 다시 주방으로 돌아가 아까 앉았던 의자에 자리 잡았다.

"어젯밤 얘기는 잠시 멈추고, 옛날 얘기를 해보죠, 멀런 부인. 1997년에 있었던 사건에 대해 말씀을 좀 해주시겠어요? 버턴어폰트렌트에 사시던 때 말이에요."

잭이 고개를 치켜들었다. "어어, 또 시작이군요, 됐어요. 이건 아닌 거 같아요. 이거 정말 마음에 안 드네요. 처음에는 제 동생한테 그러더니, 이번에는……."

"멀런 씨, 힘들 거라는 거 이해가 갑니다만, 조사를 하다 보면요, 저희는 어떤 접근 방법도 무시할 수가 없습니다. 상관없어 보이는 일이라고 해도요. 부인을 경찰서로 모시고 갈 수도 있었습니다만, 건강 상태를 고려해 그러지 않은 거예요. 그러니 질문을 계속할 수 있게 해주시겠어요?"

로즈가 미소를 활짝 지으며 말하자 잭이 화답했다. 그는 마치 미소에는 미소로 답하는 게 프로그램으로 내장된 사람 같았다.

엿보는 마을

"감사합니다." 로즈는 리베카를 향해 몸을 틀었다. "멀런 부인, 이 대화가 고통스러울 걸 알지만, 1997년에 동생분께 무슨 일이 있었는지 말씀해주시면 저희한테 정말 도움이 될 것 같아요. 부탁 드립니다."

"그걸 어떻게 아시⋯⋯?"

"그냥 알아요."

"근데 이게 그거랑 무슨 상관이⋯⋯?"

"상관없을 겁니다. 그렇지만 대화는 해봐야 해요. 협조 부탁드 려요."

리베카는 손을 잡아주는 잭을 바라보았다. "음, 제 동생은 자살 했어요."

"동생분 이름은요?"

"제너비브. 비바요. 비바 하트."

"왜 자살한 거죠?"

"저희도 몰라요. 유서를 남기지 않았거든요. 다만 학교에서 괴 롭힘을 당하고 있었어요."

"동생의 자살 후 일기장을 발견했다고 하던데요?"

"맞습니다."

"그 내용 때문에 학교 선생님 하나를 경찰에 신고하셨고요?"

"맞습니다."

"그 교사 이름이 톰 피츠윌리엄이죠?"

잭 멀런이 휙 하고 몸을 돌려 아내를 바라보았다. 약간 입을 벌 리고 괴이하게 숨 가쁜 소리를 냈다.

리베카가 고개를 푹 숙였다. "그 사람 이름이 뭔지는 몰라요. 아는 거라곤 영어 선생님이었다는 것뿐이에요."

"그게 말이죠, 버턴어폰트렌트에 계시는 부모님께서 그 일기장을 보내주셔서 저희가 핵심 부분을 복사한 게 있는데요, 거기에는 아주 정확하게 문제의 그 교사 이름이 적혀 있더군요. 톰 피츠윌리엄. 심문을 받은 사람이었죠."

리베카가 어깨를 으쓱했다.

"그는 심문 35분 후에 기소되지 않고 풀려났죠. 그런데 20년이 지난 지금, 당신과 톰 피츠윌리엄이 이렇게 가까운 이웃이 되다니요!"

불룩한 배 위로 팔짱을 끼는 리베카의 몸짓 언어를 보니 점점 더 방어하고 싶어 하는 본능이 느껴졌다.

"어떻게 봐도 이상한 우연이잖아요. 그렇지 않아요?"

잭은 아내의 관심을 끌기 위해 그녀를 바라봤지만, 리베카의 시선은 탁자 한 군데, 로즈의 수첩 오른쪽에 꽂힌 채 움직일 줄 몰랐다.

"그냥 우연이에요. 정말이라고요." 리베카가 말했다.

"꿈의 집으로 이사를 왔는데, 동생 자살에 책임이 있다고 믿는 남자가 이웃이라는 걸 알고 얼마나 충격을 받으셨을까요."

"저는 그렇게 생각 안 했어요." 리베카는 팔꿈치 근처 옷을 손가락으로 잡아당겼다. "저는 어렸다고요. 어떻게 생각해야 할지 몰랐어요……."

로즈가 리베카의 말을 멈췄다. "부모님은요? 어디 계시죠……?"

"엄마는 돌아가셨어요. 2012년에요. 암이었죠. 아버지는…… 어디 계신지 몰라요. 사라지셨어요. 알코올의존증으로 오래도록 술만 드셨어요. 술을 멀리하려고 노력하셨지만요."

"그리고, 남은 가족은 당신뿐인가요?"

"네, 저밖에 안 남았어요. 물론, 잭이 있고요."

"그리고 태어날 아기도 있죠?"

리베카는 배를 흘끗 보고 애써 미소를 지었다. "네, 태어날 아기도 있죠."

"예정일이 언제예요?"

"5월 1일이에요."

로즈가 딱딱한 미소를 지으며 생각했다. 제발, 아직 태어나지도 않은 이 아기를 위해, 이 모든 게 사실이 아니기를, 그저 이 모든 게 망상에 빠진 한 여자와 상상력 풍부한 십 대 딸이 뱉어내는 횡설수설이기를. 모든 게 허튼소리이기를.

"괜찮으시다면 사진을 한 장 보여드리고 싶어요." 로즈는 가방에서 봉투를 꺼내 그 안에서 사진을 뽑아 탁자에 올린 후 리베카 쪽으로 밀었다. 리베카는 오른손 검지 끝으로 사진을 건드렸다.

"이건 어젯밤 8시 18분에 집 뒤에서 찍힌 거예요. 톰 피츠윌리엄이 귀가한 시간과 비슷한 때죠. 보시다시피 누군가가 피츠윌리엄의 집에서 나와 이 집의 뒷문으로 향하고 있죠. 여기요." 로즈는 뒷문을 가리켰다.

리베카는 사진을 가까이 당겨 잠시 들여다보더니 다시 멀리 밀었다. "이게 누구예요?"

"흠, 그렇죠, 누군지 알아보기 힘든 사진이죠? 잘 찍은 사진은 아니에요. 하지만 여기를 좀 자세히 보시면요." 로즈는 인물의 중간에서 빛나는 부분을 가리켰다. "동그란 모양이 보이죠. 커다란 단추처럼요. 지금 팀에서는 이 사진의 화질을 높이고 있어요, 조금만 있으면 이 사람이 누구인지 알게 될 거란 얘기죠. 멀런 부인, 이걸 보고 떠오르는 사람 없으세요?"

"없는데요. 전혀요."

"없다는 말씀이죠." 로즈가 사진을 탁자 중간에 놓았다. "그렇다면 됐습니다. 좋아요." 로즈는 탁자를 움켜쥐며 필립 쪽으로 몸을 돌렸다. "이 정도면 다 한 거 같은데요? 경위님께서 더 하고 싶은 질문이 없다면요."

필립 경위는 숨을 들이쉬고 손가락으로 남색 넥타이를 훑어 내렸다. "어, 딱 하나 있는데요, 멀런 부인, 금방 하고 가겠습니다." 그는 여기 오는 길에 로즈와 합의한 대로 독서안경을 끼고 자신의 수첩을 약간 멍하니 바라보았다. "어, 혹시 프랜시스 트립 씨 아세요?"

"모르는 이름인데요."

"저 아랫동네에 사는 분입니다. 두 분이 한두 번 만난 것 같던데요. 그분은 자신이 괴롭힘을 당한다고 생각하더라고요."

"아니요. 누군지 모르겠어요."

"여기요, 이 여자입니다." 필립은 프랜시스 트립의 사진을 리베카에게 밀어주었다.

"아, 네. 네, 주변에 있는 거 봤어요. 그 사람 좀······."

"망상에 빠져 있죠. 네, 사실은 피츠윌리엄 씨 아들이 두 분이 길거리에서 대화를 나누는 사진을 찍었습니다. 며칠 전에요."

"네, 네, 기억이 나요."

"무슨 얘기를 하셨습니까?"

"이상한 소리를 늘어놓던데요. 아시잖아요. 모든 사람이 자기를 스토킹하고 있다고요. 그런 얘기를 했어요. 그분한테 붙잡혀서 빠져나오기가 힘들었죠."

"그래서……." 필립이 안경을 벗고 손바닥을 탁자 위에 쫙 펼치며 말했다. "문제는 이겁니다. 프랜시스 트립 씨가 어제저녁 6시에 채팅방에 있는 누군가한테 메시지를 받았습니다. 톰 피츠윌리엄 씨가 저녁에 자기네 집에서 모든 스토커들과 모임을 할 예정이니 가서 사진을 찍으라는 내용이었죠. 그 여자는 자신이 몰드에 산다고 주장했지만, 저희가 IP 주소를 추적한 결과 그 메시지는 멜빌 지역에서 송출된 것으로 나왔습니다."

로즈 경장은 리베카가 입을 살짝 앙다무는 걸 감지했다.

"트립 씨가 당신이 어제저녁 내내 작업실에 있었다는 걸 확인해 준 거, 참 유용했지요. 그녀는 당신이 내내 거기 있었다고 진술했어요. 퇴창에 앉아 있는 걸 봤다고요. 하지만 책상은 퇴창 쪽에 있지 않잖아요, 그렇죠? 벽을 마주하고 있지 않습니까? 그리고 조이 멀런 씨도 어제저녁 8시에 작업실을 지나면서 등신대가 퇴창에 있는 걸 봤다고 진술했고요."

"그렇다면 이것은……." 필립은 뒷길에서 찍힌 인물의 사진을 두드렸다. "당신이 될 수도 있습니다. 당신 주장처럼 작업실 책상에 앉아 계셨던 게 아니라면 말입니다. 코트를 입으면 가운데에 있는 단추가 꽤 위로 올라오잖습니까. 사진에 있는 이 단추처럼요." 그는 사진을 다시 한 번 두드렸다. 그러고는 숨을 내쉬고 의자에 기대앉았다. "멀런 부인, 어젯밤 하신 행동 중에 지금 얘기하고 싶은 것은 없습니까? 우리한테 말씀 안 해주신 것이 있다면요? 저희한테 도움이 될 만한 얘기 없습니까?"

고요한 침묵이 뒤따랐다.

잭이 리베카를 바라봤다. "벡스." 그가 다정하게 설득했다. "벡스?"

리베카가 비난하듯 오른쪽을 쳐다보았다.

"멀런 부인?" 필립이 불렀다.

마침내 리베카 멀런은 로즈와 필립을 마주보았다. 어두운 시선에 결심이 서려 있었다. "도대체 제가 무슨 이유로……." 리베카는 천천히, 딱딱하게 말을 뱉었다. "니콜라 피츠윌리엄을 죽이고 싶겠어요?"

로즈는 헉 하고 숨을 들이쉬었다. 그렇다. 그게 핵심 난제였다. 임신으로 배가 부른 여자가 도대체 왜 어두운 밤 이웃 주방으로 들어가 이웃 여자를 찔러 죽이겠는가? 그녀 남편에 대해 20년 묵은 원한이 있든 없든 말이다. 그것은 오늘 아침 제나와 프랜시스 트립이 경찰서에 나타나 예기치 못한 진술을 하고 간 이래로 로즈 경장을 고민에 빠트린 문제였다. 두 시간가량 자신이 동원할 수 있는 모든 수단으로 조사를 했고, 그 수수께끼의 해답을 찾으려 노력했다. 그리고 약 한 시간 전, 이론 하나가 머리를 강타했다.

제나 트립의 진술에 따르면, 과거 1990년대에 니콜라 피츠윌리엄 또한 톰 피츠윌리엄이 재직했던 학교 학생이었다고 했다. 비록 그들이 만나게 된 건 몇 년 후였지만. 로즈는 제너비브 하트의 일기장을 읽고 또 읽었고, 특히 제너비브가 괴롭힘당하는 부분에 똑같은 이름이 계속 튀어나오는 걸 발견했다.

우두머리의 이름은 니키 리, 꼭두각시 조종의 대가였다. 자신은

엿보는 마을

한 발 물러서 있어도 충견들이 최악의 학대를 대신 감행했으니. 니키 리는 항상 담배 냄새와 남자들의 애프터셰이브 냄새를 달고 다녔다. 탈색한 머리를 꽉 묶어 면도날처럼 날카로운 광대를 드러냈고, 다듬은 눈썹은 어떤 일에도 움찔하지 않았으며, 눈은 칙칙한 파란 얼음 조각 같았다. 호주머니에 손을 넣은 채 제너비브를 뒤에서 발로 차는 그런 애였다. 그 애는 제너비브한테서 선생님들의 정액 냄새가 난다고 했다. 머리에 침을 뱉고 발로 문지르기도 했다. 또한 제너비브한테 클라미디아 성병이 있다는 소문을 냈다. 입술 포진은 선생님들 거시기를 빨다가 옮은 거라는 소문도. '따까리'를 시켜 제너비브의 미술 과제를 찢어발기게 했다. 한번은 한 달간이나 공들여 엄마의 머리카락을 수채화로 묘사한 그림 숙제까지 그렇게 만들었다. 밤이 되면 니키 리는 제너비브 집 맞은편 담벼락에 기대앉아 주머니에 손을 넣은 채 담배를 피우며 쳐다봤고, 어떤 때는 그저 커졌다가 작아지는 담배의 빨간 불빛으로 자신의 존재를 알렸다. 만약 이 상황을 누구한테라도 알렸다가는, 제너비브 애완견 엉덩이에 쇠꼬챙이를 꽂아 입으로 나올 때까지 밀어넣을 거라고 협박했다. 제너비브는 일기장에 니키 리가 마치 매일 매 순간 자신을 바라보는 것 같다고 적었다. 어딜 가든, 어디에 있든. 기다리고, 쳐다보고, 욕을 하고, 꼬집고, 침을 뱉고, 때리고, 따라다니고, 혐오하고, 거짓말하고, 발로 차고, 해를 가하면서. 일 년 내내 다시 떠올리지 않을 만큼 끔찍하고 고통스러웠다고 적었다.

로즈 경장은 학교에 전화해 제너비브 학년의 졸업앨범을 이메일로 보내달라고 요청했다. 학교 측은 몇 분 만에 협조를 베풀었다. 숨을 죽이고 첨부파일을 내려받았다. 그리고 보았다. 손에 넣은 그 사진을. 로즈는 30초 만에 필립 경위를 대동하고 멀런 씨 집으로 출발했다.

그리고 지금, 리베카를 바라보는 로즈는 이 모든 끔찍함에 먹먹한 마음으로 한숨을 쉬며 가방에서 마지막 사진을 꺼냈다.

"여기요. 이 사진 좀 봐주세요, 그래주시겠어요?" 로즈는 리베카의 얼굴을 보며 반응을 기다렸다. "이게 누군지 말씀해주실래요?"

"네." 리베카가 읊조렸다. "니키 리예요."

"맞습니다. 니키 리. 당신 동생을 괴롭힌 사람이죠. 그래서 여동생이 자살하게 됐고요. 그런데 이 사람, 다른 이름도 아시죠, 그렇죠?"

리베카의 눈에 눈물이 차올랐다. 그녀는 눈물을 삼키려고 목 뒤로 큰 소리를 냈다. 그리고 끄덕였다.

잭이 웅얼거렸다. "맙소사"라는 소리가 배경에 깔렸다.

"다른 이름은 니콜라 피츠윌리엄이에요." 리베카가 대답했다.

"오, 세상에! 오, 세상에⋯⋯." 잭 멀런이 말했다.

"맞습니다." 로즈가 부드럽게 말했다. "그거예요. 자 이제, 우리한테 얘기하고 싶은 거 없나요, 리베카? 간밤에 정확히 무슨 일이 있었던 거죠?"

리베카 멀런이 끄덕였다. "네, 다 말씀드릴게요."

엿보는 마을

4부

67

8월 26일

피츠윌리엄 선생님께,

어제 중등교육자격 검정시험 결과가 나왔어요. 저는 여덟 과목 통과했는데 영어영문학은 A고요, 수학은 B예요. 스페인어도 B를 맞았고요! 선생님께 여러 가지로 감사하다는 말씀 드리고 싶었어요. 저를 돌봐주셨잖아요. 저는 선생님의 보살핌을 받을 만한 학생이 아니었는데도 말이에요. 사회복지부 일을 해결해주신 것도 감사해요. 베스와 그 애 엄마한테 도움을 청해주신 것도요. 거기서 사는 몇 달간 좁은 곳에서 부대끼며 살았는데, 지금은 여름방학을 맞아 아빠한테 왔고요, 여긴 방이 넓어서 참 좋아요. 엄마는 잘 지내고 계세요. 웨스턴슈퍼메어의 병원에 계시고요, 저랑 아빠랑 이선이 하루걸러 한 번씩 방문하고 있어요. 여름 지나면 어떻게 될지 모르겠네요. 제가 원하는 곳에 갈 수 있는 식스폼° 점수를

° sixth-form, 대학 진학에 앞서 거쳐야 하는 2년간의 교육과정으로, 그 기간 동안 에이레벨(A Level)이라는 대학 입시를 준비한다.

받았는데요, 멜빌로 다시 돌아갈지 말지는 아직 결정하지 않았어요. 생각을 좀 해보려고요.

어쨌든 선생님께서도 잘 지내셨으면 좋겠네요. 선생님과 프레디는 너무 끔찍한 일을 당하셨잖아요. 저는 선생님과 프레디를 많이 떠올린답니다. 선생님, 혹시나 웨스턴슈퍼메어에 들르실 일 있으면 꼭 연락 주세요. 다시 뵈면 정말 좋을 것 같아요.

사랑을 많이 담아,
제나 트립 드림

엿보는 마을

68

아기가 발버둥을 쳤다. 조이는 아기의 두 발을 들어올려 자신의 입에 댄 후 입방귀를 불었다. 아기는 기분이 좋아져서 뚫어지게 조이를 바라보며 더 심하게 발버둥쳤다.

아기 엉덩이에 기저귀를 밀어넣고 빵빵한 배 위에서 기저귀 고정장치를 채웠다. 보드라운 노란색 우주복 안에 아기의 팔다리를 넣고 능숙하게 똑딱이 단추를 잠갔다. 다 쓴 기저귀는 돌돌 말아 가향 비닐 봉투에 넣었다.

"자…… 다 됐다." 조이가 아기에게 말했다.

아기는 조이를 보며 다시 미소 지었고, 조이는 기저귀 깔개에서 아기를 안아 올린 후 아래층으로 내려갔다.

아기 이름은 엘로이즈다. 잭의 딸이자 조이의 조카. 예정일보다 열흘 앞서 태어난 아기는 세상에 나온 지 넉 달하고 6일이 되었다. 엄마를 닮아 검은 머리카락에 눈은 조이처럼 초록색이다. 완벽한 아기.

한 시간 뒤 잭이 퇴근하고 돌아왔다. 매번 집에 와서 딸을 찾을 때마다 그러듯, 잭의 얼굴은 경외심에 시달린 표정에서 피곤과 기쁨이 뒤섞인 표정으로 변한다.

"여깄어." 조이가 보들보들한 아기의 몸을 오빠에게 건네며 말했다. "딸 대령이오."

잭이 딸을 병원에서 데리고 나온 것은 아기가 태어난 지 이틀째 되는 날이었다. 근처 모자 병실에 자리가 없었기에 리베카는 눈물을 흘릴 새도 없이 아기를 떠나보내야 했다. "조이가 아기를 봐줬으면 좋겠어." 리베카는 우주복과 기저귀를 가방에 접어넣으며 말했었다. "유모는 안 돼. 조이가 해줘야 해."

초반 일주일은 충격의 도가니였다. 리베카가 체포된 직후 앨피는 집을 떠났다. 조이는 하루 종일 심문을 받고 온 앨피에게 자신이 톰 피츠윌리엄을 향해 말도 안 되는 열병을 앓았다고 말할 수밖에 없었고, 앨피는 조이가 자신을 사랑하지 않는다는 걸 깨달은 이후 직장에서 여러 여자들과 키스를 나눴다고 고백했다. 앨피는 울었고 조이는 안도의 한숨을 내쉬었다. 이제 조이는 길고 조용한 날들을 홀로 지낸다. 엘로이즈와 이 커다란 공간에 같이 있다. 한때는 어쩐지 달갑지 않은 호텔처럼 느껴졌지만 이제는 잭, 엘로이즈와 함께 사는 집처럼 느껴진다. 어떤 날은 외롭고, 어떤 날은 멍한 기분이 들고, 어떤 날은 이비사섬에 있는 비치 바로 달려가 모든 것을 잊을 때까지 술을 마시고 싶다. 그래도 쓸모없는 존재라는 생각은 더 이상 들지 않는다. 조이는 아이를 원한 적이 없다. 다른 사람의 아이는 더더욱. 그렇지만 지금 아기는 옆에 있고, 조이는 태고의 갈망을 느끼듯 이 아기를 사랑한다.

리베카는 면회 올 때 아기를 데려오지 말아달라고 부탁했다. 그녀는 현재 이스트힐 파크에 구류 중이다. 보석은 허가되지 않았고 선고는 9월 3일에 내려질 예정이다. 다시는 집에 돌아와 아기를 볼 수 없을 것이다. 조이는 예전에 리베카에게서 들은 내용, 즉 자신은 아기를 원치 않았지만 남편을 행복하게 해주기 위해 임신했다는 사실을 오빠에게 밝히지 않았다. 오빠가 가장 행복한 날을 누려야 할 시기에 그 어떤 어둠도 투척하고 싶지 않았기에.

2, 3주 전 새벽 3시에 오빠랑 주방 식탁에 앉아 위스키를 마시던 날, 조이는 이런 질문을 했다. "리베카를 택한 이유가 뭐야, 오빠? 왜 리베카였어? 살인에 대한 얘기는 둘째 치고, 난 오빠가 왜 언니를 선택했는지 항상 궁금했어."

잭은 슬픈 미소를 짓고 대답했다. "내가 리베카를 선택한 게 아니야. 리베카가 날 선택했지."

조이는 잭을 바라보았다. 톰이 니콜라에 대해 말한 것과 너무 비슷한 얘기다. 대부분의 여자들은 완벽한 남자를 찾으려 인생을 소비하고, 남자들은 선택당하기를 기다린 후 그 둘이 어떻게든 잘 지내려고 노력하며 사는 걸까? 원래 그런 걸까······.

"그렇지만 사랑했잖아. 그렇지?"

"물론이지. 지금도 사랑하고 있어. 그렇지만 리베카에 대해 전혀 몰랐다는 사실이 너무 끔찍해. 난 쥐뿔도 몰랐던 거야."

지난주 조이는 시내에서 톰을 봤다. 반팔에 청바지, 간편한 차림이었다. 선글라스를 끼고 러셀앤브롬리 쇼핑백을 들고 있었다. 조이는 유아차에 엘로이즈를 태운 채 버스정류장에 앉아서 그를 보았다. 톰은 여전히 존재감이 있었다. 조이는 초연한 마음으로 그가 호기롭게, 일종의 패기가 느껴질 정도로 거리를 장악하는 모습을 지켜보았다. 아주 잠시, 멜빌 하이츠의 짙은 어둠 속에서 그의 손이 자신의 몸을 바짝 당겼던 순간을, 모든 것이 너무 강렬하고 애절하고 제정신이 아니었던 순간을 떠올렸다. 잠시 무언가 깜빡이며 그녀를 덮치고 지나갔다. 다급하게 희망에 차올랐다.

그러나 그 순간 브리스톨 하버 호텔에서 슬프고 힘들어했던 톰의 얼굴과 축 늘어진 어깨, 약간 처진 뱃살, 머리카락이 가늘어지는 정수리를 통해 보이던 창백하게 빛나는 두피가 떠올랐다. 꼼짝없이 누워 짐승의 공격을 고스란히 받은 것 같은 끔찍한 상처가 기억났다. 그의 무거운 숨결, 그리고 호텔방을 떠날 때 보인 초라한 모습도.

조이는 자신이 하던 생각이 무엇이었는지 전혀 알 수 없었다. 전혀.

다음 날 조이는 엘로이즈를 데리고 엄마를 찾아갔다. 아니, 이제 사라 할머니라고 해야겠지. 조이와 잭은 언젠가 때가 되면 엘로이즈에게 할머니 얘기를 해주기로 했다. 하늘을 가득 채운 여름날의 먹구름이 보였다. 우산이 없어 집으로 가야 마땅했지만, 왠지 오늘은 이곳에 와야 할 것 같았다. 삶은 지속된다는 감각 때문이다. 아이를 보면 느껴지는 감각. 아기들은 우리가 미래로 돌진하려거나 과거로 회귀하려는 바로 그 순간 우리를 현재에 잡아놓고 꼼짝 못 하게 한다.

엄마 무덤에는 튤립으로 만든 작은 꽃다발이 놓여 있다. 8월의 열기 때문인지 쭈글쭈글하고 말라 있다. 조이는 그 옆에 어두운

엿보는 마을

핑크색의 여름 장미를 내려놓은 후 바닥에 앉았다. 엘로이즈가 잠에서 깨지 않도록 한 손으로 유아차 프레임을 잡고는 부드럽게 앞뒤로 흔들었다.

"엄마, 안녕? 나 왔어. 엄마 보여주려고 엘로이즈 데리고 왔지. 근데 자고 있어서 오늘은 많이 못 보겠다. 이제 집은 좀 정리됐어. 하지만 잭 오빠는 너무너무 슬퍼해. 그런 모습 보니까 미칠 것 같아. 무슨 일이 있을 때마다, 오빠가 나에 대해 좋은 말을 해주는 데 너무 익숙해졌었나 봐. 서로 역할을 바꾸려니까 아무래도 어색하네. 그렇지만 괜찮아. 애처럼 속수무책으로 잭 오빠한테만 기댈 수는 없지. 매번 여기 올 때마다 성장하고 있다고 말한 거 나도 아는데, 옛날에는 어른의 일을 하고 살면 그게 성장한 거라고 믿었거든. 이제는 그게 다가 아니라는 걸 알아. 결혼을 했다고, 말쑥한 아파트를 얻었다고, 독서 모임을 한다고 어른이 되는 게 아니었어. 어른이 된다는 건 자기 행동에 책임을 지고 그에 따른 결과를 수용하는 거였어. 그래, 맞아, 나 이제 그러고 있어, 엄마. 정말로 그러고 있어, 나는……."

뒤에서 느껴지는 인기척에 말을 멈췄다. 숨을 가다듬고 뒤를 돌아봤다. 스톤 로지스 티셔츠와 카고 반바지 차림에 텁수룩한 회색 머리와 우락부락한 얼굴을 한 중년 남성이 아스다 마트에서 산 99 페니짜리 빨간 튤립을 손에 들고 있었다. "안녕, 우리 딸."

"아빠." 조이가 대답했다.

"네 엄마한테 꽃을 좀 가져왔어." 아빠는 손으로 꽃을 두드리며 말했다.

"응, 나도."

아빠의 눈이 유아차로 향했다. 눈에 눈물이 차오르는 게 보였다. "이 아이가……?"

"응, 엘로이즈야."

아빠는 끄덕이며 눈물을 뒤로 삼켰다. "와우, 와우!"

"지금 자고 있어."

아빠는 다시 끄덕였다. "깨우지 마라."

그런 후 둘 다 말을 멈췄다.

둘 사이로 크고 굵은 빗방울이 하나 떨어졌다. 그리고 또 하나가 떨어졌다. 그들은 함께 하늘을 본 후 서로를 마주봤다.

"혹시 우리……." 조이가 침묵을 깼다.

"뭐라도 한잔할까?" 아빠가 문장을 마무리했다.

"응, 그러면 좋겠다." 조이가 대답했다.

69

사랑하는 나의 엘로이즈에게,

생일 축하해! 너는 오늘 한 살이 되었고, 그 말은 내가 널 마지막으로 본 지 363일이 지났다는 의미구나.

너와 아빠, 조이 고모에 대한 소식은 아빠한테 다 들었어. 네 사진과 동영상을 보여주면서 요즘은 뭘 배우고 있는지 말해주더라. 엄마는 아빠와 고모에게 널 이곳에 데려오지 말라고 부탁했단다. 네가 나를 '집에서 즐거운 일을 해야 할 시간에 무서운 곳으로 갈 수밖에 없었던 이상한 여자'로 기억하지 않기를 바라거든. 아니, 사실은 네가 날 아예 기억하지 않기를 바라. 그저 네가 아이로 사는 것을, 세상에서 가장 사랑스러운 아빠를 가진 것을, 나보다 백 배는 재미있는 조이 고모와 시간을 보내는 것을 즐기면 좋겠어. 그리고 바라건대, 언젠가 사람들이 나를 집에 가도 된다고 허락해준다면, 너의 인생에 멋진 사람이 되어 나타나고 싶어. 아니면 말고. 네가 뭘 원하느냐에 따라 달렸지. 너와 나에 대해 선택권이 있는 사람은 바로 너니까. 모든 결정은 네가 하게 될 거야.

그렇지만 그날이 오기 전, 먼저 너한테 해줄 중요한 얘기가 있어. 왜 내가 그런 짓을 저질렀는지, 왜 누군가를 해친 건지 말이야. 그런 행동을 하면 너와 네 아빠로부터 떨어지게 된다는 것을 알면서도. 그래서 이 편지를 쓰는 거란다. 네가 이걸 몇 살에 읽게 될지는 아빠의 판단에 맡길 거야. 정말이지 그 모든 게 다 사고라고, 그렇게 할 의도는 없었다고 말하고 싶구나. 이것은 내 잘못이 아니라고, 그저 다른 누군가의 잘못이며, 나는 어떤 대가를 지불할지 알면서도 이런 일을 저지르는 사람이 아니라고 말하고 싶어. 그렇지만 그건 사실이 아니야. 확신컨대, 네가 이걸 읽을 만큼 나이가 들었을 즈음엔 너도 그게 사실이 아니라는 걸 알 테지.

나는 그 여자를 다치게 할 심산으로 그 집에 갔어. 가면서 (정말 아주 살짝 떠오른 생각이지만) 붙잡히면 몇 년 동안 너랑 아빠랑 같이 누려야 할 것들을 모두 놓칠 거라는 생각이 들긴 했지. 그래서 잡히지 않기를 바랐어. 경찰이 그 여자 남편 짓이라고 생각하길, 그래서 그가 감옥에 가길 바랐어. 하지만 그런 일은 일어나지 않았단다. 그래서 나는 여기 안에 있고 너는 거기 밖에 있는 거야. 나는 이 모든 것이 다른 누구의 탓이 아닌 오직 내 잘못이라는 사실을 받아들여야 해.

네 이모 비바에게 무슨 일이 생겼는지는 아빠한테 들었겠지. 그래도 그 얘기는 내 입으로 다시 하고 싶어. 왜냐하면 네가 궁금해할 질문의 모든 대답은 이모를 향한 내 감정에 담겨 있어서, 나 아닌 누군가가 표현할 수 없는 것이기 때문이야.

비바가 태어났을 때 나는 두 살이었어. 나는 화가 났지. 머리끝까지 화가 났어. 나 하나로는 엄마 아빠가 만족하지 못한다는 사실 때문에 몇 년간이나 화를 냈어. 다른 누군가와 부모님을 나눠 가져야 한다는 사실에, 그것도 그냥 다른 사람이 아닌, 보조개와 빛나는 눈동자로 지나가는 모든 사람을 홀리는 작고 오동통한 아기라는 사실에 분개했지. 그 애는 늘 기분이 좋았고, 늘 놀 준비가 되어 있었고, 항상 사람들을 안고 아무한테나 뽀뽀를 해댔어. 비바가 학교에 들어가니까 모두가 그 애와 친구가 되고 싶어 하더라. 나와는 너무 다른 애였지. 나는 학교에서 친구를 만들려면 몇 년이나 걸렸거든. 어느 정도 거리를 두는 사이였는데도 말이야. 방과 후에 애들을 집으로 초대해서 내 공간을 침해하는 걸 절대 좋아하지 않았거든. 나는 내향적이었어. 비바는 외향적이었고. 나는 그 애를 흠모했어. 동시에 그 애를 싫어했고. 그렇지만 십 대가 되자 우리는 공존하는 방법을 찾았어. 그 애는 내가 똑똑하고 독립심이 있다며 나를 우러러봤어. 나는 그 애가 사교에 능하고 다정해서 좋아했지. 비바가 세상에서 제일 좋았어.

그 애길 비바한테 해준 적은 없어. 말했어야 했는데. 그 애가 나한테 얼마나 큰 의미인지, 내가 얼마나 좋아했는지 말하지 않았다는 사실 때문에 매일매일 후회했거든. 비바가 열네 살이 됐을 때 천천히 모든 게 다 산산이 조각나기 시작했어. 그 애는 점점 말이 없어졌어. 살도 빠졌고, 성격이 고약해지고 대답도 단답형으로만 했지. 눈동자는 빛을 잃고 그냥 꺼져버렸어. 그래서 얘기를 하려고 하면 대답은 늘 이랬어. 난 괜찮아. 난 괜찮아. 괜찮지 않다는 걸 알았는데. 어떤 여학생이 학교생활을 힘들어한다는 소문을 들었거든. 그렇지만 증거가 없었고 동생은 말하기를 거부했지.

그러던 어느 날 바보 같고, 반짝이고, 통통 튀고, 말 많고, 너무나도 예쁜 내 동생은 학교에 갔다가 영원히 돌아오지 않았어.

그 애가 죽고 며칠 후 엄마가 일기장을 발견했어. 너도 일기장에 대해서, 거기에 무슨 내용이 있는지 알 거라 생각해. 지금쯤이면 아빠한테 들었을 테니까. 비바는 남자 선생님 한 분한테 엄청 빠져 있었고, 그 선생님도 비바에게 엄청 관심을 쏟아주었어. 내 생각엔 너무 과했던 거 같아. 여지를 남기듯, 마치 비바가 자기 인생의 큰 부분을 차지한다는 듯, 다른 학생들보다 더 많이 그런다는 듯 말이야. 비바가 죽던 날 밤, 그 애는 선생님이 시내 어디엔선가 자기를 기다릴 수도 있다고 일기장에 썼더라고. 그래서 거기에 가볼까 한다고. 그렇지만 선생님은 거기 없었지. 늦은 시간까지 학교에서 일하느라. 선생님이 괴롭힘당하는 자기를 구해줄 거라 생각한 걸까? 선생님이 자신의 마지막 기회라고 생각한 걸까? 비바가 거길 왜 갔는지는 앞으로도 알 수 없겠지. 그렇지만 선생님이 나타나질 않자 비바는 상심한 나머지 스스로 목숨을 끊고 말았어. 그렇게 자신의 생명을 거두며 내 삶도 송두리째 가져가버렸지.

너는 아직 형제자매가 없지. 혈육이 주는 엄청 다채로운 감정을 경험하지 못한 사람들은 이 상황을 상상하는 것조차 굉장히 어려울 거야. 사랑하고 미워하는 것, 재밌게 놀다가도 다투는 것, 경쟁을 하다가도 똘똘 뭉치는 것. 형제자매만큼 서로의 인생을 잘 아는 관계는 없어. 매번 형편없는 여름휴가를 보낼 때, 학교 수업이 없는 날마다, 부모님이 싸울 때마다, 지루한 크리스마스 때도, 생일파티 때도 꼬박꼬박 항상 함께하는 존재. 그렇게 한 사람의 일부분이 되는 거야. 비바와 나, 우리는 마치 한 사람처럼 이어진 느낌이었어. 그 애가 끝나는 부분에서 내가 시작되고, 그 반대도 마찬가지였지.

비바는 세상을 떠나며 내 자신이 가치 있는 사람이라는 의식 또한 가져가버렸어. 그 애가 없으면 나는 그냥 텅 빈 공간일 뿐이야. 동생이 죽자 나의 모든 세계가 검게 변했지. 세월이 지나며 검은색은 조금씩 옅어졌지만 절대 사라지진 않더라. 좋은 날에는 회색처럼 느껴져. 그렇지만 절대 하얀색으로 변하는 법은 없어. 절대로. 심지어 결혼식 날에도 그랬어. 그 애가 거기 있어야 한다는 생각만 했지.

형제자매를 잃는 사람은 많아. 그렇지만 모두 내가 한 짓을 저지르지는 않지. 작년에 결정을 내리고 이번에 실행에 옮긴 이 끔찍한 행동에 대해서는 결코 변명할 수 없지만, 너에게만은 내가 왜 그런 용서받지 못할 일을 저질렀는지 정확히 설명해주고 싶었어. 그건 바로 비바의 일기 내용 때문이었어. 영어 선생님한테 푹 빠져 있다는 내용뿐 아니라, 자기를 괴롭힌 사람의 이름이 '니키 리'라는 충격적인 내용이 포함돼 있었거든. 자세한 얘기는 하지 않을게. 너무 속상한 일이라서. 매우 불쾌하기도 하고. 당시 열여섯이었던 나는 비바의 일기장을 손에 쥔 채 뺨 위로 눈물을 흘리며 나 자신에게 맹세했어. 언젠가 니키 리를 보게 된다면, 죽여버리겠다고. 내 손으로 직접 죽이고 말겠다고.

그런데 2011년 어느 날, 엄마와 레이크 디스트릭트에 갔다가 그 애를 본 거야. 우리는 버터미어 호숫가에서 아이스크림을 먹으려는 참이었는데 관광버스 한 대가 와서 섰어. 거기서 그 영어 선생님이 내리더라. 아내와 아들을 데리고 말이야. 그쪽으로 손가락질하며 엄마에게 말했어. 엄마, 저거 니키 리 아니야? 믿을 수 없었고, 상상할 수도 없는 일이었지. 그렇지만 보면 볼수록 그 여자애가 분명했어.

엄마는 정신을 놓기 시작했어. 담판을 지어야겠다며 길을 건너더니 톰 피츠윌리엄을 때리며 소리쳤어. 니키는 엄마가 그쪽으로 가는 걸 보고 아들을 데리고 버스 안으로 들어갔어. 톰은 엄마를 진정시켰고, 버스는 떠나버렸지. 그러나 그 이후 나는 점점 집착하게 된 거야. 줄곧 그들에 대해 검색했어. 어디 사는지, 뭘 하며 사는지 알아내려고. 그랬는데 비바가 땅 속에서 썩어가고 있는 동안 그 애의 인생을 망친 두 인간이 결혼해서 아이 낳고 잘사는 걸 본 거야. 역겨웠지. 분노와 증오에 잠식당한 거야. 그래서 지역 신문에서 톰 피츠윌리엄이 멜빌 학교로 파견된다는 소식을 보자마자 그들이 살 만한 곳을 검색해서 가장 가까운 집을 산 거야.

몇 달이나 그들을 지켜봤어. 니키 리가 마치 평범한 사람인 양 동네에서 조깅하는 모습도 지켜봤지. 그랬는데 지난 3월, 그 끔찍한 금요일, 그 여자가 우리 현관까지 찾아온 거야. 니키는 여전하더라. 온통 너희 아빠에게만 관심을 두더라고. 내가 아니라. 나는 마치 거기 없다는 듯이 행동했어.

그 여자는 직접 떴다는 담요를 줬어. 너무 보기 싫은 담요였지. 아빠는 그걸 나한테 주려고 했는데 난 만질 수도 없었어. 숨도 안 쉬어졌고, 그 여자가 가자마자 속을 게워냈지. 바로 그때 결심했어. 그 여자의 남편과 아들이 없는 저녁 시간을 틈타 대면해야겠다고. 당신이 누군지 안다고, 당신의 진짜 정체를 안다고, 그걸 모

엿보는 마을

두에게 까발릴 테니 각오하라고. 그 여자를 죽일 기회가 충분히 있을 거라는 건 의심의 여지가 없었지.

내가 갔을 때 그 여자는 주방에 앉아 있었어. 뒷문을 두드리니까 안으로 들이더라. 내가 그쪽에서 나타난 걸 보고 놀라긴 했지만 상냥하게 대해주더라고. 담요 주셔서 고맙다는 말 하려고 왔다고 했지. 그러고는 나를 알아보느냐 물었지. 아니라고 했어. 그럼 혹시 비바 하트라는 여자애를 기억하느냐고 물었지. 아니라고 했지만 거짓말하는 게 분명했어. 얼굴 위로 무언가 깨달은 표정이 지나갔거든. 내가 누구고 여기 왜 왔는지 깨달은 거야. 대화는 분란으로 이어졌어. 나는 점점 더 화가 났지. 그래서 네트워크를 해킹했을 때 그 집 하드드라이브에서 찾아낸 십 대 소녀들의 사진을 보여줬어. 그러면서 당신네 남편은 아직 변태라고, 학생들이 있는 곳에서 일하면 안 된다고 말했지. 그 여자는 나를 미친년이라 욕했어. 난 그녀의 멱살을 잡았고. 반격해올 거라 생각한 순간, 비바가 일기장에 쓴 내용이 생각났어. 니키 리는 절대 직접 나쁜 짓을 하지 않는다는, 싸움꾼이 아니라는, 겁쟁이일 뿐이라는 내용이. 역시 그녀는 도망가더군. 나에게 등을 보인 채.

사건은 그때 일어난 거야, 엘로이즈. 바로 그때 난 너의 인생, 나의 인생, 아빠의 인생, 우리 모두의 인생을 영원히 바꿔놓을 결심을 한 거야. 그 당시에는 그게 잘못된 생각 같지 않았어. 오히려 완벽하게 옳은 일을 하는 거라 믿었지. 며칠 동안 난 희열에 젖었어. 니콜라 피츠윌리엄을 죽여서 기뻤단다. 후회는 없어. 그 여자는 죽어 마땅해. 내 동생을 위해 그런 거야. 우주의 균형을 되찾은 거지. 난 드디어 평화를 찾게 됐어.

그러나 지금, 여기서 이렇게 너에게 편지를 쓰고 있자니, 그 일을 저지르지 말았어야 했다는 생각이 드는구나. 시간을 되돌려 다른 행동을 할 수만 있다면 얼마나 좋을까. 버터미어 호수에서 니키 리를 봤던 그때, 관광버스까지 따라가 말했어야 했어. 그녀가 무슨 짓을 저질렀는지, 그녀는 물론이고 더럽고 한심한 그녀 남편에 대한 내 판단을 그 모든 사람들 앞에서 다 까발리고 물러나 내 삶을 살아야 했는데.

하지만 그러기는커녕 그녀를 보며 느낀 충격이 마음속 깊은 곳에 독을 품은 씨앗처럼 뿌리내리게 했지. 그게 나를 집어삼킬 때까지 자라게 내버려뒀고, 너와 아빠에 대한 사랑보다 니키 리에 대한 증오를 더욱 중요하게 생각한 거야.

너는 나랑 고작 이틀을 보내고 아빠와 함께 집으로 갔단다. 첫날 우리 둘은 내 침대에서 같이 잠들었어. 간호사가 널 유아 침대에 내려놓을 때마다 네가 울었거든. 결국 그냥 내 침대에 내려놓고 가시라고 했지. 나는 밤새 의식이 왔다갔다했어. 모든 게 꿈처럼 흐릿했어. 그렇지만 잠시 깊은 잠을 자고 깬 너의 얼굴을 본 그 순간, 잠에서 깬 너는 어둠 속에서 눈을 동그랗게 뜨고서 내 머리카락을 꽉 쥐고 나를 보고 있었지. 크고, 다정하고, 가만한 시선으로. 그 찰나의 순간, 나는 네가 비바라고 생각했어. 눈물이 나왔고 내 눈물이 네 뺨으로 튀었지. 손가락으로 내 눈물을 훔치고 네 얼굴을 닦는데, 숨이 멎을 정도로 보드랍더구나. 너는 나를 보며 눈을 깜빡였어. 마치 괜찮다고, 우리는 다 괜찮아질 거라고 말하는 것처럼.

다음 날 아빠가 널 데리고 갈 때 나는 울지 않았어. 네가 잘 지낼

엿보는 마을

거라는 걸 알았기 때문이야. 네 눈에서 보였거든. 너는 진정한 네 모습을 보여주었고, 나는 너를 봤지. 너를 알게 되었고, 그래서 널 보내줬어.

아름다운 내 아이, 생일 축하해. 나는 너를 몰라. 하지만 진심으로 사랑해. 영원히 또 영원히. 그리고 영원을 넘어서까지.

2018년 4월 20일
엄마가

에필로그

로몰라의 치와와 이름은 디에고다. 남미에서 온 개를 위한 완벽한 이름. 이제 프레디가 집에 가려고 하면 디에고는 현관까지 따라 나온다. 로몰라는 나오지 않는다. 계속해서 주방 식탁에 앉아 엄마가 챙겨주는 저녁을 먹는다. 그 애 엄마 이름은 맥신으로, 정말 좋으신 분이다. 프레디가 집에 돌아갈 때 로몰라가 배웅한 적은 단 한 번도 없다. 데이트하다 헤어져도, 통화를 하다 끊어도 안녕이라 인사하는 법이 없다. 안녕이라고 말하면 불안해진다나. 이유를 설명할 수는 없지만 어쨌든 그렇다고 했다.

맥신 아줌마는 저녁 먹고 가라고 했지만 오늘의 메뉴는 프레디가 못 먹는 양고기였다. 양고기는 식감이 질기고 죽음의 냄새가 난다. 게다가 아빠가 오늘 저녁은 뭔가 테이크아웃해서 먹는다고 했다.

프레디는 디에고에게 인사하고 로몰라 집 문을 닫고는, 아빠와 둘이 사는 5분 거리의 집으로 발걸음을 옮긴다.

그들은 멜빌의 노란 집을 떠나 프레디의 학교와 매우 가까운 곳에 방 두 개 딸린 조지 왕조풍의 집으로 이사를 왔다. 멜빌 하이츠에 있는 커다란 집에서 나온 건 아쉬운 일이다. 더군다나 가진 돈을 탈탈 털어 인테리어를 마친 직후였지 않은가. 그렇지만 그곳은 이제 범죄 현장이 되었고, 범죄 현장에서 살고 싶어 하는 사람은 아무도 없다. 사실 프레디라면 그다지 신경 쓰지 않을 테지만. 작년 경찰을 겪은 후, 그러니까 빨간 부츠에게 죄를 뒤집어씌우기 위해 빨간 술 장식을 범죄 현장에 심은 것을 아빠한테 얘기하고, 아빠가 그 사실을 경찰에게 얘기하는 동안 취조실 밖에서 기다리면서, 프레디는 경찰 수사라는 작업에 사로잡혔다. 이제는 더 이상 정보부에서 일하고 싶다는 생각을 하지 않는다. 이제는 범죄과학 수사대에 들어가는 것이 꿈이다.

학교 운영위원회는 아빠에게 퇴진을 요청했다. 너무 큰 소란을 불러일으켰다나. 그러나 고문 자격으로 뒷자리에 앉아 11학년의 중등교육자격 검정시험을 담당해달라고 했다. 그것도 벌써 거의 1년 전이고 지금 아빠는 공식적으로 실직 상태다. 아빠는 안식년을 보낸 후 뭘 할까 결정할 거라고 한다.

이제 프레디의 취미는 로몰라를 보는 것(거의 매일 그런다. 방과 후 고작 5분간이라도), 일주일에 한 번 트라우마 상담사와 면담하는 것(지루하면서도 동시에 흥미롭다), 그리고 엄마에 대해 조사하는 것이다. 엄마의 사고 이후 자신이 엄마에 대해 아무것도 몰랐다는 사실을 깨달았다. 리베카 멀런이 우리 엄마를 죽인 건 엄마가 리베카의 여동생을 괴롭혔다는 이유였다. 리베카의 말에 따르면 우리 엄마는 너무나 지독히 무서운 인간이라 학교에 있는 모두가 엄마의 패거리를 두려워했다고 한다. 그렇지만 프레디에게 엄

엿보는 마을

마는 그냥 엄마였다. 프레디를 괴롭히지도, 그에게 소리치지도, 혹은 겁먹게 만들지도 않았다. 그 마지막에 있었던 일, 그러니까 아파서 침대에 누워 빌어먹을 새끼라고 소리치고 밀친 거 빼고는. 엄마에게 이런 면이 있다는 것을 본 건 그때가 전부다. 프레디의 최근 프로젝트는 마틴 에이미스의 장편소설 제목을 따라 '정보The Information'라 정했다. 필요한 게 그거니까. 엄마를 이해할 수 있는 정보를 찾는 것 말이다.

멜빌에서 이사 나올 때 엄마 물건을 '정보 1', '정보 2', '정보 3'이라 표시한 상자에 넣었다. 단서를 분석하듯 살펴보며 종종 아빠와의 질의응답 시간을 통해 조사 범위를 늘리고 있다. 그렇지만 대개는 도움이 되지 않는다. 아빠 또한 전 부인에 대해, 무엇이 엄마를 그렇게 만들었는지 도통 모르기 때문이다. 옛날에 엄마를 만났을 때, 둘이 열아홉과 서른다섯이었을 때 아빠는 엄마가 비바 하트의 삶을 망친 가해자라는 건 몰랐다고 했다. 버스에서 만난 갈색머리의 니콜라 리가 금발의 니키 리와 동일인이라는 사실을 몰랐다고 했다. 전혀 몰랐던 것이다. 레이크 디스트릭트에서 비바 하트의 엄마가 자신을 때릴 때까지는. 그 일 직후 모든 것을 알게 되었다고, 바로 그때 모든 것이 들어맞기 시작했다고 했다.

아빠는 그게 무슨 말인지 정확히 설명하지 못했다. 그저 엄마에게는 늘 잔인한 구석이 있었고 이제야 이유를 알겠다는 말만 했다. 프레디는 '잔인한 구석'이라는 말을 적고 골똘히 생각하며, 혹시 자신이 엄마의 잔인한 구석을 조금이라도 물려받지 않았는지 돌이켜봤다. 자신이 생각하고 실천했던 비밀스런 행동이 혹시 그런 잔인함은 아니었는지.

그리고 어제, 상자 하나에서 정말 이상한 걸 발견했다. 저녁으로 테이크아웃 음식을 먹은 프레디는 이제 그걸 꺼내본다. 오래된 편지봉투다. 너무 오래되어 침 발라 붙인 입구가 누렇게 변했고 버석거린다. 겉봉에는 아무 내용이 없다. 안을 보니 빛나는 검은 머리 한 뭉치가 고무줄로 묶여 있다. 프레디는 이만큼 머리를 길러본 적이 없다. 엄마 머리카락이라기에는 너무 어두운 색이다.

"이게 뭐예요?"

프레디가 탁자 건너 아빠에게 봉투를 민다.

아빠가 봉투 안을 들여다보고, 손가락을 안에 넣어 머리카락 타래를 꺼낸다.

"어디서 찾았니?" 아빠가 프레디를 올려다본다.

"엄마 물건에서요."

아빠는 시선을 다시 봉투로 옮긴다.

"누구 거예요?"

아빠의 얼굴이 잿빛으로 변한다. 얼굴을 감싼 모든 피부가 갑자기 뼈에서 분리되는 것처럼 보인다. 아빠가 침을 꿀꺽 삼킨다.

프레디는 아빠를 쳐다보며 무언가 말을 해주길 기다린다.

그러나 아빠는 아무 말 하지 않는다.

엿보는 마을

감사의 말

열여섯 번째 책을 내며 느끼는 것은 제가 늘 똑같은 말로 똑같은 사람에게 똑같은 감사 인사를 한다는 것입니다. 그러나 이것은 제가 아주 운 좋은 작가라는 의미겠지요. 저에게는 10개국이 넘는 곳에서 충실하게 일을 해주시는 팀이 있고, 세계 방방곡곡에 최고의 독자들이, 그리고 가족과 친구라는 훌륭한 지원망이 있으니까요.

그리하여 늘 그렇듯, 코너스톤의 샐리나, 수전, 나즈마, 카산드라, 셀레스트를 비롯한 모든 분들께 감사를 전합니다.

흠잡을 데 없이 편집해준 리첸다 토드, 감사해요.

커티스 브라운에 계신 조니, 캐서린, 멜리사, 엘리스, 루크와 모든 분들, 감사합니다.

겔프만 슈나이더의 데보라, 페넬로페, 그리고 모든 분들, 고마운 마음 전합니다.

아트리아의 사라, 에리얼, 다니엘라, 할리, 키트, 그리고 모든 분들, 고마워요.

프린츠 출판사의 피아, 크리스토퍼, 안나와 모든 분들께도 감사를.

온 세계에서 제 책을 출판해주시는, 아직 만나보지 못한 모든 분들 감사합니다.

제가 만나본, 혹은 아직 만나지 못한 새로운 독자와 오랜 시간 제 독자가 되어주신 모든 분들께 감사의 마음을 드립니다.

전 세계에 있는 모든 서점 직원분들께도 감사해요.

모든 사서분들도.

저의 멋진 가족, 사랑스러운 딸들, 대단한 친구들에게도 감사합니다.

보드에서 활동하시는 모든 분들, 여러분은 굉장해요.

그리고 제 책의 독자가 되어주신 당신에게도 감사의 마음 전합니다. 이야기가 마음에 들었기를 바랍니다.

엿보는 마을

1판 1쇄 인쇄 2022년 5월 17일
1판 1쇄 발행 2022년 5월 27일

지은이 리사 주얼
옮긴이 안은주
펴낸이 김기옥

문학팀 김세화 | 마케팅 김주현
경영지원 고광현, 김형식, 임민진

표지디자인 곰곰사무소 | 본문디자인 고은주
인쇄·제본 (주)민언프린텍

펴낸곳 한스미디어(한즈미디어(주))
주소 (04037) 서울시 마포구 양화로 11길 13(서교동, 강원빌딩 5층)
전화 02-707-0337 | 팩스 02-707-0198 | 홈페이지 www.hansmedia.com
출판신고번호 제313-2003-227호 | 신고일자 2003년 6월 25일

ISBN 979-11-6007-809-1 (03840)

한스미디어 소셜 카페 http://cafe.naver.com/ragno | 트위터 @hans_media
페이스북 www.facebook.com/hansmediabooks | 인스타그램 @hansmystery